HEYNE <

HORST ECKERT

IM NAMEN DER LÜGE

THRILLER

WILHELM HEYNE VERLAG
MÜNCHEN

Dieses Buch ist auch als E-Book erhältlich.

MIX
Papier aus verantwortungsvollen Quellen
FSC® C083411
FSC www.fsc.org

Verlagsgruppe Random House FSC® N001967

Redaktion: Lars Zwickies
Printed in the Czech Republic
Umschlaggestaltung: Anke Koopmann, Designomicon,
unter Verwendung eines Motivs von © Mark Owen/Trevillion Images
Satz: KompetenzCenter, Mönchengladbach
Druck und Bindung: CPI books GmbH, Leck
ISBN: 978-3-453-43966-5

www.heyne.de

In memoriam Hans Eckert (1931–2018)

PROLOG

MANCHMAL VERGLEICHE ICH MEINEN BERUF mit dem Winter.

Keiner mag es, wenn die Tage kurz sind und die Nächte schwarz. Wir denken an Stillstand und Tod. Dabei verkennen wir den Charakter dieser Jahreszeit. In Wahrheit bereitet sie weiteres Leben vor – je dicker der Mantel aus Schnee, desto reicher die künftige Ernte.

Wie der Winter täusche ich Sie.

Denn mein Wissen teile ich nicht öffentlich. Ich arbeite unter einem dicken Mantel der Geheimhaltung und lasse Menschen für mich spionieren. Ich mache sie zu Spitzeln, die ihre Genossen und Kameraden an mich verraten. Wenn es sein muss, auch ihre Liebsten, mit denen sie das Bett teilen.

Klingt in Ihren Ohren unsympathisch, nicht wahr?

Aber wenn wir schlimmeres Chaos vermeiden wollen, muss jemand den Job machen.

Damit auch in Zukunft dem Winter ein Frühjahr folgt.

Mein Amt sammelt Erkenntnisse über Möchtegern-Revoluzzer und Demokratieverächter. Setzt V-Leute auf Krawalltouristen an, auf Stalinjünger und Naziparteien. Auf Bomben bastelnde Diener des Gottesstaats. Auf rassistische Hooligans, die sich das Land als KZ erträumen.

Ich bin gut in diesem Job. Mit zweiunddreißig Jahren die jüngste Regierungsrätin des Ministeriums. Weil ich unter dem Mantel hart bin. Weil meine Mutter mich zur Kämpferin erzogen und mich gelehrt hat, Freiheit zu leben, indem ich gegen den Strom schwimme, meinem eigenen Urteil vertraue und mein Anderssein als Auszeichnung trage.

Und plötzlich stand alles infrage.

Die RAF war zurückgekehrt. Als Rentnergang mit Panzerfaust.

Während Rechtsextremisten die Machtergreifung planten.

Rote Socken, brauner Mob – das Land geriet aus den Fugen.

Die Tugenden des Winters waren gefragter denn je.

Ich, Melia Khalid, war gefragt.

TEIL EINS

ROTE SOCKEN – BRAUNER MOB

And who knows which is which and who is who.

(Pink Floyd, »Us and Them«)

01

SAMSTAG, 17. FEBRUAR

CARLO STEUERTE DEN GELDTRANSPORTER. Mit ihm war Nadia noch nie gefahren. Überhaupt war es für sie die erste Tour nach zwei Jahren Pause in diesem Job. Und ausgerechnet an den Ort ihres Schreckens würde diese Fahrt gehen.

»Was ist los mit dir?«, fragte Carlo. »Du sagst die ganze Zeit kein Wort. Bist du immer so langweilig? Wie wäre es mit einem Spiel, Nadia?«

»Was für eins?«

»Actionfilme – jeder nennt die zehn stärksten Szenen, die ihm einfallen.«

Sie erreichten das Gewerbegebiet am Autobahndreieck Stuhr bei Bremen, fuhren auf den großen Parkplatz, und Nadia konnte nicht anders, als daran zu denken, was sich hier vor zwei Jahren zugetragen hatte.

»Ist das ein Männerding, oder was?«, fragte sie.

Carlo warf ihr einen irritierten Blick zu.

»Listenspiele sind albern. Und ausgerechnet Actionfilme. Als hätte ich an diesem Ort nicht schon genug Action erlebt.«

»War das hier? Echt krass!«

Carlo steuerte auf den Eingang des Supermarkts zu.

»Wirklich hier bei Lidl? Stimmt das mit der Viertelmillion?«

Nadias Blick wanderte über die Fahrzeuge, die links und rechts von der Fahrspur abgestellt waren. Sie hatte sich die ganze schlaflose Nacht gefragt, wie es sein würde, hierher zurückzukehren. In einem Fahrzeug voller Geldkassetten, genau wie damals.

Ihr Herz klopfte heftig. Sie räusperte sich, um den Frosch im Hals zu vertreiben.

»Immer locker bleiben«, sagte Carlo und übte ein mitfühlendes Lächeln.

»Du und deine Sprüche.«

Nach dem Überfall hatte Nadia bei Kottmann-Security gekündigt und sich etwas anderes gesucht. War völlig aus der Spur. Hatte mal hier, mal dort gejobbt, war meistens pleite und selten glücklich gewesen, bis der alte Kottmann sie ansprach, ob sie es nicht doch noch einmal versuchen wolle. Die Geldtransport-Branche brauche Personal.

Ich bin darüber hinweg, hatte sie in dem Moment gedacht.

Carlo runzelte die Stirn. »Wenn du willst, gehe ich allein rein.«

»Kommt nicht infrage, aber danke.«

Sie hielten an, gingen mit ihrem Wägelchen in den Markt, schoben die Metallkoffer heraus und luden sie in den Transporter.

Heute kein Zwischenfall. Niemand mit einer Kalaschnikow. Keine Maskierten, die bereit waren, über Leichen zu gehen. Natürlich nicht, dachte Nadia.

So etwas passiert mir nicht zweimal.

Der Kollege drehte den Zündschlüssel, und der gepanzerte Wagen setzte sich wieder in Bewegung. Carlo schnalzte mit der Zunge.

»Ist was?«, fragte Nadia.

»Also, ich fahr total auf Autoverfolgungsjagden ab. *French Connection*, kennst du garantiert. Gene Hackman, wie er unter der Hochbahn entlangrast. Oder *Ronin* von John Frankenheimer. Die alten Filme sind die besten, alles noch analog, keine Computertricks. Wusstest du, dass beim Dreh von *Ronin* achtzig Autos zerstört wurden?«

Na super, dachte Nadia und verdrehte die Augen.

Sie erreichten die Bundesstraße und lagen gut in der Zeit. Nadia setzte ihre dunkle Ray-Ban auf, weil die Sonne herauskam und der Schnee seitlich der Fahrbahn, der letzte Nacht überraschend gefallen war, sie blendete.

Nahm der verdammte Winter kein Ende?

»Nummer drei: *Die Bourne Verschwörung*«, sagte Carlo. »Matt Damon im russischen Taxi, weißt du noch?«

»Der ganze Film ist eine einzige Verfolgungsjagd.«

»Du kennst dich also doch aus. Von wegen Männerding!« Lachend musterte er Nadia.

»Ich mag Matt Damon«, stellte sie klar. »Aber nicht, wenn Autos zu Schrott gefahren werden. Und pass auf, wohin du fährst.«

Sie legten einen guten Kilometer zurück, dann erreichten sie den nächsten Großparkplatz. Carlo lenkte den Transporter um die Ecke eines gigantischen Baumarkts und stoppte vor dem Tor für die Anlieferung. Kalte, trockene Luft schlug Nadia entgegen, als sie die Beifahrertür öffnete.

Sie hörte Schritte. Eine Frau rannte ihnen zwischen den Autos entgegen. Im Laufen zupfte sie sich eine Sturmhaube zurecht. In der Hand trug sie eine Maschinenpistole.

Das darf doch nicht wahr sein.

Die Vermummte blieb stehen, riss die Waffe hoch und zielte. »Aussteigen, Hände hoch!«

Nadia ließ die Tür wieder zuknallen. Carlo tat es ihr gleich. Die Unbekannte schoss, aber die Panzerung hielt die Projektile ab. Vier Millimeter Stahl, vier Zentimeter Spezialglas in den Fenstern. Nadia hörte den mehrfachen Knall, das Aufprallen der Geschosse und das Dröhnen des eigenen Pulsschlags in ihren Ohren.

Damals hatten sie und ihr Begleiter sich ergeben, weil eine Panzerfaust im Spiel gewesen war. Lieber den Räubern das Fahrzeug samt Inhalt überlassen, als das eigene Leben zu riskieren – bei Kottmann bekam das jeder Mitarbeiter schon im ersten Gespräch eingebläut.

Jetzt tauchte auch noch eine zweite Frau auf. Ihre Haube war rot mit schwarzen Rändern um die Augen. »Los, raus!«, schrie sie.

Ruhig atmen, ermahnte sich Nadia.

Carlo startete den Wagen, um abzuhauen.

In diesem Moment schob sich hinter ihnen ein VW-Bulli in die Gasse längs der Hallenwand.

Nadjas Herz raste. Vor ihnen standen Müllcontainer. Jenseits davon erhob sich auch schon die Mauer, die den asphaltierten Platz vom Autobahnzubringer abgrenzte. Kein Fluchtweg in Sicht.

Sie wandte sich um. Ein Mann stieg aus dem Bulli, langsam, als habe er alle Zeit der Welt. Hagere Gestalt, gebeugter Rücken. Nadia sah die Waffe in seinen Händen und wusste sofort, was das war. Sie glich einem Rohr mit aufgepflanzter dicker Patrone.

Ach du Scheiße.

Eine Panzerfaust.

Der Typ blieb bei seinem Fahrzeug stehen und legte sich das Rohr auf die Schulter. Der Gefechtskopf zeigte in ihre Richtung.

»Aussteigen!«, schrie die erste Frau wieder.

Nadia griff zur Türklinke. »Wir tun, was die wollen«, sagte sie zu Carlo.

Stattdessen trat er das Gaspedal durch.

Der Transporter schoss nach vorn und rammte einen Abfallcontainer. Carlo stoppte vor der bunt mit Graffiti besprühten Betonmauer und ließ die Gänge krachen. Mit quietschenden Reifen wendete er auf engstem Raum.

»Lass das, bitte!«, flehte Nadia ihren Kollegen an.

Doch Carlo gab Gas. Die Beschleunigung drückte Nadia in den Sitz. Die Lücke zwischen dem Bulli und der Außenwand des Möbelhauses war verdammt eng. Und davor stand der Kerl mit der Panzerfaust.

Sie rasten mit laut dröhnendem Motor auf ihn zu.

Die Frau mit der MP schoss erneut. Die Kugeln prallten ab. »Klaus, mach sie fertig!«, schrie die andere.

Der Mann wich zur Seite aus und zielte weiter auf den Transporter.

Wir kommen nicht durch, dachte Nadia.

Sie schloss die Augen.

Ein Ruck riss sie fast aus dem Sitz, zugleich krachte es. Sie waren gegen den VW-Bulli gestoßen und schrammten an der Halle entlang. Der Panzerwagen schlingerte, dann beschleunigten sie weiter. Nadia rang keuchend nach Luft.

Sie sah nach hinten.

Die Vermummten und ihr demolierter Bus wurden im Heckfenster kleiner. Der Mann mit dem krummen Rücken ließ die Panzerfaust sinken.

Carlo jauchzte wie ein Filmheld nach dem gelungenen Stunt.

Dann fuhren sie auch schon über den Zubringer und erreichten die Auffahrt Groß-Mackenstedt. Carlo fädelte den schweren Wagen in den dichten Strom der Fahrzeuge in Richtung Delmenhorst ein.

Allmählich beruhigte sich Nadias Pulsschlag. Die zitternden Hände vergrub sie in den Taschen ihrer Uniformjacke. Sie lebten.

Die Panzerfaust hatte geschwiegen.

Gleich erreichen wir Kottmanns Betriebshof, überlegte Nadia. Und dann hänge ich diesen Job endgültig an den Haken. Für diese Art von Actionfilmen bin ich zu alt.

Sie zog ihr Handy hervor und rief die Polizei an.

MONTAG, 19. FEBRUAR

Weser-Kurier – Aufmacher:

SPUREN ZUR RAF NACH ÜBERFALL AUF GELDTRANSPORTER

DNA-Vergleich belegt: Täter waren seit Jahrzehnten gesuchte RAF-Terroristen

Sibylle Arnold, Klaus Büchner und Herlinde Weiß, deren genetische Fingerabdrücke nach Polizeiangaben in einem zurückgelassenen VW-Transporter gefunden wurden, sollen 1993 auch an dem Sprengstoffanschlag der RAF auf die Justizvollzugsanstalt im hessischen Weiterstadt beteiligt gewesen sein. Damals seien ebenfalls ihre DNA-Spuren gefunden worden. Belege für einen terroristischen Hintergrund des Überfalls auf den Geldtransporter gebe es allerdings nicht. Die Behörden gehen davon aus, dass sich die drei »RAF-Rentner« damit ihr Leben im Untergrund finanzieren wollten. Das Amtsgericht Verden hat Haftbefehle wegen versuchten Mordes sowie versuchten schweren Raubes erlassen.

Bis sie sich 1998 für aufgelöst erklärte, war die RAF der Inbegriff von Terror und Mord. Ihrem »bewaffneten Kampf« gegen das »imperialistische System« fielen Dutzende Menschen zum Opfer, darunter Repräsentanten von Wirtschaft und Politik. Vorläufer war die nach dem Kaufhaus-Brandstifter Andreas Baader und der Journalistin Ulrike Meinhof benannte Baader-Meinhof-Gruppe. Nach dem »Deutschen Herbst« von 1977 formierte sich eine dritte Generation mit namentlich kaum bekannter Kommandoebene. Ihre Morde sind bis heute ungeklärt.

Düsseldorfer Morgenpost, Seite eins:

MINISTERPRÄSIDENT FRANTZEN: ROT-ROT-GRÜN WÜRDE DEUTSCHLAND RUINIEREN

Eindringliche Warnung vor »Volksfront-Koalition«

Einen knappen Monat vor der NRW-Landtagswahl liegen die Nerven blank. Während die AfD ihr altes Ergebnis von 7,4 Prozent weit mehr als verdoppeln könnte, wittern auch Befürworter von Rot-Rot-Grün Morgenluft. Auf dem Unternehmertag des Handwerks, der gestern in Essen eröffnet wurde, warnte Ministerpräsident Hajo Frantzen vor einer Regierungsbeteiligung der in Teilen verfassungsfeindlichen Linkspartei. Im bevölkerungsreichsten Bundesland hätte ein solcher Tabubruch verheerende Konsequenzen für ganz Deutschland. Nur eine starke CDU könne »die Irren von rechts und links« in die Schranken weisen, so Frantzen.

02

KIM BRANDSTÄTTER UND DENNIS HEIM hatten ihren Streifenwagen auf dem Parkplatz eines Kleingartenvereins im tiefsten Süden von Düsseldorf abgestellt, um zu frühstücken. Kim öffnete das Seitenfenster einen Spalt weit, damit der Zwiebelgeruch, den das Mettbrötchen ihres Kollegen verströmte, abziehen konnte.

Sie rechnete jeden Moment damit, dass Dennis seinen unerwarteten und unbeholfenen Annäherungsversuch von gestern fortsetzen würde. Ihr war nicht wohl dabei, denn sie schätzte ihn als Partner im Dienst, doch mehr war da nicht. Wie bringe ich es ihm schonend bei?

Als der Funkspruch der Leitstelle eintraf, war Kim regelrecht erleichtert.

Ein Notruf. Möglicherweise häusliche Gewalt. Duderstädter Straße 23.

»Auf der anderen Seite der A59«, brummte Dennis und wischte sich Krümel von der Uniformjacke.

Kim griff nach der Handpuste. »Düssel 43, wir sind in drei Minuten da.«

Sie stopften ihr Essen zurück in die Tüten. Kim startete den Motor, stieß zurück, ließ den blau-gelb-silbernen BMW auf die Straße rollen und beschleunigte. Auf Blaulicht konnte sie verzichten.

Sie unterquerten Eisenbahnstrecke und Autobahn. Dahinter bog Kim mit quietschenden Reifen in die Frankfurter Straße ein, gerade noch bei Gelb.

»Nächste links«, sagte Dennis.

Wahlplakate an den Laternenmasten, in wenigen Wochen war es mal wieder so weit. Hinter den Grünstreifen rechts und links überragten schlichte Bürogebäude die dürren, blattlosen Bäume. Ein großes Schild, irgendwas mit Pharma, Wimpel mit dem Firmenlogo.

»Ein scheiß Gewerbegebiet«, sagte Dennis. »Wer soll denn da wohnen?«

Nach rechts in die Duderstädter. Hier das gleiche Bild. Eine Halle, weitere Büros, die Gebäude wirkten wie lieblos hingeworfen. Die Straße endete in einer Wendeschlaufe. Plakate der AfD in Kopfhöhe – offenbar gab es in diesem Viertel keine Antifa-Kids, die sie zerstörten.

Dennis verdrehte seinen Hals. »Hier gibt's gar keine Nummer 23.«

Kim bemerkte Schilder zur Linken. Eine Schreinerei, ein Hersteller von Markisen, weitere Namen und Abkürzungen. Ein gepflasterter Weg zweigte hier ab, eine Fortsetzung der Straße.

Kim drehte am Lenkrad. »Das muss es sein«, sagte sie.

Am Ende der Sackgasse stiegen sie aus.

Ein Gitterzaun, dahinter dichte Sträucher. Das Tor zum Grundstück stand offen. An einem Mast hing die Deutschlandfahne. Kim fiel auf, dass sie verkehrt herum angebracht war, oben das Gelb, unten das Schwarz.

Das Haus wirkte trist und abweisend. Sämtliche Fenster zur Straßenseite waren mit Rollläden verschlossen. Sie näherten sich der Tür. Kim wies auf die verschnörkelten Ziffern aus geschmiedetem Eisen, die darüber angebracht waren: *23*.

Von drinnen kein Laut.

Eine einzige Klingel. Die vergilbte Plastikabdeckung des Namensschilds hatte einen Sprung.

Freie Republik Hellerhof.

Kim presste ihren Daumen gegen den Knopf und hörte, wie es drinnen schellte. Dennis drückte zugleich die Klinke, die Haustür sprang auf. Sie nickten einander zu und betraten den dunklen Flur.

»Polizei!«, rief Kim.

Mehrere Türen, eine davon nur angelehnt, Licht drang durch den Spalt. Ein Schniefen war deutlich zu hören.

Kim klopfte, Dennis ging voraus, dann standen sie in der Küche und starrten auf eine Frau, die am Tisch saß und mit verheulten Augen zu ihnen hochblickte. Die Rötung ihrer rechten Gesichtshälfte schien von einer Ohrfeige zu stammen.

»Haben *Sie* uns gerufen?«, fragte Kim.

Irgendwo ertönte ein Poltern, dann ein halb erstickter Aufschrei.

»Er bringt ihn noch um«, sagte die Frau fast tonlos.

»Ist er bewaffnet?«

Sie nickte.

Kim hob das Funkgerät und rief nach Verstärkung, dann nahm sie wie Dennis ihre Dienstpistole aus dem Holster. Sie trugen Westen aus Kevlar. Für Kopf und Unterleib boten diese jedoch keinen Schutz.

Zurück in den Flur.

Sie rissen sämtliche Türen auf – jedes Mal Fehlanzeige. Am Ende lag eine Treppe vor ihnen. Rechts ging es in den Keller, links ins Dachgeschoss.

Ein lauter Knall – eindeutig von unten.

Das konnte nichts Gutes bedeuten.

Mit beiden Händen an der Waffe, die Mündung nach unten gerichtet, stiegen sie vorsichtig hinab. Dennis deutete auf Blutflecken an der Wand. Kim nickte. Sie erreichten eine Stahltür.

Kim zog sie auf, Dennis streckte seine Waffe in den großen, muffigen Raum, der vor ihnen lag. An das Halbdunkel mussten sich Kims Augen erst gewöhnen.

»Polizei!«, rief Dennis.

Vergeblich tastete Kim nach einem Lichtschalter.

»Legen Sie sich auf den Boden, und schieben Sie Ihre Waffe zu uns herüber!«

Ein Röcheln war die einzige Antwort.

Neben dem Eingang stand eine Plastikwanne, darin ein Sack und allerlei Werkzeug. Weiter hinten eine Kiste, die von alten Polstermöbeln umgeben war. Ein Blechschild lag auf dem Boden: *Sie verlassen das Territorium der Bundesrepublik Deutschland.*

Kim stieß auf einen Mann, der hinter dem Sofa auf dem Boden lag. Dunkle Locken, runde Wangen. Der schwarze Fleck an der Seite seiner Stirn sah aus wie eine Schusswunde aus nächster Nähe. Er atmete noch.

Während Dennis neben dem Verletzten auf die Knie ging, blickte sich Kim um. Eine zweite Person konnte sie nirgends ausmachen. Wo zum Teufel war der Kerl, der geschossen hatte? Sie drückte die Sprechtaste des Funkgeräts und forderte zusätzlich den Notarzt an.

Dennis tastete nach dem Puls des Verletzten und fluchte leise. Der Lockenkopf stierte gegen die Decke. Er war etwas über dreißig, schätzte Kim, besaß aber das Gesicht eines Jungen – der dickliche Streber, der in der Klasse ganz vorne saß.

Kim hob die Waffe und drang weiter in den Raum vor. Am anderen Ende standen Schränke, in denen sich jemand verstecken konnte. Ein Vorhang schien ein Regal abzudecken – oder ein weiteres Kabuff. Kim registrierte, dass sie viel zu schnell atmete. Unter Schussweste und Jacke wurde ihr heiß.

Als sie aus dem Augenwinkel eine Bewegung wahrnahm, war es bereits zu spät. Ein Stoß ließ sie stürzen. Im nächsten Moment fiel die Stahltür krachend ins Schloss.

Sie rappelte sich auf, setzte nach und zerrte an der Klinke. Dennis kam hinzu, und gemeinsam stemmten sie die klemmende Tür auf.

Schritte über ihnen, dann ein Rattern und Poltern. Sie hasteten hinterher und erreichten den letzten Treppenabsatz. Am oberen Ende einer herabgelassenen Leiter fiel Tageslicht aus einer Deckenluke. Füße, die sich ins Freie schwangen, dann war der Täter außer Sicht.

Die Schindeln klapperten über ihnen.

Dennis packte die Leiter. Kim hielt ihn zurück.

»Der Kerl schießt auf dich«, warnte sie. »Warte lieber. Ich spreche ihn von unten an und lenke ihn ab.«

Sie machte kehrt und nahm jeweils zwei Stufen auf einmal. Sie befürchtete, dass Dennis nicht stillhalten würde. Sobald er die Verfolgung aufnahm und den Kopf durch die Luke reckte, würde er ein viel zu leichtes Ziel abgeben.

Sie erreichte das Erdgeschoss und rannte hinaus auf den asphaltierten Hof. Sekunden ohne Deckung, dann drückte sie sich an eine Garagenwand.

Durchatmen. Orientierung gewinnen.

Sie erspähte einen Mann in dunkler Kapuzenjacke, der breitbeinig auf dem Dachfirst stand und mit einem Gewehr auf die Stelle zielte, an der er nach draußen geklettert war.

Zum Glück hielt sich Dennis zurück.

»Geben Sie auf!«, rief Kim nach oben.

»Verschwinden Sie!«, brüllte der Kerl zurück. »Sie haben hier keine Befugnis!«

Die Verstärkung näherte sich mit Musik aus Richtung der Autobahn. Kim hoffte, dass die Kollegen die gepflasterte Sackgasse rasch finden würden.

»Werfen Sie die Waffe weg, und kommen Sie herunter!«

»Das ist freies Territorium. Ihr werdet mich nicht versklaven!«

Ein Irrer, durchfuhr es Kim.

Hinter ihr knirschten Reifen. Ein hochbeiniger weinrot lackierter Pick-up mit viel Chrom rollte durch die Einfahrt auf den Hof. Hektische Gitarrenmusik drang aus dem Inneren. Zwei Insassen vorne, eine Person auf der Rückbank. Durch die Scheiben, in denen sich die Umgebung spiegelte, konnte Kim nicht mehr erkennen. Der Wagen kam wenige Meter von ihr entfernt zum Stehen, und die Musik verstummte zugleich mit dem Motor.

Verdammt, was wollen die?

Und wo bleibt die Verstärkung?

Der Mann auf dem Dach schwenkte das Gewehr herüber.

Hinter ihm stemmte sich Dennis aus der Luke und zielte.

»Hände hoch, Waffe weg!«

Der Kerl in der Kapuzenjacke trat hastig einen Schritt zur Seite und rutschte aus. Dachschindeln zersprangen laut scheppernd auf dem Asphalt. Der Typ suchte Halt am Schneefanggitter, doch das riss ab, und er stürzte von der Dachkante. Ein lautes Klatschen, dann war es still. Kim schloss für einen Moment die Augen. Ihr war, als hätte sie den Aufprall mit ihrem eigenen Körper gespürt.

Sie war als Erste bei dem Mann. Er lag auf dem Rücken

und regte sich nicht. Stirnglatze, dunkle Augenringe, hagere Züge. Anfang vierzig, schätzte sie. Sein Hals war oberhalb der Jacke tätowiert, Worte in Frakturschrift. Sie betastete die Halsschlagader unterhalb des Kinns. Spürte sie einen Puls, oder irrte sie sich?

Türenschlagen. Die drei Männer waren aus dem Auto gestiegen. Einer von ihnen war deutlich älter, Brille, unrasiert. Er rief »Jana!«, und lief sofort ins Haus. Kim war das gar nicht recht, doch sie kam nicht dazu, ihn aufzuhalten.

Die anderen beiden hatten sich neben ihr aufgebaut, junge Kerle, Anfang zwanzig, kurzes Haar. Sie begafften den Mann, der vom Dach gefallen war. Kim beorderte sie mit harschen Worten und einem Wink mit ihrer Pistole zu ihrem Fahrzeug zurück.

Plötzlich ging ein Zittern durch den Tätowierten, und er öffnete die Augen. Rasch trat Kim sein Gewehr zur Seite und schloss die Acht um die Gelenke des mutmaßlichen Täters.

Endlich war der Streifenwagen da, im Schlepptau das Notarztfahrzeug und ein Rettungswagen. Das Martinshorn verstummte, die blauen Lichter flackerten weiter. Ein Arzt eilte zu ihr, gefolgt von zwei Sanitätern mit einer Trage.

»Kümmern Sie sich zuerst um den Verletzten im Keller«, rief Kim ihnen zu. »Den hat es schlimmer erwischt.«

Den Kollegen der Bezirksdienststelle Benrath erklärte sie in wenigen Sätzen, was geschehen war. Sie schickte einen von ihnen ins Haus, um den Zugang zum Keller zu sichern, den anderen bat sie, die Personalien der Frau und der gerade hinzugekommenen Männer aufzunehmen.

Dann lehnte sie sich gegen die Wand und schloss für einen Moment die Augen.

Schritte. Eine Hand auf ihrer Schulter. Dennis.

»Hast alles richtig gemacht«, sagte er.

»Danke, du auch.«

»Schade, dass sich der Mistkerl nicht das Genick gebrochen hat.«

»Sag mal, Dennis, wusstest du, dass wir Leute versklaven?«

Der Kollege guckte verständnislos.

»Republik Hellerhof, freies Territorium.«

»Wie bitte?«

Sie wies zum Fahnenmast hinüber. »Was bedeutet es, wenn man das Ding verkehrt herum aufhängt?«

»Egal«, antwortete Dennis. »Vielleicht hat ja Vincent Veih eine Antwort darauf.«

»Verständigst du die Mordbereitschaft?«

Dennis nickte. »Das ist jetzt deren Job. Und ehrlich gesagt will ich gar nicht wissen, für welchen Scheiß wir schon wieder Kopf und Kragen riskiert haben.«

Der Notarzt kehrte aus dem Haus zurück. Er fing Kims Blick auf und schüttelte mit ernster Miene den Kopf.

Ein Toter mehr auf dieser Welt.

Kim glaubte zu vernehmen, wie drinnen die Frau wieder schluchzte. Sie blickte hinüber zu den Typen im Pick-up. Der Dritte, der ins Haus gelaufen war, hatte sich nicht wieder blicken lassen.

Eine Leichensache fürs KK11, dachte Kim. Wir schreiben unseren Bericht und sind raus.

Aber im Unterschied zu Dennis wüsste ich gern, was hier vorgegangen ist.

In diesem düsteren Haus am Ende der Sackgasse.

03

MELIA KHALID WAR IM MORGENGRAUEN losgefahren, die erste längere Autobahnstrecke für ihren nagelneuen himmelblauen Fiat Cinquecento. Sie hatte Glück, kein endloser Stau an den Baustellen rund um Wuppertal, nur die Steigungen des Bergischen Landes machten dem Kleinwagen zu schaffen. Sie nahm die Ausfahrt Hagen-West, überquerte die Autobahn und fuhr in der Gegenrichtung wieder auf. Nach gut einem Kilometer erreichte sie den vereinbarten Treffpunkt.

Parkplatz Eichenkamp. Am frühen Vormittag noch nicht mit Lkw zugeparkt. Ihr Kollege war noch nicht da.

Sie hatte Zeit, um noch einmal den Text zu lesen, den ihr die Außenstelle Dortmund geschickt hatte. Drei Seiten, eng beschrieben, jeder Satz so martialisch wie die Headline.

Die revolutionäre Front in den Metropolen neu aufbauen.

Vor einiger Zeit waren in mehreren Städten Deutschlands, Spaniens, Italiens und der Schweiz Haftbefehle vollstreckt und Wohnungen durchsucht worden. Ein Schlag gegen die während des Hamburger G20-Gipfels von 2017 als besonders militant aufgefallenen Randalierer. Auf dem Laptop eines Linksautonomen in Witten waren dabei erste Hinweise auf dieses Pamphlet gefunden worden. Der Mann schwieg dazu. Weil es gegen ihn keinen Haftgrund gab, hatte die Polizei ihn wieder auf freien Fuß gesetzt. Natürlich beobachtete ihn der Verfassungsschutz weiterhin.

Konstantin Pfeifer, ihr Dortmunder Kollege, hatte schließlich den Text besorgen können. Das Traktat erinnerte Melia an die typische Sprache der RAF. Es war von der Aktualität einer Stadtguerilla die Rede, von der Notwendigkeit des Kampfes, sogar Anschlagsziele wurden benannt, wenn auch nur abstrakt: Repräsentanten von Staat und Kapital.

Schlagt sie, wo es ihnen wehtut.

Melia fiel ein Satz aus ihrem Entwurf für den neuen Verfassungsschutzbericht ein. Es war derselbe wie jedes Jahr, seit sie für das Kapitel Linksextremismus verantwortlich war: *Nach der Auflösung der RAF ist bis heute keine Entwicklung erkennbar, die auf eine Rückkehr zum bewaffneten Kampf in Form von Terror gegen den Staat schließen lässt.*

Falls Pfeifers Papier authentisch ist, muss ich meine Einschätzung revidieren.

Ein dunkler Wagen rollte langsam an ihr vorbei und hielt auf dem Standstreifen. Der Fahrer stieg aus und zündete sich eine Zigarette an. Melia betätigte ihre Lichthupe. Der Mann schlenderte zu ihr herüber, öffnete die Beifahrertür und stieg ein.

Es war Konstantin Pfeifer, der seit Kurzem die Außenstelle Dortmund leitete. Der Kollege war vom Kölner Bundesamt für Verfassungsschutz in die Landesbehörde gewechselt. Vielleicht sein letzter Karriereschritt – er stand geschätzte zehn Jahre vor der Pensionsgrenze, hatte Bauch und Doppelkinn und kaum noch Haare auf dem Kopf.

Er grüßte und blickte sie fragend an.

»Nichtraucherauto«, sagte Melia.

Pfeifer verzog das Gesicht, ließ das Fenster herunterfahren und warf die glimmende Zigarette nach draußen.

»Erzähl mir was über deinen V-Mann.«

Er hatte sie am Telefon geduzt, also blieb sie dabei, obwohl sie das nur aus dem Polizeidienst kannte, nicht vom Ministerium.

»Es ist eine Frau«, antwortete Pfeifer. »Wir nennen sie Rebecca Schulmeister. Sie gehört zu einer kleinen, verschworenen Studentengruppe, die an der Uni Bochum aktiv ist. Bislang nur linksradikale Agitation, nichts Kriminelles. Der Typ in Witten gehört ebenfalls dazu.«

»Führst du sie selbst?«

Pfeifer nickte. »Kenne sie schon länger, eine alte Quelle des Bundesamts.«

»Warum arbeitet sie für uns? Geld, Überzeugung, Geltungsdrang?«

Pfeifer zuckte mit den Schultern.

»Oder steht sie auf dich?«

Der Scherz prallte spurlos an ihm ab. Kein Lächeln, ein mürrischer Typ, wie Melia fand.

»Natürlich ist es die Kohle«, antwortete er.

»Und was sagt sie zu dem Papier?«

»Dass es authentisch ist. Dass sie in ihrer Gruppe darüber diskutiert haben. Und dass sie nicht die Einzigen sind, die sich daran aufgeilen.«

»Für wie verlässlich hältst du sie?«

»Schulmeister hat uns noch keine Info geliefert, die sich hinterher als falsch herausgestellt hätte. Sie hat vorhergesagt, dass es während des G20-Gipfels an der Elbchaussee brennen würde, was wir auch an die Hamburger Kollegen weitergegeben haben. Blöd nur, dass die es ignoriert haben. Die Sozis dort waren ja so geil auf ihren Gipfel.«

»Dann gehe ich mal rüber zu ihr.«

Auch der Kollege wollte seine Tür öffnen. Melia legte ihm die Hand auf die Schulter.

»Ich hol dich, wenn ich mit ihr fertig bin.«

Seine Miene verfinsterte sich, was Melia ignorierte. Sie ging nach vorn zur Fahrerseite des dunklen Mercedes und stieg ein.

»Guten Morgen, Rebecca.«

Eine kleine, schmale Frau blickte sie an. Schwarze Klamotten, Tattoos auf den Handrücken, dunkle Augenringe. Ihre zierliche Erscheinung ließ sie jünger wirken, aber Melia schätzte sie auf mindestens vierzig. In ihrer Studentengruppe sicher der Methusalem.

»Etwas dagegen, wenn wir uns duzen?«

Pfeifers Informantin schüttelte knapp den Kopf.

»Du weißt, warum ich dich sprechen will?«

»Wegen des Strategiepapiers.«

»Wie neu ist es?«

»Es ist nach Hamburg entstanden.«

»Und wie ist seine Verbreitung?«

»Ich war auf überregionalen Treffen in Berlin und Bremen, wo es diskutiert wurde. Und ich weiß, dass es auch schon ins Spanische und Griechische übersetzt worden ist.«

»Wie groß ist der Zustimmungsgrad?«

»Schwer zu sagen. Es spaltet die Szene. Den Weg der Guerilla wird wohl nur ein Teil mitgehen. Andere werden sympathisieren und im Geheimen unterstützen. Seit den Naziaufmärschen in Chemnitz und Halle geht ein ziemlicher Ruck durch die Antifa-Szene. Und wenn der Bundesinnenminister von der Migrantenfrage als Mutter aller politischen Probleme spricht, fühlt sich die linke Szene an Judenfrage und Holocaust erinnert. Das provoziert Widerstand. Ich kann mich jedenfalls nicht erinnern, dass die Linke jemals so in Aufruhr war.«

»Wird es wirklich dazu kommen, dass sich Leute bewaffnen?«

»Wenn sich die Stimmung weiter aufheizt – klar. Also ziemlich wahrscheinlich, würde ich sagen.«

Melia musterte die Frau. Die Anzeichen von Nervosität oder Unbehagen hielten sich im Rahmen. Zudem fiel Melia kein Grund ein, warum Schulmeister sie anlügen sollte. Melia fragte sich, warum Pfeifer diesen Decknamen gewählt hatte. War sie etwa Lehrerin?

Die Kälte kroch ins Wageninnere. Die Informantin verschränkte die Arme.

»Eine letzte Frage, Rebecca. Wer ist der Kopf hinter dem Papier, wer hat es verfasst?«

»Ich hab da nur Gerüchte gehört.«

»Erzähl.«

»Über alte RAF-Genossen, die aus dem Untergrund heraus den Widerstand bündeln und neu formieren wollen. Wer mitmacht, wird großzügig mit Knarren und Sprengstoff versorgt, heißt es.«

»Genossen aus dem Untergrund?«

»Die Zeitungen nennen sie die RAF-Rentner.«

Melia nickte, verabschiedete sich und eilte zu ihrem Auto zurück.

Pfeifer lehnte an der Fronthaube und rauchte schon wieder. Der Alte trug seine Winterjacke offen. Der eisige Wind schien ihm nichts auszumachen.

»Was ist dein Eindruck?«, fragte er.

Ihr kam das Du irgendwie übergriffig vor. Sie mochte den Kollegen nicht. Vielleicht auch nur, weil er vom Bundesamt gekommen war. Ich sollte ihm eine Chance geben.

»Verlässlich«, antwortete sie.

»Sag ich doch.«

»Soweit man das von einem Spitzel behaupten kann.«

»Süßer Kleinwagen«, bemerkte Pfeifer und kehrte zu seinem Mercedes zurück.

Auf der Heimfahrt diktierte Melia den Entwurf für ein Memo an ihren Chef ins Handy. Sie war beunruhigt. Seit Jahren beobachtete sie die roten Socken dieses Bundeslandes. Mit einem Schlag befand sich ihre Einschätzung auf dem Prüfstand.

Falls Rebecca recht hatte, war Hamburg nur ein Lüftchen gewesen, und der Sturm stand erst noch bevor.

04

DAS KLEINE EINFAMILIENHAUS MIT DEN DICKEN, kalten Mauern lag in weitem Abstand zu den Nachbarn am Küstenkanal westlich von Oldenburg. Die Räumlichkeiten waren zu eng, um noch als kuschelig durchzugehen. Steile Treppe, Schrägen im Obergeschoss, nur ein Bad für drei Leute. Vor sechs Jahren hatten sie den Mietvertrag unterzeichnet, unter Vorlage gefälschter Papiere. Bis jetzt hatte sich die Hütte als sicherer Hafen erwiesen.

Trotzdem glaubte Herlinde, ihr Kopf platze gleich, als sie die Sohlen an der Fußmatte abstreifte und die Tür aufschloss. Sie fragte sich, ob sie sich eine Erkältung eingefangen hatte. Aber es war nur die schiere Ausweglosigkeit, die ihr den Wintertag zur Qual machte und aufs Gemüt schlug.

Der Frust über ihr verfahrenes Leben.

Sibylle kam ihr entgegen. »Und?«

Herlinde hängte ihren Parka an die Garderobe, zog die Stiefel aus und schlüpfte in die gefütterten Hausschuhe. Einst war Sibylle für sie wie eine ältere Schwester gewesen, zu der sie aufschaute und der sie blind vertraute wie sonst nur ihrem Freund. Doch das Verhältnis hatte sich in all den Jahren gewandelt.

Sie waren Zellengenossinnen, die das Schicksal zusammengesperrt hatte.

Und an besonders miesen Tagen hassten sie einander.

Herlinde ging voraus in die Küche, wo Klaus gerade Tee aufbrühte. Er bewegte sich schwerfällig, sein Rücken schmerzte schon seit Wochen.

»Erzähl!«, verlangte Sibylle.

Herlinde setzte sich, goss sich einen Becher voll und wärmte ihre Finger daran. Sie wandte sich Klaus zu. »Zivilbullen.«

»Bist du dir sicher?«

»Plan B können wir ebenfalls vergessen.«

»Ich hab's befürchtet!« Sibylle verdrehte die Augen. »Wenn wir die Panzerfaust niemals einsetzen, nimmt uns keiner mehr ernst. Mensch, Klaus, hättest du das verdammte Ding doch abgefeuert!«

Er atmete hörbar durch. »Der Überfall war … na ja, aber wir müssen nach vorn schauen.«

Herlinde rieb sich den verspannten Nacken. Sie spürte jeden Pulsschlag als Hämmern hinter den Schläfen. Den Großteil der vergangenen Nacht hatte sie wach gelegen. Mit jedem Fehlschlag nahm der Fahndungsdruck zu. Während die Stimmung in der Gruppe den Gefrierpunkt erreichte.

Allmählich wurde das Geld knapp.

»Das nächste Mal nehme ich das Ding«, sagte Sibylle.

»Dafür solltest du erst einmal üben«, antwortete Klaus.

»Spiel hier nicht den Macho.«

»Ich bin froh, wenn du die Panzerfaust nimmst, denn ihr Gewicht ist Gift für meine Bandscheiben. Aber falls du sie falsch handhabst, kannst du dich schwer verletzen. Kriegsgerät ist nichts für Laien.«

Herlinde rührte Zucker in ihren Tee. »Ich bin froh, dass wir niemanden umgebracht haben.«

»Früher waren wir nicht so zimperlich.«

»Sibylle, das haben wir zur Genüge diskutiert. Und die Panzerfaust bleibt bei Klaus.«

Die Genossin breitete theatralisch die Arme aus. »Führt unser Küken jetzt das Kommando?«

Herlinde nahm einen Schluck. Zitronengras und Ingwer. Allmählich wurde ihr warm. Küken war sie schon lange nicht mehr genannt worden.

»Wir brauchen ein neues Quartier«, schlug sie vor. »Einen Revierwechsel. In dieser Gegend können sich die Bullen bereits ausrechnen, wo wir als Nächstes zuschlagen werden.«

»Für einen Neuanfang fehlen uns die Mittel«, warf Sibylle ein.

»Ist es wirklich so dramatisch?«

»Hätten wir den VW-Bus und den Focus geklaut statt gekauft, dann wäre die Lage anders.«

»Auch das haben wir lang und breit diskutiert.«

»Waren das wirklich die Bullen?«, fragte Klaus. »Vor Real *und* bei Ikea?«

Herlinde nickte.

»Aber sie können nicht die ganze Zeit Wache schieben. Wir warten, bis die Luft rein ist. Und danach ein gründlicher Tapetenwechsel. Die nächste Beute sollte reichen, um für ein, zwei Jahre nach Holland zu gehen. Ich glaube, das täte uns allen gut.«

»Kroatien wäre mir lieber«, sagte Sibylle.

Wir hätten uns schon vor langer Zeit trennen sollen, dachte Herlinde. Bevor wir verlernten, allein zurechtzukommen. Wir hätten diesen Weg erst gar nicht beschreiten sollen.

Wenn es siamesische Drillinge gibt, dann sind wir das.

In ihrer kleinen Kammer unterm Dach machte sie es sich mit ihrem Rechner auf dem Bett bequem und begann, im Netz zu surfen. Rasch landete sie auf Seiten aus ihrer alten Heimat, auf denen sie sich immer öfter herumtrieb: *Antifaschistische Linke Düsseldorf, Autonome Stattzeitung, Linkes Zentrum Hinterhof* …

Früher, als ich wirklich noch das Küken war, besaßen wir noch eine Perspektive, dachte sie.

Aber dann haben wir es vermasselt.

Herlinde stieß auf die Ankündigung einer Lesung in der Buchhandlung Nickel. Neugierig recherchierte sie und erfuhr: Der Inhaber hieß Jens.

Ihr Jens Nickel, gut möglich.

Meine Güte, was habe ich den Kerl geliebt! Und dann entpuppte sich ihre vermeintliche Zuflucht in der Bretagne als geheimer Ort eines staatlichen Zeugenschutzprogramms. Vor ein paar Jahren hatte sie Klaus gebeichtet, wie blind sie gewesen war. Sibylle würde mich umbringen, wenn sie das ebenfalls wüsste.

Herlinde hätte zu gern gewusst, wann Jens begonnen hatte, für die Gegenseite zu arbeiten. Bereits in der Kiefernstraße, wo sie sich kennengelernt hatten? Erst kurz vor Weiterstadt?

Warum interessiert mich das eigentlich noch?

Herlinde rieb sich die Schläfen und klickte weiter. In Düsseldorf referierte heute Abend ein renommierter Historiker über den spanischen Bürgerkrieg. Eine italienische Band spielte Ska-Punk, sicher ein großer Spaß. Linke Fortuna-Fans trafen sich im selbst verwalteten Zentrum zum Altbier. Das Leben könnte so schön sein.

Es klopfte an ihrer Tür. Herlinde schloss das Browserfenster.

Sibylle lugte ins Zimmer. »Hast du einen Moment?«

»Was gibt's?«

»Wir haben mal unsere liquiden Mittel zusammengerechnet. Vielleicht hast du recht, und wir sollten umziehen, bevor wir wieder auf Beutefang gehen. Was schlägst du vor?«

»Du fragst das Küken?«

»Sei nicht eingeschnappt.«

»Es gibt nur eine Gegend außer hier, wo ich jeden Winkel kenne.«

»Jeden Baumarkt und jede Ikea-Filiale?«

Herlinde nickte. Beim Gedanken an den Rhein und an die Stadt, in der sie aufgewachsen war, musste sie lächeln.

»Okay«, sagte Sibylle. »Wir mieten ein Wohnmobil und machen uns noch heute auf den Weg.«

Herlindes Kopfschmerzen verflogen, während sie zu packen begann.

Es war, als öffne sich ihre Zellentür und die Sonne schien herein.

Als löse das Frühjahr schon jetzt den Winter ab.

05

FAST HÄTTE VINCENT DEN TATORT nicht gefunden, dann bemerkte er die Fahrzeuge der Kollegen von Mordkommission und Spurensicherung, die eine gepflasterte Zufahrt blockierten. Vincent parkte in der Wendeschlaufe, schlug den Kragen seiner Jacke hoch und ging den Rest des Wegs zu Fuß.

Als er das Haus mit den herabgelassenen Rollläden betrat, vernahm er Bruno Wegmanns charakteristische Bassstimme und folgte ihr bis in die Küche, wo Bruno, der die Mordkommission leitete, mit dem Kollegen Hamid Belhanda und einer jungen Frau am Tisch saß. Offenbar handelte es sich bei ihr um die Hausbewohnerin, die den Notruf gewählt hatte.

Hamid grüßte Vincent mit einem fröhlichen Nicken, während Bruno nur kurz die Stirn runzelte und gleich darauf die Frau anherrschte: »Wollen Sie uns allen Ernstes weismachen, dass Sie nichts mitbekommen hätten? Irgendeine Vorstellung müssen Sie doch davon haben, warum Ihre beiden Mitbewohner in Streit geraten sind!«

Die Frau knetete ein Papiertaschentuch und schniefte nur. Sie war Mitte zwanzig und hatte strähniges blondes Haar.

In ihrem graublauen Strickpullover schien sie fast zu verschwinden.

»Seit wann lebte Milo Grünberger bei Ihnen?«, fragte Hamid in ruhigerem Ton.

»Muss ich dem Araber antworten?«

»Ja«, sagte Bruno barsch.

»Zwei Monate. Milo hat beim Renovieren geholfen. Gegen Kost und Logis drüben im Gästehaus.«

Sowohl Hamid als auch Bruno machten Notizen, als hätten sich die beiden Kollegen nicht abgesprochen, wer für das Protokoll zuständig war.

»Wie haben Sie und Grünberger sich kennengelernt?«

»Ich und er?«

»Oder Ihr Freund und er.«

»Bei einem Infoabend über alternative Heilmethoden in Königsbrunn.«

»Königsbrunn?«

»Bei Augsburg.«

»Waren Sie auch dort?«

Die Frau fuhr sich durchs Haar, dann nickte sie.

Vincent sprach Bruno an. »Kommst du mal kurz mit raus?«

Der Kollege blähte die Backen auf, dann erhob er sich unwillig vom Stuhl.

Vincent wandte sich an die Frau. »Und wenn Sie dem Araber nicht alles brav erzählen, was er wissen will, nehmen wir Sie mit.«

Sie traten vor den Hauseingang. Bruno zündete sich eine Zigarette an. Er hielt sie zwischen Daumen und Zeigefinger, als wolle er sie mit seiner Hand verbergen.

»Was ist?«, fragte er.

»Die Frau erwähnte ein Gästehaus. Wo befindet sich das?«

Bruno deutete über seine Schulter. »Hinter der Garage. Dort hat Grünberger in den letzten Wochen seines Lebens gehaust. Unterbrichst du meine Vernehmung, nur um mich das zu fragen, *Chef*?«

Alle im Team wussten, dass Vincent nicht so angesprochen werden wollte. Deshalb taten es manche Mitarbeiter besonders gern. Er hatte es aufgegeben, sie zurechtzuweisen.

»Hast du die Kriminaltechnik hingeschickt?«, wollte Vincent wissen.

»Natürlich, was denkst du?«

»Wer leitet die Spurensicherung?«

»Fabri.«

»Das ist gut.«

Bruno zog an seiner Zigarette und schwieg.

»Wie schätzt du die Zeugin ein?«

»Hör mal, Vincent, Anna hat mich vorgewarnt, dass du dich gern in die Ermittlungsarbeit einmischst. Aber ich komme mir trotzdem ziemlich dämlich vor, wenn der Dienststellenleiter zu jeder Befragung erscheint wie ein Aufpasser, der seinen Leuten nicht traut.«

»Nicht zu jeder.«

»Das ist die erste in der Leichensache Grünberger und sie dauert noch keine Viertelstunde.«

»Wer ist die Frau?«

»Jana Meier, die langjährige Freundin des Hausbesitzers Helge Simonis. Zusammen betreiben sie hier eine Art Naturheilpraxis.«

»Die Buchführung überprüfen.«

Bruno zuckte mit den Schultern und zog am Glimmstängel.

Vincents Handy spielte die ersten Takte von »London Calling«.

»Wusste gar nicht, dass du ein alter Punk bist«, sagte Bruno mit schiefem Lächeln.

»War«, antwortete Vincent, nahm das Gespräch an und hatte Dominik Roth am Ohr.

»Hallo, Chef«, grüßte Dominik. »Todesursächlich ist die Schussverletzung. Außerdem weist der Körper eine Vielzahl von Prellungen auf, die alle frisch sind. Der Mann ist also ziemlich verprügelt worden, bevor ...«

Vincent unterbrach ihn. »Erzähl das bitte Bruno. Er leitet die Mordkommission, wie du weißt.« Er reichte das Mobiltelefon weiter. »Dominik aus der Rechtsmedizin.«

Bruno drehte Vincent den Rücken zu und unterhielt sich mit dem Kollegen. Als er fertig war, gab er das Mobiltelefon zurück. »Warum ruft er dich an und nicht mich?«

»Woher hatte Simonis das Gewehr?«, fragte Vincent zurück.

»In einer Kammer da drin befindet sich ein Waffenschrank voller Flinten und Pistolen. Der Mann ist Mitglied im Schützenverein. Wenn du nur ein paar Stunden Geduld hättest, könntest du alles in unseren Berichten nachlesen.«

»Was bedeutet ›Freie Republik Hellerhof‹?«

»Wovon sprichst du?«

»Steht auf dem Klingelschild. Frag bitte mal die Zeugin danach.«

Bruno schleuderte den Zigarettenstummel auf den Asphalt.

Schritte im Flur, Hamid gesellte sich zu ihnen.

»Sie hat mit Milo Grünberger geschlafen«, berichtete er.

»Das hab ich mir gedacht«, erwiderte Bruno. »Eine Eifersuchtstat.«

Vincent verschränkte die Arme. »Bringt die Frau ins Präsidium, und befragt sie dort weiter. Heute Abend will ich nachlesen, was zwischen Grünberger, Meier und Simonis in den letzten zwei Monaten vorgefallen ist. In allen Details.«

Auf dem Weg zum Gästehaus sagte sich Vincent, dass Bruno froh darüber sein konnte, wie er das Kommissariat führte. Was soll schlecht daran sein, wenn ich ihm mit Rat und Tat zur Seite stehe?

Am Eingang fing ihn ein Kriminaltechniker ab, der ihm Handschuhe, einen Overall und Überzieher für die Schuhe aufnötigte.

Drinnen war es hell und roch nach unlängst verlegtem Teppichboden. Im Erdgeschoss gab es drei Zimmer und ein Bad. Im ersten Stock war der Grundriss derselbe. Hier stieß Vincent auf Fabri, der in einem Zimmer auf dem Heizkörper saß und etwas in die Tastatur seines Laptops tippte.

Sie begrüßten einander mit Handschlag.

»Wie sieht's aus?«, fragte Vincent.

»Bis auf diesen Raum wirkt alles unbewohnt. Kampfspuren haben wir keine gefunden.«

Vincent merkte dem Kollegen an, dass das noch nicht alles war. »Aber?«, fragte er.

»Wie interpretierst du das, wenn wir in dem Zimmer, das zwei Monate lang das Zuhause eines jungen Mannes gewesen sein soll, kein Handy finden und weder Laptop noch Tablet? Nirgendwo auch nur ein Zettel, nicht einmal ein Tankbeleg im Portemonnaie. Sogar der Papierkorb ist leer, bis auf einen gebrauchten Kaugummi, der am Boden festklebt.«

Vincent blickte sich um. Ein ungemachtes Bett, ein blanker Schreibtisch. Er öffnete den Schrank. Allerlei Klamotten, zwei Paar Schuhe auf dem Einlegeboden.

Auf einem Regal zeichnete sich im Staub ab, dass hier einige Bücher gestanden hatten.

»Ausweis, Führerschein, Versicherungskarte?«

Fabri schüttelte den Kopf.

»Dann hat hier jemand aufgeräumt«, schlussfolgerte Vincent.

»Das denke ich auch«, bestätigte der Chef der Spurensicherung.

06

MELIA BETRAT DAS VORZIMMER UND DEUTETE auf die Durchgangstür zum Chefbüro. »Er wollte mich sprechen. Ist er drin?«

»Telefoniert«, antwortete die Sekretärin, ohne aufzublicken.

Melia verschränkte die Arme und atmete tief durch. Sie hasste es, zu warten.

Jakobs war seit Jahresbeginn im Amt. Ein Vertrauensmann des Ministers, wie es hieß. Er kam von der Bezirksregierung in Detmold, wo er für Gesundheit und Soziales zuständig gewesen war. Promovierter Jurist. Ein Beamter ohne geheimdienstlichen Hintergrund, geschweige denn Stallgeruch. Keiner wusste ihn bislang einzuschätzen.

Immerhin hatte Jakobs einige freie Stellen besetzen können, indem er Leute aus dem Bundesamt für Verfassungsschutz abwarb. Damit hatte er die Behörde gestärkt, was ihm die meisten Kollegen als Pluspunkt anrechneten. Zudem hatte er sich öffentlich mit der Forderung hervorgetan, die technische Ausstattung zu verbessern. Im eigenen Haus kam so etwas gut an.

Sein Vorgänger hatte die Abteilung fast zwanzig Jahre

lang mit ruhiger Hand und einigermaßen pannenfrei geleitet, bis er in vorzeitigen Ruhestand geschickt worden war – man munkelte über politische Differenzen. Genaueres wusste Melia nicht. Geht mich auch nichts an, dachte sie.

»Jetzt hat er aufgelegt«, sagte die Sekretärin.

Melia klopfte, bekam keine Antwort und zählte bis drei. Dann ging sie hinein.

Der neue Chef war Anfang vierzig, schätzte sie. Dreiteiliger Anzug, rote Krawatte, Anstecker mit Bundesadler am Revers. Aufmerksamer Blick hinter kleinen, ovalen Brillengläsern. Dr. Walter Jakobs war als Leiter der Abteilung Verfassungsschutz einer der wenigen, die unter ihrem Klarnamen den Dienst versahen.

Er musterte sie mit gerunzelter Stirn. Entweder missfiel ihm ihr Kraushaar, das von einer länger zurückliegenden Blondierung noch an den Spitzen hell war, oder das Jäckchen mit Camouflagemuster, das sie trug – nicht gerade das übliche Büro-Outfit. Daran wirst du dich gewöhnen müssen, dachte Melia.

Sie nahm auf dem Besucherstuhl Platz, ohne seine Aufforderung abzuwarten. Dabei schweifte ihr Blick über die Familienfotos, die Jakobs' Telefon umgaben, vier kleine Kinder und eine streng wirkende Frau, die in die Breite gegangen war. Den Rest des Schreibtisches bedeckten aufgeschlagene Zeitungen. Zuoberst ein Artikel mit drei Fahndungsfotos aus den frühen Neunzigerjahren.

Die dritte Generation der RAF – übrig bleibt ein Trio krimineller Rentner.

Diesen Bericht hatte sie noch nicht gelesen. Offenbar entsprach er dem, was auch die übrigen Medien über Arnold, Büchner und Weiß meldeten.

»Ihr Memo ist bei mir angekommen«, begann Jakobs und

nickte, als müsse er sich selbst bestätigen. »Und ich teile Ihre Befürchtungen voll und ganz. Ich habe auch schon den Ministerpräsidenten informiert. Gute Arbeit, Frau ... Khalid.«

»Danke.«

Der Abteilungsleiter wies auf den Zeitungsartikel. »Aber das hier geht nicht.«

»Natürlich. Niemandem gefällt ein Raubüberfall.«

»Ich meine die Überschrift. Das Gerede von den drei armen, verzweifelten RAF-Rentnern, die angeblich keine politische Agenda verfolgen, sondern lediglich ...«, er schrieb Anführungszeichen in die Luft, »... für ihr karges tägliches Brot im Untergrund sorgen. Mit dieser Verharmlosung muss Schluss sein. Uns soll keiner nachsagen, wir seien auf dem linken Auge blind.«

»Bevor wir offiziell von einer konkreten Terrorgefahr ausgehen können, brauche ich aber noch eine zweite Quelle. Bislang hat nach meiner Kenntnis keine V-Person, die wir im linksextremistischen Umfeld führen, die Information der Dortmunder Außenstelle bezüglich des Aufrufs und seiner Autorenschaft bestätigt.«

»Glauben Sie, dass der Kollege Pfeifer oder seine Quelle uns einen Bären aufbinden will?«

»Nein, natürlich nicht, aber ...«

»Wir haben die Pflicht, den Bürgern reinen Wein einzuschenken. Immerhin stehen wir vor Landtagswahlen. Stellen Sie sich vor, es passiert etwas!«

Das tat Melia lieber nicht. »Wie lautet also mein Auftrag?«

»Erstens: Rücken Sie das Bild der angeblichen RAF-Rentner in der Öffentlichkeit zurecht. Ich nehme an, Sie wissen, wie man das macht.«

»Und zweitens?«

Jakobs warf ihr ein dünnes Dossier hin.

Melia schlug den Deckel auf. Vom DIN-A4-Ausdruck eines grobkörnigen Fotos blickte ihr ein junger Kerl mit beginnenden Geheimratsecken und Vokuhila-Frisur entgegen. Er trug ein labbriges, schwarz-weiß gemustertes T-Shirt und einen Brilli im linken Ohrläppchen. Aufgenommen vor rund dreißig Jahren, schätzte Melia.

Ihr Chef räusperte sich und sortierte seine Notizen. »Jens Nickel war ein V-Mann unserer Abteilung. Als Student gehörte er der Hausbesetzerszene in der Kiefernstraße an. Unsere Vorgänger haben ihn Anfang der Achtzigerjahre angeworben und zum wichtigsten Informanten aufgebaut, den je eine Verfassungsschutzbehörde geführt hat.«

»Wow.«

»Vielleicht glauben Sie mir, wenn ich Ihnen verrate, dass er in die RAF eingeschleust werden konnte. Genauer gesagt in die Kommandoebene der dritten Generation. Wir sollten ihn reaktivieren. Ein solcher Mann fehlt uns aktuell enorm.«

»Wir hatten einen Maulwurf im harten Kern?«

»Das weiß ich selbst erst seit Kurzem.« Er blickte auf seine Zettel. »Nickels Mitarbeit führte 1986 zur Festnahme von Eva Haule und sechs Unterstützern aus der Kiefernstraße sowie sieben Jahre später zur Ergreifung von Birgit Hogefeld und zur Ausschaltung von Wolfgang Grams in Bad Kleinen. Er hat uns die damaligen Hauptfiguren der RAF sozusagen auf dem Tablett serviert. Nickel und seine Führungsbeamten haben Geheimdienstgeschichte geschrieben.« Er lachte. »Also Geschichte im Geheimen.«

»Was hat Nickel danach gemacht?«

»Zeugenschutzprogramm. Und vor einigen Jahren ist er zurückgekehrt. Hier in Düsseldorf hat er den Buchladen seiner Mutter übernommen. Letzte Woche hat er sich überraschend gemeldet.«

»Bei wem?«

Jakobs wich ihrem Blick aus. »Bei einer früheren … Kontaktperson.«

Melia wog das Dossier in ihrer Hand. »Ich soll Nickel also auf den Zahn fühlen?«

»Mehr noch. Werben Sie ihn an.«

Melia steckte die dünne Akte, die das Foto und grobe Daten eines Lebenslaufs enthielt, in ihre Tasche. Beide erhoben sich. Jakobs hielt die Tür für sie auf, ganz der Gentleman.

Dabei glotzte er wieder ihre Haare an.

»Ist was?«, fragte Melia.

»Wir leben in sehr stürmischen Zeiten, und der Fels in der Brandung, das sind wir, Frau Khalid.« Wieder nickte er. »Sie, ich und diese Behörde. Vergessen Sie das nicht.«

07

MELIA VERSAMMELTE DIE MITARBEITER ihres Referats im Konferenzraum am Ende des Flurs. Ihr Kollege Knut Richter hatte Geburtstag und deshalb Kuchen mitgebracht. Die Runde bedankte sich mit einem Ständchen, dann schaltete Melia über die abhörsichere Telefonanlage die Außenstellen des Verfassungsschutzes in Nordrhein-Westfalen zu, während ihre Sekretärin die aktuellsten Informationen zu den RAF-Oldies verteilte.

Die zuständigen Ermittler der niedersächsischen Polizei machten in einer bislang unter Verschluss gehaltenen Einschätzung das Trio für nicht weniger als neun schwere Raubdelikte verantwortlich, die in den letzten acht Jahren in Niedersachsen und Schleswig-Holstein verübt worden waren – versuchte und vollendete. Die Beute summierte sich auf vierhunderttausend Euro. Plus eine Million Mark aus einem ähnlichen Überfall in Duisburg im Jahr 1999.

Nicht gerade ein Klacks.

Ines Röttinger, die jüngste Mitarbeiterin, meldete sich. »Sorry, falls ich etwas verpasst habe, aber warum genügt es nicht, wenn sich die zuständige Kripo um die RAF-Rentner kümmert?«

»Wer sagt uns, dass sich die Leute in den Ruhestand begeben haben?«

»Wie aktuell sind die Fahndungsbilder?«, fragte Richter, der als Einziger den Kuchen aß.

Melia verzog das Gesicht. »Das Landeskriminalamt in Hannover hat uralte Fotos überarbeiten lassen, um zu zeigen, wie Arnold, Büchner und Weiß heute aussehen könnten.«

»Also pure Spekulation.«

»Aber das Beste, was wir haben.«

»Wie kommt die Kripo darauf, dass es dieselben Täter waren?«, wollte Reinhard Zacharias wissen, ein erfahrener Kollege, der an diesem Montag nach längerer Krankheit zum ersten Mal wieder im Dienst war.

»In einigen Fällen gibt es Fingerabdrücke«, erklärte Melia. »Außerdem fällt der immer gleiche Modus Operandi auf. Die Zahl der Räuber, die Ausrüstung mit Sturmhauben, Kalaschnikow und einer Panzerfaust – zum Glück ist die nie benutzt worden.«

»Noch nicht.«

»Fest steht: Das Trio wird wieder zuschlagen. Und zwar bald, nachdem es zuletzt leer ausgegangen ist.«

Und mit jedem Erfolg wuchs die Gefahr, dass sie ihre Guerilla-Träume umzusetzen versuchten. Der Gedanke an die entdeckten Terrorpläne ließ Melia schaudern.

Die revolutionäre Front in den Metropolen neu aufbauen.

Schlagt sie, wo es ihnen wehtut.

Sie verteilte den Text, der möglicherweise von Arnold, Büchner und Weiß stammte. Sie resümierte den Inhalt und berichtete von ihrem Treffen auf dem Autobahnparkplatz bei Hagen. Konstantin Pfeifer, aus Dortmund zugeschaltet, beteuerte noch einmal, wie glaubwürdig seine langjährige

Quelle war. Ein überregional vernetztes Mitglied der Bochumer Gruppe.

Melia bedankte sich bei ihm und fuhr fort: »Um das Ausmaß der Terrorgefahr genauer abschätzen zu können, bitte ich euch, all eure Quellen auf das Traktat hin anzusprechen. Wo wurde es bereits diskutiert, wie wird es aufgenommen? Und schließlich: Auf welchen Kanälen kommunizieren die drei RAF-Räuber mit ihren Gleichgesinnten? Gibt es Kontaktleute in unserem Bundesland?«

Sie blickte in die Runde und erkannte, dass ihre Mitarbeiter ausnahmslos von der Brisanz der Lage überzeugt waren. Die Gesamtzahl der Linksautonomen in Nordrhein-Westfalen veranschlagte das Referat auf momentan neunhundertsiebzig Personen. Die Runde beriet, welche roten Socken zuerst für eine Überwachung infrage kamen. Sie einigten sich auf achtunddreißig Namen.

Radikale Wortführer, alte Hasen und notorische Mehrfachtäter. Gewaltbereite Antifaschisten, umtriebige Antiimperialisten, reisende Randalierer. Sie saßen zumeist in den Universitätsstädten.

Der mögliche Kern einer vierten RAF-Generation in diesem Bundesland.

Melia wies ihre Leute an, die Handys und Festnetzanschlüsse der Gefährder abzuhören sowie deren Computer anzuzapfen. Es gab Programme, die verdächtige Aktivitäten im Netz automatisch aufzeichneten – sie sprachen auf einschlägige Begriffe in E-Mails an, auf Eingaben in Suchmaschinen, Seitenaufrufe im Internet. Ziemlich zuverlässige Seismografen.

»Lest stichprobenartig mit, auch wenn die Software keinen Alarm schlägt.«

»Und wenn die Korrespondenz privat wird?«

»Subversive tarnen ihre Ziele und Aktionen gern mit harmlos klingenden Metaphern. Bei ihnen kann auch das Private politisch sein.«

»Sollten wir sie nicht auch observieren?«, fragte Ines Röttinger.

»Oder die Wohnungen verwanzen?«, schlug Knut Richter vor.

»Leider übersteigt das unsere Kapazitäten«, beschied Melia. »Ich würde eher die Liste der Zielpersonen erweitern, deren Kommunikation wir überwachen. Wir werden das je nach Entwicklung der Gefahrenlage entscheiden. Noch Fragen?«

Das war nicht der Fall. Melia beendete die Sitzung und verabschiedete die Kollegen, die via Telefonleitung zugeschaltet waren.

Sie legte den Kopf in den Nacken und schloss für einen Moment die Augen. Was für ein Coup es wäre, Arnold, Büchner und Weiß das Handwerk zu legen und dem Stadtguerilla-Gespenst ein Ende zu bereiten, bevor es real werden konnte!

Zacharias stand vor ihr. Er hatte Gewicht verloren, wirkte aber erholt. Sein Lächeln gab ihr Zuversicht.

»Gut, dass du zurück bist«, sagte Melia.

»Schön, wieder mit dir arbeiten zu können«, antwortete der Kollege.

08

IM LAUF DES NACHMITTAGS RIEF MELIA zwei Journalisten an. Der eine arbeitete frei für den *Spiegel*, der andere leitete das Investigativressort der *Süddeutschen Zeitung*. Beide hatten vor einigen Jahren zu einem Thema recherchiert, für das Melia zuständig gewesen war. Sie hatte ihnen mit geheimen Informationen geholfen, seitdem vertrauten sie ihr.

Was sie gelegentlich nutzte, um die öffentliche Meinung zu beeinflussen.

Der beste Geheimdienst ist derjenige, dessen Arbeit keiner mitbekommt. Falls das nicht möglich ist, soll er zumindest im besten Licht erscheinen.

Der Mann von der *Süddeutschen* reagierte skeptisch. »Neulich haben Sie mir noch etwas anderes erzählt. Und warum sollten ausgerechnet die RAF-Rentner eine Gefahr für den Staat darstellen?«

»Die Lage wurde neu bewertet.«

»Und warum?«

»Womit begann die erste Generation der RAF?«, fragte Melia zurück.

»Mit Brandbomben gegen Kaufhäuser in Frankfurt.«

»Und danach?«

»Banküberfälle.«

»Jetzt sind es Geldtransporter. Fällt Ihnen die Parallele auf?«

»Wegen einer missglückten Raubsache soll die Republik in Panik ausbrechen?«

»Es ist nicht bloß *eine* Raubsache.«

Melia verriet dem Mann die Vorgeschichte. Neun Überfälle. Mit Duisburg zehn. Sie deutete an, welches Waffenarsenal man sich mit dem erbeuteten Geld zulegen konnte, Fluchtfahrzeuge, falsche Pässe – für eine ganze Brigade an Untergrundkämpfern.

»Hm«, war alles, was der Leiter des Investigativressorts darauf antwortete.

Sie spielte ihren letzten Trumpf aus. »Wir müssen als Möglichkeit in Betracht ziehen, dass das Trio auf die Bildung einer neuen Stadtguerilla hinarbeitet. Denn in der Szene kursiert ein Text, der genau das propagiert.«

Der Journalist am anderen Ende der Leitung begann Interesse zu zeigen. Melia las ihm einige Sätze aus dem Pamphlet vor, das sie aus Dortmund erhalten hatte.

Schlagt sie, wo es ihnen wehtut.

Der Redakteur widersprach ihr nicht mehr.

Seinen Kollegen vom *Spiegel* konnte Melia ebenfalls überzeugen.

Damit hatte sie zwei Leitmedien im Sack. Die übrigen Blätter würden von ihnen als verlässlichen Quellen abschreiben. Damit würde die Nachricht von den perfiden Plänen der RAF-Veteranen und der drohenden neuen Stadtguerilla für Schlagzeilen sorgen.

Ach was – für ein Erdbeben.

Melia informierte ihren Abteilungsleiter, dass er den Minister und die Staatskanzlei darauf einstimmen konnte.

Sie telefonierte mit ihren V-Mann-Führern und schärfte ihnen noch einmal ein, ihre Quellen nach dem Strategiepapier zu fragen und sich sofort bei ihr zu melden, falls es weitere Bestätigungen gab.

Schließlich ging sie noch einmal die Gefährderliste durch. Wem traue ich am meisten zu, die RAF wieder aufleben zu lassen?

Melia blieb an einer Person hängen, die nur wenige Kilometer entfernt auf der anderen Rheinseite lebte, in einem Dorf namens Uedesheim, das zu Neuss gehörte.

Brigitte Veih, Jahrgang 1950 und einstiges Mitglied der zweiten Generation der RAF. 1979 hatte man sie bei einer Schießerei in Augsburg gefasst und nach Verbüßung von zwanzig Jahren Haft in die Freiheit entlassen.

Eine besonders harte Nuss.

Die Frau hatte sich weder von ihren Taten distanziert, noch zu ihren Komplizen ausgesagt. Sie arbeitete als künstlerische Fotografin, galt als einigermaßen renommiert und engagierte sich nebenbei für Flüchtlinge – alles ganz harmlos.

Was Tarnung sein konnte.

Ihr Sohn leitete das hiesige Kommissariat für Tötungsdelikte, wie Melia wusste.

Wie kam der Mann mit seiner Mutter zurecht?

09

VINCENT STELLTE SEIN HANDY STUMM, blätterte durch den Pressespiegel seiner Behörde und wartete darauf, dass die Besprechung der »Mordkommission Gast« endlich begann. Neben ihm sortierte Felix Mey, der die Akten führte, seine Unterlagen. Dominik Roth traf als Letzter im Konferenzraum ein und murmelte einen Gruß. Der Staatsanwalt nickte Vincent zu. Es konnte losgehen.

»Wie geht es dem Täter?«, fragte Vincent als Erstes.

»Schlimmer verletzt, als wir dachten«, antwortete Bruno. »Schädel-Hirn-Trauma, sagen die Ärzte. Dazu beide Beine gebrochen, die OP dauert noch an. Wie's aussieht, hat Helge Simonis heute wirklich keinen guten Tag.«

»Hat er irgendwas gesagt?«

»Nein, und vor morgen ist an eine Vernehmung nicht zu denken. Aber wir konnten schon mal Fingerabdrücke nehmen und die Schmauchspuren an Händen und Kleidung sichern.«

Dominik meldete sich. »Die chemische Zusammensetzung entspricht der beim Schuss verwendeten Munition. Simonis war definitiv der Schütze.«

»Dafür sprechen auch die Fingerspuren an der Waffe«, ergänzte Fabri.

»Wie müssen wir uns den Ablauf der Tat vorstellen?«, fragte der Staatsanwalt.

Bruno antwortete: »Laut Jana Meier hat Simonis sie zur Rede gestellt, und sie hat den Seitensprung gestanden. Ihr Freund verpasst ihr einen Schlag ins Gesicht und läuft wutentbrannt zum Gästehaus hinüber. Sie sitzt wie erstarrt in der Küche. Als sie das Geschrei hört und Simonis seinen Nebenbuhler in den Keller schafft, kriegt sie Panik und wählt den Notruf. Leider kamen die Kollegen um ein Haar zu spät.«

Dominik hob den Finger wie in der Schule. »Einblutungen im Schulterbereich deuten darauf hin, dass der Täter sein Opfer mehrfach mit dem Gewehrlauf vor sich her gestoßen hat.«

»Auf der Kellertreppe kam es zum Sturz«, sagte Fabri.

»Und Simonis hat das Opfer auch mit dem Kolben verprügelt oder getreten.«

Der Staatsanwalt nickte. »Totschlag, die Eifersucht hat ihn übermannt.«

Vincent widersprach: »Simonis hat die Waffe aus dem Schrank geholt, bevor er Grünberger aus seinem Zimmer trieb. Das sieht also eher nach vorsätzlichem Mord aus.«

»Nicht unbedingt. Er will das Gewehr zunächst nur zur Einschüchterung benutzen und feuert erst, nachdem er im Lauf des Streits mehr und mehr in Rage geraten ist. Zumindest wird sein Anwalt so plädieren, und der Richter könnte dem folgen.«

»Und das Werkzeug im Keller? Spitzhacke, Schaufel, Zement, eine Wanne zum Abtransport des Erdaushubs?«

»Was wollen Sie damit andeuten?«

»Vielleicht war es keine Affekttat. Simonis könnte die Sachen bereitgestellt haben, um nach der Exekution seines

Opfers den Boden im Keller aufzubrechen und die Leiche darunter verschwinden zu lassen.«

»Ist das nicht zu weit hergeholt? Außerdem sprach die Zeugin von Renovierungsarbeiten, wenn ich das Protokoll richtig gelesen habe. Die erwähnten Gerätschaften werden dazu gedient haben.«

Während sich der Staatsanwalt von den Kollegen die Aussage von Jana Meier darlegen ließ, zog Vincent den Ordner, der vor Felix Mey lag, zu sich heran und blätterte in den Berichten der Streifenpolizisten, die den Tatort gesichert hatten.

Sein Interesse galt den Personen, die während der Ereignisse mit einem Pick-up vor dem Haus an der Duderstädter Straße aufgekreuzt waren. Er stieß auf die Namen und Adressen zweier Männer, Freunde von Simonis und Meier, die laut ihren Angaben auf einen Kaffee vorbeischauen wollten. Einer von ihnen war der Halter des Pick-ups: Elias Horn, vierundzwanzig Jahre alt. Der andere, Johann Abel, war erst neunzehn.

In den Notizen einer Kollegin war von *drei* Besuchern die Rede.

Die Personalien des Dritten suchte Vincent vergeblich.

Sein Handy vibrierte. Auf dem Display eine Nummer der Düsseldorfer Polizei, die Vincent nicht kannte. Er entschied, sich jetzt nicht stören zu lassen.

Der Staatsanwalt hatte offenbar genug gehört. Er packte seine Sachen ein und stand auf. Vincent wandte sich an Bruno. »Was hat es mit der ›Freien Republik Hellerhof‹ auf sich?«

»Die Zeugin meint, das Klingelschild befand sich schon dort, bevor sie und Helge Simonis dort eingezogen sind. Simonis hat das Anwesen von seinem Vater geerbt, der vor einiger Zeit gestorben ist. Du siehst, ich hab den Punkt nicht vergessen.«

»Herr Veih«, sagte der Staatsanwalt, reichte Vincent die Hand und war verschwunden.

Die Versammlung begann sich aufzulösen.

Wieder vibrierte das stumm gestellte Mobiltelefon, dieses Mal nur kurz.

Eine SMS. Vincent entsperrte das Display.

Bitte um Rückruf. POKin Brandstätter.

So hieß die Kollegin der Benrather Wache, die einen dritten Besucher erwähnt hatte.

Vincent rief sie zurück.

»Kim hier.«

»Brandstätter?«

»Vincent *Che* Veih?« Ihre Stimme hatte einen angenehmen Klang, aber es behagte ihm nicht, wie sie seinen zweiten Vornamen betonte. An den Stempel, den ihm seine linksradikale Mutter damit verpasst hatte, würde er sich nie gewöhnen. Auch mit achtundvierzig Jahren fehlte ihm in dieser Hinsicht die Gelassenheit.

»Was gibt's?«, fragte er, vielleicht ein wenig zu schroff.

»Das Klingelschild. Die Fahne. Die Äußerung des Täters, das Grundstück sei freies Territorium, auf dem ich als Polizistin nichts zu suchen hätte.«

»Und?«

»Reichsbürger.«

»Sicher?«

»Ich habe mich im Internet schlau gemacht. Es gibt die unterschiedlichsten Spielarten. Verschwörungstheoretiker, Esoteriker, Rechtsradikale. Sie glauben, die Bundesrepublik sei ein Instrument fremder Mächte, um die Deutschen zu unterjochen. Die einen lehnen die Fahne ab, die anderen hängen sie falsch herum auf. Gelb steht für das Licht, Schwarz für die Heimaterde.«

Die Kollegin imponierte ihm. »Und Rot dann wohl für das reine arische Blut?«

»Vermutlich.«

»Ich frage mich gerade, ob die beiden Typen, die kurz nach der Tat aufkreuzten, nicht auch zu dieser Truppe zählen.«

»Es waren drei.«

»Du hast dich wirklich nicht vertan?«

»Nein, wie kommst du darauf?«

»In allen anderen Berichten werden nur zwei Besucher erwähnt.«

»Den dritten konnte ich nicht aufhalten. Mein Fehler, tut mir leid. Er lief an mir vorbei ins Haus.«

Und durch den hinteren Ausgang weiter zum Anbau, in dem Milo Grünberger gewohnt hatte, überlegte Vincent. Er sah das Regalbrett im Gästezimmer vor sich. Die Spuren im Staub, wo Bücher gestanden hatten. Hatte der Typ gefunden, wonach er suchte?

»Der Cleaner«, sagte Vincent.

»Wie bitte?«

»Kim, ich danke dir. Du zeigst Einsatz, weit über deine Aufgabe hinaus.«

»Wegen meines blöden Fehlers. Vielleicht kann ich ihn wiedergutmachen.«

»Ich weiß auch schon, wie.«

»Und zwar?«

»Hättest du Lust, in der Mordkommission mitzuarbeiten?«

Natürlich hatte sie.

Vincent dachte an den dritten Mann. Was zum Teufel war ihm in Grünbergers Zimmer so wichtig gewesen?

10

DIE BUCHHANDLUNG NICKEL BEFAND sich in einer ruhigen Seitenstraße der Grafenberger Allee. Vor dem Schaufenster blieb Melia stehen und besah sich die Auslage. Bücherstapel und Plakate: *Guerilla Gardening. Mit Samenbomben die Welt verändern. Selbst ist die Pflanze.*

Alternativ, aber nicht linksradikal, notierte sie in Gedanken.

Auch der neue Roman von Ingo Schmadtke lag da. Ein schmales Plakat kündigte eine Lesung mit dem bekanntermaßen kapitalismuskritischen Schriftsteller an. Sein Konterfei lachte Melia entgegen. In drei Tagen sollte es so weit sein.

Das zweite Fenster zeigte Kochbücher, Lokalkrimis und Historienschmöker. Mittendrin der neue Psychothriller des Duos Langbein/Bairami. Ein bunter Querschnitt durch die Vorlieben der Kundschaft, schätzte Melia.

Ein altmodisches Glöckchen klingelte, als sie die Tür öffnete. Drinnen war kaum etwas los. Eine einzige Kundin stand vor dem Regal mit Reiseführern und blätterte sichtlich ratlos in einigen davon herum.

Der Typ hinter dem Verkaufstresen war mit seinem Laptop beschäftigt und kam Melia auf den ersten Blick wie ein

Clown vor. Dünnes graues Haar umrahmte seine Glatze und fiel im Nacken bis auf den Kragen. Über einem karierten Hemd mit zerschlissenem Kragen trug er eine Lederweste. Der Brilli, den er als junger Mann auf dem Foto getragen hatte, steckte immer noch im linken Ohr.

Er blickte auf. »Kann ich helfen?«

»Ich weiß schon, was ich will«, gab Melia zurück und griff nach dem neuen Schmadtke.

Die Kundin hatte sich entschieden, bezahlte und ging. Endlich war Melia mit dem Mann allein.

Sie legte das Buch zurück und trat an den Tresen. »Herr Nickel?«

»Gefunden, was Sie suchen?«

»Warum haben Sie sich an uns gewandt?«

Er runzelte die Stirn. »Sie gehören … zur Firma?«

Melia nickte kurz.

»Die haben ein Hippiemädchen geschickt? Hat man Ihrem Referatsleiter nicht verraten, wer ich bin? Ich verhandle doch nicht mit der Praktikantin.«

Idiot, dachte Melia. Das gibt Punkteabzug.

»Ich *bin* die Referatsleiterin.«

Nickels Mund klappte erstaunt auf.

»Mein Name ist für Sie Melia Khalid. Und ich weiß nicht, ob es etwas zu verhandeln gibt. Vielleicht sollte ich besser gehen.«

»So habe ich das nicht gemeint. Ich kann doch nicht ahnen …«

»Was?«

»Khalid klingt arabisch. Auf mich wirken Sie eher karibisch.« Er zwinkerte ihr zu.

Sie verdrehte die Augen. »Noch einmal von vorn: Was wollen Sie von uns?«

»Hat man Ihnen das nicht gesagt?«

Melia beschloss, darauf nicht einzugehen.

Er beugte sich vor. »Ich biete Ihnen meine erneute Mitarbeit an. Dies ist der einzige linke Buchladen weit und breit. Schauen Sie, was dort drüben alles im Regal steht: Marx zur Pariser Kommune, die Schriften der Anarchisten über Kronstadt und alles über den Spanischen Bürgerkrieg – das autonome Milieu geht hier ein und aus.«

»Ach, wirklich?«

Der Clown senkte die Stimme. »Um die Ecke wohnt ein Typ, der in Hamburg als Rädelsführer mittendrin dabei war. Beim Terz um den G20-Gipfel. Er hält mich für einen Genossen. Man kommt ins Gespräch, verstehen Sie? Ich könnte ihn und andere für Sie aushorchen.«

Melia nahm sich vor, in den Akten zu checken, wen Nickel meinte. Sie führte bereits einen Informanten in der Düsseldorfer Szene der Autonomen. Diesbezüglich konnte der Buchhändler ihr gestohlen bleiben.

Vor dem Fenster blieb ein junges Pärchen stehen. Dann ging es weiter, ohne den Laden zu betreten.

Melia stützte die Hände auf den Tresen. »Sibylle Arnold, Klaus Büchner und Herlinde Weiß. Sie kennen alle drei von früher. Vermutlich besser als jeder andere. Wo finden wir sie?«

»Dazu kann ich nichts sagen.«

Sie wartete.

»Nein, wirklich nicht.«

»Okay, dann war's das wohl.«

»Halt, warten Sie. Herlinde war mit mir in Frankreich. Bis sich ein Verfassungsschützer zu dämlich benahm und sie mitbekam, dass unser Unterschlupf ein sicheres Haus des deutschen Geheimdienstes war. Da war sie ziemlich sauer.

Seitdem gab es keinen Kontakt mehr. Wir reden von 1996, das ist eine Ewigkeit her.«

»Glaub ich Ihnen nicht.«

»Ist aber so.«

Melia reichte ihm das ominöse Schriftstück. *Die revolutionäre Front in den Metropolen neu aufbauen.* Er begann zu lesen.

»Was halten Sie davon?«, fragte sie, als er das Papier ablegte, sichtlich verwirrt.

»Puh!«, machte er nur.

»So weit war ich auch schon.«

»Ich meine, starker Tobak.«

»Könnten Herlinde Weiß oder ihre Komplizen die Verfasser sein?«

»Es ist nicht ganz der Duktus von damals, aber mit der Zeit ändert sich der Stil. Ist die Authentizität verbürgt?«

Melia bejahte.

»Dann droht ein ziemliches Gewitter, oder was meinen Sie?«

»Nennen Sie mir Namen, Herr Nickel. Verfasser, Mitverschwörer, Unterstützer. Wir müssen die Leute kennen, *bevor* sie losschlagen.«

»Wie soll ich das schaffen? So weit bin ich noch nicht.«

»Dann tschüs.« Melia wandte sich ab und ging zur Tür.

»Bitte warten Sie!«

Melia blieb stehen.

»Ich habe an zweitausend Euro im Monat gedacht. Mehr muss es gar nicht sein. Ich brauche das Geld. Der Laden läuft in letzter Zeit nicht mehr so gut.«

»Immerhin holen Sie einen Ingo Schmadtke hierher.«

»Dabei werde ich fürchterlich draufzahlen. Ich habe erst ganze fünf Karten verkauft. Frau Khalid, lassen Sie uns zusammenarbeiten. Vielleicht finden sich Linksradikale unter meinen Kunden, und ich kann …«

»Vergessen Sie's.«

Nickel blickte sich um, als wolle er sich vergewissern, dass sie noch immer allein im Laden waren. Leise, aber eindringlich sagte er: »So *darf* der Verfassungsschutz nicht mit mir umspringen. Wissen Sie denn nicht, was ich für den Staat geleistet habe?« Er schlug sich auf die Brust. »Jens Nickel hat seinen Kragen riskiert, während einige Leute dank meiner Arbeit eine steile Karriere gemacht haben. Sie würden sich wundern, Frau Khalid. Ich könnte mit meiner Story durch alle Talkshows ziehen!«

»Wenn das eine Drohung sein soll, überzeugen Sie mich nicht gerade.«

Sie hatte bereits die Klinke in der Hand, als Nickel sarkastisch wurde: »Sie kennen nicht einmal die Akten, stimmt's? Ich wette, ein altes Foto von mir war alles, was man Ihnen gezeigt hat, und Sie wissen gar nicht, was damals abging!«

Melia verließ den Laden und ging zu ihrem Auto zurück. Jakobs hatte sich etwas von diesem Mann versprochen. Und auch sie hatte für einen Augenblick gehofft, dass der Clown nützlich sein könnte.

Was war nur aus dem einstigen Topspitzel geworden?

Oder log der Mann und wusste mehr, als er vorgab?

Melia beschloss, auch Nickels Telefone und E-Mail-Korrespondenz überwachen zu lassen.

Am meisten wurmte sie, dass er mit seiner Bemerkung ins Schwarze getroffen hatte: Jakobs hatte ihr tatsächlich kaum mehr als das Foto gegeben.

11

MELIA STIEG AUS DER DUSCHE, RUBBELTE sich trocken und ging in ihr Schlafzimmer, wo sie den Kleiderschrank öffnete. Beim flüchtigen Blick in den Spiegel auf der Innenseite der Schranktür ignorierte sie das Tattoo auf ihrer Schulter, das sie kitschig fand – eine alberne Laune, als sie volljährig geworden war. Sie fuhr sich durchs Haar und ärgerte sich darüber, dass sie es neulich viel zu kurz hatte schneiden lassen. Was sie dazu veranlasst hatte, wusste sie nicht mehr. Je länger ihre Locken waren, desto mehr konnte sie damit anstellen, doch bis auf Weiteres war an geflochtene Zöpfe, kunstvolle Knoten oder hochgesteckte Frisuren nicht zu denken.

Sie hielt sich verschiedene Kleider und Blusen vor den Körper. Schließlich entschied sie sich für eine eng geschnittene schwarze Jeans und ein weites Seidentop mit ausgestellten Ärmeln in Dreiviertellänge und wildem Muster – nicht gerade ein Winteroutfit, aber in ihren Augen das Richtige für die Party, zu der sie eingeladen war. Prüfend drehte sie sich vor dem Spiegel, dann fand sie den Ausschnitt zu tief. Unter den Klamotten, die vor dem Heizkörper am Wäscheständer hingen und längst trocken waren, entdeckte sie ein enges Baumwollshirt in passender Farbe, das sie darunter anzog.

Sie ignorierte das Knurren ihres Magens, denn sie war spät dran, und angelte ihre Lieblings-Winterjacke aus auberginefarbenem Teddyfell und einen Schal vom Garderobenhaken im Flur. An der Wohnungstür machte sie noch einmal kehrt, lief zurück ins Schlafzimmer und zog ein orangefarbenes Tuch aus der Schublade, das sie sich zusammengerollt um die Schläfen band.

Endlich war sie bereit für den Abend.

Sie stieg die Stahltreppe an der Rückseite des Getränkemarkts hoch zur Terrasse, die mit ihren Kübeln voller verblühter Pflanzen zu dieser Jahreszeit trostlos wirkte, und trat an die gläserne Eingangstür zum Loft, das Sina und Stefan Brunswicker bewohnten. Licht und Gelächter drangen heraus. Sie drückte die Klingel, war sich aber nicht sicher, ob man sie drinnen hörte.

Nachdem sie ein zweites und ein drittes Mal geklingelt hatte, verdunkelte eine Silhouette das Glas. Stefan öffnete die Tür und verzog sein Gesicht. Ein deutliches Signal: Du bist nicht willkommen.

Immerhin spielte er mit und begrüßte sie mit einem Wangenkuss, nahm ihr die Jacke ab und hängte sie an die Garderobe. Sie reichte ihm die Flasche Crémant, die sie unten im Getränkemarkt erstanden hatte. Er warf einen flüchtigen Blick auf das Etikett und lächelte müde.

»Hab's nicht früher geschafft«, sagte Melia.

»In der Küche gibt's Essen. Chili con Carne und Chili sin Carne. Es müsste von beidem noch etwas da sein. Iss und geh wieder.«

Sie steuerte stattdessen auf Sina zu, die sich aus einer

Gruppe von Partygästen löste und sie umarmte. Melia beglückwünschte sie zum Geburtstag.

»Schön, dass du noch kommen konntest!«, antwortete Sina.

Ihre Freude klang aufrichtig. Melia kannte die zierliche Blonde aus dem Fitnessstudio. Sie hatte Sozialwissenschaften fast bis zum Bachelor studiert und arbeitete als ungelernte Hilfskraft in einem Pflegeheim, während Stefan Schreiner war, Gründer eines kleinen Kollektivs, das Möbel für betuchte Leute baute, maßgefertigte Einzelstücke.

Melia nahm sich eine belegte Brötchenhälfte von einem Teller und checkte die Gäste. Einige waren schon im Aufbruch begriffen, vermutlich Kollegen von Sina oder Stefan, die früh zur Arbeit mussten. Andere erweckten den Eindruck, gerade erst in Fahrt zu kommen. Studenten in höheren Semestern oder perspektivlose Akademiker, schätzte Melia, die irgendwo jobbten, wo es keine Rolle spielte, ob man ausgeschlafen hatte oder nicht.

Autonome. Antifa. Förderer und Mitarbeiter der sogenannten Roten Hilfe, wo sich auch Stefan engagierte. Das Umfeld, aus dem früher die RAF ihren Zulauf fand.

Einige Namen und Gesichter waren Melia geläufig. Aus den Dossiers, die ihr Referat zusammenstellte. Aus den Berichten, die Stefan gelegentlich lieferte.

Vor einem Jahr war es Melia gelungen, den Freund ihrer Mitsportlerin als V-Mann anzuwerben. Mit der üblichen Mischung aus Versprechungen, Tricks und subtilem Druck.

Gelegentlich begab sich Melia persönlich in das Milieu, um sich ein eigenes Bild zu machen. Ließ sich von Stefan zu überregionalen Treffen mitnehmen. Besuchte Feiern wie diese. Verlasse dich nicht ausschließlich auf deine Quellen, so lautete einer ihrer Grundsätze. Ihre Legende wies sie als

Sachbearbeiterin beim Amt für Statistik aus – das würde erklären, was sie im Ministerium an der Friedrichstraße zu suchen hatte, falls man sie dort zufällig traf.

Weil sie selbstsicher auftrat, eine dunkle Hautfarbe hatte und mit ihrem Outfit überzeugend alternativ wirkte, war sie noch nie auf Argwohn gestoßen.

Ein großer Typ, der mit zwei jungen Frauen im Durchgang zur Küche stand, fiel Melia auf. Er trug ein T-Shirt unter einem karierten Sakko und sah verdammt gut aus. Aus sicherer Distanz blickten sie einander in die Augen, bis sie sich anlächelten. Was ihn noch attraktiver wirken ließ.

Sein Dossier zählte zu den umfangreicheren. Ein Jammer, dass mir Männer wie du nicht im Ministerium begegnen, dachte Melia.

Sie wandte sich ab und ging zur Toilette. Neugierig checkte sie auf ihrem Handy, ob ihre Telefonate mit den Journalisten bereits Wirkung zeigten. Und tatsächlich – was sie las, gab ihr ein Gefühl von Macht und steigerte ihre Unruhe.

Spiegel Online: *RAF-Alarm – Verfassungsschutz deutet Überfall auf Geldtransporter als Startschuss einer Terrorwelle von links.*

Die Internetausgabe der *Süddeutschen*: *Raubzüge und Strategiepapier – Vorboten einer neuen RAF?*

Beide Artikel spekulierten über mögliche Gründe der allgemeinen Radikalisierung. Seit Jahren vertieften sich die Risse in der Gesellschaft. Die großen Parteien verloren an Boden. Und überall gärte es.

Auf der rechten Seite schürten Hardliner Hass auf Ausländer und etablierte Eliten. Und die versprengten Reste der RAF hingen noch immer ihrer perversen Ideologie an. Warum sollten sie nicht ebenfalls Morgenluft wittern und Gefolgsleute um sich scharen?

Meinen Chef wird die Berichterstattung freuen, dachte

Melia. Der Ministerpräsident wird ihm gratulieren und sich auf der entscheidenden Zielgeraden des Wahlkampfs als Law-and-Order-Held präsentieren.

Ihr Blick fiel auf den Stapel linker Postillen im Regal neben dem Klo. Ihre Gedanken kehrten zu dem smarten Typen da draußen zurück. Wenn jemand auf dieser Fete etwas über eine neue Stadtguerilla weiß, dann er.

Sie steckte das Handy weg, drückte die Klospülung und verließ das Bad.

Stefan fing sie ab. »Wir gehen auf die Terrasse, eine rauchen.«

»Ich rauche nicht.«

Er packte ihren Ellbogen. »Komm einfach mit.«

Beim Hinausgehen angelte Melia ihre Teddyfelljacke vom Haken. Stefan zog die Tür hinter ihnen zu und steckte sich eine Zigarette an. Der Wind ließ Melia frösteln, sie verschränkte die Arme.

»Was gibt's?«, fragte sie.

»Ich möchte, dass wir uns nie wiedersehen.«

»Bitte?«

»Verschwinde aus meinem Leben. Ich will kein Spitzel mehr sein. Die Unterschrift, zu der du mich genötigt hast, ziehe ich hiermit zurück.«

»Genötigt?«

Er wies zur Treppe. »Danke für den Sekt, aber hau jetzt ab.«

»Ich würde euch keine Aufträge mehr besorgen können. Du weißt, was das für dein Kollektiv bedeutet.«

Er nahm einen tiefen Zug und blies den Rauch zum Parkplatz hinunter. »Mir egal. Ich werde meine Freunde nicht mehr verpetzen.«

»Freunde?«

Stefan guckte irritiert.

Sie verzog das Gesicht. »Intellektuelle Klugscheißer und Pseudophilosophen. Und du bist nichts als deren proletarisches Maskottchen. Der einzige Vertreter der Arbeiterklasse in ihren Reihen. Deine angeblichen Freunde lästern hinter deinem Rücken über dich, begreif das doch endlich.«

»Du lügst«, erwiderte Stefan.

Melia spürte seine Verunsicherung. »Heute sind es vielleicht noch Möchtegern-Revoluzzer. Aber schon morgen kann der eine oder andere brandgefährlich werden. Wir müssen die Augen offen halten. Dafür brauche ich dich mehr denn je. Vergiss nicht, Stefan: Wir gehören zu den Guten.«

Er warf seinen Zigarettenstummel auf den Terrassenboden und trat die Glut aus. Dabei schüttelte er den Kopf. »Du kriegst mich nicht noch mal rum. Mein Entschluss steht fest.«

»Wirklich?«

»Endgültig.«

Melia packte ihr letztes Geschütz aus. Es tat ihr weh, es zu benutzen, aber es ging nicht anders. »Bei deinen Genossen von der Roten Hilfe wird es schlecht ankommen, wenn sich herumspricht, dass du für den Verfassungsschutz gearbeitet hast.«

»Du wirst doch nicht …«

»Und wie werden deine Kollegen im Kollektiv darauf reagieren? Not amused, schätze ich. Und was wird Sina von dir halten?«

»Du hast gesagt, der Schutz der V-Leute hätte bei jedem Geheimdienst oberste Priorität.«

»Nur so lange, wie sie V-Leute sind.«

Stefan klopfte eine neue Zigarette aus der Schachtel,

drehte sie zwischen den Fingern, dann steckte er sie wieder zurück.

»Du bist die Pest«, sagte er leise.

Sie nahm eine Kopie des Pamphlets aus der Tasche und entfaltete die Seiten. »Sag mir, was du davon hältst.«

Er las es mit gerunzelter Stirn.

»Die revolutionäre Front in den Metropolen – wird das bei euch diskutiert?«

»Ich sehe das jetzt zum ersten Mal.«

»Verarsch mich nicht, Stefan. In anderen Städten kursiert das schon längst. Angeblich sogar international. Das ist ein verdammter Hinweis auf eine vierte Generation der RAF. Und du weißt, was es bedeutet, sollte es dazu kommen.«

»Vierte Generation – das sind doch Hirngespinste.«

Sie steckte das Papier wieder ein und blickte durch die Glastür ins Loft. Der Große im sportlichen Sakko stand mit dem Rücken zu ihr im Raum. Seine rechte Hand war verbunden. Melia erinnerte sich an Stefans Bericht über die G20-Proteste.

»Hat es ihn verändert, dass er in Hamburg so böse verletzt wurde?«

»Wie kommst du darauf?«

»Beantworte meine Frage. Macht er immer noch auf gewaltlos, oder fängt er an, sich zu radikalisieren?«

»Lass Fabian in Ruhe.«

»Er ist euer Anführer. Auch über Nordrhein-Westfalen hinaus.«

»Es gibt bei uns keine Anführer. Wir denken nicht in autoritären Strukturen.«

»Ach, hör auf. Die linke Szene hört auf ihren ›roten Professor‹. Sag mal, wie kommt Fabian Perscheid überhaupt auf Sinas Geburtstagsparty?«

»Wir sind befreundet.«

Melia zeigte ein spöttisches Lächeln.

Stefan hob seinen Zeigefinger. »Im Unterschied zu dir habe ich Freunde!«

Auf dem Weg in die Küche drängte sich Melia an Perscheid vorbei. Er war in eine Diskussion vertieft und schien sie nicht wahrzunehmen.

Das Chili interessierte sie nicht. Sie zog den Kühlschrank auf und fand ein alkoholfreies Hefeweizen. Der Öffner lag auf dem Tisch, frische Gläser gab es nicht mehr. Melia nahm ein gebrauchtes aus der Spüle und säuberte es unter fließendem Wasser.

Sie rekapitulierte, was sie über Perscheid wusste. Offiziell kannte die bunt zusammengewürfelte Welt der Linksautonomen tatsächlich keine Hierarchien. Man definierte sich über Aktionen, nicht über eine Ideologie. Aber das Wort des roten Professors galt etwas, und er war überregional als intellektueller Kopf bekannt.

Melia war gespannt darauf, ihm auf den Zahn zu fühlen.

Sie plauderte mit Sina und anderen, dann begann sie die CD-Sammlung der Gastgeber zu begutachten. Sie bekam das neue Album von The Jesus and Mary Chain in ihre Finger. Die schottische Band kannte Melia aus ihrer Jugend, hatte aber lange nichts mehr von ihr gehört.

Sie blendete die Musik, die gerade lief, mit einer Drehung am Lautstärkeregler dezent aus. Rasch wechselte sie die Scheiben. Die ersten Takte klangen vielversprechend.

»Guter Geschmack.«

Perscheid stand neben ihr.

»Danke«, erwiderte sie und verzog die Mundwinkel. Auf Komplimente war sie nicht erpicht.

Doch er hatte längst angebissen und streckte die linke Hand aus. »Ich bin der Fabian.«

»Melia«, antwortete sie, schlug ein und begutachtete ihn aus nächster Nähe. Markante Züge, klarer Blick. Das Haar so frisiert, dass es unfrisiert aussah. Die Stimme klang angenehm. Melia stellte sich vor, dass Perscheids Studentinnen ihn anhimmelten.

»Woher kennst du Sina?«, fragte er.

»Ladies' Fitness. Yogakurs, zweimal die Woche.«

»Dass du Sport treibst, sieht man dir an.«

Sie deutete auf seinen Verband. Obwohl sie es besser wusste, fragte sie: »Ebenfalls Sport?«

»Hamburg, G20-Gipfel. Bullen aus Dresden, astreine Faschos.«

»Das ist ein halbes Jahr her.«

»Sie haben mir das Gelenk gründlich zertrümmert. Am Montag hatte ich meine dritte OP. Der Arzt meint, ich könnte die Hand bald wieder voll bewegen. Schön wär's.«

»Hast du Anzeige erstattet?«

»Was soll schon rauskommen, wenn Bullen gegen Bullen ermitteln?« Er musterte sie. »Warst du auch da, Melia?«

»In Hamburg?«

Perscheid nickte.

»Nee, war ich nicht. Vielleicht besser so, wenn ich mir deine Hand ansehe.«

»Sobald wir uns nicht mehr trauen, Flagge zu zeigen, hat der Faschismus gewonnen.«

»Haben etwa die Demonstranten gewonnen?«

»Immerhin weiß die Welt seit Hamburg, dass sich auch im Herzen des Kapitalismus der Widerstand regt. Einen weiteren Gipfel wird es in einer deutschen Großstadt nicht mehr geben.«

Da bin ich mir nicht so sicher, dachte Melia. Sie hakte nach, um den roten Professor zu weiteren Äußerungen zu provozieren: »Widerstand ist ein großes Wort.«

»Bloßer Protest beeindruckt niemanden.«

Schlagt sie, wo es ihnen wehtut, dachte Melia.

Sie setzte eine spöttische Miene auf. »Gegen den Staat wirst du immer den Kürzeren ziehen.«

»Wer nicht kämpft, hat schon verloren.«

»Mit Gewalt erreichst du nur, dass die Gegenseite aufrüstet.«

»Deshalb führen wir den Widerstand gewaltfrei und überzeugen alle, die noch zögern.«

»Klingt wie Gandhi.«

»Immerhin hat er gegen die Kolonialmacht gewonnen.«

»Und ist von einem Inder erschossen worden.«

Wieder verhakten sich ihre Blicke ineinander.

»Es macht Spaß, mit dir zu diskutieren«, sagte Perscheid. »Warum sind wir uns nicht eher begegnet?«

Melia überlegte, wie es sich anfühlen würde, den großen Kerl zu küssen.

Dann tat sie es einfach.

12

ALS MELIA DEN ZÜNDSCHLÜSSEL DREHTE, sprang mit dem Motor auch das Radio an. Nur noch wenige Minuten bis Mitternacht, es lief ein Wahlwerbespot der Marxistisch-Leninistischen Partei Deutschlands, für deren Beobachtung sie ebenfalls zuständig war. Fabian Perscheid zwängte sich auf den Beifahrersitz, fand den Hebel, doch viel weiter ließ er sich nicht zurückschieben.

Melia forderte Perscheid auf, ihr den Weg zu beschreiben. Natürlich zu ihm. In ihre Wohnung hatte sie noch nie einen Kerl mitgenommen. Das vertrug sich nicht mit ihrem Beruf.

Die Nachrichten, Melia drehte das Radio lauter. Der Sprecher trug den Text völlig emotionslos vor.

Wie Spiegel *und* Süddeutsche Zeitung *übereinstimmend berichten, gehen die Verfassungsschutzbehörden inzwischen davon aus, dass die Raubserie der sogenannten RAF-Rentner dem Aufbau eines neuen Terrornetzwerks dienen könnte.*

Sie warf einen Seitenblick auf Perscheid.

»Schwachsinn«, kommentierte er.

»Nicht jeder Widerstandskämpfer ist ein Gandhi«, entgegnete Melia.

»Da wird ein Popanz aufgebaut, um den Weg in den

Polizeistaat zu ebnen. In Bayern bastelt man schon ganz offen daran.«

»Du meinst, das sind Fake News?«

»Wir wissen doch, wie die Geheimdienste arbeiten.«

Melia fragte sich, ob er ihr etwas vorspielte und in Wahrheit das Strategiepapier kannte.

Sie wechselte den Sender. Eine Jazzsendung.

Perscheids Blick ruhte auf ihrem Haar und auf dem Tuch, das sie um den Kopf geschlungen hatte. »Mir gefällt dein Style.«

Sie lachte.

»Melia, woher kommt dein Name?«

»Er bedeutet ›die Süße‹ oder auch ›die Tapfere‹.«

»Ich meine, wo du aufgewachsen bist.«

»In Bonn und in Düsseldorf.« Darin stimmte ihre Legende mit der Wahrheit überein. Sie zog die Mundwinkel schief. »Du fragst wegen meiner Hautfarbe. Eine wie ich kann ja nicht von hier sein, stimmt's?«

»Scheiße, ertappt. Das nennt man wohl Alltagsrassismus.«

»Ich interpretiere es mal als Interesse.«

»Womit du richtig liegst, schöne Frau.«

Sie gelangten in eine Wohnstraße, die parallel zu einem Bahndamm verlief. Die Gebäude wirkten trist. Melia hoffte für Perscheid, dass es bei Tageslicht besser aussah. Auf sein Geheiß parkte sie in der ersten freien Lücke.

Das Haus, in dem er wohnte, war ein nicht renovierter Altbau. Kalt und muffig im Treppenhaus. Parolen auf die Fliesen gesprüht, Türkisch oder Kurdisch. Die Holzstufen knarrten. Im zweiten Stock schloss Perscheid eine Tür auf.

Melia bemerkte das Klingelschild: *Annika und Fabian.*

»Wer ist Annika?«, fragte sie.

»Meine ehemalige Freundin«, antwortete er. »Sie wohnt

schon seit fast einem Jahr nicht mehr hier. Ich müsste mal das Schild erneuern.«

Drinnen war es gemütlich warm. Bücherregale bis unter die Decke. Abgewetzte Teppiche, Möbel von Ikea. Der Professor lebte sparsam.

Er nahm ihr die Jacke und den Schal ab. Während er die Sachen an die Garderobe hängte, spähte Melia durch die offen stehende Badezimmertür, um Hinweise auf eine verleugnete Mitbewohnerin zu entdecken.

Nichts dergleichen.

Melia sagte sich, dass es ohnehin keine Rolle spielte.

»Komm her, schöner Mann«, sagte sie, und sie fuhren fort, sich zu küssen.

DIENSTAG, 20. FEBRUAR

Frankfurter Allgemeine Zeitung:

»LAGE NEU BEWERTET« – VERFASSUNGSSCHUTZ WARNT VOR LINKEM TERROR

Düsseldorfer Morgenpost – Aufmacher:

ÜBERFALLSERIE ERINNERT BEHÖRDEN AN DEN BEGINN DER BAADER-MEINHOF-GRUPPE

Blitz:

LINKE TERRORPLÄNE – WIE DER ANARCHISTISCHE UNTERGRUND DEUTSCHLAND ZERSTÖREN WILL

13

MELIA HATTE DIE LED-ZIFFERN DES WECKERS auf dem Hocker neben dem Bett im Blick. Obwohl es erst zwei Uhr war, zwitscherte ein Vogel vor dem Fenster.

Schweigend lag sie neben Fabian. Sie fühlte sich entspannt wie selten. Als sei es nicht das erste Mal gewesen, als kannten sich ihre Körper schon lange. Für einen kurzen Moment hielt sie es für möglich, diesem Mann zu vertrauen.

Melia löste sich von Fabian, stieg aus dem Bett und nahm ihre Kleidung an sich. Sie ging zur Toilette. Es war kalt im Bad, vom Holzrahmen des Fensters blätterte der Lack. Vor der Dusche diente ein Handtuch als Teppich. Es war mit einem roten Stern bedruckt, aus dem eine Faust ragte.

Melia dachte an Fabians Worte von gestern: *Wer nicht kämpft, hat schon verloren*. In ganz anderem Zusammenhang traf das auch für sie zu.

Nur noch wenige Stunden, bis sie wieder am Schreibtisch sitzen musste. Sie spielte mit dem Gedanken, sich in Fabians Wohnung umzusehen, doch auch er war aufgestanden.

Der rote Professor kam mit einer Flasche Sekt und Gläsern aus der Küche. Im Schlafzimmer zündete er ein paar Kerzen an, während sie ihr Seidentop über das T-Shirt streifte.

»Du bleibst doch noch ein wenig, oder?«, fragte Fabian.

Melia setzte sich noch einmal zu ihm aufs Bett. Sie musste daran denken, dass ihre Liebhaber den Alkohol sonst immer vorher serviert hatten. Als seien Frauen erst ab einem gewissen Promillepegel zum Beischlaf bereit.

»Was machst du eigentlich beruflich?«, fragte er.

»Sachbearbeiterin im Innenministerium, Amt für Statistik. Zurzeit ermitteln wir den Verbraucherpreisindex.«

»Macht das Spaß?«

»Ist nicht so langweilig, wie es klingt. Manchmal ist sogar Fantasie gefragt.«

»Zum Beispiel?«

Sie lachte. »Wenn es um die Verbrechensentwicklung geht. Ich erhalte die Zahlen vom Landeskriminalamt und frisiere sie nach den Vorgaben des Ministers.«

»Du hältst das System am Laufen.«

Melia hob eine Augenbraue. »Wohin es läuft, bestimmen wir alle gemeinsam. Alle vier Jahre in der Wahlkabine. Auch wenn mir das Ergebnis oft nicht passt, muss ich es akzeptieren. Das nennt man Demokratie.«

»Wenn Wahlen etwas ändern könnten …«

»… wären sie verboten, ich weiß. Der Spruch ist so alt wie wir beide zusammen.«

»Ich hätte nicht gedacht, dass Frauen wie du im Innenministerium arbeiten.«

»Farbige?«

»Farbige mit Afrolocken, die The Jesus and Mary Chain hören.«

Sie stieß mit Fabian an. »Und was arbeitest du?«, stellte sie sich unwissend.

»Dozent an der hiesigen Uni. Institut für Medien- und Kulturwissenschaften. Filmanalyse ist mein Hauptgebiet.«

»Ein Professor, der den Revoluzzer spielt, wie passt das zusammen?«

»Ich spiele nicht. Manche Dinge meine ich ernst.«

»Pardon, so habe ich das nicht gemeint.«

»Und Professor bin ich auch nicht. Als einfacher Lehrbeauftragter hangle ich mich von einem Zeitvertrag zum nächsten, meist nur für ein Semester. Aber ich habe meine Leidenschaft zum Beruf gemacht, und wer kann das schon von sich behaupten? Gehst du gern ins Kino?«

»Ja, aber viel zu selten.«

»Das lässt sich ändern. Warst du schon im neuen Film der Coen-Brüder?«

Er begann, ihren Nacken zu küssen.

Nach einer Weile schob sie ihn sanft beiseite und stand auf.

»Du willst doch nicht schon gehen? Bleib noch zum Frühstück. Was ich im Kühlschrank habe, reicht für zwei.«

Melia ging in den Flur und nahm ihre Jacke vom Haken. Es war schön mit ihm gewesen. Aber wenn sie an dieser Stelle keinen Schnitt machte, würde es nicht gut enden.

Ich muss aufhören, meinen Job zu gefährden.

Fabian war ihr gefolgt. »Wir sehen uns hoffentlich wieder?«

Melia gab ihm einen langen Abschiedskuss, verließ die Wohnung und lief die Treppe hinunter. Sie riss die Haustür auf und hielt nach den Sternen Ausschau.

Die kalte Winterluft brannte in ihrem Gesicht.

Es gehört zum Spiel, allen etwas vorzumachen, dachte sie. Aber ich sollte mich selbst nicht betrügen. Unter dem Mantel der Legende bin ich verletzbar.

Vergiss den Revoluzzer.

14

VINCENT SCHLOSS DEN REISSVERSCHLUSS seiner Lederjacke bis unter den Hals. Noch ließ die Morgendämmerung auf sich warten, aber die Autoabgase von zweihunderttausend Arbeitspendlern lagen bereits über der Stadt und glühten im Widerschein ihrer Lichter. Er lief hinüber zum Büdchen, um eine Zeitung zu kaufen, grüßte den türkischen Inhaber und stutzte, als er vor den Ständer mit der deutschsprachigen Presse trat.

Er hatte gedacht, das Drama an der Duderstädter Straße in Hellerhof-Ost hätte es zumindest in der regionalen Presse auf die Titelseite geschafft. Doch ein anderes Thema hatte es nach hinten verdrängt.

Überall das gleiche Schreckgespenst in den Schlagzeilen.

Neue RAF, Terrorgefahr, Anarchie.

Angst geht um in Deutschland.

Vincent zog ein Exemplar der *Morgenpost* heraus und bezahlte am Tresen. Die Meldung kam ihm so unwirklich vor. Als existierten zwei parallele Universen – das der Medien und das seiner Alltagserfahrung. Was war da plötzlich los?

Er musste an seine Mutter denken und an die späten Siebzigerjahre. Brigitte Veih hatte ihn, als er sieben Jahre alt war, zu Freunden weggegeben, um sich den denkbar schlimmsten Staatsfeinden anzuschließen. Die politische Dimension konnte Klein-Vincent damals nicht erfassen. Seine Gedanken kreisten nur um eine Frage: Was ist falsch an mir, dass meine Mama mich nicht lieb hat?

Brigittes Meinung zur aktuellen Nachrichtenlage hätte ihn interessiert, aber mit ihr würde er nie darüber reden können. Es war ihm ein Rätsel, wie sie ihre Vergangenheit bewältigte. Sobald er das Thema anstieß, blockte sie ab. Manchmal tat sie sogar, als verkörpere er die Staatsmacht, die ihr noch immer etwas anhängen wolle.

Dann konnte seine Mutter spröde sein, abweisend und aufbrausend. Als sei tatsächlich etwas falsch an ihm. Vielleicht die Tatsache, dass er Polizist geworden war.

Hoffentlich hält sich Brigitte von allem fern, dachte Vincent.

Sein Arbeitstag begann mit dem wöchentlichen Meeting der Kommissariatsleiter, das sich schier endlos hinzog. Zurück in seinem Büro leerte er den Tank seiner Kaffeemaschine in den Topf der Zimmerpflanze, die ihm seine Kollegen einmal zum Geburtstag geschenkt hatten, holte frisches Wasser und bereitete sich einen Espresso zu.

Das Telefon auf seinem Schreibtisch klingelte.

Es war Nora, die Sekretärin aus dem Geschäftszimmer nebenan. »Ich hab hier eine Frau, die eine Aussage in der Leichensache Grünberger machen will. Bruno geht nicht ran. Nimmst du das Gespräch entgegen?«

Die Anruferin, die er in der nächsten Sekunde in der Leitung hatte, stellte sich als Svenja Dellbrück aus Aschheim bei München vor und behauptete, eine frühere Freundin des Mordopfers Milo Grünberger zu sein.

»Seine Mutter hat mir erzählt, dass Milo tot ist. Wie ist es denn passiert?«

»Die Ermittlungen sind noch nicht abgeschlossen. Ich kann zu diesem Zeitpunkt nicht viel dazu sagen.«

»Stimmt es, dass ihn jemand erschossen hat?«

»Das ist richtig.« Vincent verriet kein Dienstgeheimnis. Die Meldung zum Tötungsdelikt in Hellerhof-Ost hatte die Pressestelle schon gestern an die Medien verschickt. »Streit mit einem Mitbewohner«, erläuterte er. »Vermutlich ging es um eine Frau.«

»Ach, wirklich? Also nichts Politisches?«

»Wie kommen Sie darauf?«

»Als ich Milo das letzte Mal traf, plante er ein Buch über die Reichsbürger. Er hat mir von einem ›Königreich Deutschland‹ irgendwo in Sachsen-Anhalt erzählt, und dass er bei diesen Leuten gewohnt und sich als Gleichgesinnter ausgegeben hat. Das fand er lustig, und danach hat er Kontakt zu weiteren Gruppen aufgenommen. Milo meinte, da sei alles dabei. Von Spinnern, die an Ufos und Geistheilung glauben, bis hin zu übelsten Stiefelnazis.«

Vincent machte sich Notizen. »Hat er Düsseldorf erwähnt? Eine Freie Republik Hellerhof?«

»Nein.«

»Erzählen Sie weiter.«

»Mehr weiß ich nicht. Milos Plan war, quer durch Deutschland zu fahren, um die Szene in ihrer Vielfalt kennenzulernen. Ich hab ihm gesagt, er soll auf sich aufpassen. Aber das ist ihm anscheinend nicht gelungen.«

»Hat er Namen genannt? Helge Simonis, Jana Meier?«

»Nein, auch nicht.«

»Sie sind Svenja Dellbrück, sagten Sie.«

»Ja.«

»Hat Milo irgendwo eine Wohnung?«

»Die hat er aufgelöst und seine Sachen bei seiner Mutter untergestellt.«

»Was war er für ein Mensch?«

»Kreativ und neugierig, manchmal auch verschlossen. Milo und ich haben uns beim Studententheater in München kennengelernt. Sein Urgroßvater war ein hohes Tier bei den Nazis, Mitglied im persönlichen Stab des Reichsführers SS. So lange ich Milo kannte, war er besessen von der Frage, wie ein Mensch zur Bestie werden kann und warum der ganze Mist passiert ist, Holocaust, Führergehorsam, totaler Krieg. Er konnte stundenlang darüber philosophieren, wie viel von einem Nazi und Rassisten in jedem von uns steckt. Wussten Sie, dass eines seiner Theaterstücke den Autorenpreis beim Heidelberger Stückemarkt gewonnen hat?«

»Nein«, antwortete Vincent.

»Er hätte so viel erreichen können. Scheiße, warum wird mir erst jetzt klar, wie sehr ich ihn vermisse?«

Vincent suchte den Leiter der Polizeiinspektion Süd auf, dessen Büro sich ebenfalls im Präsidium am Jürgensplatz befand. Dem Polizeirat unterstanden die Bezirksdienststellen von Bilk bis hinunter nach Benrath und Hellerhof. Vor Jahren hatten die beiden im Polizeisportverein die Laufgruppe gegründet, was sie noch immer verband, obwohl sie nicht mehr daran teilnahmen.

Vincent erinnerte den Polizeirat daran, dass es die Motivation einer Streifenbeamtin nachhaltig beförderte, wenn sie an einer Mordermittlung mitwirken konnte.

Schließlich erhielt er das Okay.

»Wir sollten mal wieder laufen«, sagte der Leiter der Polizeiinspektion Süd.

»Die Knie«, antwortete Vincent voller Bedauern.

Auf dem Rückweg zückte er sein Handy und rief Kim Brandstätter an.

»Es klappt«, sagte er. »Kannst du in einer halben Stunde in der Festung sein? Ich möchte dich der Mordkommission vorstellen.«

»Momentan trage ich Uniform.«

»Umziehen kannst du dich später.«

»Danke, dass du mich dabeihaben willst.«

»Weil du den richtigen Riecher hattest. Milo Grünberger hat für ein Buch über Reichsbürger recherchiert.«

Vincent legte auf. Ihm fielen die Schlagzeilen von heute Morgen ein: RAF-Revival in Niedersachsen, anarchistischer Untergrund, drohender Bürgerkrieg.

Und mitten unter uns gibt es durchgeknallte Rechte mit gut gefülltem Waffenschrank.

Verdammt, in welchen Zeiten leben wir?

15

HAJO FRANTZEN WUSCH SICH DIE HÄNDE und betrachtete sich im Spiegel. Der Typ, der ihm entgegenstarrte, kam ihm alt vor, abgewrackt, fast krank im Neonlicht. Schweißperlen auf der Stirn, Tränensäcke, geplatzte Äderchen auf den Wangen. Dabei trinke ich seit einem Jahr kaum noch Alkohol, dachte Frantzen. Jedenfalls nicht täglich.

Keine drei Wochen mehr bis zur Wahl.

Wer gibt so einem Kerl die Stimme?

Eigentlich glaubte sich Frantzen mit gerade mal einundsechzig Jahren im besten Alter, um seine Karriere zu krönen. Doch die jüngsten Umfrageergebnisse ließen an seiner Wiederwahl als Ministerpräsident des bevölkerungsreichsten Bundeslandes zweifeln. Er hatte fast alle Mittel ausgeschöpft. Sich als Gegenspieler der Kanzlerin innerhalb der Partei positioniert. Sie gemeinsam mit seinem bayerischen Kollegen scharf und penetrant für ihre Flüchtlingspolitik von 2015 gescholten. Die Schließung der Grenzen angemahnt, der Kanzlerin Rechtsbruch vorgeworfen. Was man eben so veranstaltete, um Aufmerksamkeit zu erregen.

Doch während sie noch immer fest im Sattel saß, fiel er in der Gunst der Wähler zurück. Große Stimmanteile drohte die AfD einzuheimsen. Auch die bisherige Opposition würde zulegen. Was er auch anstellte, die anderen profitierten.

Rot-Rot-Grün – eine Horrorvorstellung.

Ich brauche ein Wunder, dachte Frantzen.

Er trocknete Hände und Stirn. Wie konnte er schwitzen, obwohl ihm nicht warm war? Jeden Morgen schluckte er einen Cocktail aus Pillen und Kapseln. Blutverdünner, Blutdrucksenker, Cholesterinhemmer, Stimmungsaufheller. Dazu Vitamine und Mineralien – im Einzelnen konnte er das gar nicht mehr so recht auseinanderhalten.

Vielleicht sollte er die Dosis ändern. Er warf das feuchte Papiertuch in den Abfalleimer. Ein letzter Blick in den Spiegel. Sein linkes Augenlid zuckte.

Er streckte dem Wrack die Zunge raus.

Frantzen schlich zurück zur Sitzung des Parteipräsidiums. Die Kanzlerin skizzierte gerade ihre Haltung zu Klimawandel und CO_2-Steuer. Ein Thema, bei dem er nicht viel zu melden hatte.

Verstohlen griff Frantzen in seine Aktenmappe, die vor ihm auf dem Tisch lag, und tastete nach dem kleinen Tablettenbehälter. Welche Pille besserte die Laune und machte attraktiver? Die gelbe, die grüne? Kurz entschlossen warf er beide ein und spülte sie mit einem Schluck Kaffee hinunter, der längst kalt und bitter war.

Zu Beginn des Meetings hatte er über seinen Wahlkampf in Nordrhein-Westfalen informiert. Der Applaus fiel höflich, aber knapp aus. Die Kolleginnen und Kollegen hatten ihn abgeschrieben. In Berlin galt er bereits als Auslaufmodell.

Die Kanzlerin glaubt, sie hätte mich ausgebootet.

Aber ich habe mein Pulver noch nicht ganz verschossen.

Er dachte an das Frühstück am Morgen in einer Lounge des Flughafens Düsseldorf. Der neue Leiter der Verfassungsschutzabteilung hatte ihm bei Speck und Spiegelei Bericht erstattet. Was den Geheimdienst anbelangte, lief alles wie am Schnürchen.

Frantzen beschloss, den Mann im Erfolgsfall zu belohnen. Eine Erhöhung seines Etats sollte drin sein. Und er sollte sich Präsident nennen dürfen, nicht bloß Abteilungsleiter.

Gleich nach dem Rückflug in die Landeshauptstadt würde Frantzen vor die Medien treten und auf die jüngsten Enthüllungen der Presse reagieren. Schluss mit der Verharmlosung des Linksextremismus. Keine Toleranz gegenüber seinen Sympathisanten. Volle Breitseite gegen alle, die mit Rot-Rot-Grün liebäugelten. Die Volksfrontkoalition müsse verhindert werden. Und selbstverständlich würde seine Kriegserklärung auch allen anderen Feinden der Verfassung gelten.

Ohne Sicherheit keine Freiheit und kein innerer Friede.

Und Hajo Frantzen garantiert das wie niemand sonst.

Kräftiger Applaus für den Vortrag der Kanzlerin. Keine weitere Aussprache, Ende der Sitzung. Blitzschnell brachen alle auf. Für einen Moment war Frantzen verwirrt, dann half ihm sein Referent ins Jackett, das er über die Stuhllehne gehängt hatte.

Die Kanzlerin stand vor ihm.

»Wenn du willst, Hajo«, sagte sie mit hängenden Mundwinkeln, »verschiebe ich die Asienreise und trete stattdessen im Endspurt deines Wahlkampfs auf.«

Frantzen ignorierte das Zucken seines Augenlids und bemühte sich um ein Lächeln. Die erwähnte Option hatte er längst durchgespielt und verworfen. Der Preis wäre zu hoch. Er müsste seine Rolle als Opponent der Kanzlerin aufgeben, und im Fall eines Wahlsiegs würde allein ihr der Erfolg zugeschrieben werden. Nein danke, du Schlange.

»Das Angebot weiß ich wirklich zu schätzen«, antwortete er. »Aber angesichts der internationalen Spannungen geht deine Reise natürlich vor.«

»Freut mich, Hajo, dass du das so siehst. Aber du weißt, sobald du mich brauchst, kannst du mit mir rechnen.«

Während die Kanzlerin mit ihrem Gefolge zu den Aufzügen verschwand, packte Andreas Götz ihn am Ellbogen und lotste ihn ans Ende des Flurs, wo sie allein waren.

Als Fraktionschef der Union im Bundestag war Andreas die wichtigste Figur in der Partei nach der Kanzlerin. Öffentlich verhielt er sich stets loyal ihr gegenüber und nahm eine Vermittlerrolle zwischen den Parteiflügeln ein. Doch Frantzen wusste, dass sein langjähriger Weggefährte im Zweifel zu ihm stehen würde. Was hatten sie nicht alles gemeinsam erlebt? Wo stünde die Republik ohne ihre Zusammenarbeit, die bis in die Ära Kohl zurückreichte?

»Dieses Miststück«, sagte Frantzen. »Kann ihr Airbus auf dem Weg nach Asien nicht einfach ins Meer fallen?«

»Du nimmst zu viele Medikamente«, erwiderte Andreas.

»Alles Spurenelemente aus der Natur.«

»Okay, wie du meinst.«

»Nach meinem Wahlsieg ist sie schneller weg vom Fenster, als sie bis drei zählen kann. Versprochen. Dann mischen wir beide die Partei völlig neu auf.«

Sein alter Freund runzelte die Stirn. »Wahlsieg?«

»Meinungsumfragen sind nur Momentaufnahmen und liegen oft weit daneben.«

»Optimismus finde ich immer gut.«

»Zumal ich noch ein Eisen im Feuer habe.«

»Was meinst du damit?«, fragte Andreas.

Das nervöse Zwinkern ließ nicht nach, aber das war Frantzen jetzt egal.

»Erinnerst du dich noch an früher, als Mutti noch Kohls ›Mädchen‹ war?«

»Klar«, sagte der Parteifreund. Sein Lächeln war verschwunden.

»Als die legendäre Achse Bonn-Düsseldorf dafür gesorgt hat, dass die Wahl von 1994 an uns ging?«

»Du kannst die Situation nicht vergleichen.«

»Begreifst du denn nicht, was auf dem Spiel steht? Es geht nicht bloß um meine Wiederwahl, sondern um die Zukunft der freiheitlichen Demokratie. Um unser verdammtes Vaterland. Wir leben in stürmischen Zeiten!«

»Behaupten wir das nicht jedes Mal?«

Frantzen legte seinem Gegenüber die Hand auf die Schulter. »Übrigens hält mein Verfassungsschutz große Stücke auf die Tochter deiner Putzfrau.«

»Zeinab war nicht meine Putzfrau.«

Er boxte ihn leicht gegen die Brust. »Stehst du immer noch heimlich auf schwarze Muschis?«

»Hajo, lass den Scheiß.«

Der Ministerpräsident lachte. Die Pillen taten ihm gut. Er war weit davon entfernt, zum Bedenkenträger zu mutieren, wie Andreas einer geworden war.

In den Neunzigern war ihre Einstellung noch dieselbe gewesen: *No risk, no fun*.

Sie hatten die Welle geritten, verdammt noch mal.

Und er würde es wieder tun, wenn es nötig war.

16

MEMO – Verschlusssache/Vertraulich

an: Walter Jakobs, Leiter Abteilung 6: Verfassungsschutz

von: Melia Khalid, Leiterin Referat 624: Linksextremismus

Betr.: Bericht über Kontaktaufnahme Jens Buchmann (Deckname)

Nachdem Buchmann, ein früherer Informant des VS NRW, über mir unbekannte Personen Kontakt zur Abteilung aufgenommen hatte, besuchte ich ihn gestern wie vereinbart, um eine erneute Indienstnahme als V-Mann zu prüfen. Das Urteil fällt negativ aus.

Zur Begründung:
Buchmann ist aktuell nicht in der linksradikalen Szene verankert. Nach eigenen Angaben zählt er lediglich eine Person aus dem Kreis der Düsseldorfer Linksautonomen zu seiner Kundschaft. Eine Neigung dieser Gruppe zu terroristischen Tendenzen entsprechend des derzeit kursierenden Strategiepapiers ist nicht erkennbar. Zu ihrer Beobachtung reicht das bisherige Netz an V-Personen aus.

Buchmann hat sich aus rein wirtschaftlichen Gründen angeboten, weil der Laden, den er von seiner Mutter geerbt hat, unter seiner Regie schlecht läuft. Er ruft 2000,– Euro pro Monat auf, die anderweitig deutlich besser eingesetzt wären.

Gez. M. Khalid
P.S.: Zu Arnold, Büchner und Weiß hat Buchmann nach eigenen Angaben keinen Kontakt und kennt ihren Aufenthaltsort nicht. Wir versuchen das zu verifizieren.

Melia überflog die Zeilen ein weiteres Mal, dann sandte sie das Memo per Mail an ihren Chef.

Beim Studium der Presse staunte sie darüber, wie einhellig die Zeitungen die Meldung der Terrorgefahr auf ihre Titelseiten gehoben hatten. Das Schüren von Angst beförderte offenbar die Auflage.

Und auch der Ministerpräsident konnte damit zufrieden sein.

Doch Melia fühlte sich unbehaglich. Nach wie vor hatte kein weiterer Spitzel die Existenz des Strategiepapiers bestätigen können. Sie verschickte Anfragen an die Verfassungsschutzämter des Bundes und der anderen Länder – laut Pfeifers Informantin war das Pamphlet auch in Berlin und Bremen diskutiert worden. Also musste es jemandem aufgefallen sein.

Die ersten Berichte über mögliche Kontaktpersonen von Arnold, Büchner und Weiß lagen vor. Melia las Vermerke, lauschte den Soundfiles abgehörter Telefonate und überflog einen Wust an E-Mails. Schließlich knöpfte sie sich die Protokolle der Internetüberwachung vor.

In einem Fall war der Zugriff auf den Computer erfolglos gewesen. Eine rote Socke in Bielefeld verfügte über einen Virenschutz, der den Trojaner entdeckt und lahmgelegt hatte. Melia griff zum Telefon und bat den IT-Spezialisten, der Zielperson das neueste Update auf die Festplatte zu schmuggeln.

Sie rieb sich den Nacken. Noch immer kein Hinweis auf die drei RAF-Räuber. Als lebten sie in völliger Isolation. Oder sie surften mit dem Thor-Browser und chatteten im Darknet, um dort ihre Gefolgschaft zu organisieren. In dem Fall wäre die beste Überwachungstechnologie hilflos. Womöglich stand ein erster Anschlag unmittelbar bevor, ohne dass sie und ihre Leute es mitbekamen.

Wir sollten flächendeckend alle roten Socken observieren. Sämtliche Wohnungen der linken Szene verwanzen. Doch dazu fehlten die Ressourcen.

Der Klingelton des Telefons riss Melia aus ihren Gedanken.

Der Abteilungsleiter.

Melia griff nach dem Hörer und meldete sich.

»Kommen Sie gleich mal zu mir«, befahl Jakobs.

»Vorzügliche Arbeit!«, lobte der Abteilungsleiter, als Melia sein Büro betrat. »Die Medien sind voll auf den Zug gesprungen. Ich habe Sie heute früh dem Ministerpräsidenten gegenüber lobend erwähnt, und er lässt Sie grüßen.«

»Okay.«

»Wie auch immer. In wenigen Minuten startet Frantzens Pressekonferenz in der Staatskanzlei, und er wird zweifellos die richtigen Worte zur marxistisch-anarchistischen Bedrohung finden.«

Melia fand den Ausdruck fachlich falsch, aber egal.

Er strich über seine rote Krawatte. »Seit Chemnitz und Halle reden alle nur noch über den Rechtsextremismus. Dabei ist die Bedrohung von Linksaußen genauso virulent. Sie passt nur den Altachtundsechzigern, die unser Land immer noch prägen, nicht ins Konzept.«

»Um die Gefahr seriös als konkret einzustufen, bräuchte ich allerdings, wie gesagt, noch die Bestätigung durch eine zweite Quelle.«

»Sind Sie da bislang nicht fündig geworden?«

»Ich arbeite daran.«

»Gut. Und was Jens Nickel anbelangt, Frau Khalid: Ihr Memo habe ich zur Kenntnis genommen. Es ändert allerdings nichts am Beschluss, Nickel alias Buchmann, wie Sie ihn treffend nennen, zu reaktivieren. Gehen Sie auf seine Forderungen ein.«

»Zweitausend Euro im Monat?«

»Wir können es uns nicht leisten, auf dieses Werkzeug zu verzichten.«

»Es ist stumpf.«

»Dann schärfen Sie es, Frau Khalid. Helfen Sie Buchmann, Ergebnisse zu liefern. Sie wissen, wie man das macht. Und noch etwas.«

»Ja?«

»Mein Vorgänger hat Sie mir als verlässliche Expertin geschildert. Also zeigen Sie Stärke! Es wäre ein Jammer, wenn ich feststellen müsste, dass ausgerechnet Sie sich als stumpfes Instrument erweisen, nicht wahr?«

»Keine Sorge, Herr Jakobs.«

»Der Aufruf, eine neue RAF zu gründen, ist in der Welt, und wenn Deutschland in Terrorgefahr schwebt, dürfen wir uns nicht länger von bürokratischen Gepflogenheiten bremsen lassen. Verschwenden Sie nicht Ihre wertvolle Zeit mit der Suche nach einer zweiten Quelle. Wir müssen den linken Systemfeinden und dem Sumpf an Sympathisanten mit aller Entschlossenheit begegnen, die der Staat aufbringen kann. Ohne langes Zögern und ohne falsches Mitgefühl.«

In Melias Kopf schwirrten die Gedanken.

Ich habe mit dem Gegner geschlafen.

Aber meine Arbeit beeinträchtigt das nicht.

»Haben wir uns verstanden, Frau Khalid?«

»Natürlich, Herr Jakobs.«

17

FAST STÄNDIG WAREN FABIAN PERSCHEIDS Gedanken an diesem Tag bei Melia, der Frau mit dem scharfen Verstand und dem exotischen Flair. Die kräftigen Farben ihrer Bluse und die von einem Tuch gebändigten Locken hatten ihn an ein tropisches Meer erinnert, an endlosen Strand, an das Gefühl totaler Freiheit. Er hatte das Tattoo auf ihrer Schulter vor Augen, ein pralles rotes Herz, dem man eine barocke Krone aufgesetzt hatte, davor zwei gekreuzte Rosen – ein königliches Symbol der Liebe. Fabian sehnte sich nach ihrem Humor und ihrer Zärtlichkeit.

Selbst während seines Seminars und auch dann noch, als er an die Bürotür von Professor Joachim »Joe« Diekmann klopfte.

Als Geschäftsführer des Instituts für Medien- und Kulturwissenschaften an der Philosophischen Fakultät der Heinrich-Heine-Universität war Joe sein Boss.

Fabian öffnete und lugte ins Zimmer.

»Komm rein«, sagte Diekmann mit vollem Mund. Vor dem hageren Mann mit der Nickelbrille lag eine angebrochene Tafel Schokolade.

»Entschuldige die Verspätung, Joe, aber ich musste noch

einer Studentin erklären, warum ich ihr Referat über Ridley Scotts *Blade Runner* so gelungen fand.«

»Kein Problem. Setz dich.«

Sie beide verband die Liebe zum Film und der Sport. Seit sie jeden Donnerstagabend in einer Sporthalle im Stadtteil Stockum miteinander kickten, duzten sich Fabian und der deutlich ältere Professor.

»Wie stellst du dir eigentlich deine Zukunft vor?«, fragte Diekmann, nahm die Brille ab und begann, sie zu putzen.

»Warum fragst du das?«

»Weil ich deinen Lehrauftrag, der zum Semesterende ausläuft, nicht mehr verlängern kann. Tut mir leid, aber mir sind die Hände gebunden.«

Fabian konnte nicht glauben, was er da hörte.

»Sogenannte Kettenbefristungen sind ab sofort verboten«, erklärte Diekmann. »Das gilt für alle Unis des Landes. Nachdem sich in Köln jemand eine feste Stelle erstritten hat, will die Wissenschaftsministerin weiteren Fällen vorbeugen.«

»Ich habe nicht vor, mich einzuklagen.«

»Ist klar, aber es geht den Bürokraten ums Prinzip. Das weißt du doch. Nimm das also bitte nicht persönlich.«

Fabian schloss die Augen und rieb sich die Schläfen. An eine glänzende Karriere im Hochschulbetrieb hatte er nie geglaubt. An einen jähen Abschied allerdings auch nicht.

Diekmann setzte die Brille wieder auf und schob sich einen halben Riegel Schokolade in den Mund. Er kaute und sagte: »Du solltest einen Schritt nach vorn machen. Ich würde dir gern dabei helfen, aber solange unser Institut nicht besser ausgestattet wird, kann ich dir keine Stelle anbieten, die du für eine Habilitation bräuchtest. Deshalb rate ich dir, es mal an einer anderen Uni zu versuchen. Vielleicht bekommst du in Bielefeld eine Chance, dort ist die Ausrichtung ähnlich wie bei uns. Wende dich mal an Professor Horvath.«

Fabian atmete tief durch. Er hatte es schon überall versucht – ausnahmslos Absagen. In Bielefeld hätte er gerade mal zwei Wochenstunden unterrichten können. Für zweihundertsiebzig Euro im Monat. Und die Fahrtkosten hätte er selbst tragen müssen.

»Danke für den Tipp«, sagte Fabian.

Diekmann wies auf die Schokolade. »Magst 'n Stück?«

»Nein, danke, Joe.«

»Alles Gute, mein Lieber. Wir sehen uns dann beim Hallenkick!«

Während Fabian das Gebäude verließ, empfand er einen Moment lang Verständnis für Jugendliche, die von der Schule flogen und als Amokläufer mit einem Sturmgewehr zurückkehrten. Dann rief er sich zur Vernunft. Natürlich war nicht Diekmann schuld an der Misere, sondern die Landesregierung, deren neoliberale Politik und letztlich die kapitalistische Produktionsweise, der sein Orchideenfach keinen Profit versprach.

Er fühlte sich gedemütigt wie selten zuvor. Als die Bullen in Hamburg sein Handgelenk zertrümmert hatten, war der Schmerz kaum größer gewesen.

Ihm fiel ein, wie Melia ihm in der Nacht voller Mitgefühl Küsse auf seine Finger gehaucht hatte. Wie konnte ich bloß diese Frau gehen lassen, ohne ein nächstes Treffen zu vereinbaren?

Es gibt ein Leben außerhalb der Uni, sagte sich Fabian. Auf dem Weg zum Bus kramte er sein Handy aus der Jackentasche und rief Stefan Brunswicker an.

Sein Kumpel meldete sich erst nach langem Klingeln. Im Hintergrund hörte er Werkstattlärm.

»Ich bin von April an ohne Job«, begann Fabian. »Könnt ihr noch jemanden für euer Kollektiv gebrauchen?«

»Mensch, Professor!«, antwortete Stefan. »Du bist wirklich ein Genie, wenn du den Unterschied zwischen absolutem und relativem Mehrwert erklärst. Den tendenziellen Fall der Profitrate. Oder warum der neue *James Bond* nichts taugt – so philosophisch wie du kriegt das keiner hin. Aber im Angesicht einer Schleifmaschine würdest du eher den Kürzeren ziehen. Meinst du nicht?«

Fabian musste lachen. »Weshalb ich eigentlich anrufe: Kannst du mir die Nummer von Melia geben?«

»Von wem?«

»Melia, die Yoga-Freundin deiner Freundin. Du weißt schon, wen ich meine. Ich hab sie gestern auf eurer Party kennengelernt. Ich muss sie unbedingt wiedersehen.«

Ein Scheppern im Hintergrund, jemand fluchte.

Fabian wartete auf eine Antwort. Er registrierte, dass der 735er Bus gerade die Haltestelle Uni Mitte erreichte, und beschleunigte seinen Schritt.

»Stefan?«, fragte er ungeduldig.

»Ich weiß nicht, ob die Frau die Richtige für dich ist.«

»Das lass mal meine Sorge sein.«

»Okay, ich hab ihre Nummer nicht, aber ich kann Sina mal fragen, wenn es dir so wichtig ist.«

»Ja, das ist es. Danke.«

Fabian steckte das Telefon weg und sprang in den Bus. Hinter ihm schlossen sich die Türen. Er setzte sich und schrieb *Melia* mit dem Finger an die beschlagene Scheibe, bevor er mit dem Ärmel das Kondenswasser wegwischte.

So verliebt war er schon lange nicht mehr gewesen.

18

MELIA ÄRGERTE SICH ÜBER SICH SELBST, während sie ihren Bürocomputer hochfuhr. Warum habe ich dem Abteilungsleiter nicht widersprochen? Der Gedanke, den Buchhändler anzuheuern, widerstrebte ihr zutiefst.

Weil er mit dem Laden Miese machte, wollte er seine alten Kontakte versilbern. Die Forderung, die er stellte, erschien ihr absurd hoch. Zumal der Typ so gut wie nichts zu bieten hatte.

Ein mächtiger Freund hielt seine schützende Hand über ihn, der anscheinend sogar Jakobs Anweisungen erteilen konnte. Ein Staatssekretär, jemand im Umfeld des Innenministers, der Minister selbst? Verfolgte jemand eine heimliche Agenda?

Bleib ruhig, sagte sich Melia.

Nicht in Paranoia verfallen.

Sie war es gewohnt, dass ältere weiße Männer geschlossene Cliquen bildeten, auch um Frauen von den Schalthebeln der Macht fernzuhalten. Überall bekam das Patriarchat Risse, verloren Seilschaften an Bedeutung, nur beim Verfassungsschutz nicht. Wie hatte sich der schmierige Clown ihr gegenüber aufgespielt!

Ich wette, ein altes Foto von mir als Student war alles, was man Ihnen gezeigt hat.

Womit er auch noch ins Schwarze getroffen hatte.

Melia beschloss zu recherchieren. Wenn Sie schon dazu verdonnert war, mit dem Buchhändler zu arbeiten, wollte sie mehr über ihn wissen. Wie zuverlässig war er früher gewesen? Hatte es Pannen gegeben? Worauf musste sie vorbereitet sein, wenn sie mit ihm zusammenarbeitete?

Sie rief die gemeinsame Datenbank der Verfassungsschutzämter der Länder und des Bundes auf. Sie loggte sich mit ihrem Code ein und schrieb *Jens Nickel* in die Suchmaske.

Kein Treffer.

Was nichts heißen musste.

Sie wechselte zur internen Datensammlung ihrer Abteilung, die all das beinhaltete, was man den anderen Geheimdiensten vorenthielt. Wieder tippte sie den persönlichen Code ein, mit dessen Hilfe sie die allermeisten Geheimhaltungsschranken überwinden konnte.

Wieder fand sie nichts.

Sie versuchte es mit den Namen der Personen, zu deren Festnahme Nickel angeblich beigetragen hatte. Doch selbst in deren Einträgen wurde der Informant nicht erwähnt, auch kein unbekannter Deckname, hinter dem sich Nickel verbergen konnte. Nicht einmal der Eintrag zu Herlinde Weiß, die mit Nickel laut dessen Angaben eine Zeit lang in Frankreich gelebt hatte, enthielt einen Verweis auf ihn.

Melia gefiel das immer weniger. Sie suchte die Abteilungsregistratur auf, die ein Stockwerk höher untergebracht war, wo auch der Innenminister und sein Staatssekretär residierten. Hier war sie lange nicht mehr gewesen.

Die zuständige Bürokraft, eine Frau von gewaltigem

Körperumfang, wollte gerade Feierabend machen und beäugte Melia wie ein lästiges Insekt.

»Ich suche eine Akte. Der Klarname lautet Jens Nickel.«

»Haben Sie denn kein Passwort für das elektronische Dokumentenmanagement?«

»Doch, natürlich, aber die Dateien sind lückenhaft. Ich fürchte, ich brauche Papier.«

»Das Gedächtnis unserer Abteilung kennt keine Lücken. Die Bürger sind gläsern, und alles ist irgendwo gespeichert. Ihnen fehlt nur die Zugriffsberechtigung, junge Frau.«

Melia verkniff sich eine bissige Bemerkung und nannte ihren Code.

Die Angestellte tippte eine Weile auf ihrer Tastatur herum, dann musterte sie Melia.

»Warum haben Sie nicht gleich gesagt, dass Sie Referatsleiterin sind?«

»Steigert das Ihre Hilfsbereitschaft?«

Die Dicke seufzte und bewegte sich mit erstaunlicher Dynamik hinter ihrem Tisch hervor. Melia folgte ihr in den eigentlichen Archivraum, wo die Frau die Deckenbeleuchtung anknipste und durch die Regalreihen stapfte, bis sie unter einer laut summenden Leuchtstoffröhre nach Atem ringend innehielt.

»Hier«, erklärte sie mit einer weit ausholenden Geste. »Der Linksterrorismus der Achtziger- und frühen Neunzigerjahre.«

Staub tanzte im Neonlicht. Es roch nach altem Papier. Während Melia in den Ordnern blätterte, begab sich die Archivarin nach hinten, wo auf einem Pult ein weiteres Terminal stand.

»Haben Sie's?«, rief sie nach einer Weile herüber.

»Nein«, antwortete Melia.

»Aber ich. Die Akte trägt die Nummer 256-9595.«

Melia kontrollierte die Beschriftungen. »Ich sehe hier die Endziffern 9594 und 9596. Die dazwischen fehlt.«

»Das kann nicht sein.«

»Schauen Sie selbst.«

Die Dicke eilte herbei. Keuchend fuhr sie mit den Fingern die Aktendeckel entlang. Schließlich stützte sie ihre Fäuste in die Hüften und machte große Augen.

»Jemand hat Jens Nickels Spuren getilgt«, sagte Melia. »Und zwar gründlich.«

Die Archivarin verschwand, kehrte zurück und hielt ihr einen aufgeschlagenen Ordner hin. »Nur an diesen Aktenplan hat er nicht gedacht. Bis zur Jahrtausendwende wurde der noch auf Papier geführt.«

Melia las Nickels Namen sowie mehrere Daten. »Dann ist das der einzige noch existierende Beweis, dass Nickel für uns gearbeitet hat. 1962 geboren, 1985 angeworben, und der letzte Eintrag erfolgte 1996, sehe ich das richtig?«

»Ja, das Material muss recht umfangreich gewesen sein. Ein solcher Schwund ist mir noch nicht untergekommen, seit ich hier arbeite. Ich sag nur: Staate Dänemark. Irgendwas ist da faul.«

»Wie können wir erfahren, wer das getan hat?«

»Jeder Eingriff in die Datenbank hinterlässt Spuren. Ich werde mit dem Administrator reden. Sie bekommen von mir Bescheid, Frau Khalid.«

Melia bedankte sich.

Sie hatte Nickels Worte im Ohr: *Sie wissen gar nicht, was damals abging.*

Sie konnte es kaum erwarten, den Buchhändler wiederzusehen.

19

VINCENT HATTE VOR KIM BRANDSTÄTTERS Wohnung angehalten, damit sie ihre Uniform gegen Zivilklamotten tauschen konnte. Jetzt trat sie in enger Jeans und einer kurz geschnittenen Winterjacke aus der Haustür. Vincent fragte sich, was ihr Gesicht so anders wirken ließ, bis er bemerkte, dass sie ihr Haar offen trug.

»Alles fit?«, fragte er und hielt ihr die Wagentür auf, doch sie zögerte einzusteigen.

»Ehrlich gesagt, mir ist nicht ganz wohl bei der Sache.«

»Was ist los, Kim?«

»Für dein Team bin ich ein unerwünschter Fremdkörper. Das habe ich vorhin in der Besprechung gespürt.«

»Unsinn.«

»Begreife ich das richtig, dass du deinem eigenen MK-Leiter nicht traust und wir hinter seinem Rücken parallele Ermittlungen anstellen sollen?«

»Im Gegenteil, ich traue Bruno voll und ganz. Er ist nur etwas vorschnell von der Version überzeugt, das Ganze sei eine unpolitische Eifersuchtstat.«

»Auch unter Reichsbürgern kann es einen Totschlag aus enttäuschter Liebe geben.«

»Sicher.«

»Und alles, was wir über den Täter wissen, bestätigt das Bild eines jähzornigen, eifersüchtigen Kerls, oder liege ich da falsch?«

»Kennst du den Anwalt, der Simonis vertritt? Der Typ hat früher mal für die NPD kandidiert und ist ein Lieblingsanwalt der rechten Szene. Im Münchner NSU-Prozess hat er einen Mittäter von Beate Zschäpe verteidigt.«

»Du meinst, es ist kein Zufall, dass sich Simonis an ihn gewandt hat.«

»Und ich finde, die Ermittlungen sollten niemals nur in eine Richtung gehen.«

Sie stieg endlich ins Auto. Vincent nahm hinter dem Steuer Platz und ließ den Motor an.

»Es ist gut und richtig, dass du deine Bedenken offen äußerst«, sagte er auf dem Weg nach Hellerhof. »Aber hab keine Sorge. Sollte es Stress geben, krieg ich den ab, nicht du.«

»Davon habe ich schon gehört.«

»Wovon?«

»Dass du gut darin bist, Ärger auf dich zu ziehen.«

Vincent lachte. »Was erzählt man sich noch?«

»Naja … von deiner Mutter.«

»Die tut nichts zur Sache.«

»Man sagt, du seist ein verkappter Linker. Ein Nazijäger.«

Vincent trat auf die Bremse, das Fahrzeug kam zum Stehen. Hinter ihnen ertönte ein Hupen.

»Selbst wenn es so wäre, Kim, was soll daran schlimm sein? Keiner zwingt dich mitzumachen. Bitte, du kannst aussteigen, wenn du willst.«

»Sei nicht gleich eingeschnappt, Vincent *Che* Veih. Ich hab auch etwas gegen Nazis. In unserer Behörde sind wir also schon zwei.«

Er musterte die junge Kollegin. Sie hob die Hand. Er klatschte sie ab und musste grinsen.

Kim deutete über ihre Schulter. »Ich glaube, wir halten den Verkehr auf.«

20

VINCENT ERKANNTE DIE STELLE WIEDER, an der vor der Wendeschleife der gepflasterte Weg abbog. Sie fuhren bis ans Ende, wo sich das einzige Wohnhaus des Gewerbegebiets befand, parkten vor dem Gartentor und stiegen aus. Die Rollläden waren hochgezogen – nicht die einzige Veränderung.

Kim wies auf den Fahnenmast. »Der Lappen ist weg.«

Vincent kontrollierte das Klingelschild. Die vergilbte Plastikabdeckung war zur Hälfte abgebrochen, der Platz dahinter leer – kein Hinweis mehr auf die Freie Republik Hellerhof.

Er drückte auf die Taste.

Jana Meier öffnete.

Vincent erkannte die junge Frau kaum wieder. Demonstrativ selbstbewusst baute sie sich vor den beiden Ermittlern auf. Das Hämatom im Gesicht hatte sie mit Make-up verdeckt und ihr welliges blondes Haar mit einem blau gemusterten Tuch zusammengebunden.

»Wann kann ich wieder in den Keller?«, fragte sie statt einer Begrüßung.

»Dürfen wir hereinkommen?«

Jana Meier ging voraus. »Mit der Spurensicherung sind Sie doch fertig, oder?«

»Sie müssen sich gedulden, bis wir Ihnen Bescheid geben.«

In der Küche roch es nach Essen. Vincent spürte Appetit, er hatte nur einen Apfel auf dem Weg zur Arbeit gegessen. Seit Nina ausgezogen war, machte er sich nur noch selten ein ordentliches Frühstück. Inzwischen war es bereits früher Nachmittag.

Sie setzten sich an den Tisch.

»Wie geht es Ihnen?«, begann Vincent.

»Wie soll es mir schon gehen?«

»Was haben Sie jetzt vor?«

»Meine Eltern haben mir angeboten, dass ich wieder bei ihnen wohne. Vielleicht mache ich das. Mal schauen.«

»Sie haben meinen Kollegen erzählt, dass Ihr Freund eifersüchtig auf Milo Grünberger war.«

»Er kam nach Hause, holte eines der Gewehre aus dem Schrank, packte es am Lauf und meinte, er würde erst Milo verprügeln, dann mich. Und ich wüsste schon, warum. Da hab ich Schiss gekriegt.«

»Verstehe.«

»Er ist rüber ins Gästehaus gerannt, und ich hab den Notruf gewählt.«

»Was lief zwischen Ihnen und Grünberger?«

»Na ja, da war so eine gewisse … Spannung.«

Vincent nickte, um die Frau zum Weiterreden zu ermuntern.

»Letzte Woche war Helge ein paar Tage nicht zu Hause. An einem Abend sind Milo und ich, na ja …«

»Im Bett Ihres Gastes gelandet.« Vincent wusste das aus dem Protokoll von Bruno und Hamid.

Die Frau nickte. Sie vermied den Blickkontakt.

»Wollten Sie Ihren Freund wegen Grünberger verlassen?«, fragte er.

»Verlassen?«, wiederholte sie. »Nein.«

»Kein Gedanke daran?«

»Das mit Milo war ein blöder Ausrutscher. Wir waren angetrunken, und dann ist das halt passiert. Schon am Morgen danach war es uns peinlich, und wir haben so getan, als wäre nichts gewesen.«

»Woher wusste Ihr Freund davon?«

»Vielleicht von Milo?«

»Warum sollte der ihm etwas erzählen?«

»Sie haben recht, das wäre unwahrscheinlich.«

»Hat er Dritten gegenüber gequatscht?«

»Und wer sollte das sein? Glaub ich nicht.«

Vincent lehnte sich zurück und versuchte, sich einen Reim darauf zu machen.

»Warum haben Sie draußen die Deutschlandfahne abgenommen?«, fragte Kim beiläufig, als gebe es keinen Hintergedanken.

Sie macht es gut, stellte Vincent fest.

Die Hausbewohnerin zuckte mit den Schultern. »Ein Freund hat mich darum gebeten. Für den Schrebergarten seiner Eltern.«

»Und das Klingelschild?«, fragte Kim.

»Was ist damit?«

»Gestern früh stand da noch etwas von einer Freien Republik Hellerhof.«

»Vielleicht abgefallen, keine Ahnung.«

»Wir haben erfahren, dass Milo an einem Buch schrieb.«

»Ach, wirklich?«

»Über Reichsbürger.«

»Hat er mir nichts von erzählt.«

»Er soll sich Ihnen und Helge Simonis angeschlossen haben, um für sein Buch zu recherchieren.«

»Hören Sie, mich haben schon Ihre Kollegen dumm angequatscht, ob wir etwas mit Reichsbürgern am Hut hätten. Wer behauptet denn so etwas? Ich weiß nicht einmal, was das für Leute sind.«

»Reichsbürger bestreiten die Existenz der Bundesrepublik Deutschland«, erklärte Kim.

Die Zeugin verschränkte die Arme und sagte nichts.

»Sie berufen sich darauf, dass das Dritte Reich noch fortbestehe. Oder sie gründen ihr eigenes Gemeinwesen, das sie Königreich nennen oder Freie Republik Hellerhof.«

»Ach ja?«

»Sie halten Deutschland für besetzt, lehnen die Gesetze der Bundesrepublik ab, und manche weigern sich sogar, Steuern oder Bußgelder zu bezahlen. Ihre Zahl schätzt man auf über fünfzehntausend, und sie nimmt rasant zu. Einige dieser Leute sind offen rechtsextrem und militant. Waffennarren wie Ihr Freund Helge.«

Jana Meier starrte auf einen Punkt zwischen Kaffeebecher und Blümchenvase.

»Sie müssen doch mitbekommen haben, dass sich Milo Grünberger für die Bewegung der Reichsbürger interessiert hat.«

»Er hat sich für alternative Medizin interessiert. Milo hat uns bei der Herstellung unserer Kräutermischungen und beim Versand geholfen. Er wollte von uns lernen, wie man auf natürliche Weise heilt. Das ist alles, was ich dazu sagen kann.«

»Hat Helges Anwalt Sie instruiert?«

»Hören Sie, mir reicht es allmählich wirklich!«

Vincent mischte sich ein. »Bevor wir gehen, nur noch eine

Frage. Unmittelbar nach dem gestrigen Vorfall bekamen Sie Besuch von drei Männern. Von zweien haben wir die Namen. Elias Horn und Johann Abel. Wer war der dritte?«

»War da noch einer?«

»Sie wissen genau, wen wir meinen«, erwiderte Kim scharf. »Mittelalt, eine schwarze Baseballkappe auf dem Kopf. Er trug eine Brille und hatte eine Narbe.« Sie fasste sich an die Wange. »Er ging zu Ihnen ins Haus.«

»Ach ja, jetzt erinnere ich mich.«

»Und?«

»Seinen Namen weiß ich nicht. Wahrscheinlich ein Kumpel von Elias oder Johann.«

»Was wollte er?«, fragte Vincent.

»Nach mir sehen natürlich. Hören Sie, mir ging es wirklich übel. Er wollte mich trösten. Ist das verboten?«

»Ein Unbekannter, den Sie allenfalls vom Sehen kennen, wollte Sie trösten?«

Wieder senkte sie den Blick.

»Und woher sollen die drei gewusst haben, was in Ihrem Haus vorgefallen war?«

Die Zeugin räusperte sich. »Bevor ich bei der Polizei anrief, hab ich Elias um Hilfe gebeten. Erst als es laut wurde und Elias immer noch nicht da war, hab ich die Eins-Eins-Null gewählt.«

Diese Information war für Vincent neu.

»Dieser unbekannte Dritte, was hat er drüben im Gästehaus gemacht?«

»Wie kommen Sie darauf?«

»Beantworten Sie meine Frage, Frau Meier.«

»Er war die ganze Zeit nur bei mir, soweit ich mich erinnern kann.«

»Wie erklären Sie sich, dass Handy und Laptop und

Bücher und überhaupt alle persönlichen Aufzeichnungen aus Milo Grünbergers Zimmer verschwunden sind?«

»Laptop und Bücher hat Milo nicht besessen.«

»Auch kein Handy?«

»Doch. Handy schon. Hat ja jeder. Vielleicht hat er es irgendwo verlegt, was weiß denn ich?«

Vincent erhob sich, Kim tat es ihm nach. Die Zeugin ging noch mit zur Tür. Vincent gab ihr die Hand.

»Rufen Sie uns an, sobald das Handy auftaucht. Versprochen?«

Auf dem Rückweg zur Festung, wie sie intern das zu Beginn der Dreißigerjahre erbaute Präsidium nannten, setzte ein Regenschauer ein, der so stark war, dass Vincent das Tempo reduzieren musste. Das Prasseln auf dem Dach übertönte die Schmuseballade im Autoradio. Kim hielt sich am Gurt fest. Sie wirkte angespannt.

»Sprich aus, was du denkst«, forderte Vincent sie auf.

»Hab ich die Zeugin zu hart angefasst?«

»Ach was.«

»Sicher nicht?«

Er schüttelte den Kopf. »Aber die Frau verheimlicht uns etwas.«

»Grünbergers Handy müsste man doch orten können.«

»Vorausgesetzt, derjenige, der es beseitigt hat, war so dumm, Akku und SIM-Karte nicht zu entfernen. Ich werde das checken lassen. Große Hoffnungen sollten wir uns nicht machen.«

»Wenn es nach dem Staatsanwalt geht, wird die Anklage auf Totschlag lauten, während wir glauben, dass Grünbergers Recherchen eine Rolle gespielt haben und Simonis aus Vorsatz handelte.«

»Zumindest ist das möglich.«

»Also Mord.«

Vincent drehte das Gebläse auf, weil die Scheibe beschlug. »Wir müssen herausfinden, wer noch von diesen Recherchen wusste und ob es vielleicht irgendwo Aufzeichnungen gibt. Den Part werde ich übernehmen. Du kümmerst dich um Elias und Johann. Die sollen uns gefälligst diesen dritten Typ verraten.«

»Wie viel Zeit haben wir?«

»Hängt davon ab, wann der Staatsanwalt Anklage erhebt. Das kann unter Umständen schnell gehen. Wenige Tage.«

»Hast du da keinen Einfluss?«

»Letztlich bin ich an die Weisung meines Inspektionsleiters gebunden, und der tickt genauso wie der Staatsanwalt. Er sitzt mir ständig im Nacken.«

»Ich begreif das nicht. Wozu dieser Druck?«

»Man nennt das erfolgsorientiertes Handeln. Wir sind angehalten, Ermittlungen möglichst zeitnah abzuschließen und der Öffentlichkeit ein rasches Ergebnis zu präsentieren. Je länger das dauert, desto mehr wird uns das von den Medien als Schwäche ausgelegt. Und wehe, der Minister liest in der Zeitung, wir würden im Dunkeln tappen. Niemand bringt die nötige Geduld auf. Alles muss schnell gehen.«

In diesem Moment vernahm Vincent, dass der Radiomoderator die Musik unterbrochen hatte und über einen bewaffneten Raubüberfall sprach. Er drehte lauter. Keine Toten oder Verletzten, aber eine erhebliche Beute.

»Wo war das?«, fragte Vincent, weil er den Anfang nicht richtig mitbekommen hatte.

»Kaarst.«

»Dann ermittelt das unser KK13.«

»In der Zeitung stand, diese RAF-Rentner würden eine neue Guerillatruppe aufbauen.«

»Die waren das?«

»So begann zumindest die Meldung.«

Vincent erinnerte sich an die Schlagzeilen des Morgens. Vermutlich rotierte das Staatsschutzkommissariat bereits. Und sämtliche Geheimdienste der Republik.

Dann fiel ihm wieder seine Mutter ein.

Er ließ Kim vor dem Präsidium aussteigen, anschließend fuhr er das Auto auf den Parkplatz. Von dort aus rief er Brigitte an. Er hätte gern gehört, wie es ihr ging.

Aber sie meldete sich nicht.

21

MELIA PARKTE VOR DER BUCHHANDLUNG. Während sie den Zündschlüssel abzog, begann ihr Handy zu klingeln. Sie nahm das Gespräch an.

»Ich bin's, Stefan«, meldete sich ihr aktuell wichtigster Informant.

»Noch sauer wegen gestern Abend?«, fragte sie.

»Darüber reden wir ein andermal.«

»Erzähl, was gibt's?«

»Was hast du mit Fabian angestellt?«

»Wie bitte?«

»Er hat mich angerufen. Dass er gern deine Nummer hätte.«

»Und?«

»Ich hab ihm gesagt, dass ich sie nicht kenne, aber Sina danach fragen werde.«

»Gute Antwort«, sagte Melia. Sie musste den roten Professor hinhalten, bis er aufgab. Bislang hatte diese Taktik stets funktioniert.

»Und jetzt?«

»Ganz einfach. Wenn er das nächste Mal fragt, hat Sina die Nummer nicht. Dann hat sie mich noch nicht wieder getroffen. Und sollte er immer noch nachbohren, hat sie glatt vergessen, mich um meine Nummer zu bitten.«

»Ein Herz aus Stein, so kenne ich dich. Aber mir soll's recht sein.«

Sie biss sich auf die Unterlippe. »Sorry, Stefan, ich muss jetzt leider auflegen.«

Melia beendete das Telefonat, stieg aus und blieb vor Nickels Schaufenster stehen. Sie studierte das Plakat zur bevorstehenden Schmadtke-Lesung.

Ihr Handy zwitscherte. Eine SMS.

Jakobs schrieb: *Das RAF-Trio hat zugeschlagen. 400.000 Euro Beute. Bei Ikea in Kaarst.*

Gerade mal fünfzehn Kilometer entfernt, überlegte Melia.

Sie haben ihr Aktionsgebiet ins Rheinland verlegt.

Melia atmete tief durch, dann wählte sie eine Nummer beim Staatsschutzkommissariat des hiesigen Polizeipräsidiums. Ihr Gewährsmann hatte noch keine weiteren Informationen und verwies sie an den Leiter der Kriminalinspektion eins. Zwei Anrufe später hatte sie stattdessen den zuständigen Sachbearbeiter der Dienststelle für Raubdelikte am Apparat, der sie auf den neuesten Stand bringen konnte.

Die Handschrift des Überfalls stimmte mit der Raubserie in Norddeutschland überein. Mehrere Zeugen hatten übereinstimmend drei Täter beschrieben. Zwei Frauen, einen Mann, maskiert und mit Maschinenpistole und Panzerfaust bewaffnet. Die gut vierhunderttausend Euro Beute waren die Tageseinnahmen der Ikea-Filiale und sollten gerade in einen Geldtransporter geladen werden. Keine Verletzten.

An der Fahndung waren Polizeikräfte aus der gesamten Region beteiligt. Als Fluchtfahrzeug galt ein heller VW Golf, weiß oder silberfarben. Der Sachbearbeiter sicherte Melia zu, sie zu verständigen, sobald es neue Informationen gab.

Sie steckte das Handy weg und überdachte die Konsequenzen. Würde das Trio die angekündigte revolutionäre Front in Nordrhein-Westfalen bilden? Plante es hier die ersten Terrortaten – vor ihren Augen, auf ihrem Territorium?

Herlinde Weiß war Düsseldorferin, wie Melia wusste. Anfang der Achtziger hatte sie ein Haus an der Kiefernstraße im Stadtteil Flingern besetzt, gemeinsam mit anderen radikalen Autonomen und Terrorsympathisanten.

Und mit Jens Nickel, dem alten und neuen Spitzel.

22

MELIA STÜRMTE IN DEN LADEN. Das altmodische Glöckchen bimmelte. Nickel war allein.

Mit einem Grinsen im Gesicht kam er ihr entgegen. »Wusste ich doch, dass wir uns wiedersehen.«

»Hat sich Herlinde Weiß bei Ihnen gemeldet?«

»Nein, das habe ich Ihnen …«

»Sibylle Arnold, Klaus Büchner?«

»Auch nicht, ich schwöre.«

»Wir gehen auf Ihr Angebot ein, Herr Nickel. Aber zu meinen Bedingungen, und das heißt als Erstes, dass Sie hier ein wenig umbauen müssen. Schaffen Sie sich eine vernünftige Espressomaschine an, aber keine, für die man ökologisch unkorrekte Alukapseln braucht. Das käme bei unserer Zielgruppe nicht gut an. Ein Regal mit Wein wäre auch nicht schlecht, am besten bio und fair gehandelt aus Lateinamerika. In diese Ecke kommt ein Lesecafé. Besorgen Sie ein paar nette Tischchen. Klappstühle haben Sie vermutlich für die Lesung. Aus welchem Material?«

»Die Stühle?« Nickel wirkte verwirrt.

»Ja.«

»Aus Holz.«

»Gut. Es muss gemütlich wirken.«

»Und wozu das Ganze?«

»Es genügt nicht, dass die eine oder andere rote Socke bei Ihnen Bücher kauft. Ihr Laden muss zum Treffpunkt der linksautonomen Szene dieser Stadt werden.«

»Indem ich hier ein Café einrichte?« Er verzog spöttisch das Gesicht. »Meinen Sie, das reicht aus, um diese Leute anzulocken?«

»Das lassen Sie mal meine Sorge sein, Herr Nickel.« Melia legte ihm die Verpflichtungserklärung vor und hielt ihm einen Stift hin.

Nickel fingerte am Brilli in seinem Ohrläppchen herum und fuhr sich über die Glatze.

»Im Dienstgebrauch meiner Abteilung heißen Sie Jens Buchmann«, erklärte Melia. »Ihr Klarname taucht in unseren Berichten nirgends auf, das heißt, Sie bleiben anonym. Der Schutz unserer Informanten kommt bei uns an erster Stelle.«

»Das habe ich erlebt, als ich mit Herlinde in Frankreich war und plötzlich aufflog.«

»Wollen Sie einen Rückzieher machen?«

Er beugte sich über das Schriftstück, las den kurzen Text und unterschrieb.

»Ich nehme an, Sie haben die Nachrichten gehört«, sagte Melia. »Ihre alten Freunde Arnold, Büchner und Weiß haben wieder einen Geldtransport überfallen, und zwar ganz in der Nähe. Wenn es zur Neugründung der RAF kommt, dann fängt es hier an, in diesem Bundesland.«

»Im Ernst?«

»Für Ihr Geld lasse ich Sie malochen, Buchmann. Und wir haben verdammt wenig Zeit.«

23

HERLINDE KLOPFTE DAS VEREINBARTE ZEICHEN an die Seitentür des Wohnmobils und verschwand rasch im Inneren, nachdem Sibylle ihr geöffnet hatte. Sie stellte die Tüte auf den Tisch und zog ihren Parka aus.

Sibylle lugte in die Tüte. »Sushi aus dem Supermarkt? Die sind doch nie und nimmer frisch!«

»Jetzt streitet nicht schon wieder«, mahnte Klaus.

Herlinde nahm ihre kupferfarbene Perücke ab und stopfte sie in die Sporttasche zu den anderen. »Die Verkäuferin hat mich ganz komisch angesehen.«

Klaus stellte Gläser auf den Tisch und schenkte alkoholfreies Weizenbier ein. »Das hat nichts zu sagen.«

»Lag bloß an deinem albernen Fiffi«, lästerte Sibylle.

In nervöser Stimmung öffneten sie die Miniportionen Ingwer, Wasabi sowie Sojasauce und vertilgten ihre Sushi-Häppchen. Herlinde verspürte immer noch Appetit.

Danach verfolgten sie die *Aktuelle Stunde* des WDR-Fernsehens.

Ihr geglückter Überfall war die erste Meldung.

Die Bilder zeigten Polizeifahrzeuge mit eingeschalteten Warnblinkern. Den Toyota, mit dem sie den Geldtransporter gestoppt hatten. Leute in weißen Overalls, die Spuren suchten. Presseleute liefen durch die Einstellung. Dann gab ein Polizeisprecher sein Statement ab.

Herlinde fand die neuen Fahndungsfotos erschreckend gut.

Videosequenzen einer Überwachungskamera. Unscharf und blaustichig, aber Herlinde und ihren Freunden stockte der Atem. Trotz der Sturmhauben erkannten sie sich. Allein schon an der Art, wie sie sich bewegten.

Sicher hatten auch andere Sender das Material bekommen und würden es in den nächsten Stunden zeigen. Und wer abends nicht einschaltete, würde die Bilder morgen im Frühstücksfernsehen vorgesetzt bekommen. Sie waren ihre Geldsorgen los, aber der Fahndungsdruck war so groß wie nie zuvor. Herlinde spürte, wie ihr Herz klopfte.

»Hier reden sie ebenfalls von mehr als vierhunderttausend Euro«, bemerkte Sibylle. »Wie vorhin im Radio.«

»Sie übertreiben, um mehr von der Versicherung zu bekommen«, erwiderte Klaus.

Sibylle wandte sich Herlinde zu. »Oder verschweigst du uns was?«

»Fang nicht wieder damit an«, antwortete Herlinde so ruhig, wie sie konnte.

»Erklär uns gefälligst die Differenz von fünfzigtausend Euro!«

»Hört auf zu streiten«, warf Klaus ein.

Herlinde streckte ihre Arme aus. »Bitte, durchsuch mich. Wühl in meinen Sachen, wenn du ernsthaft meinst, ich würde euch beklauen.«

»Vielleicht sollte ich das tun«, antwortete Sibylle.

Klaus wurde laut. »Schluss jetzt!«

Herlinde griff nach der Fernbedienung und schaltete um.

Im ZDF begann die *heute*-Sendung.

Dieselben Fahndungsfotos, dieselben Bilder der Überwachungskameras. Drei oder vier Millionen Menschen sahen das in diesem Moment.

»Hätte nicht gedacht, dass ich in meinem Alter noch zum Star werde«, kommentierte Klaus.

Herlinde wechselte zum *Journal* auf Arte, das auch in Frankreich ausgestrahlt wurde. Sogar hier waren sie die Top-Nachricht.

Herlinde schaltete aus.

»So geht das nicht weiter«, sagte sie. »Sobald uns jemand zu dritt sieht, sind wir geliefert. Wir müssen uns trennen, am besten sofort.«

24

VINCENT ERBLICKTE DAS BANNER über dem Eingang, und die Ankündigung erfüllte ihn mit Stolz.

Brigitte Veih: Großer Bruder

21.2. – 16.5., NRW-Forum.

Als er das Foyer durchquerte, spürte er Lampenfieber. Wie würde die Begegnung mit seiner Mutter dieses Mal ausgehen? Vielleicht war Nina auch da, denn sie und Brigitte verstanden sich gut.

Vor dem Durchgang zum Ausstellungsraum empfing ihn eine junge Frau mit einem Tablett voller Gläser. Vincent entschied sich für Wasser und ging hinein.

Das Großformat der Bilder und ihre Farbigkeit überraschten ihn. Sie zeigten Wände voller Monitore, davor Schaltpulte und Männer, von denen manche Uniform trugen. Die Titel auf den kleinen Schildchen wiesen die teils riesigen Räume als Leitstellen von Wachfirmen und Behörden aus. Das Überwachungsbüro für Kaufhausdetektive, die Security-Zentrale eines Flughafens.

Vincent wusste, dass Brigitte mehr als ein Jahr lang recherchiert hatte und bis nach Chongqing in China geflogen war, wo sie als erste Ausländerin den Saal fotografieren durfte, von dem aus die unzähligen ultramodernen Überwachungskameras der Millionenstadt gesteuert wurden.

Einige dieser Aufnahmen waren vorab in der Magazinbeilage einer überregionalen Tageszeitung abgedruckt worden. Brigitte hatte kurze Texte beigesteuert, in denen sie besondere Sitze beschrieb, die das Sicherheitspersonal wachhielten, oder Gesichtserkennungssoftware, die vollautomatisch jeden Bürger in Sekundenschnelle aufspüren konnte.

Vincent war beeindruckt.

Er grüßte die Gäste, soweit er sie kannte. Alte Freunde seiner Mutter wie René Hagenberg, einen Musikproduzenten mit linker Liedermacher-Vergangenheit, der mit Brigitte zur Schule gegangen war. Oder den prominenten Strafverteidiger Freimuth Auersberg, dessen Winkelzüge manchen Verbrecher vor dem Gefängnis bewahrt hatten, weshalb Vincents Kollegen äußerst schlecht auf ihn zu sprechen waren.

Brigitte war ganz in Schwarz gekleidet, ihr weißes Haar leuchtete. Sie befand sich im Gespräch mit dem Direktor des Ausstellungshauses, das sie unterbrach, als Vincent sich ihr näherte. Er küsste sie zur Begrüßung auf beide Wangen. Sie wirkte erschöpft – der Stress der letzten Tage.

»Ich will nicht stören«, sagte er.

»Wie finden Sie die neuen Arbeiten Ihrer Mutter?«, fragte der Direktor.

»Der Überwachungsstaat muss der Traum eines jeden Polizisten sein«, bemerkte Brigitte.

Es hatte Zeiten gegeben, in denen Vincent beleidigt kehrtgemacht hätte. Aber inzwischen war er es gewohnt, dass sie es liebte, ihn zu provozieren.

»Ich freue mich, dich zu sehen«, sagte er. »Hab mir schon Sorgen um dich gemacht.«

»Warum das denn?«

»Weil du seit Tagen nicht ans Telefon gehst.«

»Ich habe aufgehört, es zu benutzen, denn ich werde mal wieder abgehört.«

»Wie kommst du darauf?«

»Liest du keine Zeitung? Der Staat hat es auf alle kritischen Bürger abgesehen. Und ich werde für immer auf der Liste stehen.«

»Du übertreibst, Mama.«

»Wer weiß, vielleicht stehst du auch darauf. Sie filtern alles, was sie mithören, nach bestimmten Suchbegriffen. Ein falsches Wort, und du giltst als öffentliche Gefahr. Mit allen Konsequenzen. Ich kenne mich da inzwischen aus. China zeigt, was unsere Zukunft sein wird.«

Vincent fragte den Direktor: »Wie kommunizieren Sie mit ihr? Trommeln, Rauchzeichen?«

Der Mann lachte. »Es gibt weitaus kompliziertere Künstler als Ihre Mutter.«

»Trotzdem. Du bist paranoid, Brigitte.«

»Sagte der Wolf, bevor er Rotkäppchen verschlang.« Auch sie sprach den Direktor an. »Wenn ich Vincent begegne, weiß ich nie, ob das nur mein missratener Sohn ist oder der Staat, der noch eine Rechnung offen hat.«

Vincent lächelte darüber hinweg.

Dann nahm seine Mutter ihn beiseite.

Leise sagte sie: »Es geht doch nicht, dass Nina immer noch in dieser WG lebt.«

»Warum nicht?«, antwortete er, überrascht, dass sie das Thema anschnitt. »Sie und Marie sind Kolleginnen, die Wohnung ist groß, und sie teilen sich die Miete.«

»Willst du keinen Versuch unternehmen, sie zurückzuholen?«

»Hat sie dir gesagt, du sollst mich dazu anstiften?«

»Ich finde, wenn dir etwas an Nina liegt, solltest du um sie kämpfen.«

»Wenn es die erste Trennung wäre, sicher. Aber sie meinte, es würde in unserer Beziehung nicht mehr prickeln. Warum soll ich ihr hinterherlaufen?«

»Du bist ein Sturkopf. Und sie ist eine tolle Frau.«

»Mag sein, aber seit sie ausgezogen ist, stelle ich fest, dass mir weniger fehlt, als ich dachte.«

Brigitte strich über den Kragen seiner Jacke und blickte ihn streng an. »Gib mir Bescheid, wenn ich dir helfen kann.«

»Mit Trommeln oder Rauchzeichen?«

Sie lachte.

»Tolle Ausstellung«, sagte er. »Gratulation. Ganz großes Kino!«

MITTWOCH, 21. FEBRUAR

Blitz – Aufmacher:

TERROR TRIFFT IKEA

RAF erbeutet 400.000 Euro

Düsseldorfer Morgenpost – Seite eins:

HAJO FRANTZEN: SCHLUSS MIT DER VERHARMLOSUNG LINKER GEWALT!

DONNERSTAG, 22. FEBRUAR

Blitz – Seite eins:

DEUTSCHLANDS MEISTGESUCHTE VERBRECHER

Was planen sie als Nächstes?

Düsseldorfer Morgenpost – Seite eins:

GRÜNE WERFEN REGIERUNG PANIKMACHE VOR:

»Aufblähung der Geheimdienste löst nicht Probleme des Landes.«

FREITAG, 23. FEBRUAR

Blitz – Seite eins:

WER SCHÜTZT DEUTSCHLAND VOR DER ANARCHIE?

So verführen Linksradikale unsere Jugend

Düsseldorfer Morgenpost – Seite eins:

WAHLPROGNOSE: CDU SACKT WEITER AB

Innerparteiliche Opposition schart sich um Arbeitsminister Schönauer

25

MELIA HATTE BESCHLOSSEN, DIE LESUNG von Ingo Schmadtke in Nickels Laden zu einem Ereignis zu machen.

Sie brachte den Terminhinweis mit Stefan Brunswickers Hilfe in allen einschlägigen Linkspostillen unter. Kontakte ihrer Behörde zum Verlagshaus der bürgerlich-rechten *Morgenpost* machten es möglich, auch der wichtigsten Tageszeitung der Stadt eine große Ankündigung abzuringen. Melia erhielt sogar die Zusage, dass die Redaktion einen Mitarbeiter zur Berichterstattung schicken würde. Für öffentliche Aufmerksamkeit war also gesorgt.

Um Nickel bei den Vorbereitungen unter die Arme zu greifen, stellte Melia ihren Kollegen Knut Richter ab. In der Nacht verwanzte er den Laden und versah ihn mit Kameras.

Um die Begrüßungsansprache des Buchhändlers kümmerte sie sich selbst. Nickel würde nicht nur seinen Gast vorstellen, sondern auch ein politisches Statement abgeben und ankündigen, dass die Schmadtke-Lesung der Auftakt einer Reihe gesellschaftskritischer Veranstaltungen sei. Und dass er seine Buchhandlung als Werkzeug des antifaschistischen Widerstands begreife.

Ganze Textbausteine entnahm Melia einem Pamphlet,

das jüngst bei einer Demonstration gegen die AfD vor deren Düsseldorfer Landeszentrale verteilt worden war. Sie hatte es in ihren Akten gefunden. Der Name des Flugblatt-Texters lautete Fabian Perscheid.

Melia war klar, dass sie sich besser von der Lesung fernhielt. Das Risiko, dort auf Fabian zu stoßen, durfte sie nicht eingehen.

Sie nannte den Einsatz *Aktion Buchmann – Teil eins*. Jeder radikale Linke sollte Nickel nach dem heutigen Abend für einen verlässlichen Genossen halten.

26

DER STAATSANWALT ERÖFFNETE die Sitzung der Mordkommission, indem er die Ermittlungen für beendet erklärte und allen Beteiligten dankte. Vincent fühlte sich wie vor den Kopf gestoßen.

»Wollen Sie nicht wenigstens bis Montag mit der Anklageerhebung warten?«, fragte er.

»Wir haben uns lange genug von Ihren Spekulationen über einen politisch motivierten Mord aufhalten lassen, Herr Veih. Dabei ist der Fall völlig klar. Herr Wegmann sieht das übrigens genauso.«

Vincent blickte seinen Kollegen fragend an.

»Mag ja sein, dass Grünberger undercover für ein Buchprojekt recherchiert hat«, erklärte Bruno. »Aber nichts deutet darauf hin, dass er deshalb sterben musste. Und an der Faktenlage wird sich auch bis Montag nichts ändern.«

»Kim steht kurz davor, die Identität des dritten Mannes zu erfahren«, behauptete Vincent.

Eine verzeihliche Lüge, dachte er. In Wahrheit bereitete ihnen der Unbekannte, der am Morgen der Tat gemeinsam mit Elias Horn und Johann Abel in Horns Pick-up vor dem Haus in Hellerhof-Ost aufgekreuzt war, nach wie vor Kopfzerbrechen. Die beiden jungen Männer rückten nicht mit seiner Identität heraus, ergingen sich in Ausflüchten, bezeichneten ihn jeweils als Bekannten des anderen.

Es war zum Mäusemelken.

»Was wäre damit gewonnen?«, erwiderte Bruno. »Wo steckt Kim überhaupt?«

Vincent zuckte mit den Schultern.

In den letzten drei Tagen hatte er mehrmals mit Milo Grünbergers Ex-Freundin telefoniert, mit dessen Mutter sowie weiteren Angehörigen und Bekannten. Einige von ihnen konnten das Reichsbürger-Buchprojekt bestätigen, aber niemand kannte Details. Der Journalist und Theaterautor hatte sich aus seiner bisherigen Welt zurückgezogen.

Vincent war sicher, dass es irgendwo Aufzeichnungen gab. Doch ohne sie kam er nicht weiter.

Im Anschluss an das Meeting rief er Bruno Wegmann zu sich.

»Wie kannst du mir so in den Rücken fallen?«, herrschte er ihn an.

»Warum kannst du nicht zugeben, Chef, dass du dich verrannt hast?«

»Weil es zu früh ist, um das zu behaupten.«

»Der Inspektionsleiter hat recht.«

»Inwiefern?«

Bruno zuckte mit den Schultern und wollte gehen.

»Womit hat Thann recht?«

»Du weißt schon.«

»Habt ihr euch etwa hinter meinem Rücken verbündet?«

Bruno verließ kurzerhand das Büro.

Vincent fragte sich, ob er zu wenig unternommen hatte, um an Beweise zu gelangen. Ihn fraß die Routine als Kommissariatsleiter auf. Sitzungen, Dienstpläne, Berichte an die Behördenleitung. Sogar zum jüngsten Beutezug der RAF-Rentner verlangten die Obermuftis eine Stellungnahme.

Alle drehten durch.

Es klopfte an seiner Tür. Im ersten Moment glaubte Vincent, Bruno wolle sich für sein Verhalten entschuldigen, doch es war Kim Brandstätter. Ihre Augen strahlten vor Tatendrang, als sie sein Dienstzimmer betrat.

Irgendwie rührend, fand er.

»Wie geht's?«, fragte sie und zog sich den Besucherstuhl heran.

»War schon mal besser.«

»Schlechte Nachrichten?«

»Wir hatten eine Besprechung, Kim. Wo warst du?«

»Bei Elias Horn, an seinem Arbeitsplatz. Ich habe ihn im Fahrradladen vor seinen Kollegen zur Rede gestellt.«

Vincent schüttelte den Kopf. »Der Staatsanwalt reicht noch heute die Anklage ein. Es ist vorbei.«

»Ernsthaft?«

»Es war schön, mit dir zu arbeiten. Hab vielen Dank.«

»Ich habe Horn eine schriftliche Vorladung für morgen verpasst. Soll ich das wieder abblasen?«

»Bringt sowieso nichts mehr.«

»Vincent, du hättest sehen sollen, wie nervös der Typ vorhin war. Vielleicht könnte ihn die Vorladung knacken.«

»Lass gut sein, Kim.«

Die Kollegin stand auf. »Ab Montag also wieder Streifendienst«, sagte sie enttäuscht.

Das Telefon auf Vincents Tisch schrillte. Das Display zeigte eine Nummer aus dem Innenministerium an der Friedrichstraße. Vincent ging ran.

»Tristan Bovert«, meldete sich eine Stimme mittleren

Alters. »Es geht um die Sache draußen in Hellerhof. Können wir reden?«

Vincent drückte den Knopf am Apparat, damit seine Kollegin über den kleinen Lautsprecher mithören konnte.

»Schießen Sie los«, antwortete Vincent.

»Nicht am Telefon«, widersprach der Mann.

Vincent blickte Kim an. »Wo sonst?«

»Kennen Sie die Pegeluhr auf der Rheinuferpromenade?«

»Natürlich.«

»Passt es Ihnen heute Abend um acht?«

»Ja, aber …«

»Und dafür sagen Sie die Vorladung für Elias Horn ab. Der Junge hat mit dem Mord, den Sie untersuchen, nichts zu tun. Das kann ich Ihnen garantieren.«

Kim lauschte mit offenem Mund.

Vincent packte den Hörer fester. »Tristan Bovert, sagten Sie?«

»Richtig.«

»Und was ist Ihre Funktion im Innenministerium?«

»Das erfahren Sie, wenn wir uns treffen.«

Vincent zögerte nur kurz. »Okay, ich werde da sein.«

Er legte auf und schnalzte mit der Zunge.

»Verfassungsschutz?«, fragte Kim.

Vincent nickte. »Deine Vorladung war doch nicht ganz umsonst.«

27

AM SPÄTEN NACHMITTAG FUHR MELIA mit Reinhard Zacharias zum Buchladen. Sie benutzten einen Kleintransporter, dessen Türen mit dem Logo einer fiktiven Malerfirma beschriftet waren. Im Inneren ähnelte er einem mobilen Fernsehstudio. Sie parkten unweit des Geschäfts und warteten.

Um neunzehn Uhr schloss Nickel den Laden ab.

An den Monitoren beobachtete Melia, wie er einen Tisch für den Autor vorbereitete – Wasserglas, Mikro, Leselampe. Knut Richter, den Melia als Helfer eingeteilt hatte, räumte die übrigen Tische aus der Café-Ecke, holte weitere Stühle herbei und stellte sie in Reihen auf. Nickel öffnete unterdessen eine Flasche Wein und goss sich ein Glas ein.

Nach einer Weile hielt ein Taxi vor dem Laden. Der Schriftsteller stieg aus. Der Buchhändler begrüßte ihn herzlich. Drinnen stießen sie mit Wein an. Trink nicht so viel, dachte Melia. Der Einzige, der jetzt noch Fehler machen konnte, war Nickel.

Bald darauf trafen die ersten Gäste ein. Der Buchhändler hatte wieder aufgeschlossen. Eine ältere Frau zog sämtliche Werke Schmadtkes aus einem Beutel und ließ sich jedes einzelne von dem Autor signieren. Der Laden füllte sich.

Wo blieb der angekündigte Pressevertreter?

Melia erkannte Fabian Perscheid, und ihr Puls beschleunigte sich etwas. Der große Kerl mit der verwuschelten Frisur hängte sein Sakko über eine Stuhllehne in der vorletzten Reihe. Er nickte einigen anderen Gästen einen Gruß zu. Man kannte sich offenbar.

Sie sah auf den Monitor, der den Kassentisch zeigte. Gegen eine Spende für die Rote Hilfe wurden dort Getränke ausgegeben. Hier bediente Ines Röttinger aus Melias Referat. Ihr Auftrag lautete, die gebrauchten Gläser einzusammeln und ins Labor zu bringen, um Fingerspuren und DNA-Material zu sichern – der Grundstock für eine neue Gefährderdatei.

Stefan Brunswicker war auch gekommen. Er setzte sich zu Fabian. Sie unterhielten sich lebhaft und lachten. Melia hoffte, dass sich ihr Spitzel nicht verplapperte.

Nickel alias Buchmann ließ eine Liste herumgehen. Noch so eine Idee von Melia. Wer über künftige Veranstaltungen informiert werden wollte, sollte sich in einen E-Mail-Verteiler eintragen, der natürlich beim Verfassungsschutz landen würde. Jedem Gast konnte damit bei Bedarf der neueste Staatstrojaner auf den Computer gespielt werden.

Fabian Perscheid gab den Zettel weiter, ohne seine Adresse aufzuschreiben.

Melia erkannte, dass nur der harmlose Teil des Publikums darauf ansprang.

Ihr Mitarbeiter trug weitere Stühle in den Raum. Es wurde voller als gedacht. Zwei Kameras hatten das Publikum im Fokus. Melia würde von jedem einzelnen Besucher ein brauchbares Porträtbild bekommen.

Der Buchhändler blickte auf die Uhr, und Melia tat es ihm gleich.

Acht Uhr.

Sicher würde Nickel noch ein paar Minuten warten. Wer noch fehlte, war der Typ von der Zeitung. Wo blieb der Schreiberling nur?

Ohne Resonanz in den Medien war der Abend für Melia sinnlos, die ganze Aktion umsonst.

28

ALS VINCENT DEN VEREINBARTEN ORT erreichte, trat aus dem Schatten der Pegeluhr ein Mann hervor. Er trug Mantel, Schal und Mütze, sein Kinn war unrasiert. Rund vierzig Jahre alt, schätzte Vincent, nicht sehr groß. Brille mit Metallgestell und rechteckigen Gläsern. Eine Narbe zog sich quer über seine Wange.

»Tristan Bovert?«, fragte Vincent.

Der Mann nickte. »Gehen wir ein paar Schritte?«

Auf der Promenade und vor den Kasematten tobte an warmen Tagen das Leben, doch Ende Februar war zu dieser Stunde kaum jemand unterwegs. Unten kämpfte ein Frachter gegen die Strömung an, und eine Windbö trug seine Abgase herüber. Vincent und sein Begleiter spazierten auf den Schlossturm zu. Im Licht der Laternen atmeten sie weißen Nebel aus.

»Vor einigen Wochen hat sich Milo Grünberger an uns gewandt«, sagte Bovert.

»An *uns*?«

»Das Bundesamt für Verfassungsschutz in Köln.«

Vincent stand dieser Behörde sehr skeptisch gegenüber. Sie war einflussreicher als die einzelnen Landesämter und scheute sich nicht, in deren Revieren zu wildern. Ihre Geschichte war von Skandalen geprägt und ihre Rolle im NSU-Komplex bis heute nicht aufgeklärt. Immer wieder stand die Forderung im Raum, sie ersatzlos abzuschaffen. Den tonangebenden Politikern konnte der Inlandsgeheimdienst dagegen nicht mächtig genug sein.

»Grünberger informierte uns, dass er als Journalist in der Szene der Reichsbürger und Selbstverwalter unterwegs sei. Damit wollte er vermeiden, irrtümlich als Rechtsextremist aktenkundig zu werden. So habe ich ihn kennengelernt.«

»Wurde er Ihr V-Mann?«

»Wir haben uns ein paarmal getroffen. Was er berichten konnte, hat im Wesentlichen das Bild bestätigt, das wir bereits hatten. Neue Erkenntnisse konnte er uns leider nicht verschaffen.«

»Was muss ich mir unter der Freien Republik Hellerhof vorstellen?«

»Gegründet hat sie der Vater von Helge Simonis. Er wollte mit Gleichgesinnten einen eigenen Staat gründen, irgendwo auf dem Land, nach Art der Reichsbürger. Sie hatten Geld gesammelt und schauten sich nach einem preisgünstigen Bauernhof im Sauerland oder in der Eifel um. Nach dem Tod des Vaters ist die Bewegung zerfallen. Der Sohn und seine Freundin Jana Meier halten in ihrem Haus gelegentliche Treffen ab, mit Gastreferenten zu verschiedenen Themen, Verschwörungstheorien oder Esoterik, die Kraft heilender Steine und so. Als Staatsfeind oder durch Straftaten ist vor dem Schuss auf Grünberger keiner von ihnen aufgefallen. Der junge Mann hat dem Paar geholfen, Tees und Heilkräuter zu verpacken, die man im Internet bestellen kann. Damit bestreiten sie ihren Lebensunterhalt, mehr schlecht als recht. Eigentlich wollte Grünberger nur eine

Woche in Düsseldorf bleiben, zumal er mit seinen Recherchen keinen Schritt vorankam.«

»Warum hat er dann den Aufenthalt verlängert?«

Der Mann im Mantel zuckte mit den Schultern. »Wo die Liebe hinfällt ...«

»Uns hat die Frau erzählt, es sei nichts Ernstes gewesen.«

»Für Grünberger offenbar schon.«

»Hat er mit Ihnen darüber gesprochen?«

Bovert nickte. »Simonis hat seine Freundin wohl mies behandelt. Was in Grünberger den Beschützerinstinkt geweckt hat. Er wollte sie davon überzeugen, den Kerl zu verlassen und mit ihm nach München zu gehen. Wie ich ihn verstanden habe, scheute sie vor diesem Schritt zurück. Trotzdem hat er sich Hoffnungen gemacht.«

»Das würde die Theorie von der Eifersuchtstat bestätigen.«

»Was soll es sonst gewesen sein?«

»Ich dachte mir, dass Grünberger bei seinen Reportagen auf etwas Brisantes gestoßen ist und von Simonis enttarnt und als Verräter hingerichtet wurde.«

»Eine Art Fememord? Kann ich mir nicht vorstellen. Was das Pärchen in Hellerhof veranstaltet hat, war dafür, wie gesagt, viel zu harmlos.«

»Ich suche Grünbergers Laptop und auch sein Handy.«

»Dazu kann ich Ihnen keine Auskunft geben.«

»Er muss Notizen für sein Buch gemacht haben.«

»Ich bin nicht befugt, mich darüber zu äußern.«

Vincent blieb stehen und blickte Bovert in die Augen.

»Was ist?«, fragte der Mann.

»Sie halten Beweismittel zurück. Das kann ich nicht dulden. Der Staatsanwalt wird sich mit einem richterlichen Beschluss bei Ihnen melden.«

Bovert lächelte freundlich. »Wohl kaum.«

Vincent fragte sich, wie kurz der Draht des Verfassungsschutzes zur Justizbehörde war.

»Woher rührt Ihr Misstrauen, Herr Veih? Vielleicht unterscheiden sich unsere Methoden, aber wir ziehen doch am gleichen Strang. Es geht um unsere Sicherheit. Außerdem haben Sie Ihren Täter. Was wollen Sie mehr?«

Vincent schwieg.

Bovert berührte seine Schulter. »Und lassen Sie ab jetzt Elias Horn in Frieden. Pfeifen Sie Ihre Kollegin zurück. Sie mischen sich sonst in eine nachrichtendienstliche Operation und machen alles kaputt. Das wollen weder Sie noch ich.«

»Ich dachte, die Leute in Hellerhof waren harmlos.«

Das Lächeln gefror im Gesicht des Geheimdienstlers.

Vincent machte kehrt und ließ ihn stehen.

An der Pegeluhr traf er Kim Brandstätter.

»Hast du ihn wiedererkannt?«

»Er war es«, antwortete sie. »Der dritte Mann.«

29

MELIA SAH WIEDER AUF IHR HANDGELENK. Zwanzig Minuten nach acht – und der versprochene Mitarbeiter der *Morgenpost* war immer noch nicht eingetroffen.

Nickel trat vor den Tisch, der für Schmadtkes Lesung vorbereitet war, und begann seine Ansprache. Melia registrierte, dass er sich an ihr Drehbuch hielt. Worte, die jeden Hardcore-Rechten in der Stadt zur Weißglut reizen würden. Doch ohne Berichterstattung würden sie nutzlos verpuffen.

Es genügte nicht, wenn nur einige Dutzend Literaturinteressierte und eine Handvoll roter Socken den Abend mitverfolgten.

Nickel war fertig, er bat den Schriftsteller nach vorn.

Großer Applaus für den Star des Abends.

Zacharias wies Melia auf einen anderen Monitor hin. Dort sah sie einen Nachzügler durch die Tür kommen. Er wirkte sehr jung, kaum erwachsen, schritt ohne zu zögern nach vorn, hob seine Kamera und schoss Fotos von Nickel und Schmadtke beim Händeschütteln. Daraufhin setzte er sich auf den reservierten Presseplatz in der ersten Reihe und zückte Block und Stift.

Hatte die Redaktion einen Jungen geschickt, der gerade ein Schülerpraktikum absolvierte?

Zacharias hob den Daumen.

Doch Melia beschloss, sich nicht auf den Zeitungspraktikanten zu verlassen. Sie klappte ihren Rechner auf und mailte die Datei, die Nickels Rede enthielt, an die Kulturredaktion der *Morgenpost*. Zusätzlich verfasste sie selbst einen Pressebericht, den sie mit den stärksten Zitaten aus der Ansprache spickte. Diesen verschickte sie in Nickels Namen über den großen Verteiler des Ministeriums, um sämtliche Medien der Region zu versorgen.

Anschließend konnte sie nicht mehr tun als abzuwarten.

Sie lehnte sich zurück und lauschte dem Singsang des Schriftstellers, der aus dem Lautsprecher drang. Dabei spürte sie ein nervöses Kribbeln, das sie daran erinnerte, wie sie einst mit acht Jahren eine Wette verloren hatte. Die Älteren hatten sie in den Supermarkt geschickt, damit sie eine Mutprobe ablegte. Klein-Melia stibitzte eine Tafel Schokolade und stolzierte hinaus, ohne ertappt zu werden.

Von da an war sie in ihrer Godesberger Bande respektiert.

Heute stand viel mehr auf dem Spiel.

Und Teil zwei der Aktion Buchmann würde die Krönung sein.

SAMSTAG, 24. FEBRUAR

Süddeutsche Zeitung – Seite 1:

LINKEN-PARTEITAG MIT GROSSER MEHRHEIT KOALITIONSBEREIT

NRW-Ministerpräsident Frantzen warnt vor Chaos

SONNTAG, 25. FEBRUAR

Frankfurter Allgemeine Sonntagszeitung – Seite 1:

ALLENTHALBEN GÄRPROZESSE

CDU-Schlachtross Frantzen ein Auslaufmodell?

MONTAG, 26. FEBRUAR

Düsseldorfer Morgenpost – Seite 15, Düsseldorfer Kultur:

INGO SCHMADTKE STELLTE NEUEN ROMAN IN DÜSSELDORF VOR

Düsseldorfer Morgenpost – gleiche Seite, Kommentar:

GUTMENSCH BUCHHÄNDLER: WER HIER NICHT KAUFT, IST NAZI?

30

MIT DER LOKALEN PRESSE WAR MELIA hochzufrieden, besser hätte die Woche nicht starten können.

Die *Morgenpost* hatte gleich zwei Artikel gebracht. Der eine besprach Schmadtkes Lesung und stammte von dem jungen Mitarbeiter, der da gewesen war. Im zweiten Text schüttete ein Redakteur Kübel voller Spott und Hohn über Nickel aus, um seinen Anspruch als antifaschistischer Buchhändler lächerlich zu machen.

Ganz in ihrem Sinn. Ein großes Foto garnierte die Seite und sorgte für Aufmerksamkeit. Nur das war Melia wichtig.

Beim Studium der Online-Ausgabe fühlte sie sich bestätigt. In der Kommentarspalte schaukelten sich die Linkenfresser gegenseitig hoch, natürlich anonym. Nickel missachte die Demokratie, weil er sich gegen die AfD ausspreche. Er solle gefälligst auswandern, falls ihm Deutschland nicht gefalle. Die Erregung gipfelte in unverhohlenen Anschlags- und Morddrohungen.

Hassbotschaften auch auf Facebook. Melia speicherte Screenshots, dann telefonierte sie mit Jakobs – die tägliche Wasserstandsmeldung, die ihr neuer Chef verlangte.

Die Aktion Buchmann gefiel ihm ebenfalls.

Er sicherte ihr jede nötige personelle und technische Unterstützung zu, falls sie sich dafür entscheide, eine größere Anzahl roter Socken zu überwachen. Jeglicher Terror von links solle bereits in der Planungsphase unterbunden werden.

Melia erwähnte das Strategiepapier und dass ihre Zweifel an seiner Echtheit noch nicht ganz ausgeräumt waren. »Seit Tagen hake ich bei den anderen Verfassungsschutzbehörden nach, aber nirgendwo hat man den Aufruf zur Bildung einer Stadtguerilla wahrgenommen.«

Keine zehn Minuten später rief ihr Chef zurück. »Unser Mann in der Außenstelle Dortmund hat mir noch einmal persönlich versichert, wie verlässlich seine Quelle ist. Rebecca Schulmeister ist seit Jahren in der linksautonomen Szene Bochums verankert. Ihre Informationen haben stets Hand und Fuß, sagt Pfeifer.«

»Ob etwas stimmt, weiß auch der Kollege Pfeifer erst im Nachhinein. Seine Informantin kann zehnmal richtiggelegen haben. Und beim elften Mal beschließt sie aus heiterem Himmel, sich irgendein Horrorpamphlet aus den Fingern zu saugen, um sich wichtigzumachen und ihr Honorar zu rechtfertigen.«

»Ausgeschlossen, meint Pfeifer.«

»Ach ja?«

»Unter Kollegen sollten wir einander vertrauen, Frau Khalid. Haben wir uns verstanden?«

Ein Machtwort hatte sie noch nie überzeugt.

Die Jagd nach dem Räubertrio kam nicht recht voran. Das Fluchtfahrzeug war auf einem Parkplatz bei Neuss entdeckt worden, aber sonst gab es keine weitere Spur von Arnold, Büchner oder Weiß.

Auch die Überwachung der Personen auf ihrer Gefährderliste hatte noch kein Ergebnis gebracht. Melia verwarf die Idee, Wohnungen zu verwanzen. Stattdessen griff sie die Anregung ihres Chefs auf und erweiterte die Liste auf fast einhundert Linksradikale. Dabei konzentrierte sie sich auf das Rheinland, weil hier der letzte Überfall stattgefunden hatte.

Melia entschied, Fabian Perscheid nicht aufzunehmen. Wenn er mit Stefan telefonierte, würde ihr Team womöglich Wind davon bekommen, dass die Referatsleiterin Linksextremismus das Bett mit dem roten Professor geteilt hatte.

Das durfte auf keinen Fall geschehen.

Nach einer Stunde erreichte sie eine Nachricht, die ihr die ersehnte Gewissheit verschaffte.

Sie stammte von Michael Bösendorf, dem Leiter der Außenstelle Münster. Eine Quelle hatte ihm gemeldet, dass eine Landkommune im Kreis Warendorf über die Bildung einer Stadtguerilla diskutierte. Jemand hatte einen entsprechenden Aufruf aus Berlin mitgebracht.

Im Anhang der Text.

Er war identisch mit dem Traktat, das Pfeifers Informantin geliefert hatte.

Zwei unabhängige Quellen – das war die Bestätigung.

Endlich fühlte sich Melia von ihren Zweifeln befreit.

31

AM MORGEN HATTE VINCENT einen allerletzten Versuch unternommen, den Fall Grünberger weiterzuverfolgen. Er rief den Staatsanwalt an und forderte ihn mit Nachdruck auf, einen Gerichtsbeschluss zu beantragen, der den Verfassungsschutz zwingen sollte, die beiseitegeschafften persönlichen Gegenstände des Mordopfers herauszurücken. Doch der Staatsanwalt hielt nichts davon. Es würde nichts bringen, meinte er.

»Wollen wir es nicht wenigstens versuchen?«, fragte Vincent.

»Muss ich Ihnen das wirklich erklären, Herr Veih? Denken Sie an den NSU-Fall, als die Kripo Kassel nach dem Mord an dem Internetcafé-Betreiber den Verfassungsschützer Andreas Temme für den Täter hielt. Was haben die auf Beton gebissen! Ein Innenminister stellt sich stets vor seinen Geheimdienst. Die Justiz ist noch nie dagegen angekommen.«

»Das war in Hessen und ist zwölf Jahre her.«

»Das gilt immer und in jedem Bundesland. Wir würden nur Zeit verlieren. Die Beweislage reicht für die Anklageerhebung gegen Simonis aus. Die Sache geht ihren Gang.«

»Ihr letztes Wort?«

»Man muss nicht in jede Schlacht ziehen.«

»Klingt nach einem guten Motto, um Karriere zu machen.«

»Was wollen Sie damit ausdrücken?«

Vincent legte grußlos auf.

In der Sitzung der Kommissariatsleiter der Kriminalabteilung erwähnte Vincent, dass der Verfassungsschutz Beweismittel zurückhielt und die Staatsanwaltschaft sich davor scheute, das heiße Eisen anzufassen. Am Ende des Meetings passte ihn der Inspektionsleiter ab.

»Was fällt Ihnen ein, sich abfällig über die Justizbehörde zu äußern? Ihre Sturheit bringt das Fass zum Überlaufen, Vincent *Che* Veih.«

»Erhalten Sie etwa auch Ihre Instruktionen vom Verfassungsschutz?«

Thann lief rot an. »Ihr Verhalten wird Konsequenzen haben.«

Bevor Vincent etwas erwidern konnte, spielte sein Handy »London Calling«. Er wandte sich ab und ließ seinen Chef stehen.

Kim Brandstätter meldete sich.

Es war der erste Tag, an dem sie wieder Streifendienst im äußersten Süden der Stadt versah. Ihr Intermezzo für die Mordkommission war beendet.

»Kannst du vorbeikommen?«, fragte sie. »Jetzt sofort?«

»Was ist los?«

»Ich warte auf dich vor der Herz-Jesu-Kirche in Urdenbach. Beeil dich. Das musst du dir ansehen!«

Vincent entdeckte Kims Streifenwagen gegenüber dem Kirchengebäude. Er stellte sein Auto dahinter ab und stieg aus. Es war milder als in den Wochen zuvor. In wenigen Tagen kam der März und vielleicht endlich auch der Frühling.

Kim trug wieder Uniform, die Haare zum Dutt gebunden, einzelne Strähnen leisteten Widerstand und lugten heraus. Sie stellte ihren Kollegen Dennis Heim vor, einen dicklichen Mann mit rosigen Wangen, der ganz patent wirkte.

»Da drüben wollten wir vorhin einen Pkw-Unfall mit leichtem Blechschaden aufnehmen«, berichtete Kim. »Letztlich meinten beide Parteien, sie würden den Schaden unter sich regulieren und bräuchten uns nicht.«

»Und deshalb hast du mich gerufen?«

»Pass auf. Der Verursacher meinte, er lasse sich von den Bütteln der sogenannten Regierung nichts befehlen. Er trug eine Anstecknadel am Kragen. Schwarz-Rot-Gold, aber verkehrt herum. Verstehst du jetzt, was ich meine?«

»Und weiter?«

»Er verschwand in Richtung des Friedhofs, und er war nicht der Einzige. Dort drüben findet gerade ein Aufmarsch der Freien Republik Hellerhof statt. Komm mit!«

Ihr Kollege hielt sie fest. »Wir haben einen Einsatz, Kim. Wir werden anderswo gebraucht!«

»Fahrt ruhig los«, sagte Vincent.

»Aber du musst mir später erzählen, was da abgeht«, verlangte Kim.

Ein Schild neben der Kirche wies den Weg zur Friedhofskapelle. Vincent passierte Gräber und immergrüne Hecken. Kreuze und Gedenktafeln für angebliche Kriegshelden. Er begegnete einer alten Frau, die mit gekrümmtem Rücken zwei volle Gießkannen schleppte.

Ein Eichhörnchen hoppelte vor ihm den Weg entlang. Stieglitze flatterten von Strauch zu Strauch. Vincent glaubte bereits, in die falsche Richtung gelaufen zu sein, als er Gesang vom hinteren Teil des Geländes vernahm, einen Chor heller Kinderstimmen. Im Durchlass einer Eibenhecke blieb Vincent stehen.

Rund fünfzig Menschen hatten sich vor einem Grab versammelt. Die Köpfe geneigt, die Hände vor dem Bauch gefaltet. Sechs Mädchen und Jungen sangen ein Kirchenlied. Voller Stolz schmetterten sie den Refrain. Es ging um die Zuversicht, die Gott den Gläubigen verlieh.

Eine Handvoll Männer in Flecktarnjacken hielt eine rotweiße Fahne. Vincent identifizierte sie als das Banner der umstrittenen Wehrsportgruppe *Westkreuz*, die als ihr Ziel ausgab, der Verteidigung der Bürgerrechte zu dienen, meist aber als Saalschutz rechtsradikaler Veranstaltungen auftrat, wie Journalisten herausgefunden hatten.

Ihr Gründer war ein ehemaliger Geheimdienstler des Bundesamts für Verfassungsschutz, den man entlassen hatte, weil er in großem Umfang NSU-Akten hatte schreddern lassen. Vor sechs Jahren ein veritabler Skandal. Sein Foto war ein paarmal in der Zeitung gewesen. Unter diesen Leuten konnte Vincent ihn nicht ausmachen.

Das Lied war zu Ende, und eine Frau sprach den Kindern ihr Lob aus.

Plötzlich brüllte ein Mann aus der Menge:

»Wer, wenn nicht wir!«

Weitere Stimmen fielen ein:

»Wann, wenn nicht jetzt!«

Hände schossen in die Höhe.

»Nationaler Sozialismus, jetzt, jetzt, jetzt!«

Vincent lief es kalt den Rücken hinunter.

Die Versammlung löste sich auf. Fast alle nahmen den breiten Weg, der weiter vorn zur Kirche zurückführte. Andächtige Gesichter, leises Gemurmel. Viele trugen am Revers oder über dem Herzen den Anstecker, den Kim erwähnt hatte.

Sonne-Blut-Erde.

Vincent erkannte, dass einige Westkreuz-Männer mit Schusswesten ausgestattet waren. Einer trug auf dem Rücken das berüchtigte Sonnenrad-Motiv. Es wirkte auf Vincent wie versetzt angeordnete Hakenkreuze. Ein anderer Hobbykrieger hatte sich einen Drachen auf schwarz-weiß-rotem Untergrund an die Jacke genäht, das Logo von *Combat 18*, der militärischen Abteilung des verbotenen Nazi-Netzwerks *Blood and Honour*, deren Zellen unter anderem in Dortmund und Nordhessen aktiv waren, wie Vincent wusste.

Sein Blick fand Elias Horn. Ein ernster, junger Mann mit dünnem Ziegenbärtchen. Von Kim wusste Vincent, dass Horn in einem Fahrradladen arbeitete. Seit seinem Treffen mit Bovert, dem Verfassungsschützer, war sich Vincent ziemlich sicher, dass Horn dessen V-Mann war.

Der Junge trottete vorbei, ohne herüberzuschauen. Bist du ein Maulwurf des Verfassungsschutzes, der mitläuft, um zu spitzeln, oder ein knallharter Rechter, der Tristan Bovert höchstens einen Bruchteil von dem verraten würde, was wirklich abgeht?

Jetzt erkannte Vincent auch Jana Meier. Sie trug dunkle, festliche Kleidung. Hielt den Kopf mit stolzer Miene erhoben. Kein Vergleich mit dem Nervenbündel, das er und seine Kollegen unmittelbar nach dem Mord an Milo Grünberger am Küchentisch angetroffen hatten. Ein älterer Mann im schwarzen Anzug begleitete sie, vielleicht ihr Vater oder ein anderer Verwandter. Er legte den Arm um sie, eine vertraulich wirkende Geste.

Als die letzten Leute gegangen waren, trat Vincent an das Grab, vor dem sie sich versammelt hatten. Es bestand aus einer schwarzen, glatt polierten Steinplatte. Blumensträuße und Gebinde lagen darauf, ein Name war eingraviert.

Harald Simonis, 6.7.1947 – 26.2.2016

Vincent begriff: Hier lag der Vater des jungen Waffennarren, dem ein Prozess wegen Totschlag bevorstand. Harald Simonis, der Gründer und das einstige Oberhaupt seiner eigenen Republik. Noch immer hochverehrt.

Sein Staatsvolk hatte seinen Todestag gefeiert. Eine gemeinsame Demonstration von Reichsbürgern, Wehrsportlern, Hardcore-Nazis und ganz normal wirkenden Mitbürgern, inklusive eines Kirchenlied trällernden Kinderchors.

Vincent hätte viel dafür gegeben, die Aufzeichnungen Grünbergers einsehen zu können. Er musste daran denken, wie oft Geheimdienstler schon Daten gelöscht hatten, um Spitzel zu schützen und eigene Untaten zu verdecken. War der Rechner des Journalisten und Theaterautors bereits in der Schrottpresse gelandet?

Und was machte der Verfassungsschutz mit den Informationen, die er sammelte? Wie weit ging der staatliche Quellenschutz? Mit welchen Straftaten kam ein V-Mann noch davon?

Einem Spitzel kannst du nie vertrauen, überlegte Vincent. Aber auch keinem Geheimdienst.

DIENSTAG, 27. FEBRUAR

Blitz – Seite eins:

GANZ DEUTSCHLAND SUCHT DAS TERROR-TRIO

Hohe Belohnung ausgesetzt

Düsseldorfer Morgenpost – Lokalteil:

STAATSANWALT: »KLASSIKER EIFERSUCHTSTAT«

Tragische Todesschüsse in Hellerhof

32

AM FRÜHEN MORGEN, NOCH VOR DEM EINTREFFEN der Polizei, begutachtete Melia die Bescherung.

Beide Schaufenster des Buchgeschäfts waren durch Steinwürfe zertrümmert worden. Ebenso die Scheiben der Eingangstür und die Reklame aus Neonschrift, die darüber angebracht gewesen war. Scherben auf dem Gehsteig, noch mehr davon in den Auslagen. Und die Fassade war mit Parolen besprüht.

Wer Deutschland nicht liebt, soll Deutschland verlassen!

Antifa verrecke!

Dazu ein etwas verrutschtes Hakenkreuz, als seien die Täter gestört worden.

Aktion Buchmann, zweiter Teil.

Nickel jammerte: »Die Bücher im Fenster sind im Regen feucht geworden. Und die teure Lichtwerbung war ein Unikat. Meine Mutter hat sie selbst entworfen. Sie haben keine Ahnung, wie sehr sie daran gehangen hat! Wer ersetzt mir den ganzen Schaden?«

»Machen Sie sich nicht in die Hose, Buchmann«, antwortete Melia. »Was die Versicherung nicht abdeckt, übernehmen selbstverständlich wir.«

Sie rief ihre Kontakte bei den Medien an, von der *Morgenpost* bis zum Regionalfernsehen des WDR. Dann gab sie Stefan Brunswicker Bescheid, damit er auch die alternativen Postillen und linken Webseiten verständigte. Nickel half mit, indem er Fotos auf Facebook postete.

Rechter Terror gegen einen unbeugsamen Buchhändler, so die Botschaft.

Ein Angriff auf die Freiheit des Wortes.

Innerhalb von dreißig Minuten erreichten die ersten Fotografen den Tatort. Ein Streifenwagen traf ein, Kamerateams, weitere Journalisten. Der WDR-Reporter versprach, seine Bilder der *Tagesschau*-Redaktion anzubieten.

Für Melia konnte die Medienresonanz nicht groß genug sein. Ihr Ziel war es, eine Welle der Solidarität unter den roten Socken der Region zu entfachen.

Uniformierte Polizisten gingen von Haus zu Haus und vernahmen die Anwohner. Bald ergab sich ein Bild der Ereignisse. Gegen fünf Uhr am Morgen hatten mehrere Nachbarn das Zersplittern der Scheiben gehört. Jemand wollte mehrere Vermummte mit Spraydosen gesehen haben. Weitere Typen, die Schmiere standen. Autos, die den Mob in Windeseile einsammelten.

Keine verwertbare Beschreibung der Täter.

Natürlich nicht, dachte Melia. Meine Leute sind Profis, was Tarnung anbelangt. In glänzender Stimmung registrierte sie den Auflauf. Hörfunkreporter interviewten den tapferen Buchhändler. Passanten blieben stehen, begafften die Schmierereien und schüttelten den Kopf. Jugendliche aus dem Viertel reckten im Vorbeigehen die Fäuste und schworen den Nazis grimmige Rache. Oder johlten Beifall angesichts des Hakenkreuzes – je nach politischer Präferenz.

Am liebsten hätte Melia die Reaktionen aufgezeichnet.

Eine ältere Dame drückte Nickel spontan einen Fünfziger in die Hand. Ich liebe Ihren Laden. Lassen Sie sich durch diese Idioten nicht beirren. Machen Sie weiter so.

Die Welt braucht Bücher.

Melia fand das rührend.

Erst gegen Mittag ebbte der Medienandrang ab. Melia gab Nickel grünes Licht, die Schmierereien zu überpinseln und den Schlamassel aufzuräumen. Weil er immer noch wehklagte, versprach sie, ihm auch den Geschäftsausfall des Tages zu ersetzen.

Dann fuhr sie in ihr Büro.

Die Nachricht vom Anschlag gegen Nickels Laden verbreitete sich rasant in den sozialen Netzwerken, wie Melia am Monitor ihres Rechners verfolgen konnte. Linke ergingen sich in Hasstiraden und gaben sich gegenseitig Likes. Rechte höhnten, das sei erst der Anfang.

Ein AfD-Abgeordneter schwadronierte über den gerechten Volkszorn und verglich die Kundschaft des Buchhändlers mit Kakerlaken.

Dann rief Stefan an und überbrachte die Meldung, die Melia erhofft hatte: Als Reaktion auf die perfide Attacke würde das Düsseldorfer Antifa-Plenum in Zukunft seine Treffen in der Buchhandlung Nickel abhalten. Auch die Rote Hilfe überlegte, ihre Sitzungen dorthin zu verlegen. Es lebe die Solidarität.

Melia rieb sich die Hände.

Sie rief ihr Team zu sich und spendierte Sekt.

Ihr Lob galt vor allem Ines Röttinger und Franziska Wild, den beiden Youngstern des Referats, die mit dem fingierten Anschlag ihre Feuertaufe bestanden hatten. Die Mädels strahlten. Voller Stolz, Teil des Referats 624 zu sein, das Melia leitete.

Sie hatte sich ähnlich gefühlt, als sie für ihre Godesberger Bande im Supermarkt Schokolade geklaut hatte.

Die radikale, autonome Linke dieser Stadt würde ab sofort im Laden ihres Informanten tagen. Unter den Mikros und vor den Kameralinsen des Verfassungsschutzes. Melia näherte sich ihrem Ziel, die RAF-Räuber zu schnappen und die angedrohte Terrorwelle im Keim zu ersticken.

Was das bisschen Sachbeschädigung allemal rechtfertigte.

Sie goss jedem nach und hob noch einmal das Glas. Ihre Mitarbeiter prosteten zurück.

Wir sind der Fels in der Brandung.

33

ENDLICH WAR JENS NICKEL ALLEIN, die Journalisten abgezogen und die geheime Agentin in ihre Amtsstube zurückgekehrt. Er klaubte die größeren Scherben von der Auslage, dann warf er die Bücher, die feucht geworden waren und deren Umschläge sich wellten, in einen Müllsack.

Kalter Wind pfiff durch den Laden. Draußen verdunkelten neue Regenwolken die Stadt. Das Zwielicht konnte seine Katerstimmung nicht aufhellen.

Die hübsche Farbige, die ihn als ihren Informanten führte, war hochzufrieden. Er hatte Melia Khalid gegoogelt, aber nichts gefunden, wie es sich für einen Decknamen gehörte. Man hatte ihm bestätigt, dass sie es tatsächlich bereits zur Referatsleiterin gebracht hatte.

Und er wusste jetzt, dass sie die uneheliche Tochter von keinem Geringeren als Andreas Götz war, der im Bundestag die Unionsfraktion leitete – die rechte Hand der Bundeskanzlerin.

Nickel erinnerte sich: Als er gemeinsam mit Herlinde und den anderen Genossen im hessischen Weiterstadt einen Knastneubau in die Luft jagte, war Götz gerade Referent im Bonner Kanzleramt unter Helmut Kohl geworden, der vor einer Wiederwahl gestanden hatte – wie heute Ministerpräsident Frantzen.

Ich könnte mich mit meiner ehrgeizigen Führungsbeamtin freuen, die ich heute glücklich gemacht habe, dachte Nickel. Wenn ich nicht wüsste, dass man auch sie nur benutzt.

Lass dich auf den Geheimdienst ein, und du hast deine Seele verloren.

Wenn Nickel etwas gelernt hatte, dann das.

Er faltete den schwarzen Samt zusammen, der die Ausstellungsfläche in den Schaufenstern bedeckte und mit unzähligen Glassplittern gespickt war, steckte ihn zu den wertlos gewordenen Büchern und knotete den Müllsack zu. Dabei fiel sein Blick nach draußen auf die gegenüberliegende Straßenseite.

Jemand saß dort in einem weißen SUV und spähte herüber.

Nickel kniff die Augen zusammen, konnte aber kein Gesicht ausmachen. War es ein Mitarbeiter von Melia Khalid? Ein Autonomer, der checken wollte, ob sich der Laden wirklich als Treffpunkt eignete? Oder ein Rechter, der sich entgeistert fragte, warum man den Angriff ihm und seinen Gesinnungsbrüdern in die Schuhe schob – und was als Nächstes folgen würde?

Das Auto ließ keine seriösen Rückschlüsse auf den Fahrer zu.

Endlich fuhr der Transporter der Glaserei vor. Zwei stämmige Männer entluden die Fensterscheiben und begannen, sie einzusetzen. Nickel wusste, wie schwer das Glas war, und bestaunte die Kraft und Geschicklichkeit der Handwerker. Lachend wiesen sie ihn ab, als er fragte, ob er ihnen helfen könne.

Er setzte die Aufräumarbeiten fort. Ab und zu blickte er

nach draußen. Der kleine, bullige Wagen parkte immer noch auf der anderen Seite. Inzwischen war es zu dunkel, um zu erkennen, ob noch jemand darin saß.

Vielleicht habe ich mir nur eingebildet, beobachtet zu werden.

Nickel telefonierte mit Malerfirmen, um sich zu erkundigen, wie er die Schmierereien an der Fassade am besten loswerden konnte. Dann waren die Glaser fertig, und er konnte endlich die Heizung aufdrehen. Die Ladentür ließ er abgeschlossen. Kein Bock auf Kunden – geheuchelte Anteilnahme konnte ihm gestohlen bleiben. Und wäre sie ernst gemeint, müsste er sich als Lügner schämen.

Stattdessen entkorkte er eine Flasche Weißwein, goss ein Glas voll und erledigte Büroarbeit. Obwohl es allmählich warm wurde, kratzte seine Kehle, als kündige sich eine Erkältung an. Er begann, Melia Khalid zu verfluchen.

Schließlich löschte er das Licht und brachte den vollen Müllsack hinaus zum Container.

Zugleich stieg eine zierliche Gestalt aus dem SUV.

Trotz der Dunkelheit erkannte Nickel die Frau und erschrak. War sie gekommen, um ihn zu töten? In seinen Träumen hatte er es unzählige Male erlebt.

Ich hätte es verdient, dachte Nickel.

Sie roch nach ungelüfteten Klamotten, als sie vor ihm stand. Der alte Parka war fleckig. Ihr Blick aber war hellwach. Dieselben klugen, spöttischen Augen wie früher. Sie waren der Grund, warum er sich einst in diese Frau verliebt hatte.

Fünfunddreißig Jahre später fürchte ich mich vor ihr. Was ist aus mir geworden?

»Buchhändler?«, sprach sie ihn an.

»Wie hast du mich gefunden?«, fragte er zurück.

»Dein Bild ging heute durch alle sozialen Netzwerke. Da war ich mir sicher, dass du es bist.«

Er wusste immer noch nicht, ob er besser losrennen sollte.

»An deine Berühmtheit reiche ich nicht heran«, antwortete er. »Du, Sibylle und Klaus – noch immer vereint?«

»Lass uns nicht noch länger herumstehen«, sagte Herlinde. »Wo wohnst du?«

Er deutete zur Haustür. Die Wohnung befand sich über dem Ladenlokal.

»Ich brauche dringend eine Dusche«, sagte sie und ging voraus.

34

IN BESTER LAUNE BETRAT MELIA das Geschäft ihrer Mutter.

Das Dog's Best befand sich im ruhigeren Teil der Düsseldorfer Altstadt nahe des Wochenmarkts auf dem Carlsplatz. Neben Fressnäpfen, schicken Halsbändern und Leinen aus besticktem Leder bot ihre Mutter Hundekekse an, die sie in ausgefallenen Varianten selbst fabrizierte: Kokos, Fisch, Schinken mit Roter Bete und weitere Kreationen. Luxus-Leckerlis für den besten Freund des Menschen – nach schwierigem Start florierte das Geschäft zurzeit. Zeinab überlegte sogar, Investoren zu beteiligen und zu expandieren. Einen Webshop zu gründen oder Filialen in anderen Städten.

Der Verkaufsraum war verwaist, bis auf Nero, den schwarzen Labrador, der träge den Kopf hob und Melia zur Begrüßung die Hand leckte.

Geräusche aus der Küche. Melia wollte nach ihrer Mutter rufen, doch dann fiel ihr Blick auf den Tresen. Eine Illustrierte lag aufgeschlagen neben den Magazinen für Hundehalter, als hätte Zeinab eben noch darin gelesen.

Eine Homestory über Melias prominenten Vater.

Die Fotos stachen ihr ins Auge. Eine Altbauwohnung in Berlin, gediegen möbliert. Andreas Götz in legerer Kleidung. Seine blonde Frau, die blonde Tochter – Melia schätzte das Mädchen auf etwa fünfzehn Jahre. Sie war ihr nie begegnet.

Eine andere Welt.

Der Fraktionschef der Unionsparteien im Bundestag hatte es nie an die große Glocke gehängt, dass es eine zweite Tochter gab. Von einer Frau, die Zeinab Adan hieß. Von einer Schwarzen aus Somalia.

Melia war das ganz recht. Nur manchmal fragte sie sich, wie es wäre, eine normale Familie zu haben. Einen Vater, der da war.

Die Tür. Eine ältere Dame trat ein. Sie führte keinen Hund mit sich – Nero schloss seine Augen wieder.

Sie stellte sich hinter Melia an. »You also waiting?«

»Nein, ich bin keine Kundin.«

»Wo haben Sie unsere Sprache so gut gelernt?«

»Ich *bin* Deutsche«, antwortete Melia barsch. Deutsche Beamtin, hätte sie fast hinzugefügt. Ich schütze deine Verfassung. Und rate mal, wer mein Vater ist.

Zeinab Adan kam aus der Küche, wischte sich die Hände an der Schürze ab und fragte mit ihrem weichen Akzent: »Guten Abend, was darf's sein?«

Die Frau war zum ersten Mal im Laden und ließ sich beraten. Am liebsten hätte Melia ihr erklärt, dass ihre Mutter in London und Bonn studiert hatte. Dass ihre Familie reich gewesen war, bevor sie bei Diktator Siad Barre in Ungnade fiel. Nicht alle Afrikaner tanzten barbusig ums Feuer oder ließen sich hungerleidend von Fliegen umschwirren. Nicht alle, die es nach Europa schafften, waren Nutten oder verkauften Heroin.

Sie bewunderte die Geduld ihrer Mutter.

Endlich entschied sich die Kundin für Kekse mit Hähnchenfleisch für große Schnauzen sowie für eine Packung Gouda-Polenta-Mischung.

»Hallo, Mama«, sagte Melia, nachdem die Frau gegangen war.

»Amelie! Was hast du wieder angestellt?«

»Wie kommst du darauf?«

»Unangekündigt besuchst du mich hier doch nur, wenn dir etwas Schweres auf der Seele liegt.«

»Im Gegenteil. Ich überlege, ob ich mir einen Hund anschaffe. Einen wie Nero.«

»Quatsch. Dafür fehlt dir die Zeit, Amelie Adan. Leg dir lieber einen Mann zu.«

»Brauch ich nicht. Du bist auch gut ohne einen zurechtgekommen.«

Ihre Mutter bemerkte die Zeitschrift und schlug sie zu.

»Andreas ist ein Spießer«, sagte Melia.

»Er war ein guter Liebhaber, auch wenn man es ihm nicht mehr ansieht. Dass er es zu etwas bringen würde, war damals wirklich nicht zu ahnen. Er hat mein Herz im Sturm erobert, und es war meine Schuld, dass es auseinanderging.«

»Du nimmst ihn immer in Schutz.«

»Mir tut's leid, dass du ohne Vater aufgewachsen bist. Vielleicht hast du deshalb Probleme mit Männern. Ich hätte den Nachbarn heiraten sollen, der mir in Bonn den Hof gemacht hat.«

»Iiih, den dicken Bäcker!«

Sie lachten, und Melia fühlte sich wohl.

Neue Kundschaft, gleich mehrere Leute, darunter ein Paar mit Dackel, der kläffte, als er Nero bemerkte. Mit einem Mal war der Laden voll. Melia half ihrer Mutter beim Verkauf.

Sie musste wieder an ihren Vater denken. Als er ihre Mutter kennengelernt hatte, arbeitete er im Bundeskanzleramt als Referent des Geheimdienstkoordinators. Zugleich bastelte er an seiner Parteikarriere, war Vorsitzender der Jungen Union in Bonn. Seine schwarze Freundin hielt er geheim, bis es Zeinab Adan zu dumm wurde. In Melias Augen trug Andreas sehr wohl Schuld am Ende jener wilden Ehe, wie man eine Beziehung ohne Trauschein damals nannte.

Vor einigen Jahren hatten er und Melia sich zum Essen getroffen und ausgesprochen. Auch Spießer konnten nett sein, stellte sie fest. Er schrieb ihr zum Geburtstag. Ab und zu trafen sie sich, wenn er in der Stadt war. Ob er Frau und Tochter davon erzählte, wusste Melia nicht.

Als sie Feierabend machten, sagte ihre Mutter: »Du machst das gut. Die Kundschaft liebt dich.«

Melia winkte lachend ab. Sie wusste, was nun kommen würde.

»Nein, wirklich! Du kannst jederzeit bei mir einsteigen, Amelie Adan.«

»Es klingt seltsam, wenn du mich mit meinem kompletten Namen ansprichst.«

»Warum?«

»Als müsstest du mich an ihn erinnern.«

»Du hast einen seltsamen Job, mein Schatz. Mir wäre es lieber, du wärst im Hundekeks-Business.«

Wieder musste Melia lachen. »Darf ich dich zum Essen einladen, Mama?«

35

HERLINDE KAM SPLITTERNACKT AUS DEM BAD und lief in sein Schlafzimmer. Sie öffnete den Schrank und wühlte darin herum.

»Was suchst du?«, fragte er.

»Ein frisches Hemd.«

Wie einst im besetzten Haus schien es ihr nichts auszumachen, sich ohne Kleidung zu zeigen. Sie war drei Jahre jünger als er, also dreiundfünfzig. Nickel bewunderte, wie gut sie sich gehalten hatte.

Herlinde entschied sich für ein schlichtes, weißes Hemd und zog es sich über. Die zu langen Ärmel krempelte sie hoch. Ohne zu fragen, schnappte sie sich auch einen Pulli. Nickel beschloss, dass er ihn erübrigen konnte. Ungefragt reichte er ihr eine seiner Unterhosen.

»Warum bist du zu mir gekommen?«, wollte er wissen.

Statt darauf einzugehen, begutachtete sie die Einrichtung.

»Hübsch hast du's hier«, sagte Herlinde. »Echt bourgeoiser Chic.«

»Es ist die Wohnung meiner Mutter. Nach ihrem Tod bin ich hier eingezogen.«

»Kannst du noch Spaghetti kochen, auf unsere Art?«

»Klar, mein Lieblingsgericht.«

Er gab die Pasta ins kochende Wasser. Dann schnitt er Gemüse und schmorte es in Olivenöl an. Herlinde rieb den Käse. Der Pulli passt zu ihren Jeans, fand Nickel. Sie roch nach seinem Rasierwasser.

Er konnte nicht anders, als sie immer wieder zu mustern. Damals, in ihrer guten Zeit, waren sie oft gleich nach dem Essen ins Bett gegangen. Sie schliefen miteinander und nannten es ihr »Dessert«.

»Bist du noch ein Spitzel?«, fragte sie, ohne Blickkontakt aufzunehmen.

»Nein.«

»Es steht viel Mist in der Zeitung.«

»Meinst du den Aufruf zur Bildung einer revolutionären Front in den Metropolen? Man bringt ihn mit euch in Verbindung.«

»Von uns stammt der Unsinn nicht.«

»Das hätte ich auch nicht vermutet.«

»Wir haben uns übrigens getrennt.«

»Echt wahr?«

»Und ich will nichts als meinen Frieden. Warum ist das so schwer?« Sie fuhr sich mit den Fingern durch die kurzen, fast weißen Haare und blickte ihn an. »Richte das bitte deinen Freunden vom Verfassungsschutz aus.«

»Ich bin kein Spitzel mehr, hörst du?«

»Ach, Jens.« Sie legte die Stirn in Falten. »Denkst du noch manchmal an früher?«

»Jeden Tag«, antwortete er.

Sie lächelte auf eine Art, die ihn schon wieder verunsicherte.

Sie saßen vor ihren dampfenden Tellern. Nickel hatte Weißwein eingeschenkt. Im Unterschied zu ihm nippte sie nur zaghaft an ihrem Glas. Ihm schmeckte das Gericht, das er jede Woche für sich allein zubereitete, heute besser denn je.

»Hast du meine Tasche durchsucht, während ich unter der Dusche stand?«

»Nein, was denkst du von mir?«

Herlinde lachte. »Gib's zu, du Lügner.«

Er schüttelte den Kopf und verdrehte die Augen.

Eine Waffe hatte er nicht in der Tasche entdeckt.

Auch nicht ihren Anteil an der Beute.

Ein paar Klamotten waren drin. Unterschiedliche Perücken. Sie lebte seit gut zwanzig Jahren in Verstecken. Er fragte sich, wo sie zuletzt geschlafen hatte.

Gewöhnt man sich jemals daran, verfolgt zu werden?

Am liebsten hätte Nickel sie bei der Hand genommen. Wie schön wäre es, die Zeit zurückzudrehen. Zu vergessen, was falsch gelaufen war.

»Weißt du was?«, fragte er.

»Nein.«

»Als du auf der Straße vor mir standst, hab ich mich gefragt, ob du mich erschießen würdest.«

Sie verzog das Gesicht. »Schlechtes Gewissen?«

Er zuckte mit den Schultern.

»Das hast du dir auch redlich verdient«, sagte Herlinde.

»Wissen die anderen Bescheid?«

Statt einer Antwort trug sie ihren leeren Teller zur Spüle, und Nickel folgte ihr. Sie ließ heißes Wasser ein. Arbeitsteilung wie früher, sie spülte das Geschirr, er trocknete ab.

Er überlegte, das Dessert anzusprechen.

Sie sagte: »Sibylle würde dich definitiv umbringen, wenn sie Bescheid wüsste.«

»Warum bist du zu mir gekommen?«, fragte er noch einmal.

Herlinde ließ das schmutzige Wasser ablaufen und drückte den Lappen aus, bis er keinen Tropfen mehr von sich gab. Danach wandte sie sich ihm zu. Ihr Gesicht war zum Küssen nah.

»Ob du es glaubst oder nicht, Jens, ich habe seit damals mit keinem Mann gevögelt. Und als ich vor einiger Zeit deinen Namen im Internet entdeckt habe, ließ mich der Gedanke nicht mehr los, ob es vielleicht zwischen uns wieder funken könnte. Pervers, oder?«

Er wollte sie in den Arm nehmen, doch sie machte einen Schritt zurück.

»Herlinde …«, begann er und wusste nicht mehr weiter.

Es gab so vieles zu erklären, aber aus seinem Mund würde es niemals überzeugend klingen.

»Ich geh jetzt.« Sie griff nach ihrem Parka.

»Wo übernachtest du?«

»Glaubst du, das würde ich dir verraten?«

»Du kannst hierbleiben. Sehr gern sogar. Ich nehme das Sofa. Hier sucht dich niemand. Vertrau mir doch, bitte!«

Sie fuhr ihm durch den Haarkranz am Hinterkopf. »Geh mal zum Friseur. Mit den langen Fransen siehst du aus wie ein Clown. Die Achtziger sind vorbei, Jens.«

»Bitte bleib«, sagte er.

»Wirst du ihnen verraten, dass ich da war?«

»Wen meinst du?«

Wieder lächelte sie. Dann nahm sie ihre Tasche voller Perücken und ging ohne ein weiteres Wort.

Er senkte den Kopf und fühlte sich leer. Herlinde hat jedes Recht, mich zu verachten, dachte er.

Ich hab's verbockt.

MITTWOCH, 28. FEBRUAR

Düsseldorfer Morgenpost – Lokalteil:

NACH HASSREDE DES INHABERS GEGEN ANDERSDENKENDE: BUCHLADEN BESCHMIERT

Westdeutsches Tageblatt – Seite drei:

NAZI-ATTACKE AUF BUCHHANDLUNG SCHOCKIERT DÜSSELDORF

Inhaber Jens Nickel: Ich gebe nicht auf!

36

FABIAN PERSCHEID KETTETE SEIN Fahrrad an den Baum vor dem Hauseingang und trug den Einkauf nach oben. Im Treppenhaus fiel ihm ein neu hingesprühter Schriftzug auf, der ihm ein schlechtes Gewissen bereitete, weil er sich nie die Mühe gemacht hatte, auch nur ein wenig Türkisch zu verstehen. Rund drei Millionen Mitbürger haben familiäre Wurzeln in Anatolien. Und ich kann ihnen nicht einmal einen guten Tag in der Sprache ihrer Mütter wünschen.

Als er sein Stockwerk erreichte, hielt er inne. Vor der Tür saß Annika auf der Fußmatte. Mühsam stand sie auf. Während sie ihn in die Wohnung begleitete, nahm er wahr, dass sie noch immer leicht humpelte, obwohl ihre Geschichte weit länger her war als die seiner Hand.

»Kann ich bis zum Samstag bei dir wohnen?«, fragte Annika.

»Hältst du das wirklich für eine gute Idee?«

»Nur bis Samstag. Dann kommt Mara aus Goa zurück, und ich zieh zu ihr.«

Fabian blieb skeptisch. Annikas Verhältnis zu ihrer Halbschwester war immer schwierig gewesen. Wusste Mara überhaupt, dass Annika aus der Klinik zurückgekehrt war?

Sie folgte ihm in die Küche. »Wenn es dir nicht recht ist …«

»Doch, es geht schon. Ich muss nur rasch dein Zimmer herrichten.« Fabian verstaute die Lebensmittel. »Ich dachte, du wärst noch länger in Behandlung.«

»Hab's dort nicht mehr ausgehalten.«

»Wie geht's dir?«

»Gut.« Sie nickte heftig. »Keine Panikattacken, schon lange nicht mehr. Der Gleichgewichtssinn ist wieder da. Ich bin auf einem guten Weg, auch ohne die blöde Reha.«

Fabians Skepsis wuchs.

»Aber wenn ich dir auf die Nerven gehe …«

Er bemühte sich um ein Lächeln. »Bis Samstag wird das funktionieren.«

Nie würde er seine Ex hängen lassen, wenn sie Hilfe brauchte. Allerdings wäre sie in der Klinik besser aufgehoben, dachte er.

Fabian ging nach nebenan. Annikas früheres Zimmer hatte er zuletzt als Rumpelkammer benutzt. Die Wäsche auf dem Ständer war trocken. Er sammelte sie ein und drehte die Heizung auf. Während er das Fenster schloss, verkrampfte sich sein Magen.

Elf Monate war es her.

Als er zurückkam, hatte Annika Kaffee gemacht und schenkte zwei Tassen ein. Sie strahlte ihn an, was Fabian verunsicherte. Was erwartet sie von mir?

»Du und ich«, begann er. »Also, ich möchte, dass du dir da keine falschen Vorstellungen machst. Du kannst hier gern ein paar Tage übernachten, aber es wird keine neue Beziehung zwischen uns geben.«

Sie lachte. »Und ich hatte schon Angst, du könntest dir falsche Hoffnungen machen.«

Er atmete auf.

Nach einer Weile erklärte Annika, dass sie wegen ihrer Medikamente müde sei, und zog sich in ihr Zimmer zurück.

Fabian nutzte die Zeit der Ruhe und arbeitete an seinem morgigen Seminar, dann bereitete er das Abendessen zu. Als er fertig war, klopfte er an Annikas Tür, um sie in die Küche zu rufen.

Es dauerte fast eine Viertelstunde, bis sie in der Küche aufkreuzte. Er hatte bereits begonnen, sich Sorgen zu machen. Dabei war er es leid, ihr Aufpasser zu sein.

Es gab zum Brot nicht mehr als Manchego, Salami, Oliven und eingelegte Tomaten. Annika wirkte zunächst noch etwas apathisch, aber sie entwickelte Appetit. Fabian bemerkte, dass sie zugenommen hatte, seit sie sich zuletzt gesehen hatten, was er als gutes Zeichen wertete.

»Was hast du heute Abend vor?«, fragte er.

»Früh schlafen gehen.«

Sie nimmt zu viel von ihrer Medizin, dachte Fabian. Dann rief er sich in Erinnerung, wie sie in den Monaten vor ihrem Suizidversuch gewesen war. Überdreht und teilnahmslos in rascher Folge. Fabian hatte zusehen müssen, wie ihr Leben in die Brüche ging, und beim Versuch, ihr zu helfen, rieb er sich auf.

Eines Tags kamen sie überein, dass es besser sei, sich zu trennen. Annika versprach, sich in professionelle Obhut zu begeben.

In der Nacht sprang sie aus dem Fenster.

Beim Gedanken, sie heute Abend zu Hause allein zu lassen, war ihm nicht wohl.

»Komm doch mit«, sagte er. »Um acht Uhr haben wir unseren Arbeitskreis.«

So nannte die örtliche Antifa-Gruppe ihr wöchentliches Plenum.

Annika rieb sich die Arme. »Ich weiß nicht, ob ich schon bereit bin, unter Leute zu gehen.«

»Ich bitte dich, die meisten kennst du. Sie werden sich freuen, dich zu sehen.«

»Meinst du?«

In ihren guten Zeiten hatte er Annika für ihren Elan bewundert. Sie hatte mit Flüchtlingskindern gearbeitet und die Internetseite des Plenums betreut, zusätzlich zu ihrem Brotjob als Sozialarbeiterin an einer Förderschule. Es würde ihr guttun, unter Leute zu kommen, statt Trübsal zu blasen, dachte Fabian.

Er war erleichtert, als sie endlich zustimmte.

Unterwegs erklärte Fabian ihr, warum sich das Antifa-Plenum bis auf Weiteres in einer Buchhandlung treffen würde. Kurz darauf sahen sie die Bescherung mit eigenen Augen. Die Fensterscheiben waren erneuert worden, aber die Neonschrift über der Tür hing in Trümmern, und die Nazisprüche standen noch an der Fassade.

Annika war außer sich.

Als sie den Laden betrat, wurde sie freudig begrüßt und vielfach umarmt. Die meisten wussten über Annikas Krankheitsgeschichte Bescheid und hielten ihr Erscheinen für ein deutliches Zeichen der Besserung. Fabian sah Annika an, wie sie förmlich aufblühte.

Der Buchhändler hieß Jens. Ein gemütlich wirkender Typ mit Glatze und wirrem Haarkranz. Knapp sechzig Jahre, schätzte Fabian, den Laden hatte er an dem Abend der Schmadtke-Lesung zum ersten Mal besucht. Es war Stefans Idee gewesen, das Treffen hierher zu verlegen, und alle hatten sofort zugestimmt.

Jens bedankte sich für die solidarische Geste. Er plauderte

über seine Vergangenheit als Hausbesetzer in der Kiefernstraße, damals in grauer Vorzeit, und servierte guten Kaffee gegen einen akzeptablen Obolus. Er stellte seine Nichte vor, eine dünne Kleine, die auf Tattoos stand, zumindest waren ihre Arme voll davon.

Sie hieß Rebecca, war etwa in Fabians Alter und kam aus Bochum.

»Wir kennen dich nicht«, sagte Stefan argwöhnisch. »Ich meine das jetzt nicht persönlich gegen dich gerichtet, aber es ist ja bekannt, dass die Bullen oder der Verfassungsschutz immer wieder versuchen, V-Leute in die Szene einzuschleusen. Deshalb sind wir erst einmal skeptisch, wenn jemand Neues aufkreuzt. Ich hoffe, du verstehst das.«

»Würde mir an eurer Stelle nicht anders gehen«, antwortete Rebecca.

»Magst du uns sagen, was dich zu uns führt?«

»Wie ihr sicher wisst, findet im Mai der Landesparteitag der AfD in Bochum statt. Ich möchte euch bitten, dass ihr ebenfalls zu unserer Demo mobilisiert. Es wird in der Stadt ein breites Bündnis geben, aber wir streben einen möglichst großen Schwarzen Block an und diskutieren derzeit, wie wir verhindern können, dass die Faschos ihre Show abziehen.«

»Ich bin dabei«, sagte Annika.

Rebecca lächelte. »Aber wenn ich euch hier störe, dann habe ich kein Problem zu gehen und lass euch einfach unseren vorläufigen Aufruf da.«

»Von mir aus kannst du gern bleiben«, sagte Fabian. »Der Widerstand gegen die AfD ist wichtig. Oder wie seht ihr das?«

Die Gruppe diskutierte nur kurz. Nachdem auch Stefan seine Bedenken zurückzog, konnte die nötige Einstimmigkeit hergestellt werden, und Rebecca gehörte als Gast dazu.

Sie unterhielten sich unter anderem darüber, im Vorfeld des Parteitags auch in Düsseldorf etwas zu machen, wo sich immerhin die Landeszentrale der AfD befand. Im Lauf des Abends stiegen die meisten von Kaffee auf Wein um, den Jens ebenfalls ausschenkte. Ein ehrlicher Roter von einer selbstverwalteten Winzerkooperative in Chile. Nur Annika entschied sich wegen ihrer Medikamente für Wasser.

Als sie begannen, über private Dinge zu sprechen, und ein Genosse sich bei Fabian erkundigte, wie es ihm nach seiner Hand-OP gehe, verabschiedete sich Rebecca, die noch eine längere Bahnfahrt vor sich hatte.

»Mit Grüßen von meinen Freunden möchte ich euch das noch hierlassen«, sagte sie und holte ein paar Kopien aus ihrem Stoffbeutel. »Das ist ein Papier, das angeblich aus dem Umfeld der drei RAF-Genossen stammt, die noch immer im Untergrund leben. Ich möchte dazu nur sagen, dass es in unserer Gruppe sehr kontrovers aufgenommen wurde und ich nicht recht weiß, was ich selbst davon halten soll. Aber weil ich euch als prima Haufen erlebte habe, denke ich mir, dass ihr zu unserer Diskussion vielleicht ein Statement beisteuern könnt. Darüber wäre ich euch sehr dankbar.«

Sie umarmte ihren Onkel, dann eilte sie davon, um ihren Zug noch zu bekommen.

Fabian griff nach einem Exemplar, drei aneinandergetackerte Blätter, und erstarrte, als er die Überschrift las.

Die revolutionäre Front in den Metropolen neu aufbauen.

War dies das ominöse Papier, von dem letzte Woche in den bürgerlichen Medien die Rede gewesen war?

Schon nach den ersten Worten war ihm klar, wie er sich dazu verhalten würde. Als terroristische Sekte kannst du keine Bewegung schaffen. Du spaltest die Linke in Sympathisanten der Guerilla und Kollaborateure des Staates, versetzt die einen in Schockstarre und treibst die anderen in Selbstmordkommandos. Die Rechten würden triumphieren wie damals.

Bleierne Zeit reloaded.

Die gesamte Runde teilte Fabians Ansicht, und er versprach, so rasch wie möglich eine Gegenposition zu formulieren.

DONNERSTAG, 1. MÄRZ

Blitz – Seite 1:

WEHRET DEN ANFÄNGEN!

Experten: Sympathisantenszene macht neue RAF erst stark

Düsseldorfer Morgenpost – Seite 1:

HAJO FRANTZEN FORDERT GESCHLOSSENHEIT

Kontrahent Schönauer: AfD in weiten Teilen koalitionsfähig

37

DIE GERÄUSCHE, DIE MORITZ DÜCKER in seinem Kabuff am Schlaf hinderten, hatten sich jetzt nach draußen verlagert. Keine Schreie mehr im anderen Teil der leer stehenden und weitgehend dem Verfall preisgegebenen Fabrik. Der Kampf war fürs Erste vorbei.

Moritz drückte sich im Dunkeln gegen die Wand. Er wagte kaum zu atmen. Hat es der fiese Typ jetzt auf mich abgesehen?

Schritte, ein Ächzen und Scharren, Schleifgeräusche draußen im Hof, schließlich das Knallen von Autotüren. Dann sprang ein Motor an und drehte viel zu hoch. Reifen scheuerten auf dem Asphalt. Moritz atmete auf, als sich die Karre endlich entfernte.

Gleich darauf dröhnte das Horn eines Lastwagens, langgezogen und gar nicht weit weg, und es knallte, was Moritz schmerzhaft an seinen Unfall erinnerte, bei dem er den Mercedes seines Chefs gegen einen Baum gesetzt hatte. Trunkenheitsfahrt, Job und Führerschein futsch. Die Ehe auch – doch das war eine andere Geschichte.

Er lauschte in die folgende Stille.

Jenseits des nahen Hafenbeckens summten die Getreidemühlen, was man nur nachts wahrnahm, und von der Südbrücke trug der Wind das rumpelnde Geräusch herüber, das Autos beim Überfahren der Dehnungsfuge verursachten. Ein Zug näherte sich über die Eisenbahnbrücke von der Neusser Seite, und bald war sein Rattern wieder verklungen.

Von weither hörte Moritz ein mehrstimmiges Tatütata. Polizei oder Feuerwehr – vielleicht brannte es am anderen Ende der Stadt, ein Großeinsatz tief in der Nacht.

Mit dem Crash da draußen hatte das nichts zu tun.

Die Neugier ließ Moritz aus dem Schlafsack kriechen.

Er öffnete die Klappe und stieg aus seinem Unterschlupf. Sorgsam drückte er das Blech in den Rahmen zurück, weil er den Schlafplatz nicht mit Ratten teilen wollte. Mit ungutem Gefühl tappte er im Mondlicht auf die Straße zu.

Noch immer wehte aus der Ferne Martinshornlärm herüber. Im Nordosten konnte er ein Leuchten ausmachen, rötlich wie ein Feuer, dessen Schein von aufsteigendem Qualm reflektiert wurde.

Moritz erreichte die Kreuzung. Im Schein einer Laterne erkannte Moritz den Wagen wieder. Er war gegen die Backsteinwand auf der anderen Seite gekracht.

Ein Audi A6, Baujahr aus den Neunzigern. Mit Autos kannte sich Moritz aus. Offenbar hatte der Fahrer das Wrack verlassen. Weil Moritz sich nicht ganz sicher war, wartete er erst einmal ab.

Dann fasste er sich ein Herz und ging darauf zu. Die Vorderfront war tief eingedrückt. Das Blech des Radkastens stand auf den Reifen – die Karre war eindeutig fahruntüchtig.

Voller Furcht blickte Moritz sich um – kein Mensch zu sehen.

Niemand, der *ihn* beobachtete.

Schließlich siegte erneut seine Neugier. Er dachte an die Bewohner von Nordseeinseln, die in vergangenen Jahrhunderten Schiffswracks geplündert hatten, um sich in der Not über Wasser zu halten.

Einen Versuch ist es wert.

Er riss am Griff der Beifahrertür, bis sie endlich aufsprang. Auf dem Sitz eine Packung Papiertaschentücher, die er einsteckte. Er zog die Klappe des Handschuhfachs auf. Enttäuscht stellte er fest, dass nur das Serviceheft und die Betriebsanleitung darin lagen. Vor dem Beifahrersitz verdreckte Fußballschuhe. Die kauft mir keiner ab, dachte Moritz.

Er blickte nach hinten. Im Schein der Innenbeleuchtung entdeckte er nichts, was er gebrauchen oder zu Geld machen konnte. Er beugte sich zur Fahrertür hinüber. In der Ablage nur Parkquittungen und ein zerfledderter Stadtplan.

Wieder rauschte ein Lastwagen vorbei. Moritz duckte sich, dann blickte er dem weißen Auflieger hinterher, der mit chinesischen Zeichen beschriftet war. Er stieg aus und ging zum Heck. Den Kofferraum hatte er noch nicht inspiziert.

Moritz fingerte an der Klappe entlang, bis er unter dem Rand die Entriegelung fand.

Der Deckel schwang hoch.

Weit geöffnete Augen starrten ihm entgegen. Das Gesicht der Frau war völlig entstellt. Wunden am ganzen Leib. Wie hatte der Kerl ihr das nur antun können?

Moritz wich mit weichen Knien zurück, stützte sich gegen die Wand und kotzte sich die Seele aus dem Leib.

Dann fiel ihm ein, dass der Fiese jeden Moment zurückkehren konnte. Um seinen einzigen Zeugen zu beseitigen.

Moritz rannte los.

Er lief um sein Leben.

TEIL ZWEI

KOMMANDO CARLO GIULIANI UND DIE TOTE IM KOFFERRAUM

»My drops of tears I'll turn to sparks of fire.«

(William Shakespeare, Henry VIII)

38

ALS VINCENT EINTRAF, WAR DER UNFALLORT an der Hamburger Straße bereits weiträumig abgesichert. Rot-weiße Leitbaken und blinkende Warnlampen. Zwei Uniformierte dirigierten den Verkehr mit beleuchteten Winkerkellen. Sie hatten zu dieser frühen Stunde schon alle Hände voll zu tun. Unaufhörlich brummten die schweren Lastzüge des Hafenverkehrs vorbei.

Halogenstrahler warfen ein grelles Licht auf die Ziegelmauer und den schwer demolierten Audi – Fabris Leute hatten ihn bereits in Beschlag genommen. Einen Sichtschutz hielten die Kriminaltechniker offenbar nicht für nötig, Passanten waren im Gewerbegebiet nicht unterwegs. Vincent kontrollierte die Uhrzeit: Viertel vor sechs.

Das Team der Kriminalwache, das nachts zuerst verständigt wurde, hatte sich bereits wieder verzogen. Aus Vincents Dienststelle war allein Hamid da, der diese Woche Mordbereitschaft hatte. Vincent begrüßte ihn mit Handschlag. Hamid gähnte und wirkte verknittert. Die Nacht war kurz für ihn gewesen.

Er rieb sich die Arme warm und berichtete: Gegen vier war der Notruf in der Leitstelle eingegangen. Ein anonymer

Anrufer meldete eine Frau, die man erschlagen hatte und die in einem Kofferraum lag.

»Wie sieht das für dich aus?«, fragte Vincent.

»Du mit deinen Fangfragen, Chef. Wir beginnen doch gerade erst.«

»Sag einfach, was dir in den Sinn kommt.«

Hamid blinzelte und deutete zum Unfallwagen hinüber. »Jemand transportiert eine Leiche und ist dabei so aufgeregt, dass er von der Fahrbahn abkommt und nicht mehr weiter kann. Er haut zu Fuß ab und lässt die Tote zurück.« Ein Schulterzucken.

»Und der Anruf bei uns?«

»Entweder war es der Fahrer selbst, oder jemand hat das Ganze beobachtet. Ob der Fahrer auch der Täter war? Keine Ahnung.«

»Was könnte sein Ziel gewesen sein?«

Hamid blickte sich um. Rundum Finsternis, nur vereinzelte Straßenlampen und Lichter an Gebäuden. Am östlichen Himmel kündigte sich die Dämmerung an. Die Fabriken an der Weizenmühlenstraße brummten leise, was man schon bald nicht mehr wahrnehmen würde, weil bereits der Pendlerverkehr auf der nahen B1 einsetzte.

»Wir sind hier im Rheinhafen«, sagte Hamid. »Vielleicht wollte er die Leiche in einem der Hafenbecken entsorgen. Aber frag mich jetzt nicht, wo der Kerl herkam. Der Tatort kann überall sein. Aber fragen wir ihn selbst. Der Audi hat ein Nummernschild, die Halterabfrage hat ergeben, dass der Mann in Ratingen wohnt und nicht aktenkundig ist, bisher zumindest nicht. Ich habe ein Team zu seiner Adresse geschickt. In ein paar Minuten dürften wir mehr wissen.«

»Falls das Schild nicht gefälscht ist. Oder der Wagen geklaut.«

Hamid zuckte mit den Schultern. »Dass bei dir das Glas immer halb leer sein muss, Chef.«

Vincent ging nicht darauf ein. Er streckte sich und atmete die kühle Luft, die leicht säuerlich roch. Vielleicht von den Mühlen oder von der Schnapsfabrik, die sich in der Nähe befand.

»Hast du auch die Musik heute Nacht mitgekriegt?«, fragte Hamid und meinte die Sirenen von Polizei und Feuerwehr. »Muss ebenfalls so um vier Uhr gewesen sein, kurz bevor mich die Leitstelle anrief. Deshalb war ich schon wach und so schnell hier.«

»Weißt du, was los war?«

»Ein großes Feuer im Stadtteil Mörsenbroich, zum Glück kein Menschenschaden, meinten die Jungs von der Kriminalwache. Angeblich brennt oder schwelt es immer noch.«

Nicht unser Job, schlussfolgerte Vincent.

Hamids Handy klingelte. Der Rückruf aus Ratingen wegen des Fahrzeughalters, dachte Vincent, aber es waren nur die Bestatter, die sich verfahren hatten und denen Hamid noch einmal die Adresse erklärte.

Unterdessen traf die Rechtsmedizinerin ein. Beim Aussteigen erkannte Vincent Dr. Schwab. Auch sie gähnte, während sie einander die Hand gaben. Sie entschuldigte sich sofort dafür, Lachfältchen traten in ihr junges Gesicht.

Er begleitete die Ärztin zur Absperrung. Von der Leiche im Kofferraum war von hier aus kaum etwas zu sehen. Fabri eilte herbei, grüßte knapp und hob mit seinen behandschuhten Fingern das Flatterband an, damit sie an das Fahrzeug treten konnten.

Vincent erkannte, dass das Opfer nicht nur geschlagen worden war, sondern auch ein Messer oder Ähnliches im Spiel gewesen sein musste.

Es war der Leichnam einer Frau von etwa fünfzig bis sechzig Jahren. Klein, muskulös, kaum ein Gramm Fett. Das Haar fast weiß und kurz geschnitten. Vincent bemerkte schwarze Farbe an ihren Fingerkuppen – die Kollegen hatten bereits die Abdrücke genommen.

Gretel Schwab machte sich an die Arbeit. Kopf und Gliedmaßen auf Leichenstarre überprüfen, die Körpertemperatur messen.

Vincent wandte sich an Fabri. »Was habt ihr bis jetzt?«

»Fingerspuren am Lenkrad, im Innenraum und am Kofferraumdeckel. Von verschiedenen Verursachern, wie es aussieht. Fasern auf dem Fahrersitz, der vermutlich im Hinblick auf den Spurenleger am interessantesten ist. Wir sind gleich fertig mit dem Abkleben und können das Fahrzeug abschleppen lassen. Der Unfallort ist nicht der Ort des Tötungsereignisses.«

»Hab ich mir fast schon gedacht.«

Die Ärztin richtete sich auf.

»Können Sie schon sagen, wann etwa der Tod eingetreten ist?«, fragte Vincent.

»Moment, ich brauch nur eine Sekunde Pause.«

»Ist Ihnen nicht gut?«

Sie blickte ihn mit zusammengekniffenen Augen an. »Hatten wir nicht vor einiger Zeit in der Gegend zwei Leichen, die ganz ähnlich zugerichtet waren?«

39

WIE AN JEDEM MORGEN EINES WERKTAGS schaltete sich um sieben Uhr Melias Radiowecker ein, der auf die Frequenz des Deutschlandfunks justiert war. Draußen brach der Tag an, noch war sie nicht ganz bereit dafür, von den Nachrichten mit den Grausamkeiten der Welt behelligt zu werden. Ein Wahlwerbespot der Tierschutzpartei ging gerade zu Ende. Melia war versucht, auszuschalten und noch etwas zu dösen.

Sie drehte sich auf die andere Seite, hielt aber die Augen offen. Putin und Syrien, Trump und Nordkorea. Streit um die Essener Tafel, die keine Ausländer mehr versorgen wollte.

Dann war sie plötzlich hellwach.

Ein Großbrand hat in Düsseldorf in der Nacht ein Bürohaus vernichtet, in dem sich unter anderem die Landesgeschäftsstelle der rechtspopulistischen Alternative für Deutschland befand. Menschenleben waren laut Sicherheitskräften nicht in Gefahr. Zur Ursache gab die Polizei bislang keine Auskunft.

Melia setzte sich auf. Weitere Details verriet der Sprecher nicht. Das Ereignis würde in ihrer Abteilung zwangsläufig für Aufregung sorgen.

Sie verzichtete auf ihren morgendlichen Lauf durch ihr Viertel und den angrenzenden Hofgarten, beschränkte ihr Frühstück auf einen kräftigen Schluck Multivitaminsaft und steckte zwei Müsliriegel für später ein.

Gleich darauf saß sie in ihrem Cinquecento auf dem Weg nach Norden. Die Adresse in der Münsterstraße war ihr geläufig. Um halb acht drückte sie am Autoradio die Taste für einen regionalen Sender, der jetzt vielleicht etwas mehr wusste.

Der Schaden geht in die Millionen. Zur Stunde kann die Polizei noch keine Angaben bezüglich der Brandursache machen. Auf einen Anschlag gibt es nach offiziellen Aussagen keinen Hinweis.

Melia wunderte sich, dass die Medien das Ereignis bereits hochkochten, obwohl die Faktenlage noch so dünn war.

Sie erreichte die Brücke über die vielspurige Bahntrasse, die nach Duisburg und Essen führte, passierte das Hochhaus der Arag-Versicherung und geriet prompt in den täglichen Stau vor dem Mörsenbroicher Ei, einem Verkehrsknotenpunkt, der sechs Straßen auf einmal verband und den Pendlerverkehr aus dem Ruhrgebiet in Richtung Stadtzentrum verteilte.

Von hier aus konnte sie gut die Rauchsäule ausmachen, die auch jetzt noch in den Himmel stieg. In ihrer Richtung waren weniger Fahrzeuge unterwegs, trotzdem ging es nur im Schritttempo voran. Rasch erkannte sie den Grund: Hinter der Kreuzung war die Straße gesperrt.

Vor dem Unglücksort standen Löschzüge kreuz und quer, Wasserfontänen ergossen sich auf die Ruine, aus der vereinzelte Flammen züngelten, und auf die Dächer der benachbarten Häuser, um sie zu schützen.

Melia zählte ein halbes Dutzend Einsatzfahrzeuge der Polizei sowie drei Kleintransporter mit den Logos von Fernsehsendern. Kamerateams auf der Straße, jede Menge Pressefotografen. Melia ignorierte den Uniformierten, der sie auf eine Umleitungsstrecke winken wollte, und fuhr bis an die rot-weißen Planken. Ein zweiter Beamter rannte zur Verstärkung herbei.

Sie ließ das Seitenfenster herunterfahren und zeigte ihren Dienstausweis.

»Verfassungsschutz«, fügte sie hinzu.

Der Polizist nickte verständnisvoll und zeigte ihr einen Platz, wo sie ihren Kleinwagen abstellen konnte. Als sie ausstieg, drückte eine Windbö den Rauch auf die Straße. Melia hielt sich ein Taschentuch vor die Nase.

Sie fragte sich zu dem Kriminaldirektor durch, der vor Ort die Polizeikräfte befehligte. Es war Karl Thann, Leiter der Inspektion eins. Ihm unterstanden die Dienststellen für Gewaltdelikte, vom Mord bis zu den Brandsachen. Er machte auf Melia einen hektischen und überforderten Eindruck.

Sie hielt auch ihm ihre Ausweiskarte hin und wiederholte den Namen ihrer Abteilung, der unter Umständen wie ein Zauberwort wirkte.

»Verfassungsschutz? Glauben Sie, das war ein Anschlag?«

»Das hätte ich gern von Ihnen erfahren, Herr Thann.«

»Zur Stunde …« Er zog nur die Schultern hoch.

Melia wandte sich an zwei Feuerwehrleute, die gerade Zigarettenpause machten, als hätten sie noch nicht genug Rauch abbekommen. Sie hatten ihre Helme abgesetzt, die Gesichter zeigten Rußspuren.

Der eine hielt seinen qualmenden Stummel hoch. »So was nie in den Papierkorb werfen, junge Frau.«

»Ist das Feuer auf die Art entstanden?«

»Vielleicht war es auch ein technischer Defekt«, sagte sein Kollege.

»Also keine Brandstiftung?«

»Womöglich kriegt man das nie raus, so zerstört wie dort drinnen alles ist.«

Melias Worst-Case-Szenario war ein Anschlag von Links als Antwort auf die Demolierung von Nickels Laden. Welche wiederum ihr Werk gewesen war. In dem Fall hätte ich eine verhängnisvolle Kette von Ereignissen in Gang gesetzt, überlegte sie.

Dann fiel ihr das Strategiepapier der angeblichen RAF-Rentner ein. Sie hatte die Gewaltbereitschaft der linksautonomen Szene in ihrem Bundesland falsch eingeschätzt – falls es sich um einen Anschlag handelte.

Sie stieß auf einen Kriminalbeamten, der einigermaßen kompetent wirkte, und zeigte auch ihm ihren Ausweis. Der Mann las ihren Namen und musterte sie.

»Stellt man beim Verfassungsschutz auch schon Ausländer ein?«

»Ich bin Deutsche.«

»Okay«, sagte er gedehnt.

»Sie können Ihren rassistischen Fauxpas gutmachen, indem Sie mir etwas zur Brandursache sagen.«

»Nicht gleich die Rassismuskeule auspacken, junge Frau. In Ihrem Dienstausweis steht Melia Khalid.«

»Na und?«

»Typisch deutscher Name, nicht wahr?«

Melia wandte sich zum Gehen.

»Warten Sie!« Der Beamte schloss zu ihr auf, und sie blieb stehen. »Das Erdgeschoss ist noch am besten erhalten. Dort wurden offenbar Fensterscheiben eingeworfen, und drinnen fanden wir gerade an mehreren Stellen Scherben von Flaschen.«

»Molotowcocktails?«

»Gleich wird ein Sachverständiger eintreffen. Der versteht mehr von Chemie und Physik als wir alle zusammen. Bis der mit seinen Analysen fertig ist, werden allerdings ein paar Tage vergehen.«

»Nennen Sie mir Ihren Namen.«

»Plachutta. Bitte, falls Sie sich beschweren wollen.«

»Nein. Für den Fall, dass ich mich noch einmal erkundigen muss.«

Er wirkte erleichtert. »Übrigens sind Sie nicht die erste vom Verfassungsschutz, die sich hier erkundigt hat. Ihr Kollege war auch schon da.«

Melia kehrte zu ihrem Auto zurück.

Sie machte sich auf einen anstrengenden Tag gefasst.

40

»DU HATTEST ALSO RECHT, CHEF«, resümierte Hamid mit betrübter Miene.

Der alte Audi A6, in dem die Tote gelegen hatte, war gestern Abend in Düsseldorf gestohlen gemeldet worden. Der Halter, ein technischer Angestellter einer Fabrik für Bremsbeläge, gab an, dass er das Fahrzeug auf dem Firmenparkplatz im Norden Düsseldorfs abgestellt hatte, wo es im Lauf des Tages abhandenkam. Ein Kollege habe ihn dann nach Hause mitgenommen, und er habe die gesamte Nacht in seinem Reihenhäuschen bei Frau und Kind verbracht.

Am Nachmittag würde er ins Präsidium kommen, um seine Aussage zu Protokoll zu geben. Und ein Team der Wache Unterrath suchte gerade den Betrieb auf, um Zeugen des Diebstahls zu finden, die den Täter beschreiben konnten.

»Ich hatte nicht recht«, widersprach Vincent. »Sondern nur auf die Möglichkeit hingewiesen.«

»Okay, Chef.«

»Nenn mich nicht ständig so.«

»Nur manchmal?«

»Nein, gar nicht.«

Hamid grinste.

»Wen hat Anna zur Obduktion geschickt?« Vincent hatte seine Stellvertreterin Anna Winkler beauftragt, die »Mordkommission Kofferraum« zu leiten. Bruno Wegmann, der Vincent seit ihrem Streit vor ein paar Tagen aus dem Weg zu gehen schien, würde noch eine Weile damit beschäftigt sein, gemeinsam mit dem Staatsanwalt die Leichensache Milo Grünberger für das Gerichtsverfahren gegen Helge Simonis vorzubereiten.

»Dominik«, antwortete Hamid.

»Schon wieder? Der arme Junge.«

»Bald schult er noch auf Doktor um, und wir verlieren ein kriminalistisches Talent an die Rechtsmedizin.«

»Talent? Siehst du hier irgendwo Talente?«

Der Kollege grinste. »Wie du meinst, Chef.«

Vincent breitete Ausdrucke im DIN-A4-Format aus. Fotos, die offenbar entstanden waren, nachdem die Bestatter den Leichnam ins rechtsmedizinische Institut der Uniklinik geschafft hatten. Dr. Schwab hatte den Todeszeitpunkt überraschend exakt auf etwa halb vier geschätzt. Lange konnte der Täter mit seinem Opfer also nicht unterwegs gewesen sein, schlussfolgerte Vincent.

»Hast du die gemacht?«

Hamid nickte.

Auf den Bildern war die Frau vollständig entkleidet, und die Verletzungen kamen in ihrem Schrecken erst richtig zur Geltung. Das Gesicht. Der Hals. Die Brüste. Eine weitere Nahaufnahme zeigte Wunden, die der Mörder ihr tief in die Bauchdecke geschnitten hatte, und die Buchstaben bildeten.

FOTZE.

»Kommt dir das auch bekannt vor?«, fragte Vincent.

»In meiner marokkanischen Sippe sind solche Praktiken eher unüblich, falls du das meinst.«

»Jetzt mal im Ernst. Erinnert dich die Handschrift an etwas?«

»Du vergisst, dass ich noch keine drei Jahre in diesem Kommissariat arbeite. Wenn du auf einen älteren Fall anspielst ...«

»War nur so ein Gedanke, auf den Dr. Schwab mich gebracht hat. Macht sie auch die Obduktion?«

»Nein, das übernimmt Professorin Michels, soweit ich gehört habe.«

Vincent nickte und war zufrieden. Mit der Institutsleiterin arbeitete er gern zusammen. Er schätzte ihre unaufgeregte Art und ihre Bereitschaft, keinen Kostenaufwand zu scheuen, wenn es nötig war – wozu in Zeiten des durchökonomisierten Klinikmanagements Rückgrat und Durchsetzungsvermögen gehörten. Dass ein Institut wie die Rechtsmedizin dazu angehalten war, schwarze Zahlen zu schreiben, würde Vincent nie begreifen. Als ginge es darum, Gewinn zu erwirtschaften, statt um die Wahrheit.

Der Dienstapparat schrillte auf seinem Tisch.

Dominik Roth von seinem Handy. Vincent ging ran.

»Seid ihr mit der Obduktion schon durch?«, fragte er.

»Nein, wir fangen erst an, aber die Professorin meint, wir sollten schon mal Parallelen zum Fall Meingart in Betracht ziehen. Moment, ich geb sie dir mal.«

»Hallo, Vincent«, meldete sich die Professorin.

»Ulrike, wie kommst du darauf?«

»Erstens hat er sie übel ins Gesicht geschlagen, mit einer Stichwaffe verletzt und schließlich zu Tode stranguliert. Zweitens post mortem an ihr herumgeschnibbelt und ihr drittens dieses Wort verpasst. Klingelt es da nicht bei dir?«

»Damals habe ich die Dienststelle noch nicht geleitet und war mit anderen Fällen beschäftigt, soweit ich mich erinnere.«

»Aber du hast ebenfalls an Meingart gedacht, gib's zu!«

Vincent hatte die Berichterstattung vor Augen. Während des Prozesses vor dem Landgericht war die Presse voller Schlagzeilen über den »Würger von Düsseldorf« gewesen, wie man den zweifachen Frauenmörder getauft hatte.

»Ja, schon«, antwortete er. »Aber der Mann sitzt seit fünf Jahren im Maßregelvollzug.«

»Das weiß ich. Also zieh in Betracht, dass es einen Nachahmer geben könnte. Ist über Meingart nicht sogar ein Buch geschrieben worden?«

»Danke für den Hinweis, Ulrike. Und jetzt hätte ich gern noch mal den Kollegen Roth.«

Sie gab das Handy zurück.

»Chef.«

»Dominik, ihr setzt eure Arbeit fort und guckt nicht bloß nach Parallelen, sonst überseht ihr womöglich etwas Entscheidendes. Und wenn du das nächste Mal Bescheid gibst, dann ruf Anna an. Sie leitet die Mordkommission.«

»Wollte ich, hab sie aber nicht erreicht.«

»Dann ist Felix die zweite Adresse. Der führt die Akten und verlässt sein Büro garantiert nicht vor Feierabend. Okay?« Vincent legte auf.

Hamid runzelte die Stirn.

»Ist was?«, fragte Vincent.

Ein Schulterzucken. »Klare Worte. Und die Mitarbeiter bloß nicht mit Lob verwöhnen. Sonst werden wir noch zu Weicheiern.«

Es klopfte, Anna streckte den Kopf durch den Türspalt.

»Komm rein«, sagte Vincent und deutete auf den letzten freien Stuhl. »Ich weiß, was du sagen willst, und mir geht es gewaltig gegen den Strich, wenn jemand schmutzige Wörter in tote Frauen ritzt. Aber es bringt uns nicht weiter, wenn wir gleich zu Beginn ausschließlich über Ähnlichkeiten mit alten Fällen fantasieren.«

Die Kollegin wischte sich eine Strähne aus dem Gesicht und blieb stehen. »Ich komme nicht wegen Meingart.«

»Sondern?«

Sie biss sich auf die Unterlippe. Ihr Blick wanderte von Vincent zu Hamid und zurück.

»Mach's nicht so spannend.«

»Herlinde Weiß«, sagte Anna mit einer Stimme, die plötzlich rau klang.

»Wie bitte?«

Sie verschränkte die Arme und wippte unruhig auf den Zehen. »Der Abgleich mit der Fingerspurendatei zeigt hundertprozentige Übereinstimmung. Unsere Tote im Kofferraum war eine der drei RAF-Rentner, die zuletzt Ikea in Kaarst ausgeraubt haben.«

Hamid ließ einen leisen Pfiff hören.

Vincent erwiderte: »Dann lasst uns Dampf machen, bevor uns die Terrorfahnder vom Bundeskriminalamt den Fall wegnehmen.«

41

AUF DER FAHRT VOM BRANDORT ZUM Innenministerium empfing Melia eine SMS ihres Chefs, die sie an der nächsten roten Ampel las. Jakobs wies sie an, sich unverzüglich bei ihm einzufinden. Einen Grund nannte er nicht, aber Melia konnte sich denken, was ihm auf den Nägeln brannte.

Zehn Minuten später durchschritt sie sein Vorzimmer, das momentan verwaist war, und klopfte an seine Tür. Jemand öffnete – es war der Büroleiter des Chefs, der sie hereinwinkte.

Jakobs dagegen ignorierte sie. Er stand mit aufgestützten Händen an seinem Schreibtisch und hörte über die laut gestellte Telefonanlage mit, wie ihm jemand über den Brand Auskunft erteilte. Der Stimme nach handelte es sich um den Leiter der Düsseldorfer Kripo, Kriminaldirektor Engel.

Vier weitere Anzugträger hatten um den Besprechungstisch Platz genommen und hörten zu. Melia erkannte Regierungsräte aus dem Stab des Innenministers. Der eine war zuständig für Grundsatzangelegenheiten, der andere für politische Koordination. Die übrigen beiden hielt sie für Beamte der Staatskanzlei, Mitarbeiter des Ministerpräsidenten.

Jakobs beugte sich tiefer zum Telefon und fragte nach:

»Ich brauche eine Hausnummer, Herr Engel. Wie hoch schätzen Sie die Wahrscheinlichkeit ein, dass es ein Anschlag war? Fifty-fifty? Oder höher?«

Der Kripochef ließ sich nicht festnageln und betonte, dass das Gutachten des Sachverständigen abzuwarten sei. Jakobs war anzusehen, wie wenig ihn das befriedigte.

Nachdem er aufgelegt hatte, nahm er Melia wahr.

Er strich über seine rote Krawatte. »Endlich sind Sie da, Frau Khalid. Die Neuigkeit des Tages kennen Sie wohl noch gar nicht.«

»Ich war gerade vor Ort, Herr Jakobs. Sobald die zuständigen Ermittler über Erkenntnisse verfügen, erfahre ich das als Erste.«

»Offenbar ein Attentat.«

»Zur Stunde nicht auszuschließen.«

»Ich hörte aus sicherer Quelle von Molotowcocktails, die in die Räume im Erdgeschoss geworfen wurden. Überraschend kommt das nicht, oder?«

Aus sicherer Quelle – damit meinte er den Kollegen, der vor ihr mit Plachutta gesprochen hatte. Ich bin schnell vor Ort gewesen, dachte Melia, aber nicht schnell genug.

»Sie spielen auf das Strategiepapier an«, antwortete sie. »Aber trotzdem ist mir das ein Rätsel. Die hiesige Szene war bislang eher gewaltfrei orientiert. Und wir haben sie unter guter Beobachtung.«

»Wieso steht dann ausgerechnet die AfD in Flammen? Für die linken Bazillen fällt so etwas unter ›Gewalt gegen Sachen‹, und das ist doch deren Lieblingssport, nicht erst seit Hamburg. Frau Khalid, ich fürchte, Sie sind weder im Bilde noch ganz klar in Ihrer Urteilskraft. Wozu beschäftigen wir Sie eigentlich?«

Melia warf einen Blick in die Runde. Den Männern schien

es peinlich zu sein, dass der Abteilungsleiter sie vor ihren Augen zusammenfaltete. Sie beschloss, die Herausforderung anzunehmen.

»Herr Jakobs, Sie wissen ganz genau, dass landesweit rund um die Uhr die Kommunikation von etwa einhundert Gefährdern des linksautonomen Spektrums überwacht wird. Zusätzlich ist es uns als Reaktion auf das Strategiepapier gelungen, im Rahmen der Aktion Buchmann den Treffpunkt der hiesigen Antifa-Gruppe zu verwanzen. Meine Mitarbeiter und ich schieben seit Tagen Überstunden und scheuen keinen Aufwand. Ich weiß wirklich nicht, warum ich nicht im Bild sein sollte.«

»Gestern Abend ist der linke Misthaufen zusammengekommen. Wenige Stunden, bevor das Feuer ausbrach. Was ist bei dem Treffen beredet worden?«

Melia war verblüfft. Woher wusste ihr Chef das so genau?

»Die Auswertung läuft noch«, antwortete sie. In Wahrheit saß noch niemand daran, denn der Arbeitstag begann erst.

»Falsche Antwort, Frau Khalid. Ein Referat, das gut organisiert ist, hätte sofort geliefert und womöglich den Anschlag verhindert!«

»Sie bekommen meinen Bericht in Kürze.«

»Besser gestern als morgen.«

42

DIE IDENTITÄT DER TOTEN FRAU im Kofferraum ließ Vincent keine andere Wahl, als sofort einen ersten Bericht zu formulieren und seinem Inspektionsleiter zu schicken, der ihn an die Chefetage weiterleiten würde. Zweifellos besaß die Sache Nachrichtenwert und eine politische Dimension. Vincent stellte sich vor, dass zwischen Behördenleitung und Ministerium die Drähte heiß laufen würden.

In der Mordkommission machten neue Spekulationen die Runde. Hatten die letzten RAF-Mohikaner ihre Genossin umgebracht, weil sie sich um die Aufteilung der Beute stritten? Oder um das weitere Vorgehen als Linksextremisten – erst neulich war in den Nachrichten von der möglichen Gründung einer neuen Guerillatruppe die Rede gewesen. Wollte Weiß aussteigen, und die anderen witterten Verrat?

»Das Ministerium hat sicher einen Experten für dieses Fachgebiet«, sagte Anna. »Wäre schön, wenn uns jemand mit Hintergrundwissen verklickern könnte, was da läuft.«

»Ich kümmere mich darum«, versprach Vincent.

Hamid Belhanda brachte das Feuer von heute Nacht zur Sprache. Es hatte ein Gebäude zerstört, in dem außer der völkisch-nationalen AfD auch die Deutschlandzentrale eines japanischen Elektronikkonzerns, eine Rechtsschutzversicherung sowie die Labors einer Pharmafirma untergebracht waren, die auf Medikamente für Schweine, Hühner und Rinder spezialisiert war. Noch stand offiziell Brandstiftung nicht als Ursache fest, geschweige denn ein politisches Motiv.

War es purer Zufall, dass der Mord an Weiß und das Unglück in Mörsenbroich fast zur gleichen Zeit stattfanden?

Aber wie passte ein Streit unter den RAF-Rentnern zu den Verletzungen des Leichnams, die eindeutig eine sexuelle Bedeutung hatten? Sie wiesen eher auf einen krankhaft gestörten Täter hin.

Womit wir wieder bei Meingart wären.

Ratlos beendeten sie die Sitzung.

Weil Anna die naheliegenden Aufgaben unter den Mitgliedern der Mordkommission verteilt hatte, beschloss Vincent, dem unwahrscheinlichsten Gedanken nachzugehen, um ihn endgültig abhaken zu können.

Ein paar Türen weiter gab es einen kleinen Raum, der einst als Teeküche geplant gewesen war und seit vielen Jahren das Archiv der Dienststelle beheimatete. Zu jeder Leichensache, die das KK11 seitdem bearbeitet hatte, wurde hier eine Kopie der kompletten Fallakte aufbewahrt, so auch zu Meingart.

Vincent las sich ein, studierte Fotos, nahm Zeugenaussagen zur Kenntnis. Seine Unruhe wuchs mit jeder Seite. Schließlich brach er die Lektüre ab, eilte hinunter zur Fahrbereitschaft und besorgte sich einen zivil lackierten Dienstwagen, mit dem er sich auf den Weg machte.

Im kurz vor Aachen gelegenen Düren befand sich die psychiatrische Landesklinik, in deren forensischer Abteilung aufgrund einer gerichtlichen Anordnung der einst selbstständige Parkettlegermeister Arne Meingart, 1972 in Düsseldorf geboren, seit seiner Verurteilung als zweifacher Frauenmörder untergebracht war.

Die tief stehende Sonne schien ins Auto, während Vincent den Rhein überquerte. Ihm war klar, dass sich andere Ermittler mit einem Anruf begnügt hätten, um sich zu vergewissern. Aber er wollte sich selbst ein Bild davon machen, ob der Mann Freigang hatte oder für eine Nacht getürmt sein konnte.

Er wollte einen Eindruck von Arne Meingart gewinnen, dem sogenannten Würger von Düsseldorf, der seinen Opfern ebenfalls Schimpfwörter in den Bauch geritzt hatte.

43

AZIZ WAR ES SATT, VON SEINEN MITSCHÜLERN wegen seines Körperumfangs gehänselt zu werden. Während der Mathestunde hatte sein Banknachbar Lionel ihm so stark mit den Fingerknöcheln auf den Schenkel geboxt, dass es jetzt noch schmerzte. Aziz hatte auch keine Lust, seinen Schokoriegel an andere abgeben zu müssen. Deshalb verzog er sich in der Pause mit seiner Brotzeitbox auf die Straße, wo nur ein paar Mädchen und Jungen aus höheren Klassen abhingen, die ihn in Ruhe ließen.

Er genoss sein Frühstück und den Frieden.

Bis ein Mann zu ihm trat und ihn ansprach: »Wie alt bist du, mein Junge?«

Aziz blickte auf. »Zehn, wieso?«

»Willst du dir etwas verdienen?«

»Es gongt gleich. Ich muss in den Unterricht.«

»Dauert keine drei Minuten.«

Aziz konnte nicht anders, als dem Mann auf den Bart zu starren. Er sah komisch aus. Wie das Haarteil von Onkel Farouk, das manchmal verrutschte.

»Ich geb dir fünfzig Euro«, sagte der Mann.

»Was soll ich dafür tun?«

Der Bärtige zog einen Umschlag hervor und zeigte die Königsallee hinunter. »Fünf Häuser weiter, gleich hinter der RheinBank, befindet sich die Lokalredaktion des *Blitz*.«

»Ja, das weiß ich.«

»Am Empfang fragst du dich zur Redaktion durch. Dort gibst du den hier ab.«

»Eigentlich dürfen wir das Schulgelände nicht verlassen.«

»Sei kein Weichei. Der Chef vom Dienst bezahlt dir noch einmal fünfzig Euro.«

»Okay.« Aziz wollte nach dem Umschlag greifen.

Der Mann zog ihn zurück. »Hast du alles verstanden?«

Bin doch nicht doof, dachte Aziz. »Ich geh rüber zur Zeitung und geb diesen Brief dem Chef.«

»Dem Chef vom Dienst.«

»Sag ich doch.«

Der Mann überreichte ihm den Umschlag und einen Fünfziger. Aziz rannte damit los, bevor der Typ einen Rückzieher machen konnte. Auf Höhe der Bank ging ihm die Luft aus. Er blieb stehen, faltete den Geldschein zusammen und steckte ihn in seine Socke, um von seinen Mitschülern nicht beklaut zu werden. Dann trabte er weiter.

Die Redaktion befand sich im zweiten Stock. Aziz fragte sich zum Chef vom Dienst durch, der in einem Großraumbüro vor einem Monitor saß. Der Mann war sehr groß und dick und freundlich und blickte ihn aufmunternd an. Auf seinem Tisch lagen Schokoriegel.

Ich werde auch mal Journalist, überlegte Aziz.

Zuerst bekam er kein Wort heraus und musste sich räuspern. »Ich soll das abgeben.«

Seine Stimme kiekste dabei, was ihn verlegen machte.

Der Redakteur nahm den Brief entgegen und öffnete ihn.

Sein Lächeln wich einem Ausdruck des Entsetzens.

»Ich krieg noch fünfzig Euro.«

Der Große ignorierte Aziz. Stattdessen wandte er sich an eine Kollegin, ließ sie das Schreiben lesen und griff zum Telefon. Die Frau erschrak ebenfalls und rief weitere Leute zusammen.

Aziz beschloss, nicht weiter auf das zusätzliche Geld zu warten. Drei Minuten waren längst vergangen, die Pause vorbei. Mit der Aufsicht würde er ein Problem bekommen.

Er rannte zurück zur Schule.

44

MELIA BISS SICH AUF DIE UNTERLIPPE und verfluchte die schlechte Tonqualität.

Die Mikrofone waren allesamt im Lesecafé versteckt worden. Nickel hätte daran denken müssen, die Versammlung dort zu platzieren, immerhin war das Café genau dafür geplant gewesen. Stattdessen bildeten die Antifa-Leute einen Stuhlkreis vor dem Kassentisch – vielleicht um von der Straße aus nicht gesehen zu werden.

Mehr Mikros installieren, schrieb Melia in ihren Block. Sie würde Knut Richter damit beauftragen.

Zum Glück war noch keine der Kameras entfernt worden, die am Abend der Schmadtke-Lesung zum Einsatz gekommen waren. Melia hatte ihren Monitor so eingestellt, dass er alle vier Aufnahmen zugleich zeigte. Die roten Socken waren bestens zu erkennen, wo auch immer sie sich im Laden aufhielten. Wenigstens das funktionierte.

Melia erblickte eine Frau, die sie neulich erst in einem anderen Zusammenhang kennengelernt hatte. Zuerst glaubte sie, sich zu irren, doch dann war sie sicher.

Pfeifers Informantin.

Rebecca Schulmeister hatte die Ärmel ihres Pullis hochgeschoben, um die Tattoos auf ihren dürren Gliedmaßen zur Geltung zu bringen. Sie trug eine Kufiya um den Hals – für viele Leute nur ein modisches Accessoire, aber Teile der antinationalistischen Linken pflegten mit dem Palästinensertuch ihre Kritik an der Politik Israels zu demonstrieren.

Melias Verwunderung wuchs mit jeder Minute. Was zum Teufel hatte die Frau aus Bochum in Nickels Laden zu suchen?

Melia notierte: *Buchmann wg. Rebecca ansprechen*. Das würde sie selbst übernehmen.

Falls die Antwort unbefriedigend ausfallen sollte, müsste sie Stefan Brunswicker fragen. So behutsam wie möglich. Sicher ahnte Stefan, dass der Laden verwanzt war. Aber Melia hatte mit ihm nicht offen darüber gesprochen, denn sie wollte seine Gewissensbisse nicht über die Maßen reizen, nachdem er neulich schon einen gefühlsduseligen Anfall gehabt hatte.

Sie ließ die Aufnahmen weiterlaufen und schloss die Augen, um sich ganz auf den Ton zu konzentrieren. Bald wurde sie hellhörig, spulte die Stelle zurück und lauschte noch einmal.

Ihr Puls schlug schneller.

Widerstand gegen die AfD ist wichtig.

Dann registrierte sie, dass sich die Äußerung auf den Landesparteitag im Mai in Bochum bezog. Nicht auf den Brand an der Münsterstraße, wenig später in der Nacht.

Beruhige dich, Melia.

Was sie von der Unterhaltung verstand, schrieb sie in Stichpunkten mit. Sie beschloss, ihre Leute mit der Hilfe eines Tontechnikers ein exaktes Wortprotokoll erstellen zu lassen. Dieses würde sie dann heute noch Jakobs präsentieren, um ihn milde zu stimmen.

Plötzlich spannten sich erneut alle Fasern in Melias Körper an.

Sie sah zu, wie Rebecca einen Stapel Gedrucktes auspackte und die Blätter herumgehen ließ. Ab jetzt redeten die Leute merklich leiser. Melia war klar, was das bedeutete. Der Sound geheimer Verschwörung – Brisantes besprach man lieber im Flüsterton.

Melia spulte hin und her, bis sie ein paar Brocken mitbekam.

… Umfeld der drei RAF-Genossen …

… Untergrund …

… Statement, das uns weiterbringt …

Ihr Blick fand Rebecca Schulmeister auf dem Bildschirm. Sie umarmte Nickel zum Abschied und war verschwunden. Du intrigante Schlampe, dachte Melia.

Pfeifers Informantin verbreitet das Strategiepapier.

Melia griff zum Telefon.

Nach dem fünften Klingeln war sie sicher, dass Nickel sich ihr aus schlechtem Gewissen verweigerte. Umso überraschter war sie, als er sich schließlich doch meldete.

»Buchhandlung Nickel.«

»Wer war die dünne Kleine mit den tätowierten Armen gestern Abend?«

»Sie heißt Rebecca.«

»Und was hatte sie in Ihrem Laden zu suchen?«

»Wollen Sie ernsthaft am Telefon darüber …«

Melia wurde lauter. »Wenn jemand Sie abhört, dann ist das der Verfassungsschutz, meine Leute, Sie Idiot!«

»Rebecca … sie ist meine Nichte.«

»Buchmann, ich glaube Ihnen kein Wort.«

»Sie kam, weil sie um Unterstützung für eine Aktion in Bochum werben wollte.«

»Hören Sie auf, mich zu verarschen!«

»Aber …«

»Ich will verdammt noch mal wissen, was hinter meinem Rücken gespielt wird!«

Nickel schwieg für einen Moment, dann sagte er mit fester Stimme: »Nichts. Es ist so, wie ich es Ihnen sage.«

Melia drückte ihn weg.

Es kochte in ihr.

Sie fuhr das Video an eine Stelle, die Rebecca Schulmeisters Gesicht frontal zeigte, und druckte den Screenshot aus. Damit eilte sie zu Jakobs.

Die Sekretärin wollte sie aufhalten. Melia ignorierte ihren Protest und klopfte kurz und scharf gegen die Verbindungstür. Ohne eine Antwort abzuwarten, betrat sie das Chefbüro.

Jakobs hatte gerade das Telefon am Ohr. Er blickte mit großen Augen zu ihr hoch, während er dem Gesprächspartner am Ende der Leitung lauschte. Dabei hob er die Hand – Melia sollte ihn nicht unterbrechen.

Sie knallte ihm das Bild auf den Tisch.

Mit knappen Worten beendete ihr Chef das Gespräch. Seine Blässe und sein entsetzter Gesichtsausdruck, als er auflegte, brachten Melia dazu, ihn zuerst reden zu lassen.

»An drei Stellen sind Bekennerschreiben eingegangen«, stieß der Abteilungsleiter hervor. »Identischer Wortlaut.«

»Wegen des Feuers?«

Ein kurzes Nicken. »Sie nennen sich ›Kommando Carlo Giuliani‹.«

45

SECHS METER HOHE MAUERN, STAHLGITTER, ein tiefer Graben – nachdem im Jahr 2008 zwei Straftätern die schier unmögliche Flucht gelungen war, hatte man zudem in jedem Winkel Kameras sowie Sensoren installiert, die bei allem Alarm schlugen, was größer als ein Hase war.

Aus dieser Anstalt konnte man nicht einfach so herausspazieren.

Vincent wies sich an der Pforte aus, passierte die Schleuse und wurde von Professor Storch, einem der beiden Chefärzte, in Empfang genommen. Vincent hatte sich bei ihm von unterwegs angemeldet.

»Willkommen im forensischen Dorf«, sagte Storch. »Waren Sie schon einmal hier?«

»Nein.«

»Im Jahr 1900 wurde an dieser Stelle Deutschlands erstes Bewahrungshaus für psychisch kranke Straftäter gegründet. Damals ein Novum, die Leute nicht bloß wegzusperren, sondern zu therapieren oder es zu versuchen, wenn auch natürlich nicht nach heutigen Methoden. Interesse an einer Führung?«

»Sicher, aber leider keine Zeit.«

Vincent folgte dem Chefarzt in sein Büro. Storch hatte seinen Posten noch nicht lange inne, und als er seinen Vorgänger erwähnte, erkannte Vincent sofort, dass das Verhältnis der beiden Psychiater von Spannungen geprägt war. Den Namen des früheren Professors kannte Vincent aus der Akte Meingart. Viktor Bairami hatte den Frauenmörder für das Gericht begutachtet und entscheidend zur Urteilsfindung beigetragen. Auch als Pensionär galt er als Koryphäe auf seinem Gebiet und trat gelegentlich als Sachbuchautor ins Rampenlicht der Talkshows.

Sein Debüt hatte er über den »Würger von Düsseldorf« verfasst.

Storch ließ durchblicken, dass Bairamis True-Crime-Wälzer in Fachkreisen als oberflächlich galten. Als endgültiger Fehltritt galt seine Mitwirkung am jüngsten Thriller eines Berliner Bestsellerschreibers – bluttriefende Serienkillerware, so Storch, und Vincent fragte sich, ob der Professor seinem pensionierten Kollegen den Erfolg neidete.

Er lenkte das Gespräch auf Arne Meingart.

»Richtig, unser prominentester Patient«, nahm Storch den Faden auf. »Er galt bisher als schwieriger Fall, weil er sich nach seiner Einweisung dem Gespräch mit meinem Vorgänger verweigert hat. Was aus Meingarts Sicht verständlich ist. Haben Sie Bairamis Buch gelesen?«

»Nein, noch nicht.«

»Seit ich mich um den Patienten kümmere, macht er bemerkenswerte Fortschritte.«

»Warum wurde Meingart hier untergebracht und nicht im Klinikum Langenfeld, das viel näher bei Düsseldorf liegt?«

»Bei uns landen die besonders schweren Fälle. Vielleicht hatte auch mein Vorgänger die Hand im Spiel, um den

Mann, der ihm als Autor Erfolg bescherte, unter seine Fittiche zu nehmen.«

»Erhält Meingart Besuch?«

»Anfangs war das noch der Fall. Freunde, Angestellte seines Betriebs. Meingart scheint beliebt gewesen zu sein. Im Lauf der Zeit ist das eingeschlafen.«

»Familie?«

»Ebenso. Sein Sohn war vielleicht mal hier. Die Frau hat sich scheiden lassen. Für beide ist Meingart das Monster, das Bairami beschrieben hat.«

»Für Sie nicht?«

»Der Fall ist differenzierter zu betrachten. Für eine endgültige Diagnose ist es noch zu früh.«

»Es hat einen neuen Mord gegeben. Gleiche Handschrift, wenn ich das so sagen darf.«

»Das haben Sie am Telefon bereits angedeutet.«

Vincent legte dem Psychiater die Fotos auf den Tisch, die Hamid geknipst hatte. Zuoberst die Nahaufnahme der Bauchdecke. Klaffende Schnitte. *Fotze.*

»Schrecklich«, kommentierte Storch.

»Bekommt Meingart Freigang?«

»Seit einem Monat etwa zweimal pro Woche, derzeit noch mit Begleitung. Ohne jeden Zwischenfall, wie ich hinzufügen kann.«

»Wo war er letzte Nacht?«

»Hier natürlich, auf seiner Station.«

Professor Storch bewegte die Maus seines Computers, tippte auf der Tastatur herum und betrachtete den Monitor.

»Ich habe die Bilder seiner Opfer gespeichert. Die Ähnlichkeit ist wirklich …«

»Verblüffend«, ergänzte Vincent.

In einem großen, hellen Raum nahm Meingart gemeinsam mit anderen Patienten an etwas teil, das der Professor Kunsttherapie nannte. Verurteilte Schwerverbrecher mit Psychoknacks – Mörder, Totschläger, Sexualstraftäter, Brandstifter – modellierten mit Eifer und Hingabe irgendetwas aus einem Klumpen Ton.

Der Chefarzt sprach Meingart leise an, der sich daraufhin die Hände wusch und ihnen nach draußen folgte. Er war ein großer Mann mit sehr kurz gestutztem Haar, buschigen Augenbrauen und deutlichem Bauchansatz. Knapp mein Alter, wusste Vincent aus der Akte. Meingart musterte ihn misstrauisch, als Storch seinen Besuch vorstellte, dann gab er Vincent die Hand.

Wortlos folgten sie einem langen Flur zu den Zimmern der Wohngruppe. Vor Meingarts Tür verabschiedete sich der Professor. Vincent war nun mit dem Patienten allein.

»Hereinspaziert«, sagte Meingart. »Ich werde Sie nicht fressen.«

Vincent folgte der Aufforderung und sah sich um. Regale voller Bücher. Fachliteratur über Psychologie und Psychiatrie, juristische Werke. Ein Exemplar von Bairamis *Der Würger von Düsseldorf*, sichtlich zerlesen.

Meingart setzte sich aufs Bett und bot Vincent den einzigen Stuhl an. Auf dem Tisch stand ein Laptop, und Vincent fragte sich, in welchem Umfang der Mann das Internet nutzen durfte und ob der Zugang kontrolliert wurde. Daneben lagen Materialien zum Büffeln der italienischen Sprache.

Der Patient rieb sich die Oberschenkel. »Der Mensch ist, was er liest, wie man so schön sagt. Die Zeit, die ich hier verbringen muss, will ich nutzen. Warum mich hängen lassen? In zehn Jahren bin ich Mitte fünfzig und starte noch einmal durch.«

»Zehn Jahre? Das nenne ich Zuversicht.«

Meingart deutete ein Lächeln an, das etwas schief geriet. »Wenn es nach Bairami gegangen wäre, hätte man mich bis zum Tode weggesperrt. Manchmal glaubte ich fast, er stecke mit meiner Frau unter einer Decke.«

»Welches Interesse sollte Ihre Frau verfolgen?«

Er schnaubte durch die Nase. »Na, raten Sie mal. Sie hat sich mein Geschäft unter den Nagel gerissen. Aber ich kämpfe juristisch dagegen an.«

»Dann rate ich mal weiter: Sie sind in Wirklichkeit unschuldig und alles war nur ein großes Komplott.«

»Das habe ich nicht gesagt«, erwiderte Meingart wie aus der Pistole geschossen und fuhr sich über das Stoppelhaar. »Und natürlich hat sich Herr Professor Bairami nicht von meiner Frau kaufen lassen. Das war nur ein Scherz.«

»Natürlich.«

»Aber im Vergleich zu ihm habe ich den längeren Atem. Von Anfang an war mir klar, dass die Tage des Alten gezählt sein würden. Und der Neue trägt keine Scheuklappen. Der gibt mir eine echte Chance. Wenn ich eines Tages den Antrag auf vorzeitige Entlassung stellen kann, wird er mir attestieren, dass ich geheilt bin. Davon bin ich fest überzeugt.«

»In Düsseldorf ist letzte Nacht eine Frau ermordet worden.«

»Und deshalb kommen Sie zu mir?«

Vincent zog erneut die Aufnahmen hervor. Der Patient holte eine Brille heraus und betrachtete sie. Seine Zunge fuhrwerkte unruhig im Mund herum.

»Da hat Ihnen jemand nachgeeifert«, sagte Vincent.

»Ich war's jedenfalls nicht.«

»Hat auch keiner behauptet. Aber es ist exakt Ihr Stil, nicht wahr? Eine Idee, wer das gemacht haben könnte?«

»Der gleiche Kerl, der auch Christine und Tabea umgebracht hat?« Eine Aussage im Frageton, als wolle er die Wirkung testen.

»Also hat man Sie doch unschuldig eingesperrt, Herr Meingart?«

»Nein, nein, das will ich nicht behaupten!«

»Warum? Sprechen Sie weiter.«

Er rieb sich wieder die Schenkel. »Und Sie erzählen alles brühwarm dem Professor. Nein, bloß nicht, Herr Kommissar. Das würde mir das Genick brechen!«

»Was wir bereden, bleibt unter uns, versprochen.«

Meingart wedelte mit beiden Zeigefingern. »Wer in einer solchen Klinik von sich sagt, dass er unschuldig sei, gilt als uneinsichtig. Und damit als schwer gestört und gefährlich. Als einer, den man nie mehr rauslassen darf. Das hab ich in den letzten Jahren begriffen. Und jetzt, wo Bairami weg ist, will ich mir keinen Rückfall nachsagen lassen, verstehen Sie das?«

Vincent nickte.

Überzeugen konnte ihn der Mann allerdings nicht.

»Das Einzige, was mich davon abhält, mir das Leben zu nehmen, ist die Hoffnung, eines Tages wieder in Freiheit zu leben.«

Meingart gab die Ausdrucke zurück, sie zitterten in seiner Hand.

»Wenn Sie jetzt bitte wieder gehen würden …«

46

GEGEN MITTAG ERFUHR MELIA, dass Herlinde Weiß ermordet worden war. Die zweite Überraschung des Tages.

Das räuberische RAF-Trio war dezimiert. Verringerte sich dadurch die Terrorgefahr? Oder deutete sich eine weitere Eskalation an, weil die neue Stadtguerilla eine Genossin, die vielleicht bremsend wirken wollte, gewaltsam losgeworden war?

Eine Mail von Jakobs' Büroleiter war eingetroffen. Im Anhang eine Anfrage, um die sie sich kümmern sollte. Die zuständige Kripo-Dienststelle bat um Informationen bezüglich Herlinde Weiß.

Melia las die Signatur des Leiters: *Erster KHK Vincent Veih*.

Wie passend, dachte sie. Der Typ, dessen Mutter ebenfalls Terroristin gewesen war. Sie hatte ihn mit zweitem Vornamen Che genannt, wie Melia wusste. Und dann war er ausgerechnet zur Polizei gegangen.

Sie mailte dem Kripomann, dass sie an der morgigen Sitzung der Mordkommission teilnehmen werde.

Danach fuhr sie fort, den Text des Bekennerschreibens zu studieren, der vor ihr lag und an dem sich zur Stunde Dutzende weiterer Experten verschiedener Geheimdienste und Polizeibehörden die Zähne ausbissen, während die Originale sämtliche Mühlen der Spurensicherung durchliefen.

Kommando Carlo Giuliani.

Giuliani war ein italienischer Student. Er wurde dreiundzwanzig Jahre alt und starb im Lauf der Proteste gegen den G8-Gipfel von 2001 in Genua. Er war auf der Piazza Alimonda mit einem Feuerlöscher auf einen Geländewagen der Carabinieri losgegangen, die daraufhin feuerten und ihn, nachdem er zusammengebrochen war, mit ihrem Fahrzeug überrollten. Der Todesschütze berief sich auf Notwehr und wurde im späteren Prozess freigesprochen.

Somit war Carlo Giuliani zum Märtyrer geworden.

Melia überlegte: Indem die wiedererweckte RAF ihren Anschlag auf die AfD-Büros in seinem Namen verübte, biederte sie sich bei den jungen Linksautonomen und Globalisierungskritikern an. Deren Genua hieß Hamburg, wo die roten Socken beim Gipfel im Jahr 2017 nichts ausrichten konnten. Die Polizeikräfte hatten die Konferenz der wichtigsten westlichen Regierungschefs hermetisch abgeriegelt, den Randalierern ein alternatives Wohnviertel zur Verwüstung überlassen und sie danach aus der Stadt geprügelt.

Melia musste an Fabian Perscheid und seine kaputte Hand denken. Was ging in dem roten Professor vor, als Rebecca aus Bochum mit dem Strategiepapier daherkam?

Die revolutionäre Front in den Metropolen neu aufbauen.

Sie schätzte, dass Perscheid am Credo der Gewaltfreiheit festgehalten und dem Pamphlet widersprochen hatte. Der blonde Wuschelkopf mit seiner Gandhi-Attitüde.

Melia unterstrich den Namen Nickel auf ihrer Liste.

Sie musste herausfinden, ob Teile der Runde im Buchladen den Aufruf zur Bildung einer Guerillatruppe begrüßt hatten.

Wer ihn sich so sehr zu Herzen nahm, dass er noch in derselben Nacht zur Tat schritt. Wer alles dabei war und mithalf.

Ein guter Spitzel konnte das beantworten.

Weiter im Text.

Der Duktus unterschied sich deutlich von dem der RAF-Papiere der Siebziger- und Achtzigerjahre, die Melia kannte. Nicht die Sprache von Meinhof, Mohnhaupt oder Hogefeld. Weniger verquast und abgehoben.

Das Bekennerschreiben geißelte die AfD als Wegbereiter von Faschismus, verschärfter Ausbeutung und Kriegstreiberei. Als Speerspitze des Kapitals zur immer brutaleren Unterdrückung der Arbeitenden und zur Ausgrenzung und Entmündigung derjenigen, die das Kapital zu seiner Vermehrung nicht brauchte. Die Ärmsten als Sündenbock.

Melia kam die Wortwahl bekannt vor.

Plötzlich wurde ihr klar, woher.

Sie selbst hatte die gleichen Textbausteine benutzt, als sie neulich Nickels Ansprache verfasste. Sie hatte die Begriffe aus einem Flugblatt geklaut, mit dem im letzten Jahr zu einer Demo gegen die AfD in Düsseldorf aufgerufen worden war – aus der Feder von Fabian Perscheid, dem roten Professor.

War er in Wahrheit der Kopf, der hinter dem Brandanschlag der vergangenen Nacht steckte?

Und ich bin auf sein Gandhi-Getue hereingefallen?

Melia wog den Gedanken hin und her. Und kam zu dem Schluss, dass auch viele andere diese Formulierungen benutzten.

Der Brief des Kommandos Carlo Giuliani war fast zeitgleich beim Boulevardblatt *Blitz*, beim WDR und bei der Nachrichtenagentur dpa eingegangen. Nur in einem Fall hatte die Polizei einen Zeugen aufgetrieben. Ein Schüler war vor seinem Gymnasium an der Königsallee von einem Unbekannten aufgefordert worden, das Schreiben abzuliefern.

Der Mann trug einen falschen Bart. Mehr wusste der Junge nicht zu berichten. Ein alter Trick, dachte Melia. Verpass dir ein Accessoire, das auffällt, und keiner erinnert sich an dein übriges Aussehen.

Weil die Regierung bislang keinen Plan hatte, wie sie öffentlich reagieren solle, waren die Medien, bei denen die Selbstbezichtigung eingegangen war, vorerst um Stillschweigen gebeten worden. Den Behörden hatte man eine Informationssperre auferlegt. Zu Melias Erstaunen hielt sie bis jetzt, auch im Internet war noch nichts durchgesickert.

Ein Blick auf die Uhr. Jakobs erwartete ihren Bericht. Melia wählte seine Nummer und landete bei seiner Sekretärin, die noch sauer wegen vorhin war. Es sei unmöglich, den Chef jetzt zu sprechen.

Er hetze im Haus von einem Meeting zum nächsten, bespreche sich mit der Bundesanwaltschaft, dem Landes- und Bundeskriminalamt, dem Bundesamt für Verfassungsschutz. Gleich müsse er zum Rapport beim Innenminister antreten. Und falls er sich zwischendurch im Büro aufhalte, telefoniere er mit Berlin.

Gut so, dachte Melia, dann bleibt mir noch Zeit.

Kaum hatte sie aufgelegt, klingelte ihr Telefon.

Ihr Vater.

Sie meldete sich mit ihrem richtigen Namen.

»Bin heute Abend in der Stadt«, begann Andreas Götz. »Wir könnten uns später auf einen Absacker treffen, wenn du möchtest, Amelie.«

»Ich glaube nicht, dass ich das schaffe. Hab viel um die Ohren.«

»Gibt es etwas, das ich noch nicht weiß?«

Melia erzählte ihm in zwei Sätzen vom Bekennerschreiben.

Ihr Vater klang entsetzt. »Ist es echt?«

»Wie kommst du darauf, dass es sich um eine Fälschung handeln könnte?«

»Routinefrage. Du hast meine Handynummer, falls du es dir anders überlegst.«

»Beim nächsten Mal klappt es garantiert mit unserem Treffen.«

Sie griff nach ihrer Tasche und machte sich auf den Weg zum Buchladen.

47

AUF DER RÜCKFAHRT GERIET VINCENT in einen Stau. Baustelle auf der A1 vor dem Kreuz Köln-Nord. Ungeduldig trommelte er auf das Lenkrad. Dann schaltete er das Radio ein.

Die Nachrichten meldeten den Tod von Herlinde Weiß.

Nichts Neues zum Großbrand im Düsseldorfer Norden.

Vincents Handy piepste. Eine SMS. Weil der Verkehr nur langsam rollte, riskierte Vincent den Verstoß gegen die Straßenverkehrsordnung und las die Nachricht: Die Nachmittagsbesprechung der Mordkommission war um eine Stunde nach hinten verlegt worden.

Vincent gab das etwas Luft. Arne Meingart ging ihm nicht aus dem Kopf. Der prominenteste Patient der Dürener Klinik hatte angedeutet, die Taten, wegen derer er verurteilt worden war, nicht begangen zu haben. Was bezweckte der Mann damit?

Vincent fand in der Seitenablage eine Mix-CD, die Nina ihm vor langer Zeit aufgenommen hatte. Songs voller Soul von Liz Wright, Gregory Porter und anderen. Nicht seine erste Wahl, aber nach einer Weile gestand er sich ein, dass ihm die Musik gefiel.

Zurück in seinem Dienstzimmer fiel Vincents Blick sofort auf die Fallakte, die er noch nicht ins Teeküchenarchiv zurückgebracht hatte. Er setzte die Lektüre fort, nun mit seiner persönlichen Anschauung des Frauenmörders im Hinterkopf.

Es hatte nur dürftige Sachbeweise für Meingarts Schuld gegeben. An beiden Tatorten fanden die Kriminaltechniker DNA, Fasern und Fingerspuren, die dem selbstständigen Parkettlegermeister zugeordnet werden konnten. Im Prozess erklärte das die Verteidigung damit, dass er zu den Frauen eine persönliche Beziehung unterhalten hatte. Christine war seine heimliche Geliebte gewesen, Tabea eine Angestellte der Firma.

Meingarts Handydaten legten nahe, dass er sich jeweils zur angenommenen Tatzeit an den Tatorten aufgehalten hatte. In einem Fall war auch sein Auto zweifelsfrei gesehen worden. Doch selbst dafür fuhren die Anwälte Begründungen auf. Mit der Geliebten hatte er ein Schäferstündchen. Die Angestellte besuchte er mit Blumen, nachdem sie sich wegen des Todes ihrer Mutter mit depressiver Verstimmung krankgemeldet hatte. Beide Male seien die Frauen quicklebendig gewesen, als Meingart sie verließ.

In ihrer Häufung fand Vincent die Indizien erdrückend. Zu viele Zufälle mussten bemüht werden, um eine Unschuld des Angeklagten anzunehmen. Bei der Suche nach dem Tatmotiv tappten die Kollegen der damaligen Mordkommission allerdings bis zuletzt im Dunkeln.

Erst Top-Psychiater Bairami klärte auch dieses Rätsel.

Er grub aus, dass Meingart in seiner Kindheit von der eigenen Mutter streng und lieblos behandelt worden war. In der Folge habe er ein krankhaftes Verhältnis zum anderen Geschlecht entwickelt. Vincent kämpfte sich durch das Medizinerlatein des Gutachtens.

Sinngemäß führte der Professor aus, dass der Angeklagte in Frauen nur ein Werkzeug zur Triebbefriedigung sehe, ohne sie als Personen anzuerkennen und ein emotionales Verhältnis aufzubauen. Das belegten laut Bairami die Vielzahl der außerehelichen Beziehungen sowie die Gefühlskälte, die Meingarts Frau ihm zuschrieb.

Die schriftliche Urteilsbegründung hob schließlich eine weitere Zeugenaussage hervor, die das Gericht letztlich von der Schuld des Angeklagten überzeugt hatte. Vincent blätterte in dem dicken Ordner zurück, bis er das dazugehörige Protokoll fand.

Die Nachbarin des zweiten Mordopfers hieß Anne Schmitz und war dem Handwerksmeister im Hausflur begegnet, als er auf dem Weg zu seiner Buchhalterin war. Nach kurzer Zeit habe er die Nachbarwohnung wieder verlassen. Schmitz gab an, die Stimmen der beiden gehört zu haben, während sie sich noch eine Weile auf dem Treppenabsatz unterhielten.

Keine fünf Minuten später habe es bei ihrer Nachbarin geklingelt und Meingart vor der Wohnungstür gerufen: »Ich bin's noch mal!«

Unter Eid bezeugte Schmitz, dass es sich um die gleiche Stimme gehandelt habe. Entweder ist das Haus sehr hellhörig, dachte Vincent, oder die Alte lebt mit dem Ohr am Türblatt.

Er schloss den Ordner und empfand Verständnis für die Urteilsfindung der Richter.

Sie hatten Meingarts Schuld zweifelsfrei festgestellt.

Am Meeting der Mordkommission nahm zu Vincents Verdruss nicht nur der Inspektionsleiter teil, sondern auch Kripochef Engel und Behördensprecher Braun. Das Palaver zog sich endlos hin. Mehr als eine Stunde wurde mit politischen Erwägungen vergeudet.

Weil es sich beim Mordopfer um eine seit Jahrzehnten gesuchte Terroristin handelte, war der Fall wie erwartet zum Medienereignis geworden. Und wie immer, wenn Polizeiarbeit im Rampenlicht stand, drehte die Chefetage durch. Der Kripochef beharrte darauf, die Mordkommission auf die doppelte Größe aufzublasen, obwohl es noch an Spuren mangelte, um so viele Beamte sinnvoll einzusetzen.

Immerhin zwei Neuigkeiten brachte die Konferenz für Vincent. Es gab eine Beschreibung des mutmaßlichen Autodiebs auf dem Firmengelände in Unterrath, wo der alte Audi A6 ursprünglich gestanden hatte. Ein junger Mann, groß und kräftig. Er trug eine Kapuzenjacke, auf deren Rücken der Kopf eines Tiers, vielleicht einer Katze, gedruckt worden war.

Außerdem hatten die Kollegen einen Lkw-Fahrer ausfindig gemacht, dem der Fahrer des geklauten Audi im Hafengebiet nachts um kurz vor vier von rechts kommend die Vorfahrt genommen hatte.

Der Zeuge gab an, er habe sein Dreiklang-Horn dröhnen lassen. Der Audi sei beim Ausweichen gegen die Ziegelmauer geprallt. Er habe seinen Lastzug zum Stehen gebracht, um Hilfe zu leisten. Weil aber der Unfallfahrer, ein junger Kerl mit der Abbildung eines Tierkopfs auf der Jacke, davonlief, sei er schließlich weitergefahren, um keine Zeit zu verlieren.

Damit stand fest, aus welcher Richtung der Mörder gekommen war.

Vincent bot an, morgen früh beim ersten Tageslicht die Gegend zu inspizieren.

»Chef«, sagte Anna Winkler nur.

Damit war die Sitzung beendet.

48

DAS GLÖCKCHEN BIMMELTE. DRINNEN kassierte Nickel eine Kundin ab. Melia wartete, bis die Frau gegangen und der Buchhändler ansprechbar war.

»Was soll das Märchen von der Nichte?«, fuhr sie ihn an.

»Warum regen Sie sich so auf?«

»Das Kind von welchem Ihrer Geschwister?«

Nickel schwieg.

»Sie sind ein Einzelkind, Buchmann. Das habe ich recherchieren lassen. Demnach haben Sie weder Nichten noch Neffen. Verkaufen Sie mich also nicht für blöd!«

»Rebecca ist … die Tochter einer alten Freundin. Ich nenn sie Nichte, weil wir uns nahestehen.«

»Wie heißt sie mit Nachnamen?«

»Schulmeister.«

»Das ist der Tarnname, unter dem sie beim Verfassungsschutz als Informantin geführt wird. Schluss mit dem Theater, Buchmann. Was wird da gespielt?«

Ihr Informant blickte zu Boden.

»So geht das mit uns beiden nicht weiter. Falls Sie nicht reden, sehe ich mich gezwungen, unsere Verbindung zu lösen. Mit allen Konsequenzen, die das hat. Was meinen

Sie, wie Ihre jungen Freunde von der Antifa reagieren werden, wenn sie erfahren, dass Sie ein Spitzel waren? Da können Sie gleich noch einmal den Glaser bestellen.«

Der Mann mit der Clownsfrisur setzte zum Sprechen an, ließ es aber.

»Wortfindungsprobleme?«, blaffte Melia.

»Es ist, wie ich's sage. Die Tochter einer guten Freundin.«

Jemand hat ihn in der Hand, dachte Melia. Jemand, der ihn schützt. Oder massiver bedroht, als ich das kann. Alte Bekannte von früher? Ehemalige RAF-Genossen?

Oder zog Pfeifer die Fäden? Aber wozu?

»Für wen arbeiten Sie?«, fragte sie.

»Für Sie.«

»Und für wen noch?«

Nickel schüttelte den Kopf. Schweiß war auf seine Stirn getreten. Sie gab es auf, ihn weiter zu bedrängen. Stattdessen wechselte sie das Thema.

»Ihre alte Freundin Herlinde Weiß ist übrigens ermordet worden.«

»Nein, das ist nicht wahr!«

»Vielleicht haben Sie von der Frau gehört, die man am Morgen tot in einem Kofferraum entdeckt hat. Das war sie. Mehr weiß ich zur Stunde nicht. Die Polizei steht noch am Anfang der Ermittlungen. Morgen erfahre ich mehr.«

Melia erkannte das Entsetzen in seinem Gesicht.

»Was haben Sie mir über Ihre Freundin verschwiegen?«, fragte sie.

Sein Adamsapfel hüpfte. Er senkte den Blick und sagte leise: »Sie war hier.«

»Das erfahre ich erst jetzt? Sie hätten mir auf der Stelle Bescheid geben müssen. Noch ein Grund, Sie als Informant fallen zu lassen!«

»Ich konnte Herlinde nicht verpfeifen, nachdem ich sie schon so tief in die Scheiße geritten hatte. Ohne mich wäre sie nie bei der RAF gelandet.«

Melia war fassungslos. Welch einen Fahndungserfolg hätte ich einfahren können, was für eine verpasste Chance! Und Weiß befände sich in Haft statt im Kühlraum der Rechtsmedizin.

Nickel hatte seiner Ex-Genossin einen Bärendienst erwiesen.

»Sie hat oben bei mir geduscht«, fuhr er fort. »Ich hab für sie gekocht und ihr frische Klamotten gegeben. Ein Hemd, einen Pulli. Sie hatte eine Tasche voller Perücken bei sich und trug einen Parka. Was soll ich noch sagen? Ihr Auto war ein kleinerer SUV, weiß, irgendetwas Asiatisches.«

»Wo war ihr Versteck?«

»Hat sie nicht verraten. Nur dass sie sich von den anderen beiden getrennt hatte.«

Ein Ort ohne Dusche, folgerte Melia. »Erzählen Sie weiter.«

Nickel zuckte mit den Schultern. Tränen liefen über seine Wangen.

»Worüber haben Sie geredet?«

Er fuhr sich mit dem Ärmel übers Gesicht. »Alte Zeiten.«

»Und sonst?«

»Der Aufruf zum bewaffneten Kampf in den Metropolen stammt nicht von ihr, garantiert nicht.«

»Wie kommen Sie darauf?«

»Die RAF-Scheiße war schon lange nicht mehr ihr Ding. Herlinde hat das Papier ausdrücklich als Unsinn bezeichnet.«

Die Türglocke ertönte in Melias Rücken. Sie tat, als interessiere sie sich für den dicken Schmöker, der gestapelt an der Kasse lag. *Langbein und Bairami*. Ein blutiges Messer auf dem Cover. Sie hörte, wie sich Nickel schnäuzte.

Ein Klappern, als die Ladentür ins Schloss fiel.

»Melia!«

Sie erkannte die Stimme, bevor sie sich umwandte, und ärgerte sich über sich selbst. Sie hätte damit rechnen müssen, dass der rote Professor zu Nickels neuer Kundschaft zählte.

Fabian Perscheid ging auf sie zu und wollte sie umarmen. Melia wandte sich zur Seite, und sein Kuss streifte sie nur.

Er zeigte ein unsicheres Lächeln. »Komm, setzen wir uns. Ich lade dich auf einen Kaffee ein. Der schmeckt hier nicht schlecht.«

»Keine Zeit, Fabian.«

»Wann besuchst du mich wieder?«

Melia nahm wahr, dass Nickel mit verblüffter Miene der Unterhaltung folgte.

Auch das noch, dachte sie.

»Ich habe einen Freund.«

»Aber Stefan sagt ...«

»Er kennt mich nicht wirklich.«

»Hat er dir ausgerichtet ...«

Sie verzog die Mundwinkel. »Es geht nicht, und ich bitte dich, das zu respektieren, okay?«

Fabian berührte zaghaft ihren Arm. Sie machte sich los und verließ den Laden.

Nickel weiß jetzt Bescheid, schoss es ihr durch den Kopf.

Melia fragte sich, was der Clown damit anfangen würde.

49

DAS VERWALTUNGSGEBÄUDE DER RHEINBANK AG, ein äußerlich schlicht wirkender Bau aus den Fünfzigerjahren, erhob sich an der Westseite der Königsallee inmitten eines der exklusivsten Büroareale der Republik. Andreas Götz verließ das Taxi, nicht ohne sich zuvor eine Quittung ausstellen zu lassen, und gelangte durch die Drehtür in das riesige Foyer des Bankhauses, das ihm mehr denn je als absurdes Beispiel für Prunk und Verschwendung erschien.

Marmor, Glas und vergoldetes Messing, wohin man auch sah.

Über vier Stockwerke schimmerte ein künstlicher Wasserfall rötlich im letzten Sonnenlicht, das durch das Glasdach fiel. Ein Miniaturteich mit japanischen Karpfen, den ein Biotop tropischer Pflanzen umgab. Davor gruppierten sich cremefarbene Ledersofas. Es war Büroschluss, Angestellte strömten von den Fahrstühlen zum Ausgang, der Hall ihrer Schritte mischte sich mit dem Plätschern des Wassers und dem Gewirr der Stimmen.

Ein junger Anzugträger begrüßte Götz, stellte sich als Assistent des CEO vor und führte den Gast aus Berlin zu einem der Aufzüge. In der Kabine legte er den Finger auf einen Sensor, der den Abdruck scannte, und sie glitten ohne Zwischenstopp hinauf in die Chefetage.

Götz wusste, dass die RheinBank erstaunlich gut durch die Finanzkrise vor zehn Jahren gekommen war. Man hatte Schrottpapiere zu neuen Zertifikaten verpackt und ohne große Einbußen abgestoßen, glücklich an der Privatisierung griechischer Flughäfen verdient, an Staudämmen in Brasilien, an Palmölplantagen auf Sumatra und Borneo. Die Konzernchefs waren froh, dass die Union die Regierung bestimmte, und nicht etwa die Grünen.

Der Assistent geleitete ihn über einen Flur, dessen Wände mit Malerei des letzten Jahrhunderts geschmückt waren, und öffnete ihm am anderen Ende die Tür zum Kasino.

Die exklusivste Kantine der Stadt.

Wie immer, wenn Götz den kleinen Saal betrat, schlug ihn die Aussicht in ihren Bann, egal zu welcher Jahreszeit. Jenseits der Altstadt und der weiten Schlaufe, die der Rhein beschrieb, legte sich die Sonne gerade als Feuerball auf die Dächer am Horizont.

Hajo Frantzen war schon da, und selbstverständlich auch der Gastgeber, Theo Dingendorff, CEO des Bankhauses.

Götz zählte fünf weitere Unternehmenslenker, darunter den Verleger der *Morgenpost*. Klein ist der Kreis geworden, dachte Götz. Von den sechs Tischen des Kasinos hatte man nur zwei zu einer Tafel zusammengeschoben und eingedeckt.

Zu Zeiten des legendären Sparclubs, als Hajo und er noch die Kofferträger der Vorgängergeneration gewesen waren, hatte der Raum kaum ausgereicht. Damals kam man einmal pro Quartal zusammen, und die Stimmung glich der des Kaiserhofs zu Aachen: Von hier aus wird das Reich regiert.

Die Zeiten hatten sich geändert.

Händeschüttelnd umrundete Götz die Tafel. Für die Fürsten des Rheinlands galt er als Stimme der Kanzlerin. Hajo umarmte ihn.

»Der harte Kern«, sagte der Ministerpräsident. »Die anderen sind bereits zur AfD übergelaufen.«

Dingendorff lachte über den vermeintlichen Scherz und übermittelte die Grüße all jener Top-Entscheider, die angeblich gern gekommen wären. Schließlich gab er der jungen Frau, die in einer adrett weißen Schürze abseits stand, ein Zeichen.

Was der Küchenchef der RheinBank AG in der folgenden Stunde auffahren ließ, war auserlesen wie immer: Jakobsmuscheln auf karamellisiertem Chicorée. Getrüffelte Velouté mit Kaisergranat. Filet und Bäckchen vom Kalb. Crème brûlée mit Beeren, die Götz nicht kannte.

Die Weinauswahl war überwältigend.

Er begnügte sich mit Wasser.

Beim Abendmahl fühlten sich Topmanager und Politiker gegenseitig auf den Zahn. Dingendorff führte zunächst das Wort. Was beabsichtigte die Kanzlerin? Wie gedenke sie, die Turbulenzen auf den internationalen Märkten zu beruhigen? Und wie stand es um Steuersenkungen und Bürokratieabbau zugunsten der großen Unternehmen?

Nach dem Hauptgang wurden die Gedankenspiele gewagter: Welche Perspektiven könne ein Kanzler Hajo Frantzen aufzeigen – falls er nach einem Sieg bei der Landtagswahl seine ewige Rivalin in Berlin ausbooten würde?

Dass Dingendorff und Co. die Wiederwahl nicht ganz abschrieben, ließ den Ministerpräsidenten strahlen. Götz dachte an ihr letztes Treffen im Kanzleramt zurück. Heute schien Hajo zumindest nicht gedopt zu sein.

Doch ihm war klar geworden, dass seine Partei in den

Augen der Wirtschaftsführer gegenüber der rechten Alternative an Attraktivität verlor. Deren Vertreter konnten einfach mal so die Privatisierung des Rentensystems in Aussicht stellen, eine Halbierung der Sozialleistungen, ein Zwangsarbeitsregime für Langzeitarbeitslose. Während die AfD damit bei Managern und Großaktionären punktete, musste die CDU passen. So radikal wie von diesen gewünscht, war marktgerechte Politik in einer Volkspartei nicht durchsetzbar.

Vielleicht spürte das auch Hajo, denn er brachte stattdessen den Großbrand im Düsseldorfer Norden zur Sprache.

Alle waren ganz Ohr.

Hajo gab bekannt, was öffentlich noch nicht bestätigt war. Ein Anschlag linker Terroristen. Ein bislang unbekanntes RAF-Kommando habe sich dazu bekannt. Bis Mitternacht gelte die Informationssperre, aber ausgewählte Zeitungen seien informiert worden und würden in ihren morgigen Ausgaben berichten. Der Mehrheitseigner der *Morgenpost*-Gruppe nickte.

»Zur Stunde machen wir die Täter ausfindig«, erklärte Hajo. »Noch heute Nacht wird die erste Festnahmewelle anrollen. Der Putsch der Linken wird vereitelt, die Zeit des zimperlichen Zauderns ist vorbei. Unter meiner Führung ist Nordrhein-Westfalen gerüstet. Die vierte Generation der RAF wird zerschlagen sein, bevor sie ihre hässliche Fratze weiter erheben kann.«

Die Konzernchefs applaudierten. Darauf, dass der Terror sie persönlich bedrohte, musste Frantzen gar nicht erst anspielen. Jedem im Raum saß die Furcht vor Mord oder Entführung im Hinterstübchen ihrer Gedanken. Das schweißte zusammen und machte besonders dankbar für markige Worte.

»Hat der Tod dieser RAF-Rentnerin etwas mit dem Anschlag in Düsseldorf zu tun?«, wollte der Verleger wissen.

Hajo zwinkerte. »Über Ermittlungsdetails darf auch der Ministerpräsident keine Auskunft geben.«

Als Digestiv gab es angewärmten Cognac in übergroßen Schwenkern. Man prostete Hajo zu. Dann wurden Limousinen bestellt, und das Kasino leerte sich.

Andreas Götz und Hajo Frantzen blieben zurück. Sie standen am Fenster und bewunderten das Wolkenspiel über Oberkassel. Die junge Frau in der Schürze servierte salzige Petits Fours, und Hajo orderte noch ein Glas Sauternes.

»Ich dachte, du bist trocken«, sagte Götz.

Hajo ging nicht darauf ein. »Die Wirtschaft steht hinter mir«, sagte er und rieb sich die Hände.

Nur momentan, dachte Götz, schwieg aber, um die Harmonie des Augenblicks nicht zu zerstören.

»Und zugleich bin ich der Volkstribun des kleinen Mannes. Das ist das Wichtigste. Nichts hassen die Wähler so sehr wie die linke Mischpoke, die nur aus Schmarotzern besteht und nichts kann, außer für Chaos sorgen. Die rotgrüne Opposition wird alle Hände voll zu tun haben, sich vom Terror zu distanzieren. Wehtun kann die mir auf Jahre nicht mehr, das kannst du mir glauben. Und die rechte Opposition …« Hajo kicherte. »Die ist erst einmal ausgeräuchert.«

»Keine Angst, dass sich all das gegen dich wenden wird?«

»Hat es doch noch nie, oder?«

Hajo blickte träumerisch hinaus und spiegelte sich in der Scheibe. Die Sonne war untergegangen, die blaue Stunde wich allmählich der Nacht.

Götz zog sein Handy hervor und checkte die Nachrichten. Amelie hatte sich nicht noch einmal gemeldet. Mit dem Treffen wurde es nichts.

Er konnte es kaum fassen. Ein Anschlag aus heiterem Himmel. Ein neues RAF-Kommando, fünfundzwanzig Jahre nach Weiterstadt.

Wahnsinn.

Die Bedienung brachte zwei neue Gläser und eine halb volle Flasche. Sie schenkte ein und verschwand wieder. Hajo proste dem eigenen Spiegelbild zu.

»Komm, Andreas, sei kein Kostverächter.«

Götz stieß mit ihm an. Der Wein schmeckte fantastisch. Ich will nicht wissen, was ein Schluck davon kostet, dachte er.

»Ein herrliches Gefühl, auf der Siegerstraße zu sein«, sagte Hajo. »Nicht wahr, Andreas?«

»Und wenn es schiefgeht?«

Hajo lachte nur.

»Die AfD wird den Anschlag ebenfalls propagandistisch ausschlachten.«

»Gartenzwerge, die sich aufplustern.«

Wie wir es früher waren, dachte Götz. Seite an Seite hatten es die Kofferträger von einst an die Spitze gebracht. Als Weggefährten teilten sie Geheimnisse, Peinlichkeiten und gemeinsam begangene Verbrechen.

Götz fragte sich, ob er seinen Freund jemals fallen lassen konnte.

Ohne dass der ihn mit in den Abgrund zog.

50

AUF DEN ETAGEN DES VERFASSUNGSSCHUTZES war ein Ende des Tages nicht absehbar. Endlich fand der Abteilungsleiter Zeit für Melia. Sie packte die nötigen Unterlagen, soweit sie ihr vorlagen, und verließ ihr Zimmer.

Stefan Brunswicker hatte ihr versichert, dass das Papier der Genossin aus Bochum im Antifa-Plenum von gestern Abend auf einhellige Ablehnung gestoßen war. Ein Rückfall ins Sektierertum, politisches Harakiri, das unweigerlich ins Gefängnis oder in den Tod führe – so das Urteil. Sollte jemand danach handeln, würde das die Linke spalten und auf Jahre lahmlegen.

Wer will das schon, fragte Stefan.

Fabian Perscheid arbeite bereits an einer kritischen Replik.

Dass das Feuer an der Münsterstraße auf Brandstiftung beruhte und ein RAF-Kommando sich dazu bekannt hatte, verriet Melia ihrem Spitzel nicht. Noch immer hielt die Informationssperre.

Nach dem Gespräch war sie sicher, dass sie sich nichts vorzuwerfen hatte. Das Milieu, das sie seit Tagen umfassender denn je beobachtete, steckte jedenfalls nicht hinter dem ominösen Kommando, das die AfD-Zentrale in Schutt und

Asche gelegt hatte. Ich habe nichts übersehen, beruhigte sie sich. Es waren Personen von außerhalb. Vielleicht eine isoliert arbeitende Zelle alter RAF-Kader. An diese Leute ist man noch nie herangekommen – von Nickels Erfolgen einmal abgesehen.

Ich hätte den Anschlag nicht verhindern können.

Falls Stefan mich nicht belogen hat.

Doch ein Satz aus seinem Mund hatte sie getroffen wie das Geschoss einer Zwille, das sich ins Fleisch bohrte: *Im ersten Moment dachte ich, die Frau aus Bochum sei ein Agent Provocateur, und du hättest sie auf uns angesetzt.*

Mit gemischten Gefühlen ging Melia auf das Chefzimmer zu. Heute Morgen war sie Jakobs zweimal begegnet. Einmal hatte er sie vor anderen Mitarbeitern der Unfähigkeit bezichtigt, eine Ohrfeige aus heiterem Himmel. Danach war er wie sie entsetzt über den eingetretenen Worst Case gewesen, als die Nachricht vom Bekennerbrief eintraf. Wie würde er dieses Mal gestimmt sein?

Sie klopfte. Ein scharfes »Ja« kam zur Antwort. Sie drückte die Tür auf und staunte.

Der Abteilungsleiter hatte schon wieder Besuch.

Am Besprechungstisch saß Konstantin Pfeifer, der dickliche Leiter der Außenstelle Dortmund. Aus Münster war sein Kollege Bösendorf angereist. Zudem erkannte Melia Lars Spohr, den neuen Leiter des Referats für Rechtsextremismus, einen Vertrauten von Jakobs, den er aus Detmold mitgebracht hatte, Regierungsrat wie sie und ebenfalls noch relativ jung.

Was zum Teufel bedeutete diese Versammlung? Was hatten die drei mit dem Brandanschlag in der Münsterstraße zu tun? Oder ging es hier um etwas anderes?

»Guten Abend«, grüßte Melia in die Runde.

»Da sind Sie ja endlich!«, rief der Abteilungsleiter, ohne aufzustehen.

»Ich habe mehrfach versucht, Sie zu sprechen, aber Sie …«

Er schnitt ihr das Wort ab: »Schlechtes Gewissen?«

»Ich wüsste nicht, wieso.« Melia legte ihm das Wortprotokoll des gestrigen Antifa-Meetings auf den Tisch. »Wie Sie wissen, überwachen wir die linksautonome Szene praktisch lückenlos, speziell im Rheinland, seit die gesuchten RAF-Räuber ihren Aktionsbereich hierher verlegt haben und das Strategiepapier aufgetaucht ist. Diese Leute wären die erste Wahl als Unterstützer im Rekrutierungsmilieu einer neu belebten RAF. Aber von ihnen ist der Anschlag nach unseren Erkenntnissen nicht ausgegangen.«

»Sagten Sie, praktisch lückenlos?«

»Sie kennen die Arbeit meiner Abteilung, Herr Jakobs. Die Anordnung, zusätzlich den Informanten Buchmann zu reaktivieren, stammt von Ihnen. Wir tun alles, was wir können.«

»Hören Sie auf, uns Sand in die Augen zu streuen.«

»Wie bitte?«

»Warum verraten Sie uns nicht, dass der Aufruf, eine vierte Generation der RAF zu gründen, unter Ihren linken Bazillen bereits intensiv diskutiert wird?«

Wieder fragte sich Melia, woher ihr Chef davon wusste. Die Abschrift der Tonaufnahme von gestern, die an der entsprechenden Stelle leider lückenhaft war, hatte er noch nicht einmal angefasst.

Walter Jakobs reckte sein Kinn. »Und dass es auf fruchtbaren Boden fiel!«

Melia war verunsichert. Hatte Brunswicker sie angelogen? Spontan beschloss sie, zu ihrem Informanten zu stehen.

»Weil es nicht stimmt.«

Er starrte sie durch seine kleinen ovalen Brillengläser an. »Da liegen mir aber ganz andere Informationen vor.«

Melia platzte der Kragen. Sie wandte sich Pfeifer zu. »Was hatte deine Informantin gestern in Buchmanns Laden zu suchen? Seit wann ist es üblich, dass ein V-Mann-Führer seinen Spitzel in einem fremden Revier einsetzt, ohne das mit der Referatsleiterin abzusprechen?«

»Frau Khalid«, versuchte Jakobs zu beschwichtigen.

»Sprich mit mir, Pfeifer, was wird da hinter meinem Rücken gespielt? Wenn ich nicht wüsste, dass wir für dieselbe Behörde arbeiten, müsste ich annehmen, dass du eine Provokateurin eingeschleust hast, um das Düsseldorfer Antifa-Plenum zu einem Anschlag anzustiften.«

Pfeifer verdrehte die Augen.

»Hey, ich hab dich was gefragt!«

»Mäßigen Sie sich«, forderte ihr Chef sie auf.

Melia stemmte die Hände in die Hüften. »Herr Jakobs, ich schlage vor, dass wir mit unseren Überlegungen noch einmal ganz vorn ansetzen. Womöglich ist das Strategiepapier eine Fälschung. Die einzige Quelle dafür ist Pfeifers Informantin.«

»Das stimmt nicht«, widersprach Bösendorf. »Mir liegt aus dem Münsteraner Raum mindestens eine weitere Bestätigung vor.«

Melia holte tief Luft und schwieg.

»Frau Khalid«, begann Jakobs. »Erst verheimlichen Sie mir wesentliche Erkenntnisse in Zusammenhang mit dem linksterroristischen Anschlag von heute Nacht. Dann überhäufen Sie Ihren Kollegen mit Vorwürfen, statt sich selbst zu hinterfragen. Viele hier im Haus halten Sie für eine verkappte Linke, die nur wegen der Beziehungen ihres Vaters …«

»Herr Jakobs!«

»Ich habe noch nicht zu Ende gesprochen.«

Melia lehnte sich zurück. Es kochte in ihr.

Ihr Chef wechselte einen Blick mit dem Referatsleiter Rechtsextremismus, dann rückte er umständlich seine Krawatte zurecht. »Wie dem auch sei, die aktuelle Lage erfordert besondere Antworten. Der Staat muss die radikale Linke mit allen Mitteln eindämmen, und wir stehen dabei im Fokus. Das erfordert auch organisatorische Maßnahmen. Ich habe deshalb in Absprache mit der Staatskanzlei beschlossen, die Referate 623 und 624 zu einer Referatsgruppe Extremismus und Terrorismus zusammenzulegen. Regierungsrat Spohr übernimmt die Leitung und wird eine übergeordnete Stabsstelle einrichten. Sie, Frau Khalid, und ihr Team vom Referat 624 arbeiten ihm zu. Um der akuten Entwicklung gerecht zu werden, bündeln wir die Beobachtung der autonomen linksextremistischen Szene, insbesondere der Antifa-Gruppen im Land, in einem zusätzlichen Sonderreferat 624a. Dessen Leitung übernimmt Konstantin Pfeifer, der ebenfalls Herrn Spohr zuarbeiten wird.«

»Sie dürfen mich nicht einfach kaltstellen, Herr Jakobs!«

»Davon kann keine Rede sein, Frau Khalid. Sie werden weiterhin für die DKP, die MLPD und die verfassungsfeindlichen Zirkel innerhalb der Linkspartei zuständig sein. Die Idee zur Bildung des Sonderreferats stammt übrigens vom Ministerpräsidenten selbst. Es hätte also wenig Sinn, Frau Khalid, wenn Sie versuchten, über Ihre privaten Verbindungen zu intervenieren.«

Spohr mischte sich ein: »Betrachten Sie es als Entlastung, Frau Khalid. Es stimmt, Ihr Aufgabenbereich wird ein klein wenig schrumpfen. Aber mit dem Sonderreferat, das sich speziell um das neu formierte Terrormilieu und dessen Sympathisantenszene kümmern wird, gewinnt unser Amt enorm an Schlagkraft hinzu. Und bei Herrn Pfeifer mit seiner langjährigen Erfahrung ist diese Aufgabe in besten Händen. Er kennt vor allem das Personal und die Strukturen des Bundesamts, was die nötige Zusammenarbeit vereinfachen wird.«

Pfeifer hob bedauernd die Schultern. Du Heuchler, dachte Melia. Bösendorf wandte den Blick ab. Sie mutmaßte, dass man ihn zum Referatsleiter 623 bestimmt hatte.

Beide hatten zuvor im Bundesamt für Verfassungsschutz gearbeitet. Weil Jakobs und Spohr von außerhalb kamen, beförderten sie Leute mit der Erfahrung, die ihnen selbst abging. Dabei hatten sie wie immer nur Männer im Blick.

Vielleicht gab es noch weitere Gründe, andere auf ihre Kosten zu befördern. Dem Bundesamt mit seinem antiliberalen Korpsgeist hatte sie stets misstrauisch gegenübergestanden, was ihr nicht nur in Köln Feinde machte.

»War's das?«, fragte Melia.

»Eines noch, Frau Khalid«, sagte der Abteilungsleiter. »Ziehen Sie sich in Zukunft anständige Klamotten an. Wir sind hier im Ministerium eines deutschen Bundeslandes und nicht in einer Kiffer-Spelunke in Amsterdam.«

Melia ging grußlos und warf die Tür mit Schwung ins Schloss.

Die Zuständigkeit für Antifa und Autonome abgeben.

Ausgerechnet jetzt. Ausgerechnet an Pfeifer.

Ihr erster Impuls war, nach Hause zu fahren. Als sie in der Tiefgarage den Cinquecento starten wollte, verwechselte sie, vor Wut zitternd, zunächst die Schlüssel. Dann verweigerte sich ihr die Gangschaltung. Sie würgte den Motor wieder ab und ließ ihre Stirn auf das Lenkrad sinken. Um zur Ruhe zu finden, zählte sie stumm die Sekunden.

Einundzwanzig, zweiundzwanzig …

Melia schwor sich, dass keiner dieser Macker sie jemals unterkriegen würde.

Lass dir nichts gefallen – noch so ein Leitsatz ihrer großartigen somalischen Mutter.

Nein, ich bin noch nicht so weit, alles hinzuwerfen und ins Hundekeks-Business zu wechseln.

Sie stieg wieder aus.

FREITAG, 2. MÄRZ

Blitz – Seite 1:

TERROR IN DEUTSCHLAND

Sie rauben, morden, brennen nieder

Westdeutsches Tageblatt – Seite 1:

»KOMMANDO CARLO GIULIANI« BEKENNT SICH ZU BRANDANSCHLAG AUF AFD-ZENTRALE

Bundesanwaltschaft ermittelt gegen Unbekannt

Düsseldorfer Morgenpost – Seite 1:

NEUE RAF: AFD-ZENTRALE NIEDERGEBRANNT

Hajo Frantzen: Wir kennen die Täter

51

OHRENBETÄUBENDER KRACH AN der Wohnungstür. Holz splitterte und brach. Fabian Perscheid schreckte hoch. Er nahm die Leuchtziffern des Weckers war. Kurz nach zwei Uhr, also mitten in der Nacht.

Entweder Nazis oder Bullen, dachte er. Dann drängten auch schon mehrere Leute ins Zimmer, im Dunkeln nur als Schemen zu erkennen. Sie schrien aufgeregt durcheinander.

»Polizei! Leisten Sie keinen Widerstand!«

Im nächsten Moment warf sich ein Kerl auf ihn und packte seinen Hals, als wolle er ihn erwürgen. Ein zweiter riss ihm einen Arm nach hinten. Fabian sah, wie jemand eine helle Plastikfessel weiterreichte.

»Vorsicht, meine rechte Hand ist verletzt!«, rief Fabian.

Zu spät.

Der Schmerz raubte ihm fast die Besinnung, und Fabian wusste sofort, dass sämtliche Operationen vergebens gewesen waren. Würde ein derart malträtiertes Gelenk jemals heilen?

Die Fessel saß stramm.

Von nebenan ein schriller Schrei.

»Lasst Annika in Ruhe!«, herrschte er die Bullen an.

Er hörte ein Poltern, Annika brüllte etwas, das wie eine Beschimpfung klang.

Fabian bäumte sich auf, um ihr beizustehen, doch sofort nahmen ihn mehrere schwarz vermummte Gestalten in die Mangel. Er bekam einen Stoß in den Magen ab. Und wieder geriet seine Hand irgendwo dazwischen – ein Schmerz wie ein Stromschlag.

Plötzlich blieb ihm die Luft weg. Ein Unterarm in dunkler Uniform drückte hart gegen seine Kehle und fixierte seinen Kopf auf der Matratze. Er wollte protestieren, brachte aber nur ein Krächzen hervor. Aus Angst zu ersticken versuchte er, sich aus der Umklammerung zu winden, was die Anstrengungen der Beamten nur befeuerte.

In Panik trat er um sich. Überall knieten Männer auf ihm. Hals, Brust, Beine – das Atmen war unmöglich, und die Kraft begann aus seinen Gliedern zu weichen.

Er begriff, dass dies das Ende war.

Ihm wurde schwarz vor Augen.

52

MELIA HATTE VERGEBENS VERSUCHT, den Innenminister abzupassen und ihn von den geplanten Festnahmen abzubringen, von denen seit den Abendstunden im Haus die Rede war und die offenbar in großer Zahl vorbereitet wurden. In ihren Augen erfolgte eine solche Aktion viel zu überstürzt.

Selbst wenn es unter den bekannten Linksradikalen im Rheinland Unterstützer oder Angehörige einer neuen RAF geben sollte, wäre es in ihren Augen wesentlicher zielführender, sie zu beobachten, bis es handfeste Beweise gab.

Man ignorierte die Farbige mit dem krausen Haar.

Auch der für die Polizei zuständige Ministerialdirigent wurde vor ihr abgeschirmt. Sie gelangte nicht einmal in die Nähe wichtiger Beamter seiner Abteilung. Schließlich drohte man ihr, sie mit Gewalt aus dem Gebäude zu entfernen.

Melia fuhr zum Präsidium.

Dort schien auf der Chefetage Chaos zu herrschen. Bundesanwälte aus Karlsruhe, BKA-Kommissare aus Wiesbaden. Rollkoffer standen im Weg, freie Schreibtische wurden gesucht, Stühle in Zimmer geschoben, die längst vollgestellt waren. Die höheren Beamten, die sie antraf, telefonierten gerade und verwiesen sie weiter. Andere gaben vor, nicht Bescheid zu wissen.

Weder eine Spur von Kripochef Engel noch vom Leiter der Schutzpolizei. Dann hieß es plötzlich, dass ein Direktor des Landeskriminalamts den Hut aufhatte. Aber niemand wollte ihr verraten, wo sie ihn finden konnte.

Aufgrund ihrer Kontakte zum Staatsschutzkommissariat erfuhr sie endlich, dass im Lauf des späten Abends fünf Spezialeinsatzkommandos zusammengezogen worden waren und sich zur Stunde auf dem Parkplatz eines zentral gelegenen Supermarkts für Zugriffe in Düsseldorf rüsteten.

Mit klopfendem Herzen fuhr sie dorthin. Sie jagte ihren Cinquecento durch die nächtliche Stadt. Die Zeit drohte ihr davonzulaufen. Ihre ursprüngliche Idee, die Festnahmen zu verhindern, hatte sie längst aufgegeben. Sie konzentrierte sich nur noch auf eine Person.

Ich muss Stefan Brunswicker schützen.

Melia konnte nicht verhindern, dass er ebenfalls in Gewahrsam genommen wurde, denn seine Genossen durften nicht auf die Idee kommen, dass er ein Spitzel sei, den der Staat verschone. Aber die Festnahme sollte gewaltfrei stattfinden.

Ihr war klar, dass die Polizei mit den roten Socken nicht zimperlich umspringen würde. Viele Beamte erinnerten sich noch lebhaft an 2017, als sie zur zur Sicherung des G20-Gipfels nach Hamburg abkommandiert worden waren. Jeder wusste von der Randale in Altona und im Schanzenviertel. Gerüchte hatten die Stimmung angeheizt und hielten sich nach wie vor. Von linken Bazillen, die es auf das Leben der Polizeibeamten abgesehen hätten.

Die Einsatzkräfte würden auf Rache sinnen.

Aber mein V-Mann ist einer von uns.

Sie erreichte den Parkplatz und fragte sich mit dem Dienstausweis in der Hand zum Einsatzleiter durch. Schließlich stieß sie auf den besagten Kriminaldirektor des LKA. Er hieß Bonnier. Grauer Schnurrbart, gestrickter Schal. Ein ganzer Stab an Beamten umschwirrte ihn. Zudem zählte Melia acht Vans voller SEK-Rambos, die sich gerade umzogen, sowie fast ebenso viele Gefangenentransporter.

»Was soll dieser Aufmarsch?«, fragte sie.

»Terrorgefahr im Verzug«, antwortete Bonnier. »Da ist momentan alles andere außer Kraft gesetzt.«

»Alles andere – was soll das heißen?«

Der Kriminaldirektor zuckte mit den Schultern und wollte sich wieder seinen Leuten zuwenden.

»Warten Sie!«, rief Melia ihm zu.

Nach einiger Diskussion erklärte er sich endlich zu einem Deal bereit.

Falls sie Stefan dazu brachte, sich freiwillig zu stellen, würde man darauf verzichten, ihm eine SEK-Einheit nach Hause zu schicken, ihn zu verprügeln und ihm die Wohnungseinrichtung zu zertrümmern.

Melia fiel Jens Nickel ein, der ebenfalls als V-Mann unter ihren Fittichen stand. Sie beschloss, ihn seinem Schicksal zu überlassen, weil er nicht ehrlich gewesen war. Soll Buchmann sehen, wo er bleibt.

Mögen andere ihre Hand über ihn halten.

Gefolgt von einem Streifenwagen machte sich Melia auf den Weg.

53

ALS FABIAN DIE AUGEN AUFSCHLUG, lag er auf dem harten Dielenboden und blickte in das Deckenlicht, das jemand eingeschaltet hatte. Fünf Bullen starrten auf ihn herab. Ihre Gesichter waren von Sturmhauben verhüllt, dunkelgrau wie der Rest ihrer martialischen Montur.

»Glück gehabt«, raunte einer von ihnen.

»Schafft ihn nach unten«, befahl jemand, der sich außerhalb von Fabians Gesichtsfeld befand.

Er registrierte, dass auch seine Füße gefesselt waren. Die Plastikbänder schnitten ins Fleisch. Der Schmerz in seiner kaputten rechten Hand war einem dumpfen Pochen gewichen. Dafür zog bei jedem Einatmen ein Stechen durch seine Brust. Als sei da etwas kaputtgegangen.

Jemand stülpte ihm eine Kapuze über den Kopf. Der Stoff war rau und roch muffig. Sie rissen ihn hoch und schleiften ihn mehr, als dass sie ihn trugen.

Es ging die Treppe hinunter. Fabian fror. Er trug nichts als einen Schlafanzug. Vor der Haustür empfing ihn ein eiskalter Wind.

Und ständig das Stechen. In seinem Mund ein Geschmack wie von Blut.

Fabian hörte, wie unmittelbar vor ihm die Schiebetür eines Transporters aufglitt. Man stellte ihn auf die nackten Füße und stieß ihn hinein. Um seine Hand zu schützen, drehte er sich im Fallen und schlug mit der Schläfe gegen etwas Hartes. Ein weiterer Schmerz, der ihm Tränen in die Augen trieb.

Er sagte kein Wort und empfand nichts als Hass.

Bullenschweine. Faschisten.

Aber solange sie es nicht schaffen, den Rechtsstaat außer Kraft zu setzen, bin ich bald wieder frei. Bis spätestens morgen um Mitternacht müssen sie mich dem Haftrichter vorführen. Der mich mangels Beweisen entlassen wird – wie auch immer die Vorwürfe lauten.

Bis dahin muss ich überleben.

Die Schiebetür krachte zu, der Transporter startete mit dröhnendem Motor. Der Boden, auf dem Fabian lag, vibrierte. Die Kälte im Wagen ließ ihn zittern.

Dann nahm er ein Wimmern wahr, gleich neben ihm.

»Annika?«, fragte er leise. »Nicht weinen. Alles wird gut.«

Er hoffte, sie mit dieser Floskel beruhigen zu können, und schämte sich zugleich, weil es eine Lüge war.

54

MELIA STELLTE IHR AUTO VOR DER TREPPE AB, die an der Fassade des Getränkemarkts zum Loft von Sina und Stefan hochführte. Der Streifenwagen hielt neben ihr, drei Uniformierte stiegen aus. Einer von ihnen trug neben der Dienstwaffe, die im Gürtelholster steckte, eine Maschinenpistole in den Händen.

»Gibt es noch einen weiteren Zugang?«, fragte er.

Melia wies auf die MP. »Muss das sein?«

»Wenn ich ›V-Mann‹ höre, reagiere ich allergisch. Wer sagt, dass der nicht auf uns schießt?«

»Stecken Sie das Ding weg. Es gibt nur diese Treppe, und Sie bleiben unten. Der Mann kommt freiwillig.«

Melia ging hinauf und klingelte. Hinter der Glastür blieb es dunkel. Sie rief mit ihrem Handy an. Schließlich meldete sich Sina mit schlaftrunkener Stimme.

»Ist Stefan da?«

»Was gibt es?«

»Ich muss mit ihm sprechen. Ich stehe auf eurer Terrasse.«

»Ist dir klar, wie spät es ist?«

»Bitte.«

Licht ging an, und nach einer Weile öffnete Stefan die

Tür. Er hatte sich einen Bademantel übergeworfen. Dass auf dem Parkplatz Polizisten warteten, konnte er nicht sehen. Sina erschien hinter ihm und musterte Melia voller Misstrauen.

»Wir müssen reden.«

Stefan wandte sich an seine Freundin. »Geh wieder ins Bett.«

Sie reagierte nicht.

»Komm schon«, sagte Stefan.

»Habt ihr etwa ein Geheimnis vor mir?«

»Ich bin Beamtin des Verfassungsschutzes«, sagte Melia und zog ihr Kärtchen hervor, damit Sina ihr glaubte. »Stefan arbeitet als wichtige Vertrauensperson für mich. Und es ist etwas passiert.«

»Was denn?« Er schlang den Gürtel enger um den Bademantel.

»Der Brand bei der AfD war ein Anschlag. Ein Kommando der RAF hat sich dazu bekannt. Und ihr habt vorgestern Abend ein Strategiepapier der RAF diskutiert.«

»Gar nichts haben wir diskutiert. Den Text hat diese Frau aus Bochum angeschleppt. Keiner von uns …«

»Ich weiß, du wiederholst dich«, sagte Melia. »Man wird dir nichts tun, und spätestens morgen Abend bist du wieder frei.«

»Wie bitte, spinnst du? Die RAF ist Geschichte. Was soll der Scheiß?«

»Der Staat muss auf den Anschlag reagieren. Es wurde entschieden, unter anderem die Mitglieder eures Antifa-Arbeitskreises festzunehmen, um alle zu befragen. Wenn du keinen Widerstand leistest, geschieht dir nichts weiter.«

»Muss das sein?«

»Kann die Polizei irgendwelche Anhaltspunkte finden,

dass du oder jemand anders vom Plenum etwas mit dem Attentat zu tun hat?«

»Unmöglich.«

»Bist du dir sicher?«

Er warf Sina einen Blick zu, dann nickte er.

»Dann wird es für dich keine Konsequenzen geben.«

»Warum muss ich mich überhaupt festnehmen lassen? Wozu arbeite ich für dich?«

»Denk nach, Stefan. Falls deine Genossen dich nicht in Handschellen sehen, bist du aufgeflogen.«

»Steht ab jetzt mein Name in allen Terrordatenbanken? Ich meine, womöglich ist das hier erst der Anfang!«

»Beruhige dich. Du stehst unter meinem Schutz.«

Der vielleicht nicht mehr viel wert ist, dachte Melia. Seit Pfeifer an meiner Stelle für die Autonomen zuständig ist.

»Kann ich mich wenigstens noch anziehen?«, fragte Stefan.

»Das würde nicht authentisch wirken. Alle anderen werden unsanft aus dem Schlaf gerissen, wie du dir vorstellen kannst.«

Er wandte sich an seine Freundin. »Ruf Auersberg an, den Anwalt, verstehst du? Auersberg ist in Ordnung. Der wird uns raushauen.«

Sina verzog das Gesicht wie jemand, der barfuß in Hundekot trat.

»Ist das wirklich wahr, Stefan?«, fragte sie. »Du bist ein *Spitzel?*«

Melia geleitete ihren Informanten nach unten.

55

AB UND ZU WURDE DIE TÜR aufgeschlossen, und Neuankömmlinge wurden in die Massenzelle gestoßen. Fabian erkannte, dass er bei Weitem nicht der Einzige war, den man misshandelt hatte. Überall sah er geplatzte Lippen, zugeschwollene Augen, blutige Nasen.

Sie rückten auf den Pritschen zusammen. Einige streckten sich hinter ihnen längs der Wand aus. Es war stickig und roch nach Pisse. Jemand hatte sich eingenässt. Fabian fragte sich, ob das Annika war. Sie tat ihm am meisten leid.

Als Stefan erschien, zählte er dreizehn Personen. Jemand fragte: »Wie kommt's, dass sie dir den Bademantel erlaubt haben?«

»Hatte ihn noch an, als die Bullen kamen.«

»Jetzt sind wir vollzählig«, bemerkte Fabian.

»Wie meinst du das?«

»Die gleiche Besetzung wie beim Arbeitskreis im Buchladen.«

»Nur die Kleine aus Bochum fehlt. Wie hieß die noch mal?«

»Womöglich ein Spitzel, was meint ihr?«

»Nein, die war in Ordnung.«

Nach wie vor tat Fabian das Atmen weh. Er knöpfte seine Pyjamajacke auf. Über dem Brustbein war ein riesiger roter Fleck, der sich langsam dunkel färbte.

»Was ist denn dir passiert, Don Fabio?«, fragte Javier, der als Krankenpfleger seine Brötchen verdiente und aus Spanien stammte.

Fabian erzählte es ihm.

»Mein Gott, Professor, du warst weg! Sie haben dich zurückgeholt. Herzdruckmassage, da kann schon mal 'ne Rippe brechen. Du hast Dusel gehabt, du könntest tot sein, *hombre!*«

»Die Schweine würden uns doch alle töten, wenn sie könnten«, bemerkte Silvia, die gegenüber saß. »Das ist der Beginn des faschistischen Regimes, wenn ihr mich fragt. Eine neue Stufe der Repression. Vielleicht ist die Analyse des Papiers aus Bochum doch nicht so unzutreffend.«

»Hermana, pass auf, was du sagst«, fuhr ihr Javier über den Mund. »Wer weiß, wer hier alles zuhört.«

Fabian sah zu Annika hinüber.

Sie stierte unverändert vor sich hin.

Er fühlte sich wie ein Idiot. Hätte ich sie doch nicht dazu überredet, mich zum Antifa-Plenum zu begleiten! Weggesperrt, entrechtet, beleidigt – ohne mich wäre ihr das nicht passiert.

Die Tür ging auf. Zwei Uniformierte warfen Decken herein.

»Ich muss mal pinkeln«, rief Silvia ihnen zu.

Einer der Bullen deutete zur Kloschüssel aus Edelstahl hinüber, die in einer Ecke an die Wand montiert war.

»Vor den Augen der anderen? Ich verlange, dass meine Privatsphäre respektiert wird!«

Ungerührt schleuderten die Beamten weitere Decken in

den Raum. Fabian schnappte sich ein Exemplar. Graue, kratzige Wolle.

»Meine Freundin Annika Berentzen braucht ihre Medikamente«, sagte er an die Beamten gewandt. »Sie ist krank!«

Die Tür knallte ins Schloss, ein Riegel knirschte.

»Hey!«, brüllte er hinterher.

Jemand raunte: »Kann vielleicht jemand einen Arbeitgeberpräsidenten entführen, damit wir im Austausch freikommen?«

Niemand lachte über den Scherz.

Stefan räusperte sich. »Auersberg holt uns hier wieder raus. Die Bullen haben doch nichts gegen uns in der Hand, oder?«

Gegen fünf Uhr begannen die Vernehmungen. Fabian gehörte zu den Ersten, die man abholte und im dritten Stock des Nachbargebäudes auf einen harten Stuhl setzte. Er hatte seine Decke mitgenommen und hielt sie mit der unverletzten Hand fest um den Leib geschlungen. Wenigstens hatte man ihm die Fesseln abgenommen, und das Zimmer war geheizt.

Drei Beamte in Zivil saßen ihm gegenüber. Sie stellten sich nicht vor. Fabian konnte nur raten, mit welcher Behörde er es zu tun hatte. Staatsschutzbullen des hiesigen Präsidiums, Landeskriminalamt, Ermittler des Bundeskriminalamts aus Wiesbaden, die man eingeflogen hatte – denkbar war alles.

Sie fragten seine Personalien ab. Dann wollten sie wissen, was beim Treffen in Nickels Buchladen besprochen worden war. Er antwortete einsilbig, schließlich zog er es vor zu schweigen. Ich kenne meine Rechte.

Woraufhin sie ihn bedrängten. Wer von euch befürwortet den bewaffneten Kampf? Wer hat in der Münsterstraße gezündelt? Gib uns Namen, dann kannst du nach Hause gehen.

Fabian schüttelte den Kopf.

Verdammte Arschlöcher, dachte er.

Der Wortführer zündete sich eine Zigarette an. Er öffnete das Fenster, damit der Rauch abziehen konnte, und platzierte seinen Hintern auf dem Fensterbrett. Fabian zog sich die Decke bis unter den Hals.

»Wir haben gehört, dass eine Frau bei euch die Hardlinerin sein soll. Wer ist es? Annika Berentzen, Silvia Ragovic, Martina Schulz? Reden Sie schon. Früher oder später kriegen wir sowieso alles raus. Mensch, Professor, zeigen Sie uns, dass Sie nicht auf der Seite der Terroristen stehen!«

Ich bin kein Professor, wollte er sagen, doch er verkniff sich auch das.

»Wie Sie meinen.« Der Typ stand auf, zog noch einmal an seinem Glimmstängel, pustete Rauch nach draußen und schloss das Fenster. »Dann geh ich jetzt rüber, Herr Perscheid, und berichte der Dame, die dort sitzt, Sie hätten sie belastet. Mal sehen, was die dann über Sie erzählt. Wie finden Sie das?«

Der Bulle wartete.

Fabian zeigte ihm den Mittelfinger.

Daraufhin lachte der Typ und ging. Die anderen beiden tuschelten miteinander, dann wiederholten sie Fragen, die sie bereits gestellt hatten.

Sie wissen nur, wer im Buchladen dabei war, dachte Fabian. Und dass dieses ominöse Strategiepapier besprochen wurde. Wer war der Spitzel? Womöglich der Buchhändler.

Von nebenan war plötzlich ein Rumpeln zu hören, Rufe, ein langer, gellender Schrei.

Die Bullen, die ihm gegenübersaßen, verstummten. Der

eine trat ans Fenster und spähte hinunter. »Mein Gott«, entfuhr es ihm.

Fabian sprang auf. Der Hof war von Laternen erleuchtet. Ein Körper lag verdreht in einer Blutlache auf dem Asphalt. Frauen und Männer in Zivil und Uniform rannten hinzu. Fabian geriet außer sich.

»Mörder!«, brüllte er und ignorierte das Stechen seiner angeknacksten Rippe. »Schweinebande, Faschistenpack!«

Die beiden Beamten hatten Mühe, ihn festzuhalten. Verstärkung eilte ins Büro. Wieder wurde Fabian zu Boden geworfen. Bullen renkten ihm die Schulter aus und fesselten ihn. Wieder wurde sein kaputtes Handgelenk verbogen.

Er spürte es nicht.

Er hatte Annika erkannt.

56

SO LANGE ANDREAS GÖTZ ZURÜCKDENKEN konnte, hatte er einen leichten Schlaf. Daran änderte auch die extraweiche Matratze nichts, die seinem Wunsch entsprach, und nicht das schalldichte Fenster, dessen Vorhang das Zimmer perfekt verdunkelte. Das leise Vibrieren seines Handys auf dem Nachttisch genügte, um ihn zu wecken.

Er hatte die Weckerfunktion auf halb acht eingestellt. Es war erst kurz nach halb sieben.

Eine SMS. Von Amelie.

Schalt den Fernseher ein. Können wir uns zum Frühstück treffen?

Götz stand auf. Er zog den Vorhang beiseite und öffnete das Fenster. Frische Luft, falls man das in einer Großstadt so nennen konnte. Schon jetzt stauten sich Autos auf der Königsallee. In den Platanen vor dem Hotel schnarrten grüne Sittiche – er staunte jedes Mal über die Vögel, sobald er in dieser Stadt war.

Er ging ins Bad und warf sich eine Handvoll Wasser ins Gesicht. Dann kehrte er ins Zimmer zurück und griff nach der Fernbedienung.

Das *Morgenmagazin*.

In mehreren Städten Nordrhein-Westfalens waren in der Nacht Terrorverdächtige festgenommen worden. Dreizehn allein in der Landeshauptstadt. Die Moderatorin interviewte dazu einen Experten. Der Mann wusste keine Einzelheiten, plusterte sich aber mächtig auf.

Götz griff zum Handy und antwortete.

Um halb acht im Interconti.

Er freute sich jedes Mal, wenn er seine älteste Tochter traf. Es tat ihm leid, dass er in den Jahren, als sie ihn vermutlich am meisten brauchte, nicht für sie da gewesen war. Heute traten diese Gedanken jedoch in den Hintergrund.

Gebannt blickte er weiter auf den Bildschirm. Liveschalten nach Köln und Bochum. Junge Reporter standen mit großen Mikros vor Polizeipräsidien und erzählten, dass zur Stunde auch hier Angehörige der linksextremen Szene wegen des Düsseldorfer Anschlags vernommen würden. Götz sah den Fernsehleuten an, wie stolz sie darauf waren, Teil eines historischen Ereignisses zu sein.

Dann lief ein Zusammenschnitt von Krawallen. Steinewerfer des Schwarzen Blocks. Randale gegen Polizeibeamte. Brennende Autos, geplünderte Läden, marodierende Vermummte. Straßenkämpfer traten gegen Wasserwerfer an. Berlin am ersten Mai. Hamburg beim G20-Gipfel.

Mit der Gewissheit, dass die Republik in diesen Stunden im Begriff war, sich zu ändern, stieg Götz unter die Dusche. Kurz darauf fuhr er hinunter zur Rezeption und fragte nach der Tagespresse. Drei verschiedene Zeitungen waren im Angebot – er nahm ein Exemplar von jeder mit nach oben.

Im Aufzug überflog er die Schlagzeilen.

Linker Anschlag. Roter Terror. Neue RAF.

Hajo Frantzen: Wir kennen die Täter.

Als er zurück ins Zimmer kam, zeigte das *Morgenmagazin*

einen Rückblick auf die Geschichte der RAF. Brennende Kaufhäuser vor fast fünfzig Jahren. Baader vor Gericht. Die tote Meinhof. Schleyer mit dem Schild vor dem Bauch. Die Lufthansa-Maschine auf dem Rollfeld von Mogadischu. Der zerbombte Mercedes von Herrhausen. Rohwedders Villa. Der Gefängnisneubau in Hessen, den Jens Nickel und seine Bande in die Luft gejagt hatten.

Bei der Erwähnung von Weiterstadt hielt Andreas Götz unwillkürlich die Luft an.

Dann der Brand von gestern und ein Schwenk über das Strategiepapier der angeblichen vierten Generation. Die Überschrift in Großaufnahme.

Die revolutionäre Front in den Metropolen neu aufbauen.

Schließlich der gestrige Bekennerbrief mit dem berüchtigten Logo, dem Stern mit dem Sturmgewehr und den drei Buchstaben.

RAF.

Götz musste an Hajo denken: *Ein herrliches Gefühl, auf der Siegerstraße zu sein.* Welche Droge muss man nehmen, um das zu glauben? Wer zum Teufel hat dich da bloß beraten?

Natürlich wusste Götz, wer zuallererst infrage kam.

Die Moderatorin befragte erneut den Terrorfachmann. Dass sich die Rote Armee Fraktion neu formieren würde, habe sich abgezeichnet, behauptete er. Die Spaltung der Gesellschaft, Frust unter Linken, Hass und Verrohung. Ein Anschlag sei nur eine Frage der Zeit gewesen.

Klugscheißer, dachte Götz. Hinterher kann jeder behaupten, er habe es gewusst.

Auch mit Attentaten gegen Repräsentanten von Staat und Wirtschaft sei wieder zu rechnen, so der Experte. Dazu nickte die Moderatorin, und ihr Gesicht drückte tiefste Betroffenheit aus.

Jemand reichte ihr einen Zettel. Sie guckte verdutzt, dann räusperte sie sich.

»Wie wir gerade erfahren, sprang am frühen Morgen eine mutmaßliche Terroristin während ihrer Vernehmung aus einem Fenster im dritten Stock des Düsseldorfer Polizeipräsidiums. Sie war auf der Stelle tot. Ein Verschulden der Beamten schließt der nordrhein-westfälische Innenminister aus.«

Heilige Scheiße, dachte Götz.

Jetzt haben die Roten auch noch eine Märtyrerin. Das macht alles noch viel schlimmer.

Sein Handy klingelte. Auf dem Display die Nummer seiner Büroleiterin in Berlin.

So früh schon?

Heute ist nichts normal.

57

ZWANZIG NACH SIEBEN, ES WURDE GERADE HELL. Auf der Fahrt zum Rheinhafen lief in Vincents Auto das Radio. Offenbar stand ganz Deutschland Kopf. Auf allen Kanälen nur ein Thema, bis er bei der Kunstakademie in den Rheinufertunnel einfuhr und der Empfang abbrach.

Das Bekennerschreiben zum Brandanschlag in der Münsterstraße hatte Razzien und Festnahmen ausgelöst. Fünfunddreißig mutmaßliche Terrorhelfer in sieben Städten Nordrhein-Westfalens. Zur Stunde durchsuche die Polizei zahlreiche Wohnungen nach Waffen und Propaganda, hieß es. Der Beginn einer umfassenden Hatz auf Linke, so kam es Vincent vor.

Wie fühlte sich Brigitte dabei? Von einer vierten Generation der RAF war plötzlich die Rede. Vincent war sicher, dass seine Mutter nichts damit zu tun hatte.

Hoffentlich lässt man sie in Frieden.

Nachdem er südlich der Innenstadt den Tunnel verlassen hatte, versuchte er, sie anzurufen, doch Brigitte ging noch immer nicht ans Telefon.

Beim Neubau des Landeskriminalamts bog Vincent auf die vierspurige Hafenzufahrt ab. Hinter der Eisenbahnunterführung geriet er in einen Stau von Schwerlastern, denen er im Schritttempo ins Herz des Gewerbegebiets folgte. Etliche Minuten später erreichte er den gestrigen Unfallort, der inzwischen geräumt war.

Hier mündete die Fringsstraße in die Kreuzung – diesen Weg hatte der Audi nach Aussage des Lkw-Fahrers genommen, bevor sie um ein Haar kollidiert wären. Vincent bog ab und hielt an, sobald der Seitenstreifen es erlaubte.

Die Straße war kurz, sie endete nach etwa einhundert Metern am Rheinufer.

Vincent schritt sie ab und ließ seinen Blick schweifen. Falls der Mörder nicht über den Deich gekommen war, konnte sich der Tatort nur an dieser Strecke befinden. Links ragten fünf riesige Tanks eines Mineralölbetriebs auf. Daneben das dazugehörige Verwaltungsgebäude. Gegenüber befanden sich Atelier und Lagerräume einer Modefirma. Und schließlich eine Ruine, die eigentlich längst beseitigt sein sollte.

Die alte Papierfabrik.

Das Areal war eingezäunt. »Betreten verboten«-Schilder. Löcher im Maschendraht. Überall wucherte Unkraut, vor allem am Zaun und entlang der Fassade, die mit farbenfrohen Graffiti übersät war.

Wie Vincent wusste, nutzten Jugendliche das Gebäude als Abenteuerspielplatz und trafen sich hier zum Kiffen. Vor zwei Jahren war ein Junge durch ein Loch im Fußboden mehrere Meter tief gestürzt und hatte sich schwere Verletzungen zugezogen. Seitdem sahen immer wieder die Kollegen des Streifendienstes nach dem Rechten und verscheuchten die Kids, die sich nur wenige Tage später erneut zu illegalen Partys einfanden.

Zuerst hatte es geheißen, eine Immobilienfirma werde an

dieser Stelle Büros mit Rheinblick errichten. In der Presse gab es bereits einen schicken Architektenentwurf zu bestaunen. Dann hatte jedoch der deutschlandweit bekannte Liedermacher und Musikproduzent René Hagenberg das Gebäude erworben, um es zu restaurieren.

Die Zeitung schrieb, er wolle sein »Klang Klang«-Studio in die Papierfabrik verlegen und Proberäume für lokale Bands einrichten. Weil aber Fördergelder, die er sich erhofft hatte, bislang nicht bewilligt worden waren, stand alles noch genauso abgewrackt da wie zuvor.

Das Tor war mit Kette und Vorhängeschloss versperrt, deshalb zwängte sich Vincent durch eine Öffnung im Zaun. Über eine asphaltierte Zufahrt gelangte er in einen Innenhof. Ringsum fehlte in den meisten Fenstern das Glas. Auch hier die Wände besprüht. Gräser schossen zwischen Pflastersteinen hoch.

Mittendrin stand ein kleines, bulliges Auto, ein Modell der Marke Kia, Hamburger Kennzeichen. Es strahlte weiß im frühen Tageslicht und wirkte nagelneu – ein Fremdkörper inmitten des Verfalls.

Vincent zückte sein Handy und erreichte Dominik Roth – der junge Kollege war bereits im Präsidium eingetroffen.

»Machst du bitte eine Halterabfrage?« Vincent gab ihm das Kennzeichen durch. »Und falls es sich um einen Leihwagen handelt, brauchen wir den Namen des Mieters.«

»Ist klar, *Chef.*«

»Danke, *Junior.*«

»Nenn mich nicht so.«

Vincent lachte und beendete das Gespräch.

Auf der linken Seite führten ein paar Stufen zu einer Tür hinab. Deren Knauf ließ sich nicht drehen, so heftig Vincent auch daran rüttelte. Gegenüber ein rostiges, zweiflügeliges

Tor. Vincent drückte die Klinke – es klemmte nur ein wenig und quietschte beim Öffnen.

»Hallo! Ist da jemand?«

Sein Ruf hallte von den Ziegelwänden wider.

Keine Antwort.

Er zog auch den zweiten Torflügel auf, um Licht in die große Halle zu lassen, die sich vor seinen Augen erstreckte. Säulen trugen ein Dach, das aus einem Stahlgerüst mit zahlreichen Oberlichtern bestand. Sie waren offenbar noch intakt, aber zu verdreckt, um mehr als ein paar Sonnenstrahlen durchzulassen.

Ein breiter Durchgang führte in einen Nebenraum. Hierher verirrte sich kaum ein Lichtstrahl. Vincent tastete sich voran. Ein scharrendes Geräusch ließ ihn innehalten.

Er zog seine Waffe und trat zur Seite, um nicht als Silhouette vor der Maueröffnung ein Ziel abzugeben.

»Polizei!«, rief er. »Wer ist da?«

Das Scharren kam näher.

Vincent fühlte sich unwohl.

Dann huschte eine fette Ratte an ihm vorbei nach nebenan.

Er suchte den restlichen Gebäudeflügel ab. Überall besprühte Wände, Kippen auf dem Boden, Pizzakartons. Er stieß auf vermüllte Kammern, hielt Abstand zu Ecken, in denen jemand seine Notdurft verrichtet hatte, und gelangte über einen staubigen Flur zu einer Stahltreppe, die auf eine Galerie führte. Dort traute Vincent den Bodenbrettern nicht und begnügte sich mit dem Rundumblick von der obersten Stufe aus.

Mit lautem Flügelschlag hoben Tauben ab und berührten ihn fast auf ihrem Weg durch eine Fensteröffnung ins Freie.

Vincent kehrte zurück und entdeckte eine große Klappe

aus geriffeltem Stahlblech, die eine Nische unter der Treppe verschloss. Er zog sie auf, ein muffiger Geruch schlug ihm entgegen. Vor ihm lag ein Schlafsack auf einer dicken Schicht alter Zeitungen und einer Isomatte. Daneben ein alter Sessel und ein tragbares Radio. Tüten mit Kleidung, alte Sandalen, Rasierzeug, Zahnbürste. Eine halb volle Limoflasche. Nach hinten weitete sich der Raum ein wenig. Wieder verfluchte Vincent die Tatsache, dass er keine Lampe mit sich führte.

Er machte zwei Schritte, dann strich ihm etwas über seinen Kopf.

Vor Schreck duckte er sich.

Ihm fiel sein Handy ein. Er aktivierte die Taschenlampenfunktion und stellte fest, dass über ihm Kleidung zum Lüften oder Trocknen an einer Leine hing. Hemd, Pullover, T-Shirts, eine lange Unterhose.

Der Bewohner der Nische war ausgeflogen. Aber er würde zurückkehren, denn hier waren seine Sachen. Möglicherweise ein wichtiger Zeuge.

»London Calling«. Vincent meldete sich.

»Ich bin's, Dominik.«

»Hast du schon was rausgekriegt?«

»Du hattest recht, Vincent. Ein Mietwagen. Eine Adelheid Allgaier hat ihn bei Europcar an der Bismarckstraße ausgeliehen.«

»Hast du nach ihr ...«

»Selbstverständlich. In Deutschland existieren drei Frauen dieses Namens. Aber wenn sich der Angestellte nicht komplett im Alter seiner Kundin verschätzt hat, war es keine von ihnen.«

»Also ein gefälschter Führerschein. Klingt nach unserer RAF-Rentnerin.«

»Die Beschreibung würde jedenfalls passen. Klein und

schlank, Mitte fünfzig. Nur die Haare sollen mittellang und dunkel gewesen sein. Die der Leiche sind kurz und grau.«

Vincent bedankte sich.

Herlinde Weiß war in Düsseldorf aufgewachsen und hatte bis zu ihrem Abtauchen in den Untergrund hier gelebt. Offenbar war sie nicht bloß für den Raub bei Ikea in die Region zurückgekehrt.

Die alte Papierfabrik war ein Treffer.

Was Vincent beunruhigte, denn René Hagenberg, der Besitzer der Schrottimmobilie, und seine Mutter waren seit ihrer Jugend enge Freunde. Sie hatten ihren Kontakt nie ganz abgebrochen und in den letzten Jahren wieder intensiviert.

Vincent trat ins Freie und spähte in den weißen Kia. Durch die Fenster konnte er nichts Besonderes erkennen. Wenn etwas im Auto lag, dann verborgen im Handschuhfach oder Kofferraum.

Er hütete sich, den Wagen anzufassen. Stattdessen rief er Fabri an.

Die Kriminaltechniker sollten sich um das Auto kümmern.

Dann wandte sich Vincent dem gegenüberliegenden Flügel des Fabrikgebäudes zu.

58

SIE BEGRÜSSTEN SICH MIT UMARMUNG und Wangenkuss, wie immer, wenn sie sich trafen. Melia fragte sich, welchen Anteil ihr Vater an der Polizeiaktion der Nacht hatte. Er galt als langjähriger Weggefährte des Ministerpräsidenten, vermutlich beriet er ihn auch.

Melia hatte noch einmal mit ihrem Verbindungsmann im Staatsschutzkommissariat telefoniert. Stefan ging es gut. Nickel hatte man erst gar nicht festgenommen. Bei den Razzien war in mindestens zwei Wohnungen das Strategiepapier gefunden worden. Für die Bundesanwälte aus Karlsruhe schien das die Bestätigung zu sein, die Richtigen eingebuchtet zu haben.

Ihr Vater musterte sie. »Du siehst müde aus, Amelie«, sagte er. »Als wären deine Gedanken ganz weit weg.«

»Bin kaum zum Schlafen gekommen. Vor drei Wochen hätte ich jeden für verrückt erklärt, der mir prophezeit hätte, was jetzt los ist. Du wirkst aber auch nicht gerade entspannt, Andreas.«

»Du hast recht, es ist Wahnsinn. Mein Büro hat gerade angerufen. Die Berliner Polizei will mir Bodyguards zur Seite stellen, jeweils vier Mann in drei Schichten rund um die Uhr, als hätte ein Ayatollah ein Kopfgeld ausgelobt. Ich hab's natürlich abgelehnt.«

»Und ich dachte, Politiker kämen sich dadurch geschmeichelt vor. Ist es bei euch nicht so ein Prestigeding – je mehr Schutz, desto wichtiger?«

»Ich brauch das nicht. Oder siehst du das anders?«

»Stand jetzt gehe ich nicht von einer Gefährdung aus.«

»Eben.«

»Das kann aber morgen schon ganz anders aussehen. Die Stimmung im Land verschärft sich gerade in Rekordgeschwindigkeit.«

»Und ich habe gehofft, du könntest mich beruhigen. Den Hype und die Hysterie zurechtrücken. Weißt du was, Amelie? Manchmal verspüre ich große Lust, den ganzen Kram einfach hinzuschmeißen.«

»Ausgerechnet du?«

»Warum nicht?«

»Hast du von der Frau gehört, die aus dem Fenster gesprungen ist?«

»Ja, verdammter Mist.«

Sie gingen zum Buffet. Die Auswahl übertraf bei Weitem das, was Melias Kühlschrank geboten hätte. Sie häufte sich Dinge auf den Teller, die sie sonst nie frühstückte: geräucherten Fisch, Spiegelei mit Bohnen, Rostbratwürstchen.

Melia folgte ihrem Vater zu einem Tisch am anderen Ende des Raums, wo weit und breit niemand sonst saß und sie sich ungestört unterhalten konnten. Während er sein Frühstück vertilgte, erkannte Melia, dass ihr Appetit gar nicht so groß war.

Er fragte nach ihrer Mutter. Melia versicherte ihm, dass es Zeinab gut ging, dann lenkte sie das Gespräch auf das Thema, das sie bewegte.

»Wie war's gestern Abend mit Frantzen?«, fragte sie.

»Hajo glaubt tatsächlich, er könnte die Wahl gewinnen. Dank des Anschlags und seines Durchgreifens.«

»Hast du ihm dazu geraten?«

»Im Gegenteil.«

»Hört er denn nicht einmal auf seinen Freund?«

Andreas ließ ein freudloses Lachen hören. »Was bedeutet Freundschaft in diesem Metier? Hajo greift nach jedem Strohhalm, den ihm jemand hinhält. Irgendwo verständlich.«

»Das wird nach hinten losgehen.«

»Meinst du, es wurden die Falschen festgenommen?«

»Wenn diese Leute zur RAF zählen würden, wüsste ich das. Kein Richter wird Haftgründe feststellen, und am Ende schaut Frantzen dumm aus der Wäsche. Wetten?«

Ihr Vater stocherte mit finsterem Blick im Rührei auf seinem Teller.

»Wer berät Frantzen in dieser Angelegenheit?«, fragte Melia.

»Das frage ich mich auch.«

»Womöglich jemand, der seine eigene Agenda verfolgt und den Ministerpräsidenten scheitern sehen will?«

»Aus welchem Grund?«

»Innerparteiliche Konkurrenz? Ein U-Boot der AfD? Du bist der Politiker. Du kennst dich da besser aus.«

Er schüttelte den Kopf. »Klingt mir zu sehr nach Verschwörungstheorie.«

»Der zweite Vorname einer jeden Geheimdienstlerin lautet Paranoia.«

»Gibt es Ideen, wer den Anschlag verübt hat, wenn es keiner der Festgenommenen war?«

»Ich habe jedenfalls keine.«

»Du stehst doch bei der Jagd an vorderster Front.«

»Leider nicht mehr.«

»Was heißt das?«

»Der neue Abteilungsleiter Verfassungsschutz hat mir die Zuständigkeit für die autonome linke Szene abgenommen. Für das Feld, auf dem die RAF früher ihren Nachwuchs geerntet hat, ist jetzt ein anderer Kollege zuständig, dem der Ministerpräsident offenbar mehr vertraut als mir.«

»Wie bitte?«

»Du hast richtig gehört. Und ich bin mir sicher, Hajo Frantzen hat das meinem Chef eingeflüstert.«

»Jetzt, wo die Hütte brennt?«

Sie zuckte mit den Schultern.

»Und wie fühlst du dich damit?«

»Erniedrigt. Kastriert. Ein Stück hellbraune Scheiße mit Negerhaar.«

Andreas wischte sich mit der Stoffserviette über den Mund. »Ich werde mit Hajo reden.«

»Kommt nicht infrage. Du weißt ganz genau, wie ich darüber denke. Mir ist es peinlich genug, dass zu Jakobs durchgesickert ist, dass du mein Vater bist.«

»Jakobs – so heißt der Abteilungsleiter?«

»Was ich bin, will ich mir selbst erarbeiten, okay? Wenn du meinetwegen versuchst, Strippen zu ziehen, werde ich ernsthaft sauer, verstehst du?«

»Schon gut, Amelie.«

»Darf ich dich was fragen?«

»Bitte.«

»Du hast mir mal erzählt, dass du, als ich klein war, im Kanzleramt für den Geheimdienstkoordinator gearbeitet hast. In Bonn, als Kohl noch regiert hat.«

»In grauer Vorzeit.«

»Ist dir Jens Nickel ein Begriff?«

»Der Terrorist?«

»Und Informant des Verfassungsschutzes.«

Andreas musterte sie und schwieg.

»Ich muss wissen, wer damals sein V-Mann-Führer war. Oder das Referat Linksextremismus in Düsseldorf geleitet hat. Jakobs hat mich nämlich unlängst beauftragt, Nickel als Spitzel zu reaktivieren, und ich glaube nicht, dass er von selbst auf die Idee kam.«

»Hat das etwas mit dem Anschlag zu tun?«

»Nickel spielt eine gewisse Rolle bei der Eindämmung der Terrorgefahr. Ich habe ihn auf Jakobs' Anweisung wieder angeworben. Aber ich bin mir sicher, dass er einen zweiten Auftraggeber hat. Und ich werde das Gefühl nicht los, dass das etwas mit meiner Ausbootung zu tun hat.«

Ihr Vater strich über die Tischdecke.

»Der Kollege, der jetzt an meiner Stelle für die autonome Szene zuständig ist, hat hinter meinem Rücken eine Informantin als Agent Provocateur in der Düsseldorfer Antifa-Szene eingesetzt. Woher wusste er, dass das Treffen bei Nickel stattfinden würde? Wie bekam er Nickel dazu, mitzuspielen? Da muss es jemanden geben, der das eingefädelt hat. Jemand, den Nickel von früher kennt.«

Er faltete die Serviette zusammen und wich ihrem Blick aus.

»Sag mir, was du weißt, Andreas.«

»Das ist Geheimsache«, antwortete er.

»Natürlich. Und ich bin Geheimnisträgerin.«

»Tut mir leid, Amelie. Darüber kann ich wirklich nicht reden.«

Melia musterte den Mann, der ihr gegenübersaß.

Er kam ihr plötzlich sehr fremd vor.

59

ZUM ANDEREN FLÜGEL DER FABRIK fand Vincent zunächst keinen Zugang. Im Erdgeschoss waren die Fenster mit Gittern gesichert. An der Rückseite gab es eine Rampe, doch er schaffte es nicht, das Rolltor aufzustemmen. Vincent kehrte zur verschlossenen Tür am Ende der Treppe zurück und rüttelte noch einmal vergeblich am Knauf.

Etwa auf Kopfhöhe war ein Milchglasfenster eingelassen. Es war vergittert und wie durch ein Wunder intakt. Vincent beschloss, dass es auf eine weitere Scheibe nicht ankam.

Er suchte einen Stein und zerschlug damit das Glas.

Sorgfältig entfernte er die Splitter aus dem Rahmen, dann zwängte er seinen Arm zwischen den schmiedeeisernen Stäben durch das Loch, bis er eine Klinke auf der Innenseite ertastete. Vincent drückte sie, und die Tür sprang auf.

Er betrat eine Diele, von deren Ende nach links und rechts ein langer Flur abging. Im Schein seines Handydisplays sah er überall Türen, offenbar befand er sich im Verwaltungstrakt der ehemaligen Fabrik.

Vincent lugte in die Zimmer. Selbst hier waren viele Wände mit Graffiti beschmiert und Fenster zerstört worden. Immer wieder schimmlige Ecken und löchrige Holzdecken.

Dann wurde ihm bewusst, was hier anders war.

Jemand hatte den Müll weggebracht und die Böden gefegt.

Vincent stieg eine Treppe hoch. Schon nach drei Schritten brach er ein. Im letzten Moment konnte er sich am Geländer festhalten.

Er kehrte zurück, um den Flur auf der anderen Seite zu erkunden.

Weitere Bürostuben, das gleiche Bild.

Schließlich stand er vor einer Stahltür. Auch sie ließ sich öffnen. Dahinter erstreckte sich ein hoher Raum, in der Fläche fast so groß wie die Halle, die er zu Anfang betreten hatte. Einige Oberlichter tauchten ihn in einen Dämmerschein.

Der Boden war gefliest und sauber. Die Ziegelmauern frisch mit weißer Farbe gestrichen. Drei Sofas umgaben einen Tisch. Ein rotes Tuch lag in der Ecke. An der Wand lehnten Bilder mit dem Rücken zum Raum.

Vincent hob eines davon auf, um es zu betrachten.

Adolf Hitler starrte ihm entgegen. Uniform, Parteibinde am Arm, bohrender Blick. Die berühmte Schuhbürste unter der Nase.

Angewidert stellte Vincent das gerahmte Foto zurück.

Dann hob er die Stoffbahn hoch. Es war eine Fahne – der Anblick jagte ihm ein Kribbeln über den Rücken.

Ein weißer Kreis auf rotem Grund. Darin ein schwarzes Hakenkreuz.

Vincent nahm ein leises Summen wahr, das aus dem Nachbarraum zu kommen schien. Während er auf die angelehnte Tür zuging, entdeckte er Blutspuren auf dem Estrich, die dorthin führten oder von dort kamen. Vor dem Durchgang hielt er inne. Das Summen hörte er nun deutlich.

Unwillkürlich ertastete seine Hand den Griff seiner Waffe.

Dann stieß er mit der Fußspitze gegen das Türblatt. Es schwang mit einem hässlichen Geräusch zur Seite.

Vincent starrte auf das Chaos.

Eine zerschlitzte Daunendecke auf dem Boden. Eine umgestoßene Waschschüssel aus Plastik. Die Einzelteile eines zertrümmerten Campingtischs. Ein umgestürzter Klappstuhl. Tellerscherben und Essensreste. Nur ein Kleiderständer stand noch aufrecht. Allerlei Sachen hingen an Bügeln.

Zahlreiche Perücken lagen im Raum verstreut – blond, rot, dunkel. Kurzes glattes Haar, lang und gewellt, Barbie-Lockenpracht.

Und überall Blut.

Der Anblick des Betts ließ Vincent trocken würgen.

Es handelte sich um eine Klappliege, auf der eine dicke Matratze lag. Das Laken vollgesogen mit Blut. Exkremente, verschmiert und angetrocknet. Das Summen, das ihn fast verrückt machte, stammte von unzähligen Insekten, die sich darauf tummelten und in dichten Wolken darüber schwirrten. Die Fliegen entdeckten Vincent, landeten auf seinen Augen und versuchten, ihm in die Nase zu krabbeln. Er schlug nach ihnen, schnaubte und spuckte aus, doch es waren zu viele.

Entsetzt rannte er nach draußen, vorbei an Führer und Fahne. Er warf sich gegen die Stahltür, hastete atemlos den Gang hinunter, bis er endlich ins Freie gelangte, wo er keuchend die Hände auf die Knie stützte, kleine Fliegen aushustete und es irgendwie schaffte, sein spärliches Frühstück im Magen zu behalten.

Die Kollegen der Spurensicherung waren eingetroffen. Fabri hob gerade eine Tasche aus dem Kofferraum eines BMW. Er musterte Vincent und verzog das Gesicht.

»Welchem Gespenst bist du denn begegnet?«, fragte er.

Vincent richtete sich auf. Er rang noch immer nach Luft und war sich nicht sicher, wie seine Stimme klingen würde.

»Wir haben den Tatort«, presste er hervor.

60

MELIA MELDETE SICH AN DER PFORTE des Präsidiums. Sie hatte zu Hause ein wenig Schlaf nachgeholt, deshalb war sie spät dran.

»Ich bin mit Vincent Veih vom KK11 verabredet.«

Der Uniformierte im Glaskasten griff nach dem Telefon.

Nur eine Minute später erschien ein großer Endvierziger. Blond, breiter Brustkorb unter einem eleganten Pulli, eng geschnittene schwarze Jeans. Etwas ratlos sah er sie an.

»Frau Khalid?«

»Herr Veih?«

»Ich hab Sie mir anders vorgestellt.«

»Das bin ich gewohnt.«

»Ich muss mein Bild von Ihrer Truppe revidieren. Ich dachte immer, wer bei Ihnen mitmachen will, hat erst einmal den kompletten Ariernachweis vorzulegen.«

»Ich glaube, Ihr Meeting fängt jetzt an, Herr Veih.«

Er zeigte ein Lächeln, vielleicht ein bisschen gönnerhaft. Melia folgte ihm in den Paternoster. Das Ding war aus Holz und rumpelte.

»Bodybuilding?«, fragte sie, während sie auf Veihs Pectoralis major blickte.

»Wenn mich etwas ärgert, reagiere ich das zu Hause mit meinen Hanteln ab.«

»Ganz schön viel Ärger, wie man sieht.«

»Und Sie?«

»Laufen.«

»Musste ich leider aufgeben. Irgendwann machen die Knie nicht mehr mit.«

»Alt werden ist nichts für Jammerlappen.«

Er lachte. »Bloß nicht frech werden, junge Frau.«

Im zweiten Stock sprangen sie aus der Kabine. Der Kommissar tippte den Code in das Kästchen neben der Glastür und drückte sie beim Summton auf. Der Besprechungsraum lag am Ende des Flurs. Mehr als zwanzig Leute hatten sich versammelt. Längs der Wand standen Tafeln, an die Fotos und Notizen gepinnt waren. Eine mollige Frau stellte Kaffee auf den Tisch.

Veih wies Melia einen Stuhl zu und stellte sie als Expertin für Linksextremismus vor. Bin ich nach wie vor, dachte Melia und korrigierte ihn nicht.

Sie referierte den Lebenslauf von Herlinde Weiß, Jahrgang 1964. Bürgerliches Elternhaus, Gymnasium, Studium, zumindest ein paar Semester. Fast nahtlos die Hausbesetzerzeit und das Engagement bei der Roten Hilfe, wo sie die späteren RAF-Anführer Birgit Hogefeld und Wolfgang Grams kennenlernte. Melia zählte weitere bekannte Kontaktpersonen auf. Ende der Achtziger war Weiß gemeinsam mit ihrem Freund Jens Nickel in die Illegalität abgetaucht.

Mutmaßliche Beteiligung an den Anschlägen auf Herrhausen und Rohwedder. Aufgrund der mangelhaften Faktenlage war das aber nur Spekulation.

Nachgewiesene Mitwirkung am Sprengstoffanschlag auf den Gefängnisneubau in Weiterstadt, die Vielzahl an Fingerspuren sprach Bände. Nach Hogefelds Festnahme und Grams' Tod in Bad Kleinen 1993 verließ sie die RAF gemeinsam mit Nickel. Ende der Neunziger versuchte sie, eine Begnadigung auszuhandeln, und scheiterte damit. Vermutlich schloss sie sich in der Folgezeit den anderen beiden RAF-Rentnern Sibylle Arnold und Klaus Büchner an, die in Weiterstadt mit von der Partie gewesen waren. Gemeinsam überfielen sie gelegentlich Geldtransporte – zuletzt in Kaarst bei Düsseldorf.

»Wo könnten sich Arnold und Büchner jetzt aufhalten?«, fragte Veih.

»Dazu habe ich keine Erkenntnisse.«

»Und Jens Nickel?«

Melia zögerte, dann sagte sie: »Führt hier im Stadtteil Grafenberg die Buchhandlung seiner verstorbenen Mutter weiter.«

»Also hat er keine allzu lange Haftstrafe erhalten.«

Ihr fiel ein, dass Veihs Mutter zwanzig Jahre lang in Köln-Ossendorf eingesessen hatte. Unter heiklen Bedingungen. Es war die Zeit der Hungerstreiks gewesen, mit denen die RAF-Häftlinge eine bessere Behandlung erzwingen wollten. Nickel war all das erspart geblieben.

»Er hat nie eine Strafe erhalten«, antwortete Melia.

Veih war anzusehen, dass er rasch begriff. »Hatte er vielleicht in letzter Zeit Kontakt mit Herlinde Weiß?«, fragte er.

»Falls ich dazu Informationen hätte, würden sie der Geheimhaltung unterliegen.«

»Verstehe.«

»Fragen Sie ihn selbst.«

»Und mit wem könnte Weiß sonst noch Umgang gehabt haben?«

»Da kommen die üblichen Sympathisanten infrage. Wie

Sie wissen, ist jüngst ein Aufruf aufgetaucht, eine neue RAF zu gründen. Vielleicht stammt das Papier aus der Feder von Weiß, Arnold oder Büchner. Es soll mancherorts in der Antifa-Szene kursieren. Die wichtigsten in unserem Bundesland bekannten Gefährder sitzen zur Stunde im Polizeigewahrsam und werden von Kollegen diverser Sicherheitsbehörden vernommen. Da können Sie sich gern einreihen. Bis jetzt liegen mir keine Erkenntnisse vor, dass es einen Kontakt mit Weiß gegeben hätte. Nach meinem Dafürhalten erscheint es eher fraglich, ob Weiß überhaupt an der Gründung einer Stadtguerilla gearbeitet hat.«

»Also wissen Sie nichts. Und wenn, dann dürfen Sie nichts verraten.«

»Wie wär's, wenn Sie mal Ihre Mutter fragen?«

»Wie kommen Sie darauf?«

»Es heißt, dass die dritte Generation der RAF ihre Anweisungen von der zweiten aus den Gefängniszellen heraus erhalten hat. Vielleicht bestehen noch Kontakte unter Genossinnen.«

Ihre Blicke trafen sich. Seine Kiefermuskulatur arbeitete. Melia spürte seine Verärgerung, gepaart mit einer Prise Unsicherheit, was sie interessant fand.

Ich habe einen wunden Punkt berührt.

»Frau Khalid, haben Sie Dank für Ihren Besuch«, sagte Veih kühl.

Melia hätte die Besprechung nun verlassen können, aber sie harrte bis zum Ende aus, um sich ein Bild davon zu machen, was Herlinde Weiß zugestoßen war. Ab und zu fiel ihr Blick auf Vincent Veih, dessen Werdegang sie interessant fand. Der Sohn einer Terroristin – wie kam es, dass ausgerechnet er die Polizeilaufbahn eingeschlagen hatte?

Als sich die Sitzung auflöste, trat Melia an die Stellwände. Bilder von Verstümmelungen. In Haut geritzte Buchstaben. Ein heruntergekommenes Fabrikgebäude. Und Innenansichten eines Tatorts, an dem ein wilder Kampf stattgefunden hatte – das Opfer hatte sich also gewehrt. Es fröstelte Melia beim Gedanken an die letzten Minuten von Herlinde Weiß.

Weitere Aushänge zeigten einen Raum, der wie ein Bühnenbild wirkte. Gerahmte Bilder von Hitler und anderen Massenmördern sowie die verbotene Hakenkreuzfahne in riesigem Format.

Melia griff nach ihrem Handy und schoss Fotos von den wichtigsten Details.

»Finster, nicht wahr?« Veih war an ihre Seite getreten.

»Was ist das?«

»Der unmittelbare Nachbarraum des Tatorts.«

»Ein Treff der Nazi-Szene, oder was?«

»Kann es sein, dass unsere RAF-Rentnerin die Seiten gewechselt hat?«

»Fragen Sie das den Buchhändler. Und alle anderen, die als Kontaktpersonen infrage kommen.«

»Wen auch immer Sie damit meinen.«

Melia blickte Veih in die Augen. »Noch böse auf mich?«

»Es war unfair, meine Mutter ins Spiel zu bringen.«

»Sie wissen aber schon, was ein Gefährder ist?«

»Jemand, dem man keine Straftat nachweisen kann. Der eigentlich in einem Rechtsstaat als unschuldig zu gelten hat und den man trotzdem wie einen Staatsfeind behandelt.«

»Als Kriminalist mögen Sie das so sehen. Für eine Verfassungsschützerin handelt es sich um einen potenziellen künftigen Täter. Sie ermitteln, sobald es zum Verbrechen gekommen ist. Wir sorgen dafür, dass es erst gar nicht so weit kommt.«

»Ach, wirklich? Was haben Sie denn in den letzten Tagen verhindert?«

Melia schwieg. Er hatte *ihren* wunden Punkt getroffen.

Veih zählte an den Fingern ab. »Weiß verübt unentdeckt einen Überfall nach dem anderen und wird ermordet. Die AfD-Zentrale wird abgefackelt. Und hier im Haus ist heute Nacht eine Ihrer sogenannten Gefährderinnen in den Tod gesprungen, obwohl es Hinweise gab, dass sie an schweren Depressionen litt.«

»Herr Veih …«

Er schnitt ihr das Wort ab. »Können Sie sich vorstellen, wie meine Mutter darunter leidet, wenn bei ihr das Telefon und die Internetnutzung dauerüberwacht werden, nur weil Sie mal wieder eine linke Verschwörung wittern?«

»Sie haben sich doch selbst schon gefragt, ob Ihre Mutter etwas mit Herlinde Weiß zu tun hat, oder? Kommen Sie, geben Sie's zu!«

Er atmete tief durch. »Und ich dachte tatsächlich, ich könnte einen gemeinsamen Nenner mit einer Verfassungsschützerin finden. Ich dachte, Sie wären anders, aber ich habe mich geirrt.«

Damit ließ er sie allein.

Melia warf einen letzten Blick auf die Tafeln. Dass Herlinde Weiß zum Neonazi mutiert war, erschien ihr unwahrscheinlich. Aber was wusste sie schon?

Sie nahm sich vor, sich umzuhören. Für Vincent Che Veih.

61

SIE HATTEN FABIAN IN EINE EINZELZELLE gebracht. Boden und Wände bis zur Decke weiß gefliest, ein gemauertes Bett mit dünner Auflage, Edelstahlklo neben der Tür. Ein Milchglasfenster, das man nicht öffnen konnte und durch das nichts zu erkennen war außer den Schatten der Gitterstäbe, die draußen angebracht waren.

Der Riegel krachte zur Seite, die schwere Tür wurde aufgezogen. Die Uniformierten ließen einen Arzt herein, der nach Fabians rechter Hand sah und einen Schutzverband anlegte. Der Weißkittel ließ ihm ein paar Schmerztabletten da. Erst als er wieder gegangen war, fiel Fabian ein, dass er auf einer Röntgenaufnahme hätte bestehen sollen, auf einer Untersuchung in der Uniklinik, wo er operiert worden war.

Ich bin unfähig, einen klaren Gedanken zu fassen.

Kurz darauf wurde ihm das Mittagessen in die Zelle gebracht. Currywurst mit Kartoffelsalat sowie ein Apfel. Weißes Plastikbesteck. Fabian rührte nichts davon an.

In die Tür war ein Spion eingelassen. Fabian versuchte zu erkennen, ob es dahinter heller oder dunkler wurde, um daraus abzuleiten, wann jemand hereinglotzte. Minutenlang konzentrierte er sich darauf, konnte aber nichts erkennen.

Dann hörte er, wie jemand auf dem Gang vorbeigeführt wurde.

»Seid ihr alle da?« Silvias Stimme.

Gejohle aus den Zellen nebenan.

Fabian stand auf. »Sie haben Annika getötet!«, schrie er. »Sie werden uns alle töten!«

Stille kehrte ein.

Nach einer Weile wurde ihm das Herumstehen und das Auf-und-ab-Gehen auf drei Metern Zellenlänge zu dumm. Er setzte sich wieder auf das Bett und starrte das Essen an. Würde er eine scharfe Kante erhalten, wenn er das Messer zerbrach? Und wenn schon, gegen die Bullen kam man mit einer solchen Waffe nicht an. Sollte er sie gegen sich selbst richten?

Die Hautschicht über den Pulsadern war dünn. Mit den Fingern konnte er den Herzschlag leicht ertasten. Dann fragte er sich, was passierte, falls er alle Paracetamol-Pillen auf einmal schluckte.

Stattdessen griff er nach dem Apfel, wischte ihn an seinem Pyjama-Oberteil ab und begann, ihn zu essen.

Neue Geräusche kamen von draußen. Er unterbrach das Kauen, um besser hören zu können.

Waren das Sprechchöre?

Fabian lehnte das Ohr gegen das Fenster. Es kam ihm vor wie ein Protestmarsch. In seiner Fantasie forderte man die Freilassung der politischen Gefangenen.

Er stellte sich Unruhen vor.

Die Ermordung von Benno Ohnesorg durch das faschistische Bullenschwein Karl-Heinz Kurras am 2. Juni 1967 hatte wochenlange Massenproteste in ganz Deutschland ausgelöst und die Studentenbewegung entscheidend radikalisiert. Fabian beschloss, alles dafür zu tun, dass Annikas Tod die Republik ebenfalls verändern würde.

Wenn Recht zu Unrecht wird, wird Widerstand zur Pflicht.

Wir müssen uns wehren, sagte er sich. Gegen die Wiedergänger von Kurras. Gegen die Staatsbüttel, die eine Freundin und Genossin aus dem dritten Stock schmeißen wie ein Stück Müll. Nach den Ereignissen der letzten Stunden war die Welt nicht mehr dieselbe.

Draußen waren die Sprechchöre lauter geworden, ohne dass er etwas verstehen konnte.

Fabian warf Currywurst und Kartoffelsalat ins Klo und begann, mit dem leeren Plastikteller rhythmisch auf die weiß lackierte Stahltür einzudreschen. Dazu brüllte er: »Widerstand! Widerstand!«

Er hörte nicht auf, und bald machten die Genossinnen und Genossen in den Nachbarzellen mit. Sein Teller zerbrach und wurde nutzlos, aber der gemeinsame Ruf schallte durch den Gewahrsamstrakt, und er stellte sich vor, dass er bis nach draußen zu vernehmen sei, wo sich die Demonstranten anschickten, das Polizeipräsidium zu stürmen, wie die Bürger von Paris einst die Bastille erobert hatten.

»WI-DER-STAND! WI-DER-STAND!«

62

VOM HAUPTBAHNHOF KOMMEND SCHOB sich der lange Zug der Demonstranten mit anschwellender Lautstärke durch die Innenstadt auf das Polizeipräsidium zu. Melia empfing ihn auf Höhe des Heinrich-Heine-Denkmals am Schwanenmarkt und marschierte mit.

Sprechchöre, Trillerpfeifen.

Vorneweg fuhren zwei Streifenwagen mit Blaulicht im Schritttempo. Dahinter lief der Schwarze Block – ohne Vermummung, um keine Eskalation zu provozieren. Ihm folgte ein buntes Volk aus dem linksalternativen Milieu.

Melia staunte, dass in der kurzen Zeit eine solche Menge mobilisiert worden war. Sie schätzte tausend, vielleicht sogar zweitausend Menschen. Sie trugen improvisierte Spruchbänder und Schilder, die Slogans waren spontan mit breitem Filzstift auf Stoff und Pappe gemalt worden.

Lasst die Gefangenen frei!

Gegen Polizeiwillkür!

Mörder!

Melia traf Reinhard Zacharias aus ihrem Referat, der ihr von Schikanen berichtete, mit denen die Polizei die Demo am Bahnhof behindert hatte. Langwierige Durchsuchungen angereister Linker: Transparentstangen wurden als mögliche Waffen beschlagnahmt, Personalien kontrolliert, viele Leute willkürlich aufgehalten.

Der Zug näherte sich jetzt der Staatskanzlei, wo zeitgleich eine Kundgebung gegen linken Terror stattfand, zu der die AfD bereits gestern aufgerufen hatte. Ein großes Polizeiaufgebot schirmte sie ab. Über die martialisch gerüsteten Beamten hinweg ging der Blick auf geschwenkte Deutschlandfahnen und flatternde Parteiwimpel. Die Rechten sangen gerade die Nationalhymne.

Melia musste sich die Ohren zuhalten, so laut wurde das Pfeifen und Tröten ringsum. Mindestens zehn Minuten ging es so, dann setzten sich die roten Socken wieder in Bewegung.

Um auf Höhe der Rheinkniebrücke erneut gestoppt zu werden.

Die Polizei wollte nicht zulassen, dass der Schwarze Block weiter zum Präsidium vordrang. Blau-weiße Transporter bildeten einen Riegel, davor Männer mit Helm und Schild in doppelter Reihe. Unversehens war der Zug von drei Seiten eingekesselt, während aus der Innenstadt weitere Menschen nachströmten.

Sie stauten sich und blockierten die Auffahrt zur Brücke. Melia stellte sich das Verkehrschaos vor, das dadurch entstand.

Noch blieb es friedlich.

An der Absperrung bauten sich junge Leute auf, Autonome in schwarzen Hosen und Kapuzenpullis, die Sturmhauben noch immer nicht übers Gesicht gezogen. Gereckte Fäuste, Megafongebrüll, in das Hunderte wütende Kehlen einstimmten.

DEUTSCHE POLIZISTEN – WERKZEUG DER FASCHISTEN!

Der Radau toste minutenlang durch die Straße und hallte von den Hausfassaden wider.

EINS, ZWEI, DREI – LASST DIE LEUTE FREI!

Eine Frau verteilte Flugblätter. Melia ließ sich ein Exemplar geben. Dann erst erkannte sie, dass es Sina war.

»Du traust dich, hier aufzukreuzen?«, stieß ihre Yogafreundin hervor. »Sorg lieber dafür, dass dein Spitzel freikommt. Du weißt genau, dass Stefan und seine Freunde unschuldig sind.«

»Hast du dem Anwalt Bescheid gegeben?«

»Natürlich.«

»Dann sind sie bald draußen.«

»Sofern man sie nicht alle umbringt.«

Bevor Melia antworten konnte, nahm sie Tränengasschwaden wahr, die der Wind von jenseits der Absperrung herübertrug. Was war dort los? Viele Leute traten den Rückzug an. Auch Sina war verschwunden.

Melia entfernte sich entlang der Brückenrampe ostwärts und umrundete in großem Bogen das Karree, um sich von der anderen Seite dem Jürgensplatz zu nähern. Auch zahlreiche Demonstranten nahmen diesen Weg. Sie mischten sich mit Nachzüglern, die per Straßenbahn aus südlicher Richtung eintrafen.

Das Präsidium wurde in die Zange genommen.

Und auf dieser Seite war die Randale in vollem Gang.

Rund zwei Dutzend vermummte Antifa-Anhänger lieferten sich an der Kreuzung Fürstenwall eine Schlacht mit den Polizeikräften. Hunderte standen abseits und sahen zu. Melia wunderte sich, dass weder Wasserwerfer noch gepanzerte Fahrzeuge bereitstanden, um das große Backsteingebäude aus den Dreißigerjahren und seinen Anbau zu schützen.

Sie zog ihr Handy hervor und begann aus sicherem Abstand und der Deckung eines Hauseingangs heraus zu filmen.

Verwehtes Tränengas reizte ihre Augen und Schleimhäute. Unvermindert ging der Steinhagel auf Helme und Schilder der Beamten nieder. Schwarzgekleidete schossen mit Zwillen auf die Fenster des Präsidiums.

Warnschüsse krachten durch die Straßenschlucht.

Die Steinewerfer zogen sich ein Stück zurück.

Ein langer Hupton dröhnte an Melia vorbei. Ein Konvoi sandfarben lackierter Jeeps raste auf die Kreuzung zu und stoppte im Rücken der Antifa-Leute. Männer in Tarnanzügen sprangen heraus. Sie trugen kurzläufige Gewehre mit sich.

Soldaten, dachte Melia im ersten Moment. Dann erkannte sie Abzeichen von Westkreuz und Combat 18 an den Jeeps. Zwei Milizen, die der Bundesinnenminister bislang nicht verboten hatte. Die eine gab sich verfassungstreu, die andere schwärmte offen für einen Führerstaat, galt jedoch als unbedeutend. Dass sie zusammenarbeiteten, war Melia neu.

Ihr Blick scannte die Menschenmenge im Kreuzungsbereich. Offenbar war keiner von der Presse da. Aber drüben am Präsidium jede Menge Beamte, die mitverfolgten, was abging. Glaubten die Rechten tatsächlich, ungestraft so auftreten zu können?

Plötzlich legten sie an und schossen auf die linken Straßenkämpfer. Der Krach aus den Mündungen knatterte wie Silvesterfeuerwerk. Sogenannte Mehrzweckwerfer, die Gummimunition verschossen, wie Melia erkannte. Die Milizionäre feuerten auf alles, was nicht nach Polizei aussah. Steinewerfer, friedliche Demonstranten, harmlose Gaffer.

Die Linken traten die Flucht an. Passanten rannten in Panik davon.

Um von Süden her ebenfalls angegriffen zu werden.

Ein Bus hatte angehalten und entließ eine Schar junger Männer. Skinheads in Bomberjacken, Hooligans in Kutten, bieder wirkende Jungs mit Seitenscheitel und rasierten Schläfen. Sie schwangen Baseballschläger und Axtstiele, machten sich über alle her, die ihnen entgegengetrieben wurden, und gaben ihnen mit Tritten den Rest.

Knochen brachen, Blut floss reichlich.

Die Polizei griff nicht ein.

Melia filmte weiter.

Dann schallte eine Männerstimme über den Platz.

NATIONALER SOZIALISMUS!

Der Faschomob antwortete.

JETZT! JETZT! JETZT!

Hände schnellten hoch zum Hitlergruß.

Vereinzelter Applaus aus den Reihen der Polizeiabsperrung.

So schnell er gekommen war, verschwand der Spuk wieder. Die Jeeps rasten hupend davon. Der Bus war auch schon wieder weg.

Melia konnte kaum glauben, was sie beobachtet hatte. Zum Glück war alles auf ihrem Handy gespeichert.

Mit dem Ärmel wischte sie sich Tränen aus dem Gesicht – sie hatte Reizgas abbekommen wie jeder im Umkreis. Die Kreuzung war jetzt menschenleer bis auf einige Verletzte, die zu lädiert waren, um wegzulaufen.

Leute kamen aus den Häusern, um zu helfen. Von irgendwo näherte sich das Martinshorn eines Rettungswagens.

Melia trat den Rückweg an.

Ein Mann mit breitem Kreuz und reichlich Metall in

Nase und Ohren blockierte plötzlich den Bürgersteig. Er hielt ein Walkie-Talkie in der Hand. Auf der Brust seines Sweatshirts ein Schriftzug: *Too white for you.*

Er spuckte vor ihr aus.

Melia wich auf die Straße aus und ballte die Fäuste.

»Hau ab nach Afrika, du Stück Scheiße!«, schrie der Kerl ihr hinterher.

Melia blickte sich nicht um. Es kochte in ihr.

Ein paar Häuser weiter standen in einer Toreinfahrt drei Männer beieinander. Zwei von ihnen waren Westkreuz-Typen in Kampfmontur, der eine blutjung, der andere konnte sein Opa sein, blaues Barrett auf weißem Haar.

Der Dritte trug Jeans und Mantel. Für einen Moment sah Melia sein Gesicht, eine Narbe unterhalb der Brille. Sie glaubte, den Mann schon einmal in ihrem Ministerium gesehen zu haben.

Sie hob ihr Handy und filmte erneut.

Der Weißhaarige blickte herüber.

Der breitschultrige Kerl mit dem Walkie-Talkie und dem Rassistenspruch auf dem Sweatshirt kam herangestiefelt und reckte das Kinn.

Melia drehte sich um und rannte.

63

HAMID VERLIESS DEN BÜROTRAKT der Modefirma gegenüber dem Tatort an der Fringsstraße. Er hatte nur eine ältere Angestellte angetroffen, die eine ganze Sammlung an Ketten um den Hals trug und deren weiß lackierte, zu Krallen verlängerte Fingernägel zum Fürchten aussahen.

Die Angestellte hatte von der Mordnacht nichts mitbekommen, aber ihre Schimpftirade über Penner, Drogensüchtige und Dealer im Allgemeinen klang in seinen Ohren nach. In den letzten Tagen sei auch tagsüber viel losgewesen, jetzt sei der Spuk gottlob vorbei.

Hamid hatte ihr ein Fahndungsbild von Herlinde Weiß gezeigt und sie gebeten, sich die Frau mit anderen Frisuren vorzustellen. Kopfschütteln – nie gesehen.

Er ging die Fringsstraße entlang und blickte zur Fabrikruine hinüber. Ihm lief es kalt den Rücken hinunter beim Gedanken an die Nazi-Devotionalien in einem der Räume und das viele Blut im anderen. Auch wenn das Opfer selbst eine Verbrecherin gewesen war, tat die Frau ihm unendlich leid.

Im anderen Trakt, wo Vincent das Refugium eines Penners entdeckt hatte, schoben Kollegen in Wechselschicht

Wache und lauerten auf die Rückkehr des Obdachlosen, der vielleicht Zeuge der Tat geworden war. Andere Beamte schwärmten auf der Suche nach dem Mann durch die Stadt, besuchten Notunterkünfte, Beratungseinrichtungen, Armenküchen, Ausgabestellen der Tafel, den Gutenachtbus, das Arztmobil. Sie sprachen mit Helfern und Streetworkern. Vincent hatte auch darauf bestanden.

Dem Chef fiel immer etwas Neues ein, wie einem Fußballtrainer, der unaufhörlich an der Taktik schraubte, damit seine Mannschaft gewann. Hamid imponierte das.

Er steuerte das Verwaltungsgebäude des Ölhändlers am Ende der Straße an, um sich auch dort umzuhören.

Sein Handy flötete den Klingelton.

Es war seine Frau.

»Jamila, was gibt es?«

»Hamid, du musst etwas tun!«

»Ich hab gerade keine Zeit, Jamila. Und ich bin unterwegs.«

»Es geht um unsere Tochter.«

Er blieb stehen. »Mira?«

»Du hast keine andere. Zumindest hoffe ich das.«

»Wir reden über Mira, sobald ich zu Hause bin. Vielleicht schaffe ich es, heute keine Überstunden zu machen, inschallah.«

»Ich hab dir eine Mail geschickt. Sag mir sofort, was du davon hältst.«

Er seufzte. Jamila bedeutete »die Hübsche«, und sie war zweifellos noch immer mehr als das. Aber vor allem war seine Frau hartnäckig.

»Was ist denn los?«

»Sie will auf ein Konzert gehen. Mit vierzehn.«

»Allein?«

»Mit ihren Freundinnen. Leonie und ihre Mutter gehen auch hin. Um zweiundzwanzig Uhr wollen sie wieder daheim sein. Glaubst du das?«

»Warum nicht? Du musst dem Mädchen auch mal Vertrauen schenken.«

»Der Sänger heißt Spongo.«

»Kenne ich nicht.«

»Mira meint, er macht Zecken-Rap. Sie hat mir auf YouTube seinen neuesten Hit vorgespielt. Ich hab dir den Link gemailt. Mir kommt das gar nicht geheuer vor. Ich hab Mira gesagt, dass du deine Zustimmung geben musst.«

Hamid staunte. Sonst bestand Jamila darauf, die letzte Instanz in Erziehungsfragen zu sein.

»Warum ich?«, fragte er.

»Weil du Polizist bist.«

»Geht es bei Zecken-Rap um etwas Verbotenes?«

»Glaub schon.«

Hamid sah auf die Uhr. »Hat das nicht bis heute Abend Zeit?«

»Bis du nach Hause kommst, ist das Konzert schon in vollem Gang.«

»Jamila, du übertreibst.«

»Ich kenne dich und deinen Job. Nein, du kümmerst dich sofort darum.«

Hamid setzte sich in den Wagen und holte erneut sein Smartphone aus der Tasche. Der Anruf seiner Frau ließ ihm keine Ruhe. Spongo, so heißt doch kein Mensch.

Und Zecken-Rap – was soll der Scheiß?

Hamid öffnete den E-Mail-Ordner, las die Nachricht, die seine Frau ihm geschickt hatte, und tippte auf den Link. Eine YouTube-Seite öffnete sich.

Er startete das Video.

Ein tätowierter Junge mit übergroßer Brille und rotem Stern auf der Baseballkappe rappte los: *Hey, ich bin Spongo, und ich sag dir, was hier läuft …*

Im Film belästigten Neonazis Stadtstreicher, Punks und Farbige, bis Spongo und sein Chor aufkreuzten und die Bösewichter in die Flucht schlugen. Die Background-Sängerinnen traten in Lederkluft auf – harmlos im Vergleich zum üblichen Sexismus in Hip-Hop-Videos, fand Hamid.

Gegen Ende wurden Spongo und ein Mädel in einem düsteren Keller gefoltert, bis Spongo aus einem bösen Traum erwachte. Die Penner, Punks und Flüchtlinge entpuppten sich als fröhliche Tanztruppe, Spongo rappte unbeholfene, aber gut gemeinte Reime, und die Sängerinnen führten einen Neonazi wie einen Hund an der Kette über die Bühne.

Der Song hieß »Nazi, verpiss dich«.

Nicht besonders subtil, dachte Hamid.

Dann wurde ihm klar, was er eben gesehen hatte.

Er spielte das Filmchen noch einmal ab.

Die Traumsequenz im Nazikeller. Eine halb nackte Sängerin auf einem Sofa, der Nazidarsteller über ihr. Er leckte sich die Lippen. Die Kamera fuhr weiter zur nächsten Couch, wo der singende Spongo von üblen Kerlen mit angedeuteten Boxhieben malträtiert wurde.

Für eine Sekunde schob sich eine riesige Hakenkreuzfahne durchs Bild. Hitler und andere Nazis blickten von den Wänden herab. Eine Galerie des Grauens.

Die Papierfabrik.

Hamid hatte Mira und das Konzert bereits vergessen.

Stattdessen wählte er Vincents Nummer.

64

NOCH GANZ AUFGEWÜHLT VERBAND MELIA das Smartphone mit ihrem Bürorechner und spielte das Video auf dem großen Monitor ab.

Die Prügelorgie von Westkreuz und Co. auf der Kreuzung vor dem Präsidium hatte tatsächlich keine zwei Minuten gedauert. Melia hatte aus zu großer Entfernung gefilmt, um einzelne Gesichter zu erkennen. Auch die Polizei würde damit nichts anfangen können.

Falls sie das ernsthaft wollte.

Die einzige Ausnahme war der weißhaarige Uniformierte am Ende der Aufnahme. Einer der drei Männer in der Toreinfahrt. Er hatte sich nach ihr umgesehen, als sie zum Schluss noch einmal filmte, und jetzt erkannte sie ihn.

Peer Dombacher.

Bis vor sechs Jahren hatte er als Abteilungsleiter im Bundesamt für Verfassungsschutz gearbeitet. Wenn alles normal verlaufen wäre, könnte er heute Präsident der Behörde sein. Wenn man ihn nicht für das Schreddern von NSU-Akten verantwortlich gemacht und daraufhin gefeuert hätte.

Vor zwei Jahren war Dombacher aus der Versenkung zurückgekehrt. Als Gründer und Chef der Westkreuz-Miliz.

Eine schillernde Figur.

Melia spielte die letzten Sekunden des Handyvideos noch einmal ab. Der zweite Westkreuzler war ihr unbekannt. Zu jung, um eine zentrale Rolle zu spielen, schätzte sie.

Der Typ im Mantel wandte der Kamera den Rücken zu. Bevor Melia den Aufnahmemodus aktivierte, hatte sie sein Gesicht gesehen. Und sie glaubte, es sich eingeprägt zu haben.

Sobald mir der Mann begegnet, erkenne ich ihn wieder.

Sollte er tatsächlich an der Friedrichstraße arbeiten, wäre sein Rendezvous mit Dombacher einigermaßen pikant. Vor allem am Rand eines Westkreuz-Überfalls mit zahlreichen Verletzten.

Was zum Teufel hatten die drei Kerle zu bereden?

Melia betrat die Kantine des Innenministeriums. Nur wenige Mitarbeiter saßen noch beim Essen. An der Ausgabe machte eine Angestellte bereits sauber.

»Bin ich zu spät dran?«, fragte sie.

Die Frau zuckte mit den Schultern, als spreche sie kein Deutsch, und fuhr fort, die Warmhalteplatten abzuwischen. Die Blechbehälter, die sonst während der Essensausgabe dort standen, waren bereits abgeräumt.

Ein Koch eilte hinter der breiten Durchreiche vorbei.

»Krieg ich noch etwas?«, rief Melia ihm zu.

Er blieb stehen und strich mit den Händen über seine Schürze. »Linseneintopf, junge Frau. Nicht vegetarisch und nicht mehr richtig heiß.«

Melia formte mit beiden Händen ein Herz.

Der Mann verschwand und kam kurz darauf mit einem gut gefüllten Teller zurück, den er ihr über den Tresen reichte. Er steckte ihr ein Brötchen und einen Löffel zu. Als

Melia bezahlen wollte, winkte er ab. Sie setzte sich an einen freien Tisch und begann, ihren Eintopf zu löffeln.

Nebenan stand eine Frau auf, die ebenfalls beim Verfassungsschutz arbeitete. Melia erinnerte sich, dass sie ab und zu ein paar Worte gewechselt hatten, bei einer Weihnachtsfeier oder zu Altweiber, wenn im Ministerium für ein paar Stunden die Arbeit zur Nebensache wurde.

Die Frau bückte sich, dann schob sie eine Serviette über Melias Tisch.

»Ihnen ist etwas heruntergefallen.«

Melia bedankte sich und aß weiter. Die Kollegin trug unterdessen ihren leeren Teller zum Abräumwagen und verschwand.

Nach einer Weile griff Melia nach dem Papiertuch, das nicht ihres war, und tat, als tupfe sie sich damit den Mund ab. Dabei bemerkte sie, dass eine Ecke beschriftet war. Sie steckte die Serviette ein, ließ sich Zeit mit ihrem Linsengericht und verließ die Kantine als Letzte.

Im Aufzug war sie allein. Sie holte das Ding hervor. Kantige Krakelschrift auf weichem Zellstoff: *In zehn Minuten in der Tiefgarage*.

Die Zeit war bereits vergangen.

Der Aufzug stoppte auf ihrer Etage.

Melia drückte die unterste Taste und fuhr abwärts.

Die Stahltür fiel hinter ihr ins Schloss, das Geräusch war laut und hallte nach. Kein Mensch zu sehen.

Melia verharrte für einen Moment, dann fiel ihr nichts Besseres ein, als zu ihrem Auto zu gehen. Nachdem sie einen Mauervorsprung passiert hatte, verdoppelte sich der Klang ihrer Schritte – sie war nicht allein.

Ein Wispern von hinten: »Sagen Sie kein Wort.«

Sie erreichte den Cinquecento und zückte ihren Funkschlüssel. Die Verriegelung klackte. Sie stieg ein, und die Kollegin nahm neben ihr Platz.

Melia wollte etwas sagen, doch die Frau hob warnend die Hand und holte ein Gerät mit Stummelantenne und Display aus der Tasche. Dabei deutete sie auf die Knöpfe der Audioanlage.

Das darf doch nicht wahr sein, dachte Melia.

Sie gehorchte trotzdem und schaltete das Radio ein. Im Deutschlandfunk lief ein Kulturmagazin. Ein Wissenschaftler sprach über rechtspopulistische Diskurse in Schlagertexten.

Die Kollegin wies auf das Zündschloss. Melia ließ den Motor an. Die Frau neben ihr behielt das Display des Wanzendetektors im Auge und nickte.

»Sauber.«

Melia hatte nichts anderes erwartet.

Die Kollegin streckte ihre Hand aus. »Solveig Fischer. Referat 623. Und Sie sind Frau Khalid, die für die linken Zecken zuständig ist.« Sie verzog etwas spöttisch den Mund. »Und selbst wie eine aussieht.«

»Und jetzt?«

»Fahren wir, wenn es Ihnen recht ist.«

Bevor sie die Ausfahrt erreichten, duckte sich Fischer tief in den Fußraum. Sie kam erst wieder hoch, nachdem sie die Schranke und die Überwachungskameras passiert hatten.

Die Kollegin ist nicht ganz dicht, dachte Melia.

65

RENÉ HAGENBERGS KLANG-KLANG-STUDIO befand sich in einem Gewerbegebiet, das zum linksrheinisch gelegenen Stadtteil Heerdt gehörte.

Ende der Sechzigerjahre war Hagenberg als junger Liedermacher ein Shootingstar gewesen. Während der RAF-Zeit boykottierte man ihn als angeblichen Sympathisanten. Zeitweise verschwand er in der Versenkung, erlebte aber mehrere Comebacks, zuletzt als gefragter Produzent neuer Stars und Sternchen sowie als Juror in TV-Castingshows.

Spongo war seine Entdeckung.

Der Straßenrand vor der grauen, fensterlosen Fassade war zugeparkt. Vincent musste fast bis zum Rhein hinunterfahren, um sein Auto abzustellen. Unmittelbar vor dem Studio standen Hagenbergs Porsche mit dem Kennzeichen *D RH 911* sowie ein knallgrün lackierter Citroën 2CV, der an der Seite beschriftet war.

Zeckenalarm.

Vincent klingelte, es summte, er drückte die schwere Tür auf. Das Foyer war voller Leute mit Sektgläsern, laute Hip-Hop-Musik, zweifellos eine Feier. Vincent tippte einem bärtigen Hipster auf die Schulter.

»Wo finde ich René?«

Ratloses Schulterzucken. »Frag mal Miriam.«

»Wer ist Miriam?«

Der Bärtige deutete den Flur entlang, was Vincent wenig weiterhalf.

Im großen Studioraum war das Gedränge groß. Noch mehr Jungvolk, trinkend, tanzend, in Gespräche vertieft. Endlich entdeckte er Hagenberg. Der große, schlanke Endsechziger trug den Style, in dem man ihn aus dem Fernsehen kannte: schwarzer Anzug, weißes T-Shirt unter dem Sakko, das graue Haar zum Pferdeschwanz gebunden.

Er stand Arm in Arm mit einem schmächtigen Jungen vor einem Monitor. Eine Frau umkreiste die beiden mit einer Videokamera. Zudem schoss ein Fotograf eine Aufnahme nach der anderen. Für die sozialen Netzwerke, vermutete Vincent.

Er trat näher. »Hallo, René.«

Hagenberg strahlte, als er Vincent erkannte, und umarmte ihn.

»Hey, Vinnie, darf ich dir Spongo vorstellen, Deutschlands neuen Rap-Star?«

Vincent gab dem Jungen die Hand. Er trug die auffällige Brille und das schief sitzende Käppi inklusive rotem Stern, mit denen man ihn seit Tagen überall sah. In Illustrierten, auf Werbetafeln, im Fernsehen.

»Du kannst gratulieren«, erklärte Hagenberg aufgekratzt. »Heute kamen die Zahlen von Media Control. Neueinstieg auf Platz drei der Single-Charts mit ›Nazi, verpiss dich‹!«

Vincent hatte nicht gewusst, dass es noch Singles gab. Er zeigte dem Jungen den erhobenen Daumen. Spongo grinste über beide Ohren.

Hagenberg klopfte gegen den Bildschirm. »So wird das Plakat der zweiten Auskopplung aussehen.«

Vincent erkannte die grüne Ente. *Zeckenalarm*, der Titel des Songs, vermutete er. Vor dem Oldtimer stand der Rapper, in Untersicht fotografiert. Verschränkte Arme, breitbeinige Pose, das Jungengesicht zur grimmigen Miene verzogen.

Vincent näherte sich Hagenbergs Ohr. »René, ich bin dienstlich hier.«

»Hab's fast befürchtet.« Der Produzent wandte sich an seinen Schützling. »Vincent ist Bulle. Seine Mutter sagt immer: wenigstens kein Bulle-Bulle.«

»Wir müssen reden.«

»Aber nicht jetzt, Vinnie. Schnapp dir ein Glas, und stoß mit uns an. Was für ein herrlicher Tag!«

»Es geht um Herlinde Weiß.«

Hagenberg sah plötzlich so alt aus, wie er war. Das Lachen war verschwunden. Er holte Luft, als setze er zu einer Rede an, aber er schwieg.

Vincent fügte hinzu: »Ich hab das Video zu eurem Platz-drei-Hit gesehen. Die Papierfabrik.«

Hagenberg klopfte mehrfach seine Taschen ab, dann fand er seine Zigaretten vor sich auf dem Tisch. Er sprach Spongo an. »Sag Miriam, wir nehmen diese Version. Und es reicht mit der Party, sie soll die Leute nach Hause schicken.«

»Ist was passiert?«

»Nein, nichts, einfach nur Feierabend.« Er wedelte mit der Zigarettenschachtel. »Ich bin mal auf einen Luftschnapper mit meinem Freund Vinnie draußen.«

66

SIE FUHR MIT SOLVEIG FISCHER rheinabwärts aus der Stadt.

»Ich würde Sie gern etwas fragen«, brach Melia das Schweigen.

»Mhm.« Die Kollegin starrte unentwegt nach hinten, als fürchte sie, observiert zu werden.

Ein Fall für die Klapse, dachte Melia.

Sie räusperte sich. »Gibt es in Ihrem Referat einen Kollegen um die vierzig, nicht größer als ich, eckige Brille, Narbe im Gesicht?«

»Auf der rechten Wange?«

Melia überlegte kurz, dann bejahte sie.

»Das kann nur Bovert sein.«

»Wer ist das?«

»Tristan Bovert. Er arbeitet eigentlich im Bundesamt. Aber er treibt sich sehr oft in Düsseldorf herum. Ich glaube, er führt V-Leute in der Stadt. Zurzeit hat er sogar ein Büro bei uns. Er unterstützt unseren neuen Referatsleiter.«

Noch so ein Experte aus Köln, dachte Melia, während Fischer die Sonnenblende herunterklappte, um den nachfolgenden Verkehr im Schminkspiegel beobachten zu können, ohne sich zu verdrehen.

Kurz darauf hielt Melia auf dem Parkplatz des Strandbads Lörick, das bis Mai geschlossen war. Wo an heißen Sommertagen die Autos dicht an dicht standen, erstreckte sich eine leere, matschige Grasfläche. Weit und breit kein anderes Auto, niemand war ihnen gefolgt.

Sie stiegen aus, erklommen den Deich und spazierten den asphaltierten Weg entlang. Die Nachmittagssonne stand tief. Krähen schnarrten, als stritten sie um Futter. Auf dem Rhein tuckerte ein Frachter, er war leer und glitt in Richtung Duisburg schnell dahin.

»Ich würde gern in Ihr Referat wechseln«, sagte die Kollegin gegen den Wind.

»Und als originelle Art, sich zu bewerben, ziehen Sie die Nummer mit dem Detektor ab?«

Solveig Fischer ließ ihren Blick schweifen und sagte nichts.

»Paranoia gehört bei uns zum Geschäft, nur glaube ich, dass Sie es ein wenig übertreiben.«

»Sie haben Feinde«, entgegnete die Kollegin.

»Ich weiß. Autonome, Anarchisten, Marxisten-Leninisten, Trotzkisten der Vierten Internationale. Habe ich jemanden vergessen?«

»Wenn Sie wüssten, was bei uns gerade intern abgeht.«

»Kommen Sie mit dem neuen Referatsleiter nicht zurecht?«

»Bösendorf kennt noch kaum jemand. Und Lars Spohr war gerade mal zwei Monate im Amt. Den fand ich sogar ganz nett, obwohl er vom Metier nicht viel versteht. Aber klar ist, dass sich die Stimmung geändert hat. Zuständigkeiten werden umverteilt und das Rad neu erfunden.«

»Aber tut das nicht jeder neue Chef? Ich habe auch einige Dinge geändert, als ich mein Referat übernahm.«

»V-Leuten neue Führungsbeamte zugeteilt? Die alten kaltgestellt und stattdessen Leute vom Bundesamt geholt?«

»Leute wie Bösendorf und Bovert.«

»Zum Beispiel.«

Melia ergänzte in Gedanken Konstantin Pfeifer, der auch noch nicht lange beim Landesamt arbeitete.

»Alles wird umgekrempelt, nicht nur personell. Die Westkreuz-Miliz wird als ideologisch unbedenklich eingestuft und im Entwurf zum neuen Verfassungsschutzbericht nicht mehr erwähnt. Und die AfD ist irgendwie tabu. Sogar die Beobachtung von Hardcore-Nazis wird eingestellt, sobald sie der AfD beitreten, und das tun sie momentan in Scharen. Da ist schwer etwas im Gange, aber wir sollen wegschauen. Reichsbürger gelten jetzt als unpolitisch. Dabei gibt es unter ihnen auch gewaltbereite Extremisten. Keiner weiß das besser als ich, denn bis vor Kurzem war ich für diese Szene zuständig. Plötzlich soll ich die NPD überwachen. Es wird Monate dauern, bis ich mich eingearbeitet habe und die wichtigsten V-Personen kenne.«

»Wozu soll das gut sein?«

»Das hab ich auch gefragt.«

»Und?«

»Seitdem werde ich geschnitten. Wichtige Meetings finden ohne mich statt.«

Melia dachte an ihre Ausbootung.

»Das Referat wurde aufgestockt, aber wir tun unterm Strich weniger. Dateien werden gelöscht und Akten vernichtet, weil sie als irrelevant eingestuft werden. Bösendorf nennt das ›ressourcenschonendes Archivmanagement‹. Dass der Präsident des Bundesamts die AfD-Führung berät und mit vertraulichen Informationen versorgt, haben Sie sicher schon gehört. Inzwischen traue ich unserem Amt das Gleiche zu.«

»Ich kann das kaum glauben.«

»Was meinen Sie, was passieren würde, wenn die wüssten, dass wir miteinander reden?«, fügte Fischer hinzu.

»Sie übertreiben.«

»Vielleicht bekommen Sie vom Linke-Zecken-Referat nichts davon mit, aber bei uns herrscht ein anderer Wind. Und die meisten Kollegen unterstützen das. Ich hab es satt, dumm angequatscht zu werden. Deshalb will ich wechseln.«

Mönchenwerth kam in Sicht. Über ihnen segelten Möwen fast ohne Flügelschlag durch die Luft. Eine Wolke zog vor die Sonne, plötzlich war es kalt geworden.

»Dann müssen Sie sich leider an Spohr wenden. Ihm ist nach dem Anschlag der gesamte politische Extremismus unterstellt worden. Mir hat man einen Teil meiner Kompetenzen abgenommen, und zwar alles, was aktuell relevant ist. Auch mir weht der Wind entgegen. Wollen wir umkehren?«

Sie traten den Rückweg an. Der Rheinturm schien auf der falschen Seite zu stehen, aber es war ihr Weg, der mit dem Fluss eine weite Kurve beschrieben hatte.

»Darf ich Sie etwas Persönliches fragen, Frau Khalid?«

»Bitte.«

»Sie könnten es sich einfach machen, wie es viele tun, um nicht anzuecken. Was treibt Sie an? Glauben Sie an einen Regierungswechsel nach der Wahl?«

Melia zog den Reißverschluss ihrer Jacke bis unter den Kragen zu. »Als meine Mutter in Europa studierte, durfte sie nicht nach Hause kommen, weil ihre Familie beim heimischen Diktator in Ungnade gefallen war. Dann kam der Regimewechsel, und sie dachte, sie könnte an der Neugestaltung ihres Heimatlandes mitwirken. Und was war? Man hat sie eingesperrt und gefoltert, nur weil sie dem gleichen Clan angehörte wie der verjagte Tyrann. Sie hat erlebt, was Willkür und Unfreiheit bedeuten.«

»Meine Güte, in welchem Land war das?«

»Tut nichts zur Sache.«

»Muss schrecklich sein, die Heimat zu verlieren.«

Melia nickte, denn sie wusste, dass ihre Mutter noch heute darunter litt, auch wenn sie fast nie darüber sprach.

»Haben Sie noch Kontakt in die Heimat?«, fragte Fischer.

»Wie meinen Sie das? Ich bin hier zu Hause, Deutsche wie Sie.«

»Sorry, ist klar.«

Ein Radfahrer überholte sie, und Fischer zuckte zusammen.

»Eine Frage hab ich noch«, sagte Melia. »Sie haben sicher von Herlinde Weiß gehört.«

»Die ermordete RAF-Rentnerin?«

»Halten Sie es für möglich, dass sie Kontakte zur Nazi-Szene hatte? Oder nutzen hiesige Neonazis die ehemalige Papierfabrik am Rheinhafen als Treffpunkt?«

»Ich höre mich gern mal für Sie um.«

»Das wäre nett.«

Eine Weile wanderten sie stumm. Melia fror an den Ohren, sie vermisste einen Schal.

Fischer fragte: »Warum haben Sie sich vorhin nach Tristan Bovert erkundigt?«

»Weil ich ihn bei der heutigen Demo vor dem Polizeipräsidium gesehen habe. Zusammen mit Peer Dombacher.«

Fischer sah sie mit großen Augen an. »Dem Westkreuz-General?«

»Höchstpersönlich.«

»Dombacher war einmal einer von uns. Etliche Kollegen halten immer noch große Stücke auf ihn.«

»Kann es sein, dass er für uns arbeitet? Dass Bovert ihn als Quelle führt?«

Fischer schüttelte entschieden den Kopf. »Erstens wird Westkreuz nicht mehr überwacht. Und zweitens ist Dombacher ein besonderes Kaliber. Eher führt er Bovert als umgekehrt.«

Sie kamen an Schrebergärten vorbei. Melia hörte Stimmen. Kinder steuerten eine Drohne. Melia stellte sich vor, dass sie und Fischer gefilmt wurden, und blickte sich um, ob sie jemand beobachtete.

Ich muss aufpassen, nicht ebenfalls verrückt zu werden, dachte sie.

67

»KANNST DU BITTE MEINEN NAMEN aus den Ermittlungen raushalten?«, fragte Hagenberg und zündete sich im Gehen eine Zigarette an. »Es würde mir im Moment gar nicht passen, Probleme mit der Staatsanwaltschaft zu bekommen.«

»Das passt niemandem«, antwortete Vincent. »Zu keiner Zeit.«

Der Musikproduzent breitete die Arme aus. »Deine Mutter hat mich gefragt, und du weißt, dass ich ihr nie einen Gefallen abschlagen könnte.«

»Brigitte?«

»Es war exakt wie damals. Eine Genossin in Not, wir halten zusammen. Keine Fragen, keine langes Zögern.«

»Scheiße.«

»Das kannst du laut sagen.«

»René, in zwei Jahren seid ihr siebzig. Wann werdet ihr endlich mal erwachsen?«

»Und was machen wir jetzt?«

Sie erreichten das Stück Strand unterhalb der Rheinwiesen, wo der Erftkanal in den Rhein mündete, und ließen sich auf einem Baumstamm nieder, der vermutlich während des letzten Hochwassers angespült worden war. Er war silbrig und glatt, ohne jede Rinde. Hagenberg hielt ihm die Zigarettenschachtel hin, Vincent winkte ab. Der Mann mit dem grauen Pferdeschwanz begann zu erzählen.

Herlinde Weiß habe es sattgehabt, länger im Untergrund zu leben, und sich deshalb von den anderen RAF-Rentnern getrennt. Hilfe suchend habe sie sich an Brigitte gewandt, die einen Kontakt zu Auersberg herstellen wollte, dem bundesweit bekannten Anwalt. Ein neuer Anlauf, die Begnadigung zu erwirken. Doch wo sollte sie einstweilen wohnen?

Weil Vincents Mutter damit rechnete, überwacht zu werden, sei sie eines Nachts bei Hagenberg aufgekreuzt. Mit Herlinde Weiß im Schlepptau.

»Bei mir konnte sie auch nicht bleiben«, bekannte der ehemalige Liedermacher. »Nachdem in allen Medien von einer neuen RAF die Rede war, hatte ich ebenfalls Schiss, dass man mich abhört oder observiert. Und ich wollte Cora auf keinen Fall mit reinziehen.«

Cora war Renés deutlich jüngere und sehr attraktive Lebensgefährtin. Vincent nickte, um ihn zum Weiterreden aufzufordern.

»Also hab ich Herlinde in der Fabrik untergebracht, wo wir gerade mit dem Video zugange waren. Wir haben einen Raum für sie frei geräumt und notdürftig eingerichtet. Es gibt dort Strom und kaltes Wasser. Ich konnte doch nicht ahnen, dass ihr etwas zustößt! Sag mir, Vinnie, was habe ich falsch gemacht?«

»Das muss der Staatsanwalt entscheiden.«

Hagenbergs Augen funkelten. Heftig zog er an der Zigarette.

»Ich weiß, was du jetzt denkst«, sagte Vincent.

»Was denn?«

»Dass ich doch ein Bulle-Bulle bin.«

»Mensch, Vinnie, was hättest du an meiner Stelle gemacht? Herlinde war schon lange keine Terroristin mehr! Ich bin mir sicher, dass Auersberg die Begnadigung erreicht hätte. Was derzeit in diesem Land abgeht, die ganze Stadtguerilla-Scheiße in den Medien, das ist reine Hysterie.«

Für bewaffneten Raubüberfall wäre Weiß trotzdem zur Rechenschaft gezogen worden, dachte Vincent. Darauf steht nun mal eine Gefängnisstrafe, und zwar nicht zu knapp.

»Wer ist ›wir‹?«, fragte er.

»Bitte?«

»Du sagtest, ›wir‹ haben einen Raum frei gemacht und eingerichtet.«

»Kevin hat mir geholfen.«

»Wer ist das?«

»Willst du den Jungen etwa auch als Terrorhelfer drankriegen?«

»Jetzt krieg dich ein, René. Vielleicht kann dieser Kevin etwas zur Suche nach dem Mörder beitragen.«

»Er ist ein netter Junge, vielleicht etwas einfach gestrickt, ein Träumer, der gern im Studio abhängt. Spongo und die anderen sind seine Idole. Ab und zu gebe ich ihm Jobs. Als Roadie oder so. Beim Videodreh war er für die Deko zuständig und hat mit ein paar seiner Kumpels auch mitgespielt. Am Schluss, der Nazi auf allen vieren an der Kette – das ist Kevin.«

»Und weiter?«

»Ich hab ihm die Schlüssel für die Fabrik gegeben, damit er sich um Herlinde kümmert. Einkäufe, und so. Der Plan war, dass sie ihr Versteck möglichst nicht verlassen muss.«

»Sie hat ein Auto gemietet.«

»Ja, sie hat sich nicht an die Abmachungen gehalten. Wozu das verdammte Auto? Damit sie sich nicht als Gefangene fühlen muss, meinte sie. Mindestens so stur wie deine Mutter.«

»Habt ihr gestritten, Herlinde Weiß und du?«

»Natürlich hab ich ihr gesagt, was Sache ist. Dass sie nicht nur mich gefährdet, sondern alle, die ihr helfen. Das hat sie schließlich auch eingesehen.«

Vincent musterte den Grauhaarigen.

Er hob beide Hände. »Ich war's nicht.«

»Schon gut, René, ich glaub's dir.«

»Können wir nicht so tun, als hätte ich nicht gewusst, dass es sich um Herlinde Weiß handelt? Als hätte ich es erst jetzt erfahren?«

»Ich brauche die Anschrift von diesem Kevin.«

Hagenberg schnipste den glimmenden Stummel ins Wasser. »Ich wollte echt nur helfen. Die Frau tat mir leid. Das Versteckspiel, die Überfälle – ihr habt sie doch erst dazu gezwungen!«

»Ich glaube, du verdrehst da etwas.«

»Eine Festnahme hätte sie nicht überlebt, das meinte auch Brigitte.«

»Unsinn.«

»Und was ist mit der jungen Frau, die ihr heute früh aus dem Fenster geworfen habt?«

»Sie ist gesprungen. Das war Suizid, und das weißt du genau. Und sag nicht ›ihr‹. Ich war nicht dabei.«

»Ich mag dich, Vinnie, aber du hast den falschen Beruf.«

»Sollte ich etwa auf Rapper umschulen?«

Hagenberg lachte. »Du bist keine zwanzig mehr.«

Vincent erhob sich. »Also tu ich, was ich am besten kann.«

René stand ebenfalls auf. »Und was ist mit mir, Vinnie?«

»Du brauchst einen Anwalt.«

68

MELIA SCHWIRRTE DER KOPF. Sie saß wieder in ihrem Büro, beantwortete Mails und begann schließlich einen Bericht, in dem sie Jakobs ihre Sicht der Dinge darlegen wollte. Aber eigentlich sehnte sie den Feierabend herbei, ein Glas Wein und ihr Bett.

Als sie nach SMS-Nachrichten schaute, stellte sie fest, dass ihr Handy noch auf stumm gestellt war. Nach der Besprechung im Präsidium hatte sie vergessen, es wieder in den normalen Modus zu schalten.

Drei Anrufe waren seit dem Vormittag eingegangen, die sie verpasst hatte.

Nummer eins stammte von der Archivarin, die sich mit einem kurzen Namen meldete, den Melia nicht verstand. Es ging um die Lücken in der elektronischen Datensammlung.

»Stellen Sie sich vor, Frau Khalid, unser Systemadministrator will uns nicht helfen. Höchste Geheimhaltungsstufe, behauptet er. Dabei sind wir doch gleichermaßen Geheimnisträger und verpflichtet, nichts nach außen zu tragen. Ich versuche es jetzt mal bei seinem Vorgänger.«

Gleich darauf dieselbe Stimme wieder.

»Ich noch einmal, Wilke. Habe mich gerade mit Herrn

Metz verabredet, der bis letzten Sommer für alle Software-Angelegenheiten zuständig war. Wenn Sie mögen, können Sie gern dazukommen. Kennen Sie das Em Brass in der Moltkestraße? Neunzehn Uhr. Ich hoffe, das passt Ihnen.«

Die dritte Nachricht stammte aus dem Polizeipräsidium, wie Melia an den ersten Ziffern der Telefonnummer erkannte. Vincent Veih kam ihr in den Sinn, dann ihr Gewährsmann beim Staatsschutz, doch es war jemand anderes.

»Holger Plachutta, wir haben uns gestern früh am Unglücksort getroffen, Frau Khalid. Und ich, äh, hab mich wohl etwas danebenbenommen. Hoffentlich sind Sie mir deshalb nicht mehr böse …«

Melia erinnerte sich: der Kripomann, der für Brandsachen zuständig war.

Komm zur Sache, dachte sie.

»Morgen Vormittag hab ich einen Termin mit dem Sachverständigen. Er will bis dahin mit dem Gutachten fertig sein. Ich mach uns Kaffee. Elf Uhr im Präsidium, Plachutta ist mein Name.« Ende der Durchsage.

Ein Termin am Samstagvormittag. Der Terroranschlag erlaubte kein freies Wochenende. Melia speicherte die Nummer des Kommissars in ihrem Kontakte-Ordner und schrieb ihm eine SMS.

Werde da sein. Khalid.

Sie blickte auf die Uhr. Bis zum Treffen mit der Archivarin und dem IT-Spezialisten war noch Zeit. Aber brauchten die beiden sie überhaupt?

Melia feilte weiter an ihrem Memo für Jakobs. Plötzlich meldete sich ihr Stolz. Sie beschloss, dass sie es nicht nötig hatte, sich zu rechtfertigen, und verschob den Entwurf in den Papierkorb.

Ihr Handy klingelte. Plachuttas Nummer.

»Khalid, Innenministerium.«

Der Kommissar fragte: »Stimmt es, dass Sie nicht mehr für den Brand in der Münsterstraße zuständig sind?«

»Das sind Interna, zu denen ich keine …«

»Nachdem ich Ihnen aufs Band gesprochen hatte, erhielt ich einen Anruf aus dem Ministerium. Sagt Ihnen der Name Pfeifer etwas?«

»Ja.« Leider, dachte sie.

»Ich hatte Ihnen doch gesagt, dass vor Ihnen schon ein anderer Verfassungsschützer am Unglücksort war. Das war dieser Pfeifer. Er ist bei Ihnen für die AfD zuständig, hat er gesagt. Und jetzt hätte er auch Ihre Aufgaben übertragen bekommen.«

»Hören Sie nicht auf ihn. Morgen um elf bin ich wie vereinbart bei Ihnen.«

»Nein, der Termin fällt aus.«

»Wie bitte?«

»Das Landeskriminalamt übernimmt die Brandsache. Ich bin draußen.«

»Warum das?«

»Verstehen tu ich das auch nicht. Normalerweise bildet man in politischen Fällen eine gemeinsame Sonderkommission mit den Sachbearbeitern der Kripo unter Federführung eines höheren Dienstgrades vom LKA.«

»Stattdessen sind Sie komplett draußen?«

»Und wenn es nach Pfeifer geht, dürfte ich nicht einmal mit Ihnen reden.«

»Er hat sie angelogen. Er ist nicht für die AfD zuständig. Die Partei wird vom Verfassungsschutz gar nicht beobachtet. Was Pfeifer an dem Morgen am Unglücksort wollte, weiß ich auch nicht.«

»Und jetzt?«

»Wir treffen uns heimlich.«

»Soll ich meinen Job riskieren?«

»Niemand wird etwas davon mitbekommen.«

»Ich weiß nicht recht …«

»Der Gutachter muss nicht dabei sein. Es reicht, wenn er Ihnen eine Kopie des Ergebnisses gibt.«

»Damit bringe ich ihn in Schwierigkeiten.«

»Fragen Sie ihn. Versuchen Sie's einfach, Herr Plachutta. Wir wollen doch beide wissen, was da läuft.«

69

AUCH NACH JAHRZEHNTEN EMPFAND VINCENT immer noch ein eigenartiges Gefühl, als er durch den Ort fuhr, in dem er aufgewachsen war, nachdem seine Mutter in den Untergrund ging und sich der RAF anschloss. Neuss-Uedesheim: Einfamilienhäuser mit Klinkerfassade und Kinderschaukel im Vorgarten. Bewohner, die darauf achteten, wer in ihrer Nachbarschaft parkte und welches Auto er besaß. Leute, die übereinander tratschten. Wehe, du präsentierst dich nicht, wie andere es erwarten – zumindest hatte er das als Junge im Haushalt seiner Großeltern so erlebt.

Der Opa hatte ungewohnte Regeln aufgestellt. Vincents Haar musste stets kurz geschnitten sein, das Zimmer aufgeräumt, keine Jeans an Sonntagen. Stets saubere Schuhe, die er selbst penibel putzen musste.

Und seltsame Leitsätze: *Ordnung führt zu allen Tugenden.*

Über Brigitte zu reden, war tabu gewesen.

Die Fernsehnachrichten hielten Vincent indessen auf dem Laufenden – Fahndung, Festnahme, Prozess sowie die schrecklichen Hungerstreiks im Gefängnis. Vincent wusste nie, ob er seiner Mutter die Daumen drücken oder sie hassen sollte.

Trotz aller Strenge fühlte er sich bei den Großeltern geborgen. Nur einmal hatte er den Opa gehasst. Für ein großes Essen sollten die Kaninchen geschlachtet werden, die in einem Stall gehalten wurden. Gerhard Veih setzte sich in den Kopf, seinem Enkel beizubringen, wie man sie tötete. Weil der Junge nicht kräftig genug zuschlug, wurde sein Opa ungehalten und zerschmetterte Micki, Django und die anderen an der Hauswand, die sich dabei rot färbte. Vincents Antwort war ein Hungerstreik. Zwei Tage lang hielt er durch.

Noch heute vernahm er manchmal in schlaflosen Nächten das Fiepen der Tiere und das Knacken der kleinen Köpfe.

Kurz vor der Jahrtausendwende, nach dem Tod der Großeltern, als er das Haus aufräumte, damit Brigitte nach ihrer Haftentlassung einziehen konnte, entdeckte Vincent auf dem Dachboden ein Bündel Briefe, das ihm bewusst machte, worin Gerhard Veihs Job als junger Polizist während der Nazizeit bestanden hatte. Es waren Dokumente des Grauens und der Verrohung. Im besetzten Polen hatten er und sein Bataillon Jagd auf Juden gemacht, die von den Transporten zu den Vernichtungslagern geflohen waren.

Sie hatten die Köpfe polnischer Babys an der Hauswand zerschlagen, wenn deren Eltern in Verdacht standen, Juden zu verstecken.

Mein Opa war Teil der Holocaust-Maschinerie.

Was von ihm steckt in mir? Wie hat Brigitte ihre Jugend erlebt?

Fragen wie diese ließen Vincent seitdem nicht mehr los.

Er hielt vor dem kleinen Haus. Es war bereits dunkel, die Natur schlief, nur ab und zu brummte ein Auto vorbei. Wo einst die Kaninchenställe gestanden hatten, schimmerte das

Gelb der Forsythien, die seine Mutter gepflanzt hatte. Die Fenster waren dunkel, aber die Laterne über der Haustür brannte. Vincent nahm es als Willkommensgruß.

Der Klingelknopf klemmte. Die schrille Glocke verstummte erst, als Vincent noch einmal drückte. Seine Mutter öffnete.

»Wir müssen reden«, sagte er.

»Ich weiß«, antwortete sie.

Die Vorhänge zur Straße waren zugezogen. Im kleinen Radio auf dem Regalbrett lief leise ein Klavierkonzert. Tee dampfte in einer Kanne, zwei Keramikbecher standen bereit. Brigitte schenkte ein.

»René hat mich vorgewarnt, dass du kommen würdest«, sagte sie.

»Dann weißt du auch, dass Herlinde Weiß tot ist.«

»Was willst du von mir?«

»Warum hast du mir nicht Bescheid gesagt, dass ihr sie versteckt habt?«

»Rate mal.«

»Hast du eine Idee, wer sie umgebracht hat?«

»Nein. Außerdem rede ich mit dir kein Wort über Herlinde. Nicht ohne meinen Anwalt.«

»Könnten es Arnold und Büchner gewesen sein?«

Sie schüttelte den Kopf und hielt ihren Becher umklammert, als wolle sie sich daran wärmen. Ihm wurde klar, wie sehr der Tod der einstigen Genossin sie mitgenommen hatte. Noch nie zuvor war ihm seine Mutter so alt und zerbrechlich vorgekommen.

Er griff nach ihren Händen. »Ich kann mir den Stress vorstellen, den du hattest, als sie hier aufgekreuzt ist. Und sie muss ziemlich verzweifelt gewesen sein, sonst hätte sie dir das nicht angetan. Die Medien waren voller Fahndungsbilder. Bei jedem Schritt die Angst, erkannt zu werden. Die können einem auch noch so viele Perücken nicht nehmen.« Er lächelte. »Wie ich dich kenne, hast du ihr auch erst einmal Tee gemacht.«

Abrupt entzog sie ihm ihre Hände. Ihr Blick blieb gesenkt.

»Und dann habt ihr stundenlang gequatscht. Was hat sie erzählt? Gab es jemanden, von dem sie sich konkret bedroht gefühlt hat?«

Brigitte führte den Tee an ihre Lippen und schlürfte kurz. Ihr Mienenspiel verriet Unruhe. Er musste daran denken, dass sie sich noch nie richtig ausgesprochen hatten. Nie hatte er ein Wort der Reue vernommen. Kein Wort des Bedauerns darüber, dass sie ihn weggegeben hatte, als er sieben Jahre alt war. Er wünschte sich nichts sehnlicher, als dass sie sich erklärte.

Zeig mir, dass du keinen Stein in der Brust hast.

Hilf mir, Mama.

Seine Mutter schreckte hoch. Er hatte es ebenfalls gehört. Die Haustür krachte, Glas zerklirrte. Vincent wollte nach seiner Pistole greifen, doch die lag eingeschlossen in seinem Schreibtisch in der Festung.

Schwere Schritte polterten herein. Vermummte Männer rissen Vincent und seine Mutter von den Stühlen und brüllten durcheinander. Der Tisch wankte, heißer Tee ergoss sich über Vincent. Seine Arme wurden verdreht und viel zu stramm gefesselt.

Ein Überfall von Kollegen.

Alles, was er dachte, war: Hoffentlich wehrt sich Brigitte nicht.

Ein SEK-Rambo kniete auf ihm und drückte mit dem

Unterarm gegen Vincents Hals, damit er stillhielt. Auch seine Füße wurden mit Kabelbindern fixiert.

»Ich bin ein Kollege«, stieß Vincent hervor.

»Und ich bin Heidi Klum.«

»Mein Dienstausweis steckt in der Jacke. Innentasche links.«

Der Mann ignorierte ihn. Vincents Rippen schmerzten.

»Wenn du nicht sofort nachschaust, Kollege, fliegst du morgen hochkant aus deinem Kommando. Helmut Maaßen ist ein alter Sportkumpel von mir.«

Polizeioberrat Maaßen unterstanden die Spezialeinheiten. Tatsächlich waren sie ein- oder zweimal miteinander gelaufen, schon Jahre her.

Endlich lockerte der Rambo den Griff.

»Und wehe, Freundchen, ihr krümmt meiner Mutter auch nur ein Haar!«

Brigitte ließ sich widerstandslos abführen. Ein letzter Blickkontakt. Sie wirkte klein, aber stolz zwischen den SEK-Kollegen. Man hat sie in zwanzig Jahren Haft nicht gebrochen, man wird es auch jetzt nicht schaffen, dachte Vincent.

»Ruf Freimuth an«, rief sie ihm zu. Sie meinte Auersberg, den Anwalt.

70

MELIA BETRAT DAS EM BRASS, es war voll und laut, die Luft stickig, Freitagabend. Die dicke Archivarin fiel ihr sofort auf. Sie saß mit einem hageren Mann an einem kleinen Bistrotisch. Ein dritter Stuhl war noch frei.

Frau Wilke stellte Melia den pensionierten Software-Experten vor. Er hieß Hans Metz und bestand darauf, Johnny genannt zu werden. Seine Augen waren gerötet, auf den Wangen zeichnete sich ein Netz feiner Adern ab. Das schüttere, fast weiße Haar fiel ihm bis auf die Schultern. Über einem klein karierten Hemd mit abgewetztem Kragen trug er ein dunkles, ausgewaschenes T-Shirt mit einem kryptischen Text auf der Brust: *There's no place like 127.0.0.1.* Ein alter Scherz für Computerfreaks, vermutete Melia.

Die Bedienung trat an den Tisch. Metz bestellte ein frisches Altbier, drei Striche standen schon auf seinem Deckel. Wilke orderte einen Salat. Melia entschied sich nach einem Blick auf die Karte für Oktopus mit Kichererbsenpüree.

»Sie sind eine Nonkonformistin«, sagte Johnny zu ihr. »Das sieht man auf den ersten Blick.«

»Finden Sie?«

»Ich mag Nonkonformisten. Ohne euch hätte ich die

Arbeit fürs Ministerium nicht so lange ausgehalten. Ihr Verfassungsschützer seid die Heavy-Metal-Rocker unter den Beamten«

»Wie meinen Sie das?«, fragte sie.

»Ihr seid brachial. Was ihr macht, haut voll rein, und keiner kann gegen euch anstinken. Nur dass ihr im Unterschied zu Metal-Mucke still seid. Das finde ich geil. Mucksmäuschenstill.«

»Weil wir im Geheimen agieren.«

»Was euch aber selbst nicht ganz geheuer ist.« Er kicherte. »Deshalb müsst ihr ständig alles dokumentieren.«

Die Archivarin mischte sich ein. »Die fehlende Akte wurde vielleicht schon in den Neunzigern entfernt. Davon werden wir nichts mehr finden, aber die gelöschten Daten …« Wilke blickte Johnny an.

»Was ist damit?«, fragte Melia.

»Die richtig wilden Metal-Typen setzen sich sogar über die Dokumentationspflichten hinweg«, erklärte der frühere Systemadministrator. »Die sind oberbrachial. Definieren das Spiel nach ihren eigenen Regeln.«

»Sie meinen einen Geheimdienst innerhalb des Geheimdienstes?«

»Beim Gitarrensolo flattern dir die Hosenbeine, als stündest du direkt vor den Boxen. Deine Eingeweide vibrieren. Manchmal zerfetzt es sie sogar. Aber du hörst nichts, rein gar nichts.«

»Will heißen?«

»Wer es professionell anstellt und das System kennt, hinterlässt in der Datenwelt nicht die geringste Spur.«

»Haben Sie nachgesehen?«

»Yep.«

»Nichts über Jens Nickel?«

»Nope.«

»Vielleicht sind niemals elektronische Daten geschrieben worden«, sagte Wilke. »Die digitale Erfassung begann erst nach seiner aktiven Zeit.«

Melia wollte sich damit nicht abfinden. »In der Datenbank existieren Vermerke zu Weiß, Büchner und Arnold, die gemeinsam mit Nickel unterwegs waren. Zu Hogefeld und Grams, die er angeblich verraten hat. Darin wurde herumgelöscht, das erkenne sogar ich.«

»Sie sind auf Draht, junge Frau«, bestätigte Johnny Metz.

»Und?«

»Es geschah Ende Januar.«

»Und von welchem Rechner aus wurde die Datenbank manipuliert?«

Der IT-Mann breitete die Arme aus. »Profis verschleiern ihre Pfade.«

Wilke verdrehte die Augen.

Die Bedienung brachte das Bestellte. Der IT-Mann zuckte mit den Schultern, griff nach seinem Glas und trank es zur Hälfte aus. »Sorry, Ladies, kann ich sonst noch etwas für euch tun?«

Melia fragte: »Spielen Sie selbst Heavy Metal?«

»Sehe ich etwa so aus?« Johnny lächelte in sich hinein. »Nein, dafür bin ich nie der Typ gewesen.«

SAMSTAG, 3. MÄRZ

Blitz, Seite eins:

ROTER MOB GIBT KEINE RUHE

22 Verletzte nach Sympathisanten-Randale

Düsseldorfer Morgenpost, Seite eins:

RECHTSSTAAT ZEIGT STÄRKE: RAZZIEN UND FESTNAHMEN

Frantzen fordert linke Parteien zur Distanzierung vom Terror auf

Süddeutsche Zeitung, Buch zwei:

LINKS-GRÜNE WOHLFÜHLZONE STATT MUT ZUR ERZIEHUNG

Welche Rolle spielt die Schule beim Heranwachsen einer neuen Terrorgeneration?

71

DER HIMMEL WAR BLAU, ganz ohne den üblichen Dunstschleier, und Düsseldorf roch nach Frühling. Hamid steuerte den zivil lackierten VW Passat, den ihnen die Fahrbereitschaft zugeteilt hatte, und bemühte sich um Small Talk. Vincent reagierte nur einsilbig darauf, denn ihm saß das Erlebnis des vergangenen Abends noch in den Knochen. Er sorgte sich um seine Mutter. Anwalt Auersberg hatte versprochen, alles für sie zu tun.

Die Bundesanwaltschaft warf Brigitte Beihilfe zum schweren Raub vor. Zudem prüfte man, ob sie in die Gründung einer vierten RAF-Generation und in den Anschlag auf die AfD-Zentrale verwickelt war. Besonders schwere Brandstiftung, Bildung einer terroristischen Vereinigung – im schlimmsten Fall würde sie für sehr lange Zeit im Gefängnis verschwinden.

In Auerbergs Kanzlei herrschte Hochbetrieb. Sie vertrat auch Hagenberg sowie einen Großteil der in Düsseldorf festgenommenen Antifa-Leute.

Der Anwalt gab sich gelassen, aber Terrorverfahren waren ein besonderes Kaliber, wie Vincent wusste. Unter dem Druck von Politik und Öffentlichkeit fuhren Staatsanwälte die größtmöglichen Geschütze auf, und Richter ließen jede Milde vermissen.

Vincent hielt die Wochenendausgabe der *Morgenpost* auf seinem Schoß fest, die er in seinem Stammkiosk erworben hatte. Er hatte einen kurzen Blick hineingeworfen, das genügte ihm.

Der Tod von Annika Berentzen war der Redaktion nur wenige Zeilen wert. Der Polizeipräsident wusch seine Hände in Unschuld. Die junge Frau habe unter Depressionen gelitten und schon einmal versucht, sich das Leben zu nehmen. Vincent konnte es dennoch nicht fassen, dass der Sprung aus dem Fenster überhaupt möglich gewesen war.

Sein Fall, der Mord an Herlinde Weiß, fand keine Erwähnung.

Hamid warf einen Seitenblick auf die Zeitung. »Stimmt es, dass man deine Mama …«

»Ja, es stimmt«, unterbrach ihn Vincent. »Die Terrorfahnder waren längst einen Schritt weiter als wir. Frag mich nicht, woher die ihre Informationen haben.«

Sein Handy spielte den Klingelton.

Inspektionsleiter Thann. Der hatte ihm noch gefehlt.

»Wir müssen reden, Herr Veih.«

»Wann?«

»Sind Sie im Haus?«

»In der Stadt, unterwegs zu einer Zeugenvernehmung.«

»Schaffen Sie es um zwölf bei mir im Büro?«

»Wie könnte ich Ihnen einen Wunsch abschlagen?«

Aufgelegt.

»Wer war das?«, fragte Hamid.

»Der Giftzwerg.«

»Was hat ein Zitronenfalter mit einem Inspektionsleiter gemeinsam?«

»Ich weiß, Hamid. Ein Zitronenfalter kann auch keine Zitronen falten.«

»Okay, der Scherz ist alt, aber trotzdem könntest du auch mal lachen, finde ich.«

»Du mich auch, Hamid.«

Das schmucklose Haus an der Sonnenstraße in Oberbilk war vor geschätzten fünfzig Jahren in eine Bombenlücke des Zweiten Weltkriegs gesetzt worden. Unmittelbar davor hatten die Stadtwerke den Bürgersteig aufgerissen. Vincent und Hamid holten ihre Schutzwesten aus dem Kofferraum und legten sie an – keiner wusste, wie Kevin Koch auf ihren Besuch reagieren würde. Ihre Waffen trugen sie am Gürtel. Vincent nahm den Durchsuchungsbeschluss mit.

Über Bretter gelangten sie zum Eingang. Es gab eine Gegensprechanlage. Vincent drückte die Klingel.

Weil keine Antwort kam, versuchten sie es bei einem Nachbarn, der sie einließ. Der Junge, den sie suchten, wohnte im zweiten Stock. Klingeln, klopfen – wieder nichts.

Vincent rief den Schlüsseldienst an.

Es war möglich, dass Koch der Täter war.

Rapper-Fan und Aushilfs-Roadie. Hagenbergs Faktotum, das sich um Herlinde Weiß kümmern sollte. Was hatte ihn ausrasten lassen? War letztlich Geld das Motiv?

Weder im Wagen, den Weiß gemietet hatte, noch in ihrem Versteck in der Papierfabrik hatten die Kollegen der Tatortgruppe Banknoten aus der Beute des Ikea-Überfalls gefunden. Wetten, dass sich der Mörder Herlindes Anteil genommen hatte? Vierhunderttausend durch drei – es sind schon für weit geringere Summen Menschen umgebracht worden, dachte Vincent.

Schritte auf der Treppe, eine junge Frau kam herauf.

»Guten Morgen«, grüßte Vincent.

»Wollen Sie auch zu Kevin?«, fragte sie. »Macht er nicht auf?«

Ihr rötliches Haar kontrastierte mit ihrer grünen Jacke. Blasse Haut, die Wimpern fast farblos. Sie wirkte arglos, aber Vincent beschloss, dem ersten Eindruck nicht zu trauen.

Er zeigte seine Marke. »Kriminalpolizei. Mein Name ist Veih, das ist mein Kollege Belhanda. Sind Sie die Schwester von Kevin Koch?«

»Seine Freundin. Isa Reichel. Eigentlich müsste er da sein.«

»Besitzen Sie einen Schlüssel?«

Die Rothaarige guckte irritiert.

»Ihr Freund ist ein wichtiger Zeuge in einem Mordfall, und wir müssen uns davon überzeugen, dass er wirklich nicht da ist.«

Sie schloss auf und rief nach Kevin.

Vincent und Hamid folgten ihr in die Wohnung und begannen sofort, sich umzusehen. Schnell stand fest, dass der Vogel ausgeflogen war. Sie teilten die Räume auf. Vincent übernahm das größere Zimmer, in dem Bett, Schreibtisch und ein großer Monitor standen.

»Was haben Sie vor?«, fragte die Freundin.

Er ließ sie die Kopie des Durchsuchungsbeschlusses unterzeichnen und bat sie, als Zeugin zu bleiben, bis er und Hamid fertig sein würden. Dann streifte er sich Handschuhe über und untersuchte den Raum auf mögliche Verstecke.

Zuletzt knöpfte er sich das Bücherregal vor. Er rückte alle Bände ab. Nichts dahinter. Ihm fiel auf, dass einige Buchtitel auf Rechtsaußen-Propaganda hinwiesen. *Schicksalsfrage Identität. Fünfzig Jahre Gehirnwäsche. Der Verfall Deutschlands.* Neben dem Buch von Sarrazin über die angebliche Abschaffung Deutschlands stand ein alter Nazi-Klassiker: *Der Auschwitz-Mythos.*

Vincent musste an das Führerbild und die Hakenkreuzfahne am Set des Spongo-Videos denken. Und an die Worte von René Hagenberg: *Kevin hat mir geholfen.*

Er wandte sich an Isa Reichel. »Ist Ihr Freund ein Neonazi?«

»Nein, ach was.«

»Und die Bücher hier?«

»Er war mal in so einer Kameradschaft, aber er ist da ausgestiegen.«

Die übrigen Titel waren unverfänglich. Romane über Bienen und Hundertjährige. Auf einem Buchrücken las Vincent einen Namen, der ihm bekannt vorkam.

Viktor Bairami.

Ein gebundenes Exemplar, schon etwas abgegriffen. Er zog es heraus.

Der Würger von Düsseldorf.

Vincent blätterte darin. Immer wieder waren Zeilen angestrichen. Vor allem die Schilderungen, wie Arne Meingart seine Opfer zugerichtet hatte, schienen es dem Leser angetan zu haben.

Mit klopfendem Herzen zeigte Vincent den Fund seinem Kollegen. Treffer, dachte er.

Hamid stieß einen leisen Pfiff aus.

Vincent sprach die Rothaarige an. »Wenn Sie einen Schlüssel von Kevins Wohnung haben, besitzt er vielleicht einen von Ihrer?«

Sie nickte.

»Dann mal los«, sagte Vincent. »Vielleicht finden wir ihn dort.«

72

DAS KLINGELN IHRES MOBILTELEFONS riss Melia aus dem Schlaf.

Ein Blick auf den Wecker, den sie nicht auf Alarm gestellt hatte, und sie erschrak: Der halbe Samstagvormittag war schon vorbei.

Ihr Handy gab keine Ruhe. Melia fand und entsperrte es.

Eine Oberstaatsanwältin der Düsseldorfer Generalstaatsanwaltschaft meldete sich. »Störe ich?«, fragte sie.

»Nein, was gibt's?« Melia blinzelte ins grelle Tageslicht und unterdrückte ein Gähnen.

Die Frau informierte sie, dass die Ermittlungen gegen die wegen Terrorverdacht festgenommenen Antifa-Leute fast ausnahmslos vor der Einstellung stünden, falls nicht rasch noch belastende Informationen auftauchten. Polizei und Staatsanwaltschaft hätten alles unternommen, um Verbindungen zum Brandanschlag nachzuweisen – ohne Erfolg.

Bevor sich der Generalstaatsanwalt bei der Haftprüfung blamiere, wolle er die Freilassung der Antifa-Leute anordnen. In wenigen Stunden sei es so weit.

Was Melia vorausgesehen hatte.

Die Stimmung in der Justizbehörde sei im Keller, beklagte sich die Anruferin. Die Überprüfung der beschlagnahmten Laptops und Mobiltelefone war noch nicht ganz abgeschlossen – die Oberstaatsanwältin ließ durchblicken, dass sie die roten Socken lieber in Haft behalten hätte.

Von der Landesregierung käme nur Schweigen. Die Bundesanwälte aus Karlsruhe hätten sich zurückgezogen und konzentrierten sich auf Brigitte Veih sowie deren Verbindung zum Räubertrio um Herlinde Weiß.

Um den Ministerpräsidenten nicht bloßzustellen, werde immerhin gegen zwei der linken Bazillen ein Haftbefehl wegen Bildung einer terroristischen Vereinigung beantragt.

Die Oberstaatsanwältin klang vorwurfsvoll. »Die Namensliste, die Ihre Dienststelle dem Landeskriminalamt zugespielt hat, war nichts wert!«

»Da beschweren Sie sich an der falschen Adresse.«

»Ich weiß. Herr Pfeifer hat uns das Blaue vom Himmel versprochen. Ich kann ihn aber momentan nicht erreichen. Wissen Sie vielleicht, ob wir noch auf belastbare Informationen vonseiten Ihres Amtes hoffen können?«

»Wer sind die Verdächtigen, für die Sie Haft beantragen werden?«

»Silvia Ragovic und Fabian Perscheid.«

Der rote Professor – Melia spürte, wie die Erwähnung seines Namens sie traf.

Die Anruferin fuhr fort: »Wir können belegen, dass sich die beiden mit dem anonymen Terroraufruf auseinandergesetzt haben. Aber wird das dem Richter genügen? Haben Sie nicht wenigstens etwas gegen die zwei in der Hand, Frau Khalid, damit wir gegen ihre Anwälte nicht den Kürzeren ziehen?«

»Laut meinen Quellen lehnen er und Ragovic eine neue

RAF entschieden ab. Perscheid wollte sogar ein Gegenpapier verfassen.«

Die Mitarbeiterin der Generalstaatsanwaltschaft schwieg für zwei, drei Sekunden, dann begann sie, schmutzige Wörter in den Hörer zu rufen.

Melia legte auf.

73

DEN FLUR MIT DEN BÜROS der Obermuftis nannte man intern die »Teppichbodenetage«. Dort residierten der Behördenchef, die Abteilungsleiter sowie die Inspektionsleiter der Kripo, zu denen Kriminalrat Thann gehörte. Am Ende des Gangs befand sich der große Besprechungsraum, der auch für Pressekonferenzen diente.

Ein paar Tische waren zusammengeschoben worden. In einer Ecke flackerte eine Neonröhre und gab Geräusche von sich. Es war bereits dreizehn Uhr, Thann hatte das Treffen um eine Stunde verschoben.

Vincent hatte die Zeit genutzt, um Anna Winkler zu informieren und mit ihr die Fahndung nach Kevin Koch einzuleiten. Bei seiner Freundin war der Junge ebenfalls nicht gewesen.

Der Inspektionsleiter empfing ihn nicht allein. Kripochef Engel sowie zwei höhere Tiere vom Bundeskriminalamt, die für Terrorbekämpfung zuständig waren, nahmen Vincent gegenüber Platz. Engel stellte ihm die BKA-Herren vor, deren Namen er sofort wieder vergaß.

Vincent fragte sich, was der Aufmarsch der Anzugträger bedeutete.

Zunächst erkundigte sich Engel nach dem Ermittlungsstand in der Leichensache Herlinde Weiß. Vincent war einigermaßen stolz darauf, dass seit dem Morgen mit Kevin Koch ein dringend Tatverdächtiger feststand.

Der junge Mann hatte sich um die untergetauchte RAF-Rentnerin gekümmert. Ein ehemaliger Neonazi, dessen besonderes Interesse offenbar Arne Meingart, dem Würger von Düsseldorf, und dessen Taten galt.

Das Buch in seinem Regal und die Unterstreichungen darin sprachen Bände. Und Kochs Verschwinden konnte man als Schuldeingeständnis werten.

Sein Foto war an sämtliche Polizeidienststellen der Republik verschickt worden. Streifenbeamte führten es in ihren Fahrzeugen mit sich. Die Bundespolizei hielt an Flughäfen und Bahnhöfen die Augen auf. Am Abend würde das Bild im Fernsehen zu sehen sein und morgen in allen Zeitungen. Eine Hotline war bereits eingerichtet.

Die Herren auf der anderen Seite nickten ernst.

Vincent konnte zudem vermelden, dass unterdessen auch der Obdachlose aufgetaucht war, der die Leiche im Kofferraum des Unfallwagens entdeckt hatte. Der Mann machte einen verwirrten Eindruck, man hatte ihm einstweilen einen Klinikplatz in der Psychiatrie Grafenberg besorgt. Sobald er sich beruhigt hatte, würde man ihn befragen. Vielleicht konnte er Kevin Koch als Täter beschreiben.

»Mhm«, machte Engel.

Begeisterung klingt anders, dachte Vincent.

Dann fragte ihn der Kripochef nach der Verstrickung von Brigitte Veih.

Vincent hatte sich dazu ein paar Sätze überlegt. Er wollte weder lügen noch seine Mutter belasten. Schweigen hielt er allerdings auch für eine schlechte Option.

»Ich stand kurz davor, sie zum Reden zu bringen«, antwortete er. »Doch dann brach das SEK die Tür auf und hat uns zu Päckchen verschnürt.«

Thann warf die Arme in die Luft. »Kurz davor, sie zum Reden zu bringen. Dass ich nicht lache. Meine Herren, ich glaube, Vincent Che Veih ist auf dem Leiterposten des KK11 der sprichwörtliche Bock als Gärtner.«

Vincent zwang sich zur Ruhe. Die Anzugträger musterten ihn. Nur die defekte Neonröhre störte mit ihrem Pling-Pling die Stille.

Engel fragte: »Hätte Ihre Mutter etwas verraten, Herr Veih?«

»Ehrlich gesagt, ich weiß es nicht.«

»Würden Sie es noch einmal versuchen?«

»Was soll denn dabei herauskommen?«, rief Thann.

Engel ging nicht darauf ein. »Herr Veih, der Anwalt Ihrer Mutter hat uns angeboten, dass sie sich unseren Fragen stellt.«

»Sie will tatsächlich aussagen?«

»Aber nur Ihnen gegenüber und unter vier Augen.«

Vincent überlegte, was das bedeutete. Thann schüttelte nur noch den Kopf. Offenbar hatte der Kripochef ihn nicht eingeweiht.

»Die Kollegen vom BKA plädieren dafür, dass wir es zumindest versuchen. Also entlocken Sie ihr alles, was möglich ist. Ging der Kontakt von Frau Weiß zu Hagenberg über sie, wie wir vermuten? Wie lief das ab? Welche Kenntnisse hat Ihre Mutter über Arnold und Büchner? Und wer zählt zur vierten Generation der RAF? Wer hat das Strategiepapier verfasst, und wer war am Brandanschlag beteiligt? Die Kollegen vom BKA werden Sie noch diesbezüglich briefen.«

Damit brächte ich meine Mutter ins Gefängnis, dachte Vincent.

»Begreifen Sie es als Chance, Herr Veih«, sagte der Kripochef. »Damit beweisen Sie uns Ihre Loyalität.«

»Laut Strafprozessordnung darf ich über den Inhalt des Gesprächs schweigen, denn ein Sohn muss seine Mutter nicht belasten.«

»Auch das haben wir bedacht.« Engel zwinkerte. »Sie werden ein Mikro unter dem Hemd tragen, damit Sie nicht aus falsch verstandener Mutterliebe einen Rückzieher machen und sich auf Ihr Schweigerecht berufen.«

»Sie wollen mich als Hörfalle benutzen?«

»Wenn es um Terrorabwehr geht, ist das ein legitimes Mittel.«

Vincent widersprach: »Das Aufzeichnen eines Privatgesprächs ist nach Paragraf 201 Strafgesetzbuch illegal. Als Amtsträger blühen mir bis zu fünf Jahren Freiheitsstrafe wegen Verletzung der Vertraulichkeit des Wortes. Sorry, das ist die Rechtslage.«

Zum ersten Mal ergriff einer der BKA-Herren das Wort: »Nicht, wenn der Mitschnitt der Wahrnehmung überragender öffentlicher Interessen dient. Und das ist zweifellos der Fall.«

Wieder waren alle Blicke auf Vincent gerichtet.

Hat meine Mutter verdient, dass ich für sie den Job riskiere? Sie hat mich im Stich gelassen, als ich ein Kind war, dachte Vincent. Unser Verhältnis ist stets problematisch gewesen. Und zweifellos hat sie Mist gebaut, als sie half, ihre frühere Genossin zu verstecken.

Aber kann ich sie verraten, wenn sie endlich glaubt, mir vertrauen zu können?

»Herr Veih?«, fragte Engel.

Vincent schüttelte den Kopf. »Tut mir leid.«

Thanns Gesicht bekam rote Flecken. »Herr Engel, es ist doch klar, dass …«

»Warten Sie.« Der Kripochef legte dem Inspektionsleiter die Hand auf den Unterarm. »Ich glaube, Herr Veih weiß genau, dass er als Beamter keine Wahl hat.«

Vincent sah in die Mienen der Männer auf der anderen Seite des Tisches und erkannte, dass man ihn nicht nur als Kommissariatsleiter absetzen würde, falls er bei seiner Weigerung blieb. Die Terrorfahnder würden ihn behandeln, als hätte er die Seiten gewechselt. Er würde als Handlanger der neuen RAF gelten – aus der Ecke käme er nie wieder heraus. Und seinen Job wäre er los.

Mit Ende vierzig in der privaten Sicherheitsbranche anheuern?

»Also?«

»Okay.«

Engel zeigte sich erleichtert.

Vincent überlegte, wie er es bewerkstelligen könnte, ohne seine Mutter in die Pfanne zu hauen.

74

MELIA DREHTE EINE RUNDE UM DEN BLOCK und fuhr ein zweites Mal die Oststraße entlang. Ein letzter Blick in den Rückspiegel, bevor sie in die Einfahrt zum Parkhaus des dahinter gelegenen Kaufhofs bog. Niemand, der ihr folgte.

Solveig Fischer hat mich angesteckt, dachte Melia und zog an der Schranke ihr Ticket.

Über mehrere Etagen ging es im Kreisel nach oben, bis schließlich eine Rampe aufs Dach führte. Auch hier draußen parkten zahlreiche Kaufhauskunden.

Melia steuerte ihren Cinquecento bis ans andere Ende. Sie stieg aus und blickte sich um.

Fünf Stockwerke weiter unten rauschte der Verkehr auf der Schadowstraße, eine U-Bahn rumpelte in den Tunnel. Kräne überragten die gegenüberliegenden Dächer. Weiter links streckte sich das Drei-Scheiben-Haus in den Himmel. Zwei Tauben umkreisten einander balzend auf der Brüstung.

Endlich kam der Brandermittler auf Melia zu.

»Herr Plachutta«, sagte sie und gab ihm die Hand.

Misstrauisch beäugte er ein Peugeot-Cabrio, das die Rampe hochschoss. Die Tauben flatterten hoch, ihre Flügel ließen die Luft knallen.

»Keine Angst«, beschwichtigte Melia. »Mich hat niemand observiert.«

Der Kripomann wirkte gehetzt. Er wartete, bis die Fahrerin des Peugeots durch die Tür zu den Aufzügen verschwunden war.

»Haben Sie's dabei?«, fragte Melia.

Er schüttelte den Kopf. »Man hat das Brandgutachten tatsächlich zur Geheimsache gemacht. Können Sie mir das erklären?«

»Wozu haben Sie mich dann hierher beordert?«

Er beugte sich an ihr Ohr. »Jonas hat mir die Key Facts verraten.«

Ein weiteres Auto kam aufs Dach gerollt. Plachutta trat hinter einen Van. Melia verschränkte die Arme und wartete ab, bis sich die Tür des Kaufhauses auch hinter diesem Kunden geschlossen hatte. Die Tauben kehrten zurück und gurrten. Auch der Kommissar kam wieder aus der Deckung.

»Und?«, fragte Melia.

»Die Molotowcocktails haben kaum Schaden angerichtet.«

Sie musste lachen. »Kaum Schaden? Wir waren beide vor Ort. Das Gebäude ist jetzt eine verdammte Ruine.«

»Jonas sagt, wenn ein Molli zerplatzt, brennt das Benzin ab, mit dem die Flasche gefüllt ist. Oft verrußt gerade mal der Bodenbelag, und sonst tut sich nichts. Es muss schon einiges zusammenkommen, damit auf diese Art ein Brand entsteht, und das war laut Jonas an der Münsterstraße nicht der Fall.«

Die Tür fiel krachend ins Schloss. Eine ältere Frau ging zu ihrem Mini. Der Kommissar wartete mit verkniffener Miene, bis sie eingestiegen war und wegfuhr.

Dann ergänzte er leise: »Allerdings hat Jonas noch weitere Brandherde gefunden. Papierkörbe im ersten Stock.«

»Das kann Nachlässigkeit gewesen sein. Schlecht ausgedrückte Zigarettenkippen.«

»Ausgeschlossen, wenn das Feuer an fünf Stellen gleichzeitig ausbricht.«

»Das konnte Ihr Freund feststellen, obwohl der Brand alles verwüstet hat?«

»Er ist ziemlich gut auf seinem Gebiet.«

»Meines Wissens befanden sich im Erdgeschoss die Büros des AfD-Kreisverbands und die eines Bundestagsabgeordneten. Im ersten Stock saß die Landeszentrale der Partei. Also wurde dort das Feuer entfacht, und zwar nicht, indem etwas durchs Fenster geworfen wurde.«

»Richtig.«

»Und jetzt fragen wir uns: Wie kamen der oder die Täter dort hinein?«

»Ganz genau.«

»Wie lautet Ihre Antwort?«

»Die Türschlösser haben den Brand überstanden. An keinem haben wir Einbruchspuren entdeckt. Nicht im Treppenhaus, an keinem Zugang, auch nicht bei den Firmen, die ebenfalls in dem Gebäude untergebracht waren. Und an den Eingangstüren zu den AfD-Büros haben wir am genauesten nachgesehen, wie Sie sich denken können.«

»Die Mollis waren also ein Täuschungsmanöver, um davon abzulenken, dass die Täter über den Schlüssel zur ersten Etage verfügten oder ihnen jemand aufmachte.«

»So sieht es aus.«

»Und jemand, der großen Einfluss hat, will verhindern, dass Sie und ich dieser Spur nachgehen.«

Der Kommissar hob beide Hände. »Ich habe geliefert,

jetzt müssen Sie Wort halten. Von mir haben Sie diese Informationen nicht. Geheimdienste halten doch ihre Quelle geheim, oder?«

Melia bedankte sich und stieg in ihr Auto.

»Viel Glück«, sagte Plachutta.

75

EIN KOLLEGE VOM BKA ZEIGTE VINCENT etwas, das wie ein Kugelschreiber aussah. »Das kommt in die Außentasche deines Sakkos.«

»Ein getarntes Mikro?«

»Mit Spezialverstärker, einem Akku, der sechs Stunden hält, sowie einem Vier-Gigabyte-Speicher, mit dem du noch viel länger aufzeichnen könntest.«

»Kann man damit auch schreiben?«

Der Mann lachte. »Mach den Oberkörper frei.«

»Wozu?«

»Ich muss dich verkabeln.«

»Sagtest du nicht, dieses Wunderding speichert selbst?«

»Du bekommst einen Sender auf den Rücken. Es wurde entschieden, dass wir das Gespräch zeitgleich mithören.«

»Vertraut man mir nicht?«

Der Techniker antwortete nicht, sondern machte eine auffordernde Handbewegung.

Vincent zog sein Hemd aus.

Er hatte schon mehrfach Situationen erlebt, in denen er an seiner Behörde verzweifelte. Vorgesetzte versuchen, dir das Rückgrat zu brechen. Kollegen wenden sich gegen dich.

Es zählt nicht, was richtig, sondern nur, was opportun ist. Und nach jedem Regierungswechsel erfindet das Ministerium den Polizeidienst neu, während du als Beamter verpflichtet bist, jeden Scheiß mitzumachen.

Aber in eine solche Lage hatte man ihn noch nicht gebracht.

Es kotzte Vincent an.

Ihm fiel ein, wie entsetzt seine Mutter reagiert hatte, als sie noch im Knast von seiner Berufsentscheidung erfuhr. Polizist wie ihr verhasster Vater. *Bulle, ausgerechnet du?*

Der Sender war ein schwarzes Kästchen, nicht größer als ein halber Daumen. Der Techniker klebte es mit elastischem Tape über Vincents rechte Niere. Ein Kabel hing daran. Dessen Ministecker passte in die Buchse des Mikros, die sich am unteren Ende befand, wo bei einem Kugelschreiber die Mine herauslugte.

Also taugte das Ding nicht zum Schreiben.

Um den Stecker in die Außentasche des Sakkos zu führen, schnitt der BKA-Kollege ein kleines Loch in das Futter und in die Rückwand der Tasche.

»Sieht man nicht«, kommentierte er.

Vincent war zu müde, um zu protestieren.

Bevor er seine Mutter sehen konnte, bat ihn der Kripochef zu sich. Ein runder Mann im himmelblauen Anzug stand vom Besucherstuhl auf, als Vincent das Büro betrat.

»Kennen Sie Herrn Auersberg?«, fragte Engel.

Vincent begrüßte den Anwalt seiner Mutter mit Handschlag.

»Inzwischen mussten wir sämtliche Antifa-Leute freilassen, die im Zusammenhang mit dem Anschlag festgenommen wurden«, erklärte der Kripochef. »In keinem einzigen

Fall hat es für einen Haftbefehl gereicht. Umso wichtiger ist die Kooperation Ihrer Mutter, Herr Veih.«

»Ich tu, was ich kann.«

»Herr Auersberg möchte noch etwas mit Ihnen besprechen.«

»Unter vier Augen«, sagte der Anwalt.

Engel war nicht darüber begeistert, schritt aber nicht ein, als der runde Mann Vincent auf den Flur hinausführte.

Der Anwalt überzeugte sich davon, dass sie allein waren. Dann deutete er auf die Außentasche von Vincents Sakko, aus der das obere Ende des Kugelschreibers ragte.

»Mikro?«, fragte er leise.

Vincent nickte.

»Schon eingeschaltet?«

»Nein.«

Auersberg beugte sich nach vorn, um direkt ins Mikro zu sprechen. »Wäre auch illegal.« Er grinste und fügte hinzu: »Mein Mandant René Hagenberg hat heute zu Protokoll gegeben, dass sich Herlinde Weiß direkt an ihn gewandt hatte. Ihre Mutter war nicht involviert.«

Sehr ritterlich, dachte Vincent.

Zum Trakt des Polizeigewahrsams gelangte er über den Hof der Festung. Er stieg die drei Stufen nach oben und durchschritt die Schleuse. Ein stämmiger Kollege empfing ihn, griff sich einen Schlüsselbund und schlurfte voraus.

»War 'ne Menge los, die letzten Tage«, sagte der massige Mann. Er trug ein kurzärmeliges Uniformhemd, als wolle er bereits den Sommer herbeilocken. »Die Zecken haben ganz schön Krach gemacht. Jetzt sitzt hier nur noch die alte Vogelscheuche.«

»Meine Mutter.«

»Tatsächlich?«

Vincent ersparte sich eine Reaktion. Er folgte dem Kollegen den Flur entlang. Das Mikro war nun eingeschaltet. Irgendwo im Gebäude gegenüber empfing ein Rechner das Signal. Vincent stellte sich vor, wie eine Menge wichtiger Leute lauschend um einen Lautsprecher saß.

Der Typ im kurzen Hemd fragte: »War die Dame denn ebenfalls am Brandanschlag beteiligt?«

Vincent zuckte mit den Schultern. »Mal schauen, was sie zu beichten hat.«

»Ganz schön schräg, die eigene Mutter im Gewahrsam zu besuchen, oder nicht?«

Der Kollege schloss auf.

Brigitte erhob sich von ihrer Pritsche.

Der Uniformierte nickte Vincent zu. »Wenn du fertig bist, klopfst du an die Tür. Oder wenn du Hilfe brauchst.« Er ließ seinen Blick wandern und lachte. »Falls der Familienkrach ausartet.«

Mit diesen Worten ließ der Mann sie allein.

Laut rumpelnd schob sich der Riegel zurück ins Schloss.

»Hallo, Vinnie«, sagte Brigitte.

So hat sie mich nicht mehr genannt, seit ich sieben war.

Vincent hob den Finger an den Mund.

Sie runzelte die Stirn.

Er zog Sakko und Hemd hoch und wandte ihr kurz den Rücken zu. »Was machst du da?«, rief er in den Raum. »Lass die Finger von meinem Hemd! Misstraust du mir etwa?« Zugleich griff er nach hinten und riss sich den Sender vom Leib.

Brigitte begriff. »Was ist das? Zeichnest du auf? Mein eigener Sohn verrät mich, ich hab's mir ja gedacht, du Scheißbulle!«

Er deutete auf die Brusttasche seiner Jacke.

»Du verdammtes Schwein!« Sie riss das getarnte Mikro heraus, wobei sich das Kabel löste, schleuderte das Ding auf den Boden und trampelte darauf herum, bis es in Einzelteile zersprungen war.

»Das genügt.«

Vincent stellte fest, dass sich das kleine Loch im Futter seiner guten Jacke zu einem längeren Riss erweitert hatte. Sie nahmen auf der Pritsche Platz. Er blickte auf seine Uhr. »Meine Chefs, die mithören wollten, werden jetzt meine Festnahme veranlassen. Wir haben etwa drei, vier Minuten. Also, was wolltest du mir sagen?«

»Erstens tut es mir schrecklich leid, dass ich dich da hereingezogen habe«, sagte Brigitte. »Aber ich konnte Herlinde unmöglich im Regen stehen lassen, verstehst du das?«

»René hat gestanden, ohne dich zu belasten.«

»Er ist ein Schatz. Schon immer gewesen.«

»Hatte Herlinde Weiß etwas mit dem Brandanschlag zu tun oder mit dem Strategiepapier, von dem in der Presse zu lesen war?«

»Nein. Sie war völlig durch den Wind, als sie bei mir ankam. Sie hatte sich von Sibylle und Klaus getrennt, weil sie meinten, so würden sie weniger auffallen. Ich war die Einzige, der sie vertrauen konnte. Die ganzen Leute, die festgenommen wurden, hat sie gar nicht gekannt. Aber bei mir konnte sie auch nicht bleiben.«

Vincent nickte. Ein Blick auf die Uhr. Eine gute Minute war vergangen.

»Der Polizei wollte sie sich nicht stellen, das kam für sie nicht infrage. Auersberg dachte, er könnte ihre Strafe auf ein paar Jahre herunterhandeln, doch Herlinde wollte davon nichts wissen. Sie war regelrecht in Todesangst.«

»Wieso das?«

»Ich nehme an, das hat mit Weiterstadt zu tun. Ihr war klar geworden, wer wirklich dahintersteckte, und dass sie deshalb für diese Leute auch heute noch ein Risiko darstellte.«

»Wie bitte?«

Brigittes Augen blitzten. »Das war keine RAF-Aktion. Ich wüsste das, glaub mir.«

»Ihr habt euch doch dazu bekannt!«

»Weil die RAF sich in einer schwierigen Phase befand und sich keine Schwäche eingestehen wollte. In Wirklichkeit waren wir völlig überrascht.«

Schritte näherten sich draußen auf dem Flur.

So schnell hatte Vincent nicht mit den BKA-Leuten gerechnet.

»Für wen sollen die drei es sonst getan haben?«, fragte er.

Brigitte verschränkte die Arme.

Er packte sie bei den Schultern. »Rede, schnell!«

Schlüsselgeklirre, das Schaben des Riegels.

Zwei Beamte drängten in die Zelle. Der eine schirmte seine Mutter ab. Der andere riss Vincent zurück und führte ihn mit festem Griff hinaus.

Er unterdrückte den Impuls, sich zu wehren.

Der Typ im kurzen Hemd öffnete ein benachbartes Kabuff. Während sie Vincent hineinschoben, nahm er den Inspektionsleiter wahr, der vom Flur aus zusah. Auch ein Anzugträger des Bundeskriminalamts stand dabei. Vincent rieb seine schmerzende Schulter, die Tür krachte ins Schloss.

Eine Premiere, dachte er.

Als Gefangener habe ich diesen Trakt noch nie erlebt.

76

DER FLORAPARK LAG RUND ZEHN GEHMINUTEN vom Ministerium entfernt. Melia setzte sich auf eine Parkbank am Teich und begann, den Meeresfrüchtesalat zu essen, den sie sich unterwegs in einem italienischen Restaurant hatte einpacken lassen. Unter den alten Bäumen schien bereits die Dämmerung einzusetzen.

Solveig Fischer kam aus derselben Richtung und setzte sich zu ihr.

Melia wischte sich mit der Serviette über den Mund. »Mir ist niemand gefolgt. Und Ihnen?«

»Wie war das mit der übertriebenen Paranoia?«

»Herlinde Weiß und die Neonazi-Szene. Haben Sie etwas in Erfahrung gebracht?«

»Ihr letztes Versteck war die alte Papierfabrik am Hafen, die dieser Liedermacher gekauft hat, stimmt's?«

Melia nickte.

»Man hat dort ein Musikvideo gedreht. Ein paar Kameraden aus der rechten Szene haben dabei als Statisten mitgespielt. Damit es echt wirkt, vermute ich. Der Song heißt ›Nazi, verpiss dich‹ und steht gerade weit oben in der Hitparade.«

»Danke.« Die Mordkommission wird sich über den Hinweis freuen, dachte Melia.

»Das hätte ich Ihnen auch in Ihrem Büro erzählen können«, sagte die Kollegin.

»Ich habe noch eine Bitte, die vertraulich bleiben soll.«

Fischer blickte sie abwartend an.

Melia senkte die Stimme. »Die AfD wird nicht beobachtet, aber Sie haben gesagt, dass derzeit zahlreiche Neonazis in die Partei eintreten. Sind darunter vielleicht Leute, die für uns als Spitzel arbeiten oder gearbeitet haben?«

»Mit einiger Wahrscheinlichkeit, denn bis vor Kurzem haben wir alle angeworben, die nicht bei drei auf den Bäumen waren.«

»Leute, die einen Job in der Landesgeschäftsstelle bekommen haben?«

»Worauf wollen Sie hinaus?«

»Falls es da jemanden gibt, bräuchte ich den Namen.«

»Wissen Sie, was Sie da verlangen?«

»Die Attentäter von der Münsterstraße hatten einen Helfer aus den Reihen der AfD.«

»Halte ich für unwahrscheinlich.«

»War aber so.«

»Wieso sollte einem Parteiangestellten daran gelegen sein, die eigene Zentrale niederzubrennen?«

»Wir sprechen von Rechtsextremisten. Solche Leute schüren Hass, um ihre Anhänger zu radikalisieren. Sie stilisieren sich gern als Opfer. Was bedeuten da schon ein paar Schreibtische und Computer? Ein Hardcore-Nazi kann durch den Anschlag nur gewinnen.«

»Das hätten unsere V-Mann-Führer verhindert.«

»Ach, kommen Sie, Frau Fischer. Kein Spitzel offenbart sich seinem Führungsbeamten hundertprozentig. Wir haben diese Leute nie ganz im Griff. Wie oft ist es schon geschehen, dass eine Quelle in schlimme Dinge verwickelt war und wir das erst hinterher erfahren haben?«

Fischers Stirn kräuselte sich. »Könnte es nicht sein, dass die RAF einen Maulwurf bei der AfD eingeschleust hat, der dem Kommando Giuliani die Tür öffnet?«

»Wir müssen beides in Betracht ziehen. Wollen Sie mir helfen?«

»Wie stellen Sie sich das vor? Kein Kollege wird seinen Spitzel verraten, selbst wenn der ein schweres Verbrechen begangen hat. Mein Referat hat selbst bei den NSU-Morden dichtgehalten. Man hofft immer, dass eine Quelle noch einmal zu gebrauchen ist.«

Melia erkannte, dass im 623er-Referat andere Sitten herrschten als in ihrem Team. Ihr gruselte es beim Gedanken daran, dass ein Brandanschlag eines Informanten seinem V-Mann-Führer nur ein Schulterzucken wert war.

»Keine Chance?«, fragte sie.

»Datenbankrecherche«, sagte Fischer nach einigem Zögern. »Ich kann mal schauen, wie weit ich komme.«

Melia bedankte sich.

»Dafür holen Sie mich in Ihr Referat. Ich bin mir sicher, dass Sie als Leiterin bald wieder fest im Sattel sitzen werden. Ihre Karriere ist noch lange nicht am Ende.«

»Wie kommen Sie darauf?«

»Bei *dem* Vater.«

Plötzlich spürte Melia eine Abscheu dieser Frau gegenüber. Ich ticke anders als du, dachte sie, verabschiedete sich kühl und ging.

77

EINE KNAPPE STUNDE NACH SEINER Festnahme saß Vincent wieder bei Benedikt Engel in dessen Büro. Er wusste, dass sein Job auf der Kippe stand und alles davon abhing, ob der Kripochef den Daumen hob oder senkte.

»Dumm gelaufen«, sagte Vincent, runzelte die Stirn und hoffte, dass er den zerknirschten Pechvogel überzeugend spielte.

»Sie machen uns doch etwas vor, Herr Veih!«

An der Wand hingen gerahmte Fotos internationaler Begegnungen. Engel und ein französischer Commissaire, Engel und ein US-amerikanischer Chief. Vincent nippte vom Kaffee, den die Vorzimmerangestellte gebracht hatte, und verzog unwillkürlich das Gesicht. Filterplörre aus der Thermoskanne, dünn und abgestanden.

»Nein, ehrlich«, widersprach er rasch. »Bevor ich begriff, dass die Umarmung keine Begrüßung war, sondern ein Abtasten, hatte meine Mutter auch schon den Sender entdeckt.«

»Sie haben sie wirklich nicht gewarnt?«

»Der Techniker hätte das Ding besser tarnen sollen.«

Engel schaufelte Zuckerwürfel in seinen Kaffee, rührte um

und studierte den Wirbel in seiner Tasse. »Hat Ihre Mutter noch irgendetwas geäußert?«

»Dass sie nichts von den anderen beiden Räubern weiß. Dass sie keine Kenntnis über ein Kommando Giuliani hat oder über das Strategiepapier. Das war's auch schon, denn dann haben Sie die Zelle stürmen lassen.«

»Der Generalbundesanwalt will Ihre Mutter weiter in Haft behalten.«

Vincent nickte, noch immer ganz zerknirscht.

Engel rührte noch einmal, dann leckte er den Löffel ab. »Wie viele Überstunden schieben Sie eigentlich vor sich her, Herr Veih?«

»Warum fragen Sie das?«

»Bis Ihre Mutter freikommt, muss ich Sie leider beurlauben.«

»Nur weil mein Inspektionsleiter das verlangt?«

Engel schüttelte den Kopf. »Das kommt von oben. Friedrichstraße. Die Horrorvorstellung des Ministers besteht darin, in den Zeitungen zu lesen, dass die Terrorermittlungen nicht vorankommen, weil der Sohn von Brigitte Veih sie torpediert.«

»Schwachsinn.«

»Sie wissen doch, wie Politiker ticken.«

»Bis meine Mutter freikommt?«

»Oder bis zum Abschluss der Ermittlungen wegen des Großbrands in Mörsenbroich.«

»Das kann dauern.«

»Ein wenig Erholung wird Ihnen guttun.« Engel erhob sich zur Verabschiedung.

Jetzt musste sich Vincent nicht mehr verstellen, denn er fühlte sich tatsächlich mies. Mitten in der Arbeit an der Leichensache Herlinde Weiß nach Hause geschickt zu werden, war eine Ohrfeige.

»Ich stelle mir das schlimm vor«, sagte der Kripochef, als Vincent bereits an der Tür war.

»Was meinen Sie?«

»Ein solches Verhältnis zur eigenen Mutter zu haben.«

»Ich kenne es nicht anders.«

78

MELIA HATTE SICH BEQUEME SACHEN angezogen, ein weites Sweatshirt, alte Jeans, dicke Wollsocken. Sie aß eine Kleinigkeit, während im Fernsehen die Nachrichten liefen. Überall schien die Welt aus den Fugen zu geraten.

Die AfD warf den zuständigen Behörden vor, die Ermittlungen wegen des Anschlags mit Absicht zu verschleppen. Zahlreiche linke Gruppierungen riefen für morgen in Düsseldorf zu einer weiteren Demonstration wegen des Todes von Annika Berentzen auf. Sie glaubten an Mord und witterten einen aufziehenden Polizeistaat. Der Innenminister rechnete mit neuen Ausschreitungen und bat zur Unterstützung um Beamte aus anderen Bundesländern.

Der Verfassungsschutz braucht einen Neustart, dachte sie. Falsche Routine hat uns blind gemacht. Und ich will meine bisherigen Zuständigkeiten zurückbekommen.

Melia setzte sich an ihren privaten Rechner und startete einen zweiten Versuch für ein Memo an Jakobs, ihren Abteilungsleiter. Meine Argumente werden ihn überzeugen.

In Wahrheit hatte der Brandanschlag auf die AfD-Zentrale nicht linke, sondern rechte Urheber, so ihre These. Was mich rehabilitiert, sagte sie sich.

Niemand kann mir ein Versäumnis nachweisen.

Das Klingeln ihres Handys ließ sie innehalten. Auf dem Display eine Berliner Nummer.

»Khalid.«

»Meldest du dich jetzt auch privat mit deinem Decknamen?« Die Stimme ihres Vaters. »Pass auf, dass dich der Geheimdienst nicht völlig schizophren macht.«

»Ich arbeite, also bin ich nicht im Amelie-Modus.«

»Am Samstagabend?«

»Was gibt's, Andreas?«

»Das mit deiner Kompetenzbeschneidung. Ich hab's versucht, bin aber leider auf Beton gestoßen. Wie es scheint, wirst du dich damit abfinden müssen. Tut mir leid.«

Sie ballte die Faust und wurde laut. »Was heißt das, du hast es versucht?«

»Reg dich nicht auf, Amelie, ich hab nur …«

»*Wen* hast du angerufen?«

»Bitte, beruhige dich.«

»Tausendmal hab ich dir gesagt, dass du dich nicht in meine Angelegenheiten einmischen sollst!«

»Amelie …«

»Was meinst du, was meine Kollegen und Mitarbeiter über mich denken, wenn sich das herumspricht?«

Stille im Äther. Melia fragte sich, ob sie ihren Vater zu hart angegangen hatte.

»Andreas, bist du noch dran?«

»Dann hoffen wir mal, dass sich nicht noch etwas anderes herumspricht.«

»Was meinst du damit?«

»Stimmt es, dass du mit einem führenden Linksradikalen ins Bett gehst? Mit einem Typen, den man den roten Professor nennt?«

Melia stockte der Atem. Sie starrte ihr Handy an, dann drückte sie zitternd das Gespräch weg. Sie fühlte sich wie im freien Fall, als müsse sie sich jeden Moment übergeben.

Sie klappte ihren Laptop wieder zu.

Ich bin ruiniert, dachte sie.

Meine Rehabilitierung kann ich vergessen.

79

VINCENT INFORMIERTE ZUERST ANNA WINKLER, seine Stellvertreterin, dann trommelte er die wenigen Mitarbeiter zusammen, die sich im Haus aufhielten, und erklärte auch ihnen, dass er die nächsten Tage freinehmen würde.

Verdutzte Gesichter. Zaghafte Einwände. Anna schwieg und zeigte ein Pokerface. Im Unterschied zu ihm verstand sie sich mit dem Inspektionsleiter gut.

Vincent wusste, dass er nicht mit allzu großer Loyalität rechnen konnte. Jedes Mal, wenn er in den letzten Jahren bei der Behördenleitung angeeckt war, hatte sich ein Teil der Kollegen von ihm abgewandt. Sie lauerten darauf, ihn auf seinem Posten zu beerben. Oder strengten sich an, denen zu gefallen, die das schaffen könnten.

Konkurrenz prägt die Gesellschaft, und der Polizeidienst bildet keine Ausnahme – mit allen hässlichen Konsequenzen.

In seinem Büro fuhr er den Rechner herunter und entleerte den Tank seiner Espressomaschine in den Topf des Ficus. Sein Feierabendritual.

Das Telefon klingelte.

Er hob den Hörer ab. »Veih.«

»Melia Khalid.«

»Ah, die VS-Beamtin mit Hintergrund.«

»Bitte?«

»So drückt das unser Kollege Belhanda aus, der in Marokko geboren wurde.«

»Ich stamme aus Bonn.«

»Auch schön. Was verschafft mir die Freude Ihres Anrufs?«

»Der Fall Weiß, ich hatte Ihnen Hilfe zugesagt. Einen persönlichen Bezug des Mordopfers zur Neonaziszene haben wir nicht gefunden. Aber aus dem Referat, das für Rechtsextremismus zuständig ist, erfahre ich, dass in unmittelbarer Nähe des Tatorts ein Musikvideo mit politischem Hintergrund gedreht wurde, an dem Neonazis mitgewirkt haben. Deshalb die Hakenkreuzfahne und das übrige Zeug.«

»Aha«, antwortete Vincent.

»›Nazi, verpiss dich‹. Sie finden das Video im Internet.«

»Danke.«

»Sehr begeistert klingen Sie nicht.«

»Um ehrlich zu sein, die Fahndung nach einem der Statisten läuft bereits.«

»Tja, dann einen schönen Abend noch.«

»Danke trotzdem«, sagte Vincent, doch die Verfassungsschützerin hatte bereits aufgelegt.

Zwanzig Minuten später erreichte Vincent das Haus an der Sonnenstraße, in dem sich Kevin Kochs Wohnung befand. Hier hatte er sich mit dessen Freundin Isa Reichel verabredet. Warum sollte er nicht auch im Urlaub ermitteln?

Aus einem gekippten Fenster im Erdgeschoss tönte unverkennbar ein Fußballkommentar. *Sportschau*-Zeit. Über die Planken erreichte er die Haustür und klingelte. Jemand hatte Mülltüten in die Baugrube geworfen. Eine Elster zerrte daran und hüpfte zur Seite, weil sie sich durch Vincent gestört fühlte.

Reichels Stimme aus der Gegensprechanlage. Dann summte es, und Vincent drückte die Tür auf. Als er zwei Stockwerke höher Kochs Wohnung betrat, empfing sie ihn mit verschränkten Armen.

»Was wollen Sie eigentlich? Ich hab wirklich nicht viel Zeit.«

Sie hatte sich für den Samstagabend herausgeputzt. Die Wimpern schwarz getuscht, reichlich Kajal um die Augen und dunkler Lippenstift. Sie trug eine Jacke, auf die zahllose Pailletten gestickt waren. Vincent fragte sich, ob sie ihren Freund treffen würde oder ohne ihn ausgehen wolle. Isa stand für Isabella. Die Frau war Friseurin und zwei Jahre älter als Kevin Koch.

»Noch immer nichts von Ihrem Freund gehört?«

Sie schüttelte ihre rote Mähne und trat von einem Bein aufs andere.

Vincent ging zum Regal, das Lücken aufwies. Einige Bücher hatten die Kollegen als Beweismittel mitgenommen.

»Hat sich Kevin in Ihrem Beisein einmal über Arne Meingart geäußert, den Würger von Düsseldorf?«

»Wer soll das sein?«

»Ein Frauenmörder. Der Fall hat ihn offenbar interessiert.«

»Davon weiß ich nichts.«

»Kam er Ihnen nicht manchmal seltsam vor?«

»Kevin?«

»Es deutet alles darauf hin, dass er Meingarts Taten nachgeeifert hat.«

»Das ist doch Blödsinn. Ich verstehe nicht, wie Sie Kevin für einen Mörder halten können.«

»Warum versteckt er sich denn?«

Sie blickte zu Boden, tat gelangweilt. »Tut er das?«

»Wenn er sich nicht versteckt, dann ist er unfreiwillig verschwunden. An Ihrer Stelle würde mich das nicht weniger beunruhigen.«

Sie zuckte mit den Schultern. »Sind wir jetzt fertig?«

»Sie verheimlichen mir etwas, Frau Reichel.«

»Na gut, er hat mich angerufen.«

»Und?«

»Ein Freund hat ihn mitgenommen zum Fliegenfischen. Das wollte er immer schon mal lernen. Und jetzt, wo er sich nicht mehr um diese Frau kümmern muss, hat er endlich die Zeit dazu.«

»Wer ist dieser Freund?«

»Er heißt Lukas, mehr weiß ich nicht über ihn.«

»Und wo sind die beiden hingefahren?«

»Irgendwo aufs Land, schätze ich.«

»Ich glaube, Sie tischen mir ein Märchen auf, Frau Reichel.«

»Natürlich hab ich Kevin auch gesagt, dass Sie mit ihm reden wollen. Er meinte, er wäre bald wieder zurück und würde das alles aufklären.«

Die junge Frau wirkte verunsichert. Sie glaubt selbst nicht an die Story vom Fliegenfischen, dachte Vincent. »Erzählen Sie mir von den Neonazis, mit denen Kevin zu tun hatte.«

»Wir kennen uns seit fast einem Jahr, und von Anfang an hab ich ihm klargemacht, dass er sich entscheiden muss. Ich oder seine doofe Kameradschaft.«

»Und die Trennung von seinen Kumpels fiel ihm so leicht?«

»Er war immer nur Mitläufer gewesen. Die falschen Buddies, wie das halt so ist. Ich hab im Internet das Aussteigerprogramm der Landesregierung entdeckt, und da ist er dann hingegangen. Um mir zu beweisen, dass er es ernst meint.«

»Die Hakenkreuzfahne, die er für den Videodreh besorgt hat, und die Hitlerbilder …«

»Hat er von den früheren Kameraden besorgt.«

»Also gab es noch Kontakt.«

»Bloß ab und zu. Die haben gefeiert. Ein paar Bierchen getrunken. Das war nichts Politisches mehr.«

Vincent fragte sich, ob man das so gründlich trennen konnte. Plötzlich musste er daran denken, dass Melia Khalid von ihren zuständigen Kollegen über den Dreh für das *Zeckenalarm*-Video informiert worden war. Dass der Inlandsgeheimdienst so genau Bescheid wusste, konnte in Vincents Augen nur einen Grund haben.

Es gab einen Spitzel.

»Hat Ihr Freund Kontakte zum Verfassungsschutz?«

»Wer an dem Aussteigerprogramm teilnimmt, wird von denen schon mal ausgefragt.«

»Wie lief das?«

»Einmal hatte er Besuch von einem schmierigen Typen, der fast so alt war wie Sie und einen auf Kumpel gemacht hat.«

»Erzählen Sie weiter!«

»Hinterher hat mir Kevin ganz stolz drei Hunderteuroscheine gezeigt, die er dafür bekommen hatte, dass er ein wenig über die Kameradschaft quatscht.«

»Wie heißt der Mann?«

»Hat er mir nicht gesagt.«

»Können Sie ihn beschreiben?«

»Er ist etwas kleiner als Sie. Brillenträger. Ach ja, und im Gesicht hat er eine Narbe.« Isa Reichel strich sich mit dem Finger über die Wange.

Vincent kannte tatsächlich einen Mitarbeiter des Verfassungsschutzes, der so aussah. Er war ihm kürzlich begegnet, als er wegen des Tötungsdelikts im Umfeld hiesiger Reichsbürger ermittelt hatte.

Tristan Bovert – sicher ein Deckname.

Dass der Mann den Computer des Opfers unter Verschluss hielt, wurmte Vincent noch immer.

»Kannte Ihr Freund irgendwelche Reichsbürger?«

»Ich muss jetzt wirklich los, Herr Kommissar, ich komme sonst zu spät.«

»Sagt Ihnen die Freie Republik Hellerhof etwas? Helge Simonis. Jana Meier. Elias Horn. Johann Abel.«

Die junge Frau verneinte bei jedem der Namen.

»Milo Grünberger?«

Wieder nur Kopfschütteln.

»Okay, Frau Reichel, ich bedanke mich für Ihre Hilfe.«

Vor dem Haus verabschiedeten sie sich. Die Friseurin hastete zur Straßenbahnhaltestelle hinüber. Vincent schlug die entgegengesetzte Richtung ein.

In der nächsten Einfahrt blieb er stehen und spähte zurück.

Reichel wartete unter dem Schutzdach. Sie setzte sich Ohrstöpsel ein, wahrscheinlich hörte sie Musik. Oder telefonierte sie?

Vincent misstraute ihr noch immer. Womöglich hielt sich Kevin Koch gar nicht irgendwo auf dem Land auf, sondern versteckte sich in der Stadt.

Und sie wusste, wo.

Die Bahn hielt.

Vincent eilte zur Haltestelle und stieg in den hinteren Wagen ein. Durch die Zwischenfenster konnte er Kochs

Freundin im Blick behalten. Solange sie sich nicht umdrehte, würde sie ihn nicht bemerken.

Die Fahrt ging in den Medienhafen. Aufgrund zahlreicher Bars und Restaurants ein angesagtes Amüsierviertel. Als die Bahn vor der futuristischen Glasfassade des dortigen Kinokomplexes stoppte, stieg Isa Reichel aus.

Vincent beobachtete, wie sie eine Gruppe gleichaltriger Frauen begrüßte. Wangenküsse und aufgekratztes Gelächter. Rasch gingen sie die Stufen zur Drehtür hinauf und verschwanden im Inneren des Gebäudes.

Von wegen, sie führt mich zu Kevin Koch, dachte Vincent.

Es wäre zu schön gewesen.

Sein Handy spielte den Punksong, den er als Klingelton programmiert hatte.

»Veih.«

»Hallo, Chef«, meldete sich Hamid. »Halt dich fest.«

»Was gibt's?«

»Koch ist bei uns aufgekreuzt. Kam vor einer halben Stunde völlig cool in die Festung spaziert. Angeblich ganz verwundert, dass wir ihn suchen. Er will den ganzen Tag beim Angeln gewesen sein. Wir vernehmen ihn gerade. Ich bin nur mal kurz rausgegangen.«

»Und?«

»Er war's nicht, sagt er. Aber wir klopfen den Kerl schon noch weich, keine Bange, Chef.«

»Ruf mich jederzeit an, sobald es etwas Neues gibt.«

80

KIM BRANDSTÄTTER UND DENNIS HEIM saßen in ihrem Streifenwagen auf dem Parkplatz des Kleingartenvereins Baumberger Feld. Sie hatten sich zum Abendessen Sushi to go besorgt.

»Fast zwei Wochen ist es her«, sagte Dennis. »Da standen wir auch hier, Frühschicht, und dann kam der Notruf rein. Musst du auch noch oft daran denken?«

Kim tunkte ein Reishäppchen in Sojasoße und nickte.

»Duderstädter Straße. Als der Funkspruch kam, hatte ich dich eigentlich fragen wollen, ob wir mal ins Kino gehen.«

Sie kaute Reis und Fisch und warf Dennis einen kurzen Blick zu.

»Was meinst du, Kim?«

Sie musste husten, weil sie zu viel von der scharfen Wasabipaste erwischt hatte.

Dennis sagte: »Es ist Samstagabend, wir könnten nach Dienstende noch in die Spätvorstellung gehen. *Black Panther* soll gut sein.«

Kims Handy klingelte. Eine Hamburger Nummer, die sie nicht kannte. Normalerweise drückte sie solche Anrufe weg.

»Sorry, das ist wichtig, ich muss da mal ran.«

Sie stieg aus und entfernte sich einige Schritte. Milde Luft, klarer Himmel. Über dem Benrather Schlosspark stand der Große Wagen. Welche seiner Achsen auf den Polarstern wies, würde sie sich nie merken.

Das Handy gab immer noch keine Ruhe.

Kim wischte übers Display. »Brandstätter.«

»Sebastian Scholl, Agentur Scholl und Partner.«

»Tut mir leid, für Meinungsumfragen habe ich keine Zeit.«

Der Anrufer lachte. »Nein, ich bin Literaturagent. Ich will nicht bis Montag warten, denn da bin ich in Chicago, und ich habe Sie schon viel zu lange warten lassen, fürchte ich, deshalb …«

Mit einem Mal hatte der Mann Kims volle Aufmerksamkeit. Duderstädter Straße. Der Journalist, der unter Reichsbürgern recherchiert hatte. Sein geplantes Buch.

»Geht es um Milo Grünberger?«, unterbrach sie den Anrufer.

»Ich weiß nicht, ob es für Sie noch aktuell ist. Ich habe ein schrecklich schlechtes Gewissen, aber man hat mir heute erst gesagt, dass Milo tot ist. Das macht mich ganz fertig. Brauchen Sie noch sein Exposé für Ihre Ermittlungen?«

Die schon abgeschlossen sind, dachte Kim.

Dennis klopfte von innen gegen die Scheibe und winkte voller Ungeduld. Offenbar rief ein neuer Einsatz.

»Ja«, antwortete Kim. »Auf jeden Fall.«

»Ich habe hier seine letzte Exposé-Version und eine Textprobe. Im Prinzip fand ich sein Projekt prima, aber das Problem mit Milo war, dass er die Planungen alle paar Wochen über den Haufen warf. Deshalb war es noch zu früh, die Verlage zu kontaktieren. Wir hatten vereinbart, dass er zuerst seine Marschrichtung finden sollte.«

»Schicken Sie mir alles, was Sie von Grünberger haben.«

Sie nannte dem Agenten ihre private Mailadresse, dann beendete sie das Gespräch.

Dennis hatte den Motor bereits gestartet. Beim Einsteigen spürte Kim, wie ihre Wangen glühten. Dennis gab Gas, die Reifen drehten kurz durch.

»Ein Streit in einer Kneipe«, erklärte er.

Sie unterquerten die Autobahn. An der Ampel schaltete Dennis die Musik und das Blaulicht ein. Bei Rot nach links in die Frankfurter Straße, nicht in Richtung Hellerhof wie damals.

»Wer war das?«, fragte er. »Neuer Freund?«

»Mhm«, machte Kim.

Ihr Kollege rang sich ein Lächeln ab. »Gratuliere.«

Als Kim nach Hause kam, fuhr sie als Erstes ihren Rechner hoch. Grünbergers Agent hatte ihr geschrieben. Sie öffnete sämtliche Anhänge und druckte sie aus.

Sie knöpfte sich das jüngste Exposé vor und begann zu lesen. Grünberger beschrieb auf drei Seiten eine Reise ins Herz der Finsternis, wie er es nannte.

Sein Buch sollte harmlos beginnen, mit der Schilderung eines Königreichs, das keiner ernst nahm außer einigen hoffnungslosen Spinnern. Sie zahlten stattliche Beträge für Fantasieausweise. Der selbst ernannte König, offenbar eine halbwegs charismatische Person, saß wegen Betrug im Knast und wurde trotzdem verehrt.

Die weiteren Stationen der Reportage behandelten immer radikalere Facetten der Reichsbürgerbewegung. Sie bewaffneten sich, propagierten die Abschaffung der Demokratie durch die Diktatur einer Elite, die das Volk mit harter Hand zu neuer Größe führen und undeutsche Elemente ausmerzen sollte.

Grünberger hatte sich mit wirklich üblen Typen eingelassen.

Als die Freie Republik Hellerhof erwähnt wurde, griff Kim zum Telefon.

Sie wählte Vincents Nummer und spürte, wie aufgeregt sie war.

Das Jagdfieber war zurück.

81

MELIA TRUG IMMER NOCH IHRE BEQUEMEN SACHEN. Das alte Sweatshirt, die zerbeulte Jeans. Ich hätte mir wenigstens die müden Augen schminken können, dachte sie.

Zu spät.

Sie parkte am Bahndamm, schloss ihren Kleinwagen ab und betrat den nicht renovierten Altbau. Graffiti im Hausflur, knarrende Holzstufen, dann stand sie vor dem Klingelschild.

Annika und Fabian.

Sie dachte an die Frau, die in den Tod gesprungen war, und fühlte sich mies.

Dann stellte sie fest, dass die Tür ausgewechselt worden war. Das Blatt war nagelneu und hellbraun statt weiß wie die anderen auf dieser Etage.

Melia drückte die Taste. Drinnen bimmelte es. Sie hörte Schritte, der große Mann machte auf. Er trug fast das Gleiche wie sie. Seine Frisur wirkte strubbeliger denn je, als hätte sie ihn geweckt.

»Hallo, Fabian«, sagte sie. »Stör ich?«

»Melia, die Süße«, antwortete er. »Wie sehr habe ich mir gewünscht, dass du das bist!«

Wangenküsse zur Begrüßung. Ihr fiel auf, dass seine rechte Hand eingegipst war. In den letzten Tagen hatte er viel mitgemacht. Und sie war schuld daran.

»Worauf wartest du?«, fragte er. »Komm rein.«

In der Küche machte er Licht. Er öffnete den Kühlschrank und blickte ratlos hinein. Eine S-Bahn fuhr vorbei, die Anrichte zitterte, Geschirr klapperte darin.

»Ich traue mich kaum, dir den billigen Weißwein anzubieten.«

»Nimm mich einfach nur in den Arm, Professor.«

»Was sagt dein Freund dazu, dass du hier bist?«

»Er muss nicht alles wissen.«

Fabian drückte sie an sich und strich sanft über ihren Rücken. Melia legte ihre Wange auf seine Brust und spürte seine Wärme, die ihr so gefehlt hatte. Sie umklammerte ihn und hoffte, dass Fabian ihr die Verzweiflung nicht anmerkte.

Die Worte ihres Vaters: *Stimmt es, dass du mit einem führenden Linksradikalen ins Bett gehst?*

Ihr Leben lag in Trümmern, und weil ohnehin alles egal war, brauchte sie keine Rücksicht mehr zu nehmen. Scheiß drauf, was die Kollegen denken. Es gab nur sie beide und diesen Moment. Sie spürte, wie sich ihre Augen mit Tränen füllten.

Fabian küsste sie zart.

Sie küsste ihn heftiger zurück.

Er stöhnte auf – seine Hand tat ihm weh, was ihrem Herzen einen weiteren Stich versetzte.

TEIL DREI

HEAVY METAL

»Macht denn nur das Blut den Vater?«

(Gotthold Ephraim Lessing, *Nathan der Weise*)

SONNTAG, 4. MÄRZ

Blitz am Sonntag – Aufmacher:

IST SIE DIE MUTTER DES TERRORS?

Brigitte Veih, Fotografin und Ex-Terroristin erneut unter Verdacht

Spiegel Online:

ZAHNLOSER RECHTSSTAAT – AUF DEM LINKEN AUGE BLIND?

Mutmaßliche Terroristen überraschend freigelassen

82

DRAUSSEN RUMPELTE ES SCHIER ENDLOS – ein nicht enden wollender Güterzug.

Neben Melia schlummerte Fabian tief und fest, doch ihr war seit einer gefühlten Ewigkeit kein Schlaf mehr vergönnt. Schließlich gab sie die Hoffnung auf, noch einmal einzunicken, stieg möglichst lautlos aus dem Bett und zog vorsichtig die Schlafzimmertür hinter sich zu.

Im Bad fand sie einen Frotteemantel, der ihr zu groß war, aber Wärme versprach. In der Küche plätscherte der Heizkörper. Die Fensterscheiben waren an den Rändern beschlagen. Melia bereitete sich einen Tee zu.

In meinem Job hat mir die letzte Stunde geschlagen. Spätestens morgen früh wird mein Chef mich feuern. Selbst wenn ich meine Affäre mit dem roten Professor als extravaganten Versuch rechtfertige, einen Informanten anzuwerben.

Fast wunderte sich Melia, dass Jakobs es nicht bereits getan hatte.

Den Personalrat einzuschalten, würde nichts nützen. Für den Verfassungsschutz war sie nicht mehr tragbar. Sie konnte froh sein, wenn man sie als Regierungsrätin innerhalb des Ministeriums versetzen würde.

Womöglich ins Amt für Statistik.

Die Heizung wurde nur lauwarm. Melia fröstelte. Sie legte ihre Hände um die Tasse und vermisste die Wintersocken, die nebenan bei ihren Sachen lagen. Ihre berufliche Zukunft ging ihr nicht aus dem Kopf.

Die Mitarbeiter ihres Referats würden entsetzt sein, andere Kollegen sich genussvoll das Maul zerreißen. Melia hörte sie schon hinter ihrem Rücken tuscheln. Perverse Schlampe. Vögelt linke Zecken.

Zumal sie Widersacher hatte. Solveig Fischers Worte: *Sie stehen im Ruf, zu liberal zu sein.* Ausgerechnet diejenigen, die gegen sie intrigierten, würden sich bestätigt fühlen. Leute wie der dicke Pfeifer, der als Leiter des neuen Sonderreferats eine undurchsichtige Rolle spielte, wie sie fand.

Konstantin Pfeifer.

Ex-Bundesamt. Ex-Außenstelle Dortmund.

An ihn dachte Melia mit wachsendem Groll. Seine Quelle Rebecca Schulmeister hatte das Strategiepapier angeschleppt, an dem sich die Terrorhysterie entzündet hatte. Sie hatte es auch beim Treffen des Düsseldorfer Antifa-Plenums eingeführt, was der Vorwand für die Verhaftungen gewesen war.

Pfeifer ist vor mir am Ort des Brandanschlags gewesen, überlegte Melia. Er hat dem Abteilungsleiter die Idee eingeimpft, ich hätte bei der Observierung der linken Szene geschlampt. Um mich zu entmachten. Um selbst an die Schlüsselstelle der Terrorbekämpfung zu gelangen.

Derselbe Pfeifer hatte die Daten der linksradikalen Gefährder dem Landeskriminalamt übermittelt und befehligte nun die Überwachung der linken Szene, sein Kumpel Bösendorf die der rechten. Noch so ein Unsympath.

Michael Bösendorf.

Ex-Bundesamt. Ex-Außenstelle Münster.

Melia fiel ein, dass ausschließlich Dortmund und Münster die Relevanz des brisanten Papiers bestätigt hatten. Bis heute war von keiner anderen Quelle ein Hinweis darauf eingetroffen. Die Spekulation über eine vierte Generation der RAF beruhte einzig und allein auf Angaben, die Pfeifer und Bösendorf geliefert hatten.

Bis der Anschlag sie scheinbar bestätigte.

Und keiner mehr fragte, ob der Aufruf zur Gründung der Stadtguerilla echt war.

Melia hörte Schritte nebenan. Die Klospülung. Wasser lief ins Waschbecken. Fabian summte eine Melodie.

Dann kam er herein und gab Melia einen Kuss.

»Schon ausgeschlafen?«, fragte er.

»Aufgehört zu schlafen. Was macht die Hand?«

»Ich ignoriere sie, so gut es geht.«

Der rote Professor trug einen farbenfrohen Bademantel, der ihm zu klein war, vielleicht den von Annika Berentzen. Wir sollten tauschen, dachte Melia.

Fabian kniete sich hin. Er hatte ihre Wollsocken mitgebracht und wollte sie ihr überstreifen, was mit dem Gips schlecht funktionierte. Sie übernahm das.

Er schraubte am Heizkörper, um ihn zu entlüften. »Meine Güte, erst halb sieben. Bis es hier warm ist, legen wir uns noch einmal hin, was hältst du davon?«

Er streifte ihr den Bademantel von der rechten Schulter und küsste das Tattoo.

»Königin des Herzens«, sagte er.

»Ich find's kitschig«, antwortete sie.

»Mir gefällt es aber.«

Ein plötzlicher Gedanke elektrisierte Melia.

Lug und Trug bestimmen unsere Arbeit.

Wir täuschen wie der Winter.

Das verdammte Strategiepapier war nur ein Fake gewesen. Verfasst, um die Brandstiftung an der Münsterstraße der radikalen Linken in die Schuhe zu schieben. Auch das Bekennerschreiben war gefälscht. *Kommando Carlo Giuliani* – reine Erfindung.

Während die Täter in Wahrheit von Rechtsaußen kamen. Die Idee war ihr erstmals beim Gespräch mit Brandermittler Plachutta gekommen.

Wenn es so war …

An die Schlussfolgerung wagte Melia kaum zu denken.

»Was ist?«, fragte Fabian.

Sie schüttelte den Kopf.

Und spann den Faden weiter: Pfeifer und Bösendorf *mussten* vorab von dem Anschlag gewusst haben. Die beiden Kollegen steckten samt der Quelle Rebecca Schulmeister mit den rechtsradikalen Attentätern unter einer Decke.

»Melia?«, fragte Fabian.

Sie atmete tief durch.

Wenn es so war, werde ich es beweisen, beschloss sie und erhob sich von ihrem Stuhl.

»Schon wieder die Meisterin des plötzlichen Aufbruchs?«, fragte Fabian.

Melia fuhr ihm durchs Haar. »Ich muss los.«

83

KIM BRANDSTÄTTER WAR MIT NEUIGKEITEN zu Milo Grünbergers Recherchen über die Reichsbürger gekommen, und während sie Unterlagen auf dem Küchentisch ausbreitete, bereitete Vincent Kaffee zu. »Frühstück?«, fragte er.

»Danke, hatte ich schon.«

Vincent fiel auf, dass er nichts über das Privatleben der jungen Kollegin wusste. Sie hatte nie einen Freund erwähnt, und er hätte es unpassend gefunden, sie danach zu fragen.

Als er die Tassen auf den Tisch stellte, hörte er das Kratzen eines Schlüssels in der Wohnungstür.

»Vincent, bist du da?«

Nina lugte in die Küche. Ihre Züge entglitten ihr für einen Sekundenbruchteil, als sie Kim erblickte. Gleich darauf lächelte sie betont süßlich.

»Lasst euch nicht stören, bin gleich wieder weg.«

Sie verschwand ins Wohnzimmer. Vincent hörte das Öffnen und Schließen von Schubladen. Offenbar suchte sie etwas.

Er entschuldigte sich bei Kim und ging zu Nina hinüber. Sie sortierte Musik-CDs und Film-DVDs und packte einiges davon in einen Beutel.

»Findest du, was du brauchst?«, fragte er.

»Das ging ja schnell«, antwortete sie bissig. »Gratuliere!«

Vincent spürte, dass Nina in einer Stimmung war, in der Diskussionen leicht zum Streit eskalierten. Deshalb unterließ er es, ihr zu erklären, warum Kim Brandstätter hier war.

Sie nahm drei, vier Bücher aus dem Regal, dann kehrte sie zur Kommode zurück und wühlte wieder in der Schublade.

»Ich vermisse die CD mit den Soul-Stücken, die ich mal gebrannt habe.«

Vincent wusste, welche sie meinte. »Liegt in meinem Auto. Ich hole sie dir.«

»Nicht nötig. Ich nehme sie beim nächsten Mal mit.«

»Warum bist du so eingeschnappt?«

»Bin ich nicht. Im Gegenteil. Ich bin froh, nicht mehr hier zu wohnen.«

»Wäre es dann nicht viel bequemer für beide Seiten, wenn du endlich alles, was deins ist, mitnimmst und den Schlüssel hierlässt?«

»Klar. Sturmfreie Bude, was?«

Nachdem Nina gegangen war, fragte sich Vincent, was Kim von der Auseinandersetzung mitbekommen hatte. Er hatte keine Lust auf eine Erklärung, zumal ihm die Worte fehlten. War Nina noch seine Freundin? Oder müsste er sie Ex-Freundin nennen? Stattdessen wandten sie sich der Arbeit zu.

Kim erklärte, was sie mitgebracht hatte. Korrespondenz des Journalisten Milo Grünberger mit seinem Literaturagenten. Mehrere Anläufe, das geplante Buch in Exposéform zu skizzieren. Erste Seiten und andere Textproben.

»Ursprünglich hatte Grünberger eine Art satirischen Reisebericht im Sinn«, erklärte die Kollegin. »Er wollte sich über die skurrile Welt der Reichsbürger lustig machen, die er in verschiedenen Teilen der Republik aufgesucht hat. Dann ging ihm auf, dass die Szene vernetzter ist, als er dachte. Mit alten und neuen Nazis, mit den sogenannten Identitären, mit Funktionären der AfD und diversen rechten Splitterparteien. Sie ziehen an einem Strang, denn ihr Ziel ist dasselbe. Die völkisch-nationalistische Revolution. Und sie wittern Morgenluft.«

»Du übertreibst.«

»Ich gebe nur wieder, was Grünberger notiert hat.«

»Ein paar Spinner und Idioten spielen Verschwörung – dafür soll man den Journalisten ermordet haben?«

Sie schob ein paar Seiten über den Tisch. »Hier die jüngste Fassung des Exposés. Da plant Grünberger eine investigative Reportage und beklagt sich über den Staat, der zuguckt und die Rechten gewähren lässt. Er hat offenbar ein Strategietreffen besucht. Das waren Delegierte diverser Gruppen, die Zigtausende von Leuten vertraten. Er behauptet, dass sie mehrgleisig fahren, aber sich absprechen. Ein Teil versammelt sich in Parteien. Andere betrachten sich als außerparlamentarische Bewegung. Und offenbar ist der Verfassungsschutz involviert.«

»Belege?«

Kim hob die Hände. »Dafür bräuchten wir Grünbergers Rechner. Hier steht nur die Zusammenfassung.«

»Konkrete Namen?«

»Peer Dombacher wird erwähnt. Der Westkreuz-Anführer scheint in Grünbergers Augen eine Schlüsselfigur zu sein. Und in einer Mail schreibt er seinem Agenten, dass er einen Kontakt zu einem Verfassungsschützer geknüpft hat.«

»Tristan Bovert. Das wissen wir.«

»Da du den erwähnst, fällt mir etwas ein.«

»Erzähl.«

»Wir haben uns die ganze Zeit gefragt, woher Simonis wusste, dass seine Freundin mit Grünberger angebandelt hatte. Sie hat es ihm nicht erzählt, der Journalist sicher auch nicht. Aber Grünberger hat sich Bovert anvertraut.«

»Richtig. Das hat er uns selbst erzählt.«

Kim fasste sich an den Kopf. »Wie konnte Grünberger das bloß tun?«

»Vielleicht um ein Vertrauensverhältnis herzustellen. Ich beichte dir etwas, damit du dein Misstrauen verlierst, weil wir uns ständig begegnen und gegenseitig beschnüffeln.«

»Bovert muss seinem Informanten Elias Horn gegenüber etwas über die Affäre herausgerutscht sein. Und der hat das seinem Kumpel Simonis gesteckt. Oder …« Kim kniff ihre Augen zusammen. »Meinst du, Bovert hat Grünberger mit Absicht an Simonis verraten?«

»Du meinst, in der Hoffnung, der würde die Nerven verlieren? Weil der Geheimdienstmann in dem Journalisten eine Gefahr für sich und seine Behörde gewittert hat?«

Kim nickte.

»Nein«, widersprach Vincent. »Zu kompliziert.«

»Dann lass deine Version hören.«

»Bovert könnte Simonis beauftragt haben, Grünberger zu töten. Ganz einfach.«

Kim nagte an ihrer Unterlippe.

Vincent fuhr fort: »Grünbergers Affäre mit Jana Meier wäre dann nichts als ein Märchen, um den angeblichen Ausraster von Simonis zu begründen.«

»Puh«, machte Kim.

»Was wissen wir schon über Bovert?«

»Wir reden über einen Beamten, der wie wir dem Innenministerium untersteht. Also irgendwie ein Kollege.«

»Ist dir die ›Aktion Konfetti‹ ein Begriff?«, fragte Vincent.

»Meinst du das Schreddern der NSU-Akten durch den Verfassungsschutz?«

»Seitdem traue ich diesen Brüdern alles zu.«

Vincents Handy spielte den Klingelton.

»Ist das Punk?«, fragte Kim belustigt.

Freimuth Auersberg war dran, Brigittes Verteidiger.

»Ihre Mutter kommt im Lauf des Tages frei«, sagte er. »René Hagenberg bleibt dabei, alles auf seine Kappe zu nehmen, und Ihre Kollegen konnten im Haus Ihrer Mutter nicht die geringste Spur finden, die Herlinde Weiß zuzuordnen ist. Die Anschuldigungen der Bundesanwaltschaft sind in sich zusammengebrochen.«

Vincent ballte die Faust. Er fühlte sich, als müsse er vor Erleichterung heulen. Er wischte sich eine Träne aus dem Auge und dankte dem Anwalt.

»Dass Brigitte überhaupt festgehalten wurde, ist ein Skandal«, ergänzte Auersberg. »Haben Sie die Schlagzeile vom *Blitz am Sonntag* gesehen? Ich werde Strafanzeige wegen übler Nachrede stellen und zivilrechtlich Schadensersatz einklagen. Der Kampf hat erst begonnen.«

84

EIN KOMMISSAR IN ZIVIL, DER SICH SEHR höflich mit einem nordafrikanisch klingenden Namen vorstellte, holte ihn ab. Als jemand, der in der alten Papierfabrik seine Nächte verbracht habe, sei er ein wichtiger Zeuge. Zunächst spielte Moritz den Begriffsstutzigen, denn er hätte es durchaus noch länger auf der psychiatrischen Station ausgehalten. Das Personal ließ ihn in Ruhe, das Essen war reichlich, und die Tabletten, die man ihm neben den Teller legte, konnte er unbemerkt in einem Blumentopf vergraben.

Moritz amüsierte der Gedanke, dass sie womöglich austrieben. Selbst gezogene Pillenbäume – man bräuchte keine Pharmaindustrie mehr.

Der Kripomann führte ihn zu seinem Auto und zeigte auf die gefüllten Mülltüten auf dem Rücksitz. »Da drin sind Ihre Sachen. Ich nehme an, Sie wollen nicht in die alte Fabrik zurück.«

Moritz schüttelte den Kopf. »Wenn's nicht sein muss.«

»Eine Sozialarbeiterin wird Ihnen einen Platz in einem städtischen Wohnprojekt besorgen. Heute ist Sonntag, vielleicht klappt es erst morgen, aber machen Sie sich keine Gedanken. Jetzt ist erst einmal die Gegenüberstellung dran.«

»Sie beschützen mich vor dem Mörder, ganz sicher?«

»Na klar.«

Trotz dieser Antwort wurde Moritz unruhig. Der Gedanke an den Mann, der den Audi gefahren hatte, wühlte ihn auf. Schon bei der gestrigen Vernehmung war ihm vor Aufregung die Luft weggeblieben. Ein Arzt hatte ihm eine Spritze geben müssen.

Und gleich würde er dem Verbrecher Auge in Auge begegnen.

Moritz konnte die Beine nicht stillhalten und rutschte auf dem Beifahrersitz hin und her.

»Was ist los, Herr Dücker?«, fragte der arabische Kommissar.

»Der Mörder wird versuchen, mich zum Schweigen zu bringen.«

»Da ist eine Glasscheibe dazwischen. Auf seiner Seite verspiegelt. Er kann Sie gar nicht sehen.«

Moritz musste an die Nacht auf Donnerstag denken. An die Schreie der Frau und den übrigen Lärm. Wäre er irgendwie bewaffnet gewesen, hätte er ihr natürlich beigestanden. Aber so …

Ich bin nicht feige, sondern besonnen.

Der Fiese hätte mich ebenfalls töten können.

Moritz drückte die Hände auf die Knie, um nicht mehr zu zappeln, während der Kripomann mit ihm durch die Innenstadt fuhr wie mit einem Gefangenen.

Der Kommissar führte Moritz durch das Foyer zum Paternoster, dann ratterten sie nach oben in den zweiten Stock. Die Aussicht, gleich dem fiesen Kerl gegenüberzustehen, ließ Moritz' Puls bis hoch in den Hals schlagen. Vorsichtig setzte er seine Schritte.

Der Kripomann stützte ihn. »Gleich haben wir's.«

Ein Raum mit einem großen Fenster. Der Beamte wies Moritz einen Stuhl zu. Das Zimmer auf der anderen Seite war momentan noch leer.

»Bitte bleiben Sie bei mir«, sagte Moritz.

»Natürlich.«

»Tragen Sie eine Waffe?«

»Die ist hier nicht nötig.«

Glaubst du, dachte Moritz.

Ein Mann und eine Frau kamen herein und grüßten freundlich. Sie trugen ebenfalls Zivil. Moritz hielt seine Knie fest. Sie wippten trotzdem.

»Geht ganz schnell vorüber«, sagte die Frau.

Im Raum gegenüber stellten sich fünf junge Burschen auf. Sie ähnelten sich nicht nur in der Größe. Jeder von ihnen trug ein Schild mit einer Ziffer.

Moritz beruhigte sich sofort.

»Erkennen Sie einen davon?«, fragte die Frau.

Er lächelte. »Ja, die Nummer vier.«

Die Jungs waren gegangen, der Raum hinter der Glasscheibe wieder leer. Die Kripoleute wandten sich Moritz zu. »Na sehen Sie, hat gar nicht wehgetan«, sagte der arabische Kommissar.

»Vielen Dank, Sie haben uns sehr geholfen«, ergänzte die Frau, die offenbar den Ton angab. »Indem Sie Herrn Koch identifiziert haben.«

»Wen?«

»Die Nummer vier.«

»Ja, der junge Mann war oft in der Fabrik. Er gehörte zu den Leuten, die den Film gedreht haben. In den letzten Tagen habe ich ihn auch zusammen mit der Frau gesehen, die dann wohl dort gewohnt hat. Geredet haben wir nicht miteinander, denn ich wollte meine Ruhe haben.«

»Stimmt, das haben Sie gestern schon zu Protokoll gegeben«, sagte der Dritte.

»Und ich dachte schon, Sie führen den Fiesen herein.«

Die Kripoleute guckten überrascht.

»Vor dem Mörder hatte ich nämlich echt Schiss«, fügte Moritz hinzu.

»Herr Dücker«, sagte die Beamtin und klang pikiert. »Wollen Sie damit behaupten, dass Kevin Koch *nicht* der Mann war, der am Donnerstag in den Morgenstunden Frau Weiß getötet hat? Und der verunglückt ist, als er mit seinem gestohlenen Fahrzeug und der Leiche fliehen wollte?«

»Audi A6«, präzisierte Moritz Dücker. »Neunziger Baujahr. Sportfelgen.«

»Meinetwegen.«

»Nein, der Fiese war ein anderer Mann. Die Nummer vier habe ich in der Nacht, um die es geht, gar nicht bemerkt. Der war immer nur tagsüber da.«

»Sicher?«

»Wenn ich ein Auto höre, schaue ich mir genau an, wer da aussteigt. Für mich war die Fabrik mein Zuhause. So etwas teilt man nicht gern mit anderen, verstehen Sie?«

»Wie können Sie ausschließen, dass Nummer vier der Täter war? Es war finstere Nacht.«

»Fast Vollmond. Ich hab gute Augen. Der Mörder sah den fünf Burschen von vorhin ähnlich, gleiches Alter, aber schwerer und mit rasiertem Schädel. Und sein Gang …«

»Ja?«

»Als hätte er zu viel Kraft. Bodybuilder oder so. Seine Jacke ist mir aufgefallen. Da war hinten die Schnauze von einem Fuchs aufgedruckt.«

»Ein Fuchs, sind Sie sicher?«

»Ich hatte mal einen Jagdschein, als es mir noch besser ging. Das glauben Sie mir jetzt nicht, hab ich recht?«

»Doch, doch, Herr Dücker.«

Moritz fragte sich, ob er den Platz im Wohnprojekt nun verspielt hatte.

»Und weiter?«

»Nichts weiter. Ich war froh, als der Muskeltyp nicht zu mir herüberkam, sondern zur anderen Seite der Fabrik ging. Der hat genau gewusst, wohin er wollte. Und gleich darauf … mein Gott, die arme Frau!«

Moritz glaubte, die Schreie noch einmal zu hören. Er sah zum Fenster, doch nebenan war niemand. Wieder begann er zu zittern.

»Also nicht die Nummer vier?« hakte die Kommissarin nach.

Die Polizei hat keine Ahnung, dachte er. Ich allein kann den Mörder identifizieren.

Und womöglich weiß er das.

85

MELIA KLINGELTE UND LEGTE DAS OHR an die Glastür. Niemand zu hören. Schließlich holte sie ihr Handy hervor, um Stefan Brunswicker anzurufen.

Im gleichen Moment polterten Schritte die Stahltreppe herauf, und er stand mit einer Brötchentüte auf der Terrasse. Seine Miene drückte Überraschung aus, gemischt mit Abscheu.

»Was willst du hier?«, fuhr er sie an.

»Dir zur Freilassung gratulieren, Stefan.«

»Danke und tschüs.«

»Und dich um Hilfe bitten.«

»Wie kannst du es wagen? Ihr habt Annika auf dem Gewissen! Was meinst du, wie sich das für mich anfühlt? Geh nach Hause, und denk darüber nach, was du angerichtet hast.«

»Ich?«

»Das haben wir alles dir zu verdanken. Die Polizeigewalt. Den Knast. Die Verhöre. Verfluchte Scheiße, Melia! Es ist doch kein Zufall, wenn exakt dieselben Leute, die beim letzten Plenum da waren, eingebuchtet werden. Auch ein Möbeltischler ohne Abitur kann eins und eins zusammenzählen.«

»Stefan, im ganzen Land gab es Festnahmen.«

Er wurde lauter und deutete mit dem Finger auf sie. »Weil du im ganzen Land die Antifa-Leute überwachst! Weil wir die Einzigen sind, die sich dem Faschismus in den Weg stellen, den ihr heranzüchtet!« Er spähte kurz hinunter auf den Parkplatz. In leiserem Ton fuhr er fort: »Womöglich hast du selbst das ominöse Strategiepapier verfasst, um uns das Genick zu brechen.«

»Krieg dich ein.«

»Nein, das tu ich nicht!«

Stefan wollte an ihr vorbei. Melia hielt ihn fest.

»Für die linksautonome Szene ist bei uns jetzt jemand anders zuständig«, erklärte sie. »Gut möglich, dass der Typ dich bald kontaktieren wird. Im Dienst heißt er Konstantin Pfeifer. Schon etwas älter, Bauch und Doppelkinn, nicht mehr viele Haare auf dem Kopf. Welchen Namen er dir gegenüber verwenden wird, weiß ich nicht.«

Er riss sich los. »Von euch Falschspielern braucht sich hier keiner mehr blicken zu lassen.«

»Stefan, ich muss wissen, was er von dir will. Und ich möchte, dass du diesen Peilsender an sein Auto heftest.« Sie steckte das kleine Ding in seine Jackentasche.

»Du spionierst jetzt gegen deine Kollegen? Was wird bei euch gespielt?«

Heavy Metal, hätte Melia fast geantwortet. Sie verschränkte die Arme und blickte ihrem Gegenüber in die Augen. »Wem hast du das über mich und Fabian Perscheid verraten?«

»Niemandem.«

»Rede schon. Und verarsch mich nicht.«

»Nein, ehrlich. Nicht einmal Sina weiß davon. Wenn hier jemand die Leute verarscht, dann bist du das. Du und dein verdammter Verfassungsschutz!«

Falls er nicht lügt, bleibt nur Nickel als undichte Stelle, dachte Melia.

»Wir bleiben in Kontakt«, sagte sie. »Gib mir Bescheid, sobald Pfeifer sich bei dir gemeldet hat.«

»Verpiss dich«, erwiderte er leise.

Im Gehen berührte Melia Stefans Schulter – ein Abschiedsgruß, den er stocksteif über sich ergehen ließ.

86

VINCENTS EILIGE SCHRITTE DURCHBRACHEN die sonntägliche Stille auf dem Flur des KK11. Er steuerte zuerst das Büro an, das seinem gegenüberlag und Hamid gehörte. Ohne zu klopfen trat er ein.

»Chef?« Der Kollege stand hinter seinem Tisch auf und hob die Hände. »Ich hab dir doch gesagt, dass du dich hier nicht blicken lassen …«

»Keine Sorge, Hamid, wie könnte ich dir Ärger bereiten? Ich will nur zuhören, wenn du Kevin Koch befragst. Ich bleibe im Hintergrund, und du erwähnst mich nicht im Protokoll. Offiziell bin ich gar nicht anwesend.«

»Aber falls Anna dich sieht …«

»Lass das einfach meine Sorge sein.«

»Mist, warum hab ich dich bloß angerufen?«

Alter Schisshase, dachte Vincent und setzte sich auf den Besucherstuhl.

»Reserviert«, sagte Hamid.

Vincent ignorierte den Einwand. »Der Junge war also in der Nacht auf Donnerstag gar nicht in der Papierfabrik?«

»Zumindest will Moritz Dücker nicht Koch gesehen haben, sondern jemanden, der ihm ähnelte. Das muss aber nichts heißen. Der Zeuge ist als psychisch labil bekannt. Ein guter Anwalt wird seine Aussage vor Gericht zerpflücken.«

»Habt ihr dem Obdachlosen Suggestivfragen gestellt?«

»Nein, natürlich nicht.«

»Habt ihr die Gegenüberstellung dokumentiert?«

»In Ton und Bild, ja, wieso?«

»Dann möchte ich den Richter sehen, der den Zeugen nicht ernst nimmt.«

Hamid zuckte mit den Schultern.

Vincent begutachtete die Unterlagen auf dem Schreibtisch und fand das frisch ausgedruckte Protokoll von Dückers heutiger Aussage.

Ein Klopfen an der Tür.

Ein uniformierter Kollege grüßte, führte Koch herein und nahm ihm die Handschellen ab. Vincent holte rasch den Chefsessel aus seinem Zimmer und quetschte sich damit neben Hamids Tisch.

Er musterte den Jungen. Mit seinem hübschen Gesicht hätte Koch in Vorabendserien mitspielen können. Kurzes blondes Haar, das sich in Wellen legen würde, falls er es wachsen ließ. Ein Lächeln, das Neugier ausstrahlte und Grübchen in die Wangen drückte. Er wirkte fast fröhlich, als sei seine Festnahme ein Missverständnis, das sich gleich klären würde.

»Sagen Sie es mir, Herr Koch. Wer, wenn nicht Sie, hat Herlinde Weiß getötet?«, startete Hamid die Befragung.

Der Junge hob die Schultern, sein Lächeln wurde schmaler. Vincent registrierte, dass Koch seine Füße an den Stuhlbeinen einhakte. Ein verstecktes Zeichen von Nervosität, das darin begründet sein konnte, dass er sich trotz des zur Schau getragenen Selbstbewusstseins unwohl fühlte.

Oder dass er die Wahrheit verbarg.

Unmöglich, das zu unterscheiden, denn Hamid hatte das Gespräch falsch eingeleitet.

Vincent beschloss, die Befragung selbst zu führen.

»Fangen wir ganz von vorn an, Herr Koch«, sagte er. »Erzählen Sie uns erst einmal, wie Sie Frau Weiß kennengelernt haben.«

Hamid warf ihm einen strengen Blick zu.

Vincent zwinkerte zurück.

Dass ich mich im Hintergrund halten würde, war geschwindelt, ich gebe es zu.

Der Junge begann zu berichten.

87

MELIA HÄTTE SICH MEHR LICHT GEWÜNSCHT.

Sie wartete hinter dem Steuer ihres Autos und hatte Nickels Laden im Blick. Der Abstand betrug einen knappen Häuserblock. Es war Mittag, und der anfangs noch freundliche Sonntagmorgen war einer schwarzen Wolkenfront gewichen, die Sturm und Regen versprach.

Im Geschäft war es völlig dunkel. Die Neonschrift über der Tür war noch nicht ersetzt worden, wie Melia bemerkte. Sonst deutete nichts mehr auf die Aktion Buchmann hin – neue Schaufensterscheiben, das Hakenkreuz übertüncht.

Im Stockwerk darüber brannte Licht. Hier hatte der Buchhändler seine Wohnung. Blickdichte Gardinen, nicht einmal eine Silhouette war auszumachen.

Melia fragte sich, ob Pfeifer aufkreuzen würde, der umtriebige Leiter des neuen Sonderreferats. Sie war sicher, dass er Nickel ebenfalls führte – im Rahmen einer zweiten, versteckten Agenda.

Pfeifer hatte seine Informantin als angebliche Nichte bei Nickel eingeschleust. Und Melia wäre jede Wette eingegangen, dass die Kunde von ihrer Affäre von Nickel stammte und via Pfeifer verbreitet worden war – quer durch die Abteilung und bis hinauf zum Ministerpräsidenten. Und der wiederum hat es brühwarm meinem Vater weitererzählt.

Waren die beiden auch über Pfeifers Machenschaften informiert?

Am Hauseingang neben dem Laden tat sich nichts.

Einen Plan hatte Melia nicht, aber heute umso mehr Zeit. Vielleicht hefte ich mich an Pfeifers Fersen, sobald er auftaucht. Oder ich gehe rein und nehme Nickel noch einmal in die Mangel.

Aber mit welcher Erfolgsaussicht?

Melia schaltete das Autoradio ein, um nicht müde zu werden. Zwei Männer, die sie nicht kannte, diskutierten das Buch eines prominenten AfD-Politikers. Darin hieß es, dass die Demokratie einer Gesundung des Volkskörpers im Weg stehe. Stattdessen müsse eine strenge Elite Deutschland und ganz Europa vom Islam befreien. Der Autor folge Gedankenmustern der Nazis, meinte einer der Experten. Mit solchen Vergleichen verhänge man Denkverbote und schaffe Märtyrer, statt die Ängste seiner Anhänger ernst zu nehmen, widersprach der andere.

Sie spürte einen Juckreiz in der Nase und tastete in ihrer Jackentasche nach einem Tempo. Stattdessen fand sie einen Zettel, den sie entfaltete. Bleistiftmine, säuberliche Handschrift.

Du bist die Luft, die ich atme.

Du bist das Feuer, das meine Haut verbrennt.

Du bist der Tau, der meine Seele benetzt.

Der Humus, der mich nährt.

Melia musste lächeln. Das konnte nur von Fabian stammen. Als Lyriker hatte sie den roten Professor bisher nicht gekannt.

Ein Liebes-Radikaler, wie schön.

Einen knappen Block entfernt ging die Haustür auf. Ein älteres Pärchen trat auf die Straße.

Nickel kam hinterher, redete auf sie ein und eilte in seinen Laden. Das Gebimmel der Glocke hörte Melia bis in ihr Auto.

Das Pärchen wartete.

Melia griff nach dem Fernglas, das auf dem Beifahrersitz bereitlag. Die Frau erinnerte sie an jemanden, was vermutlich daran lag, dass sie aussah wie viele Damen ihres Alters und ihrer sozialen Schicht: untersetzte Gestalt, rundes Gesicht, dunkles, voluminöses Haar. Ihre geschmackvolle Kleidung stammte vermutlich aus einer Kö-Boutique.

Den Mann sah sie nur von hinten. Er trug eine Mütze.

Von der Statur her konnte es sich um Pfeifer handeln.

Nickel kehrte zurück. Er gab der Frau ein Buch, dann verabschiedete er die beiden mit Handschlag und verschwand im Haus.

Das Pärchen trennte sich.

Melia entschied, dem Mann zu folgen.

Sie bemerkte eine Bewegung oben am Fenster. Nickel spähte herunter. Melia war sicher, dass er sie in ihrem Kleinwagen nicht erkennen konnte.

Am Ende der Straße stieg der Mützenmann in einen dunklen Mercedes. Melia erinnerte sich, dass Pfeifer an dem Montag vor zwei Wochen, als sie ihn mit der Bochumer Tussi auf einem Parkplatz an der A1 getroffen hatte, ebenfalls mit einem solchen Wagen unterwegs gewesen war.

Sie startete ihr Auto und folgte ihm. Erst ging es in Richtung Innenstadt, dann bog der Mercedes nach Süden ab. Um nicht aufzufallen, hielt Melia Abstand und ließ einen Wagen zwischen ihnen fahren, besser zwei, wenn es möglich war.

Auf dem Hennekamp wählte der Mercedes die Linksabbiegerspur. Vor ihm sprang die Ampel auf Rot. Melia kam unmittelbar hinter ihm zum Halt.

Sie erkannte, dass der Fahrer seine Mütze abgenommen hatte. Er trug volles, fast weißes Haar. Auf keinen Fall war das Pfeifer.

Die Ampel wechselte auf Grün.

Melia beschloss dranzubleiben.

88

VINCENT LIESS KOCH PLAUDERN. Nur selten hakte er nach. Der Junge entspannte sich, zeigte weder Fluchtreflexe noch Abwehrhaltung. Strahlte Vincent an, der auf jeden Satz mit wohlwollendem Verständnis reagierte.

Zum Glück hatte Hamid es aufgegeben, sich einzumischen. Der Kollege beschränkte sich aufs Protokollieren.

Vincent gewann ein Bild davon, wie Kevin sich als eine Art devoter Butler um die Frau in der Fabrik gekümmert hatte. Wie sie ihm die Politik erklärte und Gott und die Welt. Wie Hagenberg darauf bedacht war, dass sie verborgen blieb, und sich ärgerte, sobald sie sich nicht an die Regeln hielt.

Herlinde Weiß hatte den Dreharbeiten zum Spongo-Video eine Zeit lang beigewohnt und mit dem Zecken-Rapper dessen Reime diskutiert. Offenbar hatte sie sich mit Perücke und Brille unangreifbar gefühlt.

Außer Hagenberg habe nur Koch Bescheid gewusst, wer die Frau war.

Er hätte sie niemals verraten, versicherte der Junge ungefragt.

Nach einer Stunde änderte Vincent die Taktik und ging zum Du über.

»Ich nenne dir jetzt ein paar Namen, und du unterbrichst mich sofort, falls du einen davon schon mal gehört hast.«

»Okay.«

»Jana Meier. Helge Simonis.«

Keine Reaktion.

»Milo Grünberger.«

»Stopp.«

»Ja?«

»Von einem Grünberger hab ich in der Zeitung gelesen. Jemand hat ihn erschossen. Eine Eifersuchtsgeschichte, stimmt's?«

»Kanntest du ihn?«

»Nein.«

»Dann weiter. Johann Abel. Elias Horn.«

Kopfschütteln.

»Tristan Bovert.«

»Den kenne ich.«

»Erzähl mir, was du über ihn weißt, Kevin.«

Hamid machte eine Geste, die Unverständnis ausdrückte. Vincent ignorierte ihn.

Der Junge zeigte sein breitestes Lächeln. »Vor gut einem halben Jahr hab ich mich bei einem Aussteigerprogramm angemeldet, wo sie einem beibringen, wie man der Kameradschaft aus dem Weg geht, falls die einen nicht ziehen lassen will. Isa, meine Freundin, hatte darauf bestanden. Tristan hat dort einen Vortrag gehalten. Und danach hat er mich über die Kameradschaft ausgefragt. Ich wette, er ist beim Verfassungsschutz oder so.«

»Wie kommst du darauf?«

»Tristan hat mir Geld gegeben, damit ich petze, wer alles bei der Kameradschaft mitgemacht hat.«

»Du nennst den Mann beim Vornamen?«

»Er hat mir gleich das Du angeboten und auf Kumpel gemacht. Korrekter Typ, fand ich.«

»Seht ihr euch noch?«

»Schon lange nicht mehr. Fünf, sechs Monate ist das bestimmt her.«

»Hat er mitbekommen, dass sich Herlinde Weiß in der alten Papierfabrik aufgehalten hat?«

»Wie denn?« Kevin schüttelte entschieden den Kopf. »Wie gesagt, wir hatten schon ewig keinen Kontakt mehr, und ich habe niemandem etwas verraten.«

»Wirklich niemandem?«

»Wie gesagt.«

Der Junge verschränkte die Arme und vermied den Blickkontakt. Das Lächeln war verschwunden. Er hat es nicht Bovert erzählt, überlegte Vincent.

Aber jemand anderem.

Vincent stand auf und streckte sich. »Mir ist nach einem Espresso. Hamid, Kevin, darf ich euch einen mitbringen?«

89

MELIA BEFAND SICH BEREITS KURZ vor dem Kreuz Köln-West auf der A3 und begann sich zu fragen, wann sie die Verfolgung abbrechen sollte, als ihr Gewährsmann beim Staatsschutz der Kripo Düsseldorf sie zurückrief.

»Die Halterabfrage«, sagte er. Im Hintergrund hörte Melia entfernte Sprechchöre.

»Na endlich.«

»So kenn ich dich, Amelie. Deine charmante Art, Danke zu sagen.«

Bei der Kripo trug man keinen Decknamen. An ihr altes Leben erinnert zu werden, das keine sechs Jahre her war, irritierte Melia jedes Mal.

Der Mercedes hatte sich nach rechts eingeordnet und fuhr von der Autobahn ab, ohne den Blinker zu setzen. Melia tat es ihm nach.

»Ich laufe gerade dem Schwarzen Block hinterher«, kam die Stimme des Ex-Kollegen über die Freisprechanlage. »Und für jedes Telefonat muss ich mich vom Demonstrationszug entfernen, ohne ihn aus den Augen zu lassen. Ist nicht so einfach.«

»Sorry, mein Lieber. Und wie lautet das Ergebnis?«

»Der Wagen ist auf die Westkreuz-Miliz zugelassen, genau gesagt auf den Westkreuz e. V.«

Sie fuhren jetzt auf der A4 in Richtung Olpe. Melias Zielperson gewann rasch an Abstand. Sie trat das Gaspedal, der Motor ihres Fiats dröhnte in hoher Drehzahl, doch die Limousine vor ihr geriet außer Sicht.

»Ich danke dir«, erwiderte Melia. »Schönen Sonntag noch und Grüße an deine Frau.«

»Drück mir die Daumen, dass es hier friedlich bleibt.«

Melia beendete das Gespräch.

Ihr Kleinwagen bewältigte den langen Anstieg ins Bergische Land und legte allmählich an Tempo zu. Weil sich ihre Zielperson an die Geschwindigkeitsbeschränkung hielt, holte sie den Mercedes wieder ein. Endlich konnte sie in den fünften Gang schalten.

Melia hatte nun keinen Zweifel mehr, wer vor ihr fuhr. Nur weil der Mann keine Uniform trug wie am Freitag und auf den meisten Fotos, die von ihm kursierten, hatte sie ihn nicht sofort erkannt.

Peer Dombacher.

Ex-Bundesamt und Gründer einer höchst umstrittenen Miliz.

Sie wusste, dass er in einem Dorf bei Gummersbach wohnte.

Es konnte nicht mehr weit sein.

90

WÄHREND VINCENT DIE VOLLEN ESPRESSOTASSEN auf einem Aktenordner als Tablett über den Flur trug, war es ihm, als vernehme er Sprechchöre. Vierzehn Uhr – auf dem Platz vor der Staatskanzlei, rund dreihundert Meter Luftlinie entfernt, versammelte sich der heutige Demonstrationszug zur Abschlusskundgebung. Für Freiheit und Vielfalt, so der Aufruf.

Er fragte sich, ob Nina dort war.

Zu Beginn seiner Laufbahn hatte Vincent als junger Bereitschaftspolizist miterlebt, wie Protestmärsche aus dem Ruder laufen konnten. Erster Mai in Berlin, sie waren zur Verstärkung aus Nordrhein-Westfalen hingekarrt und mit einem Hagel aus Pflastersteinen empfangen worden. Und vorgestern erst waren Fensterscheiben der Festung zu Bruch gegangen und Schwaden von Reizgas durch die Flure gezogen.

Er musste an den Ärger denken, den es gegeben hatte, als er einmal auf der anderen Seite stand. Eine Demo gegen einen lokalen Pegida-Ableger, sogar der Oberbürgermeister hatte dazu aufgerufen, aber bei der Behördenleitung war die Teilnahme des KK11-Leiters Anlass für größte Irritationen gewesen.

Mit drei kleinen Schlucken leerte Vincent seine Tasse, während Hamid noch damit beschäftigt war, Zucker zu verrühren. Ihr junger Zeuge ignorierte seinen Kaffee und hielt sein Glas Wasser fest umklammert.

Vincent rief sich das Video zu dem von Hagenberg produzierten Hit in Erinnerung und plauderte mit Kevin Koch über Musik im Allgemeinen und Zecken-Rap à la Spongo im Besonderen. Der Junge taute wieder auf und gab Anekdoten von den Dreharbeiten zum Besten. Bald trank auch er den Kaffee und lobte ihn, während Hamid die Tastatur seines Rechners klackern ließ.

Dann lenkte Vincent das Gespräch auf die Nazi-Utensilien, die Kevin besorgt hatte.

Auf seine ehemaligen Kameraden, die gemeinsam mit ihm Statistenrollen übernommen hatten.

Der Junge erwähnte einen Björn und einen Jonas.

»Deine Freundin meinte, du hättest keinen Kontakt mehr zur Szene.«

»Das stimmt auch, da halte ich mich fern, nicht nur Isa zuliebe. Ist absolut nicht mehr meine Welt. Ich hab auch wirklich nichts gegen Ausländer oder Linke und so. René sagt immer, ein Land, das nicht bunt ist, verliert seine Wärme.«

»Und Björn und Jonas?«

»Manchmal gehen wir drei einen saufen, das ist wirklich alles. Und als René nach der passenden Deko für den Dreh gesucht hat, ist mir eingefallen, dass Björnis Onkel all diese Fotos in seinem Partykeller hängen hat. Und irgendwo hat er dann auch die Fahne aufgetrieben. Ich weiß, dass die verboten ist. Aber René meint, das fällt unter Kunstfreiheit. Es war nur Spaß. Parodie, verstehen Sie?«

»Ist klar.«

»Wir haben uns über Nazis lustig gemacht. Das ist erlaubt.«

»Und Björn und Jonas hat das nicht gestört?«

»Die waren bloß geil auf die Tänzerinnen. Und auf den Schampus nach dem Dreh.«

»Scharfe Party?«

»Und wie! Wir hatten alle hinterher einen Filmriss.«

»War Herlinde Weiß auch dabei?«

»Wo denken Sie hin? Die Party fand im Klang-Klang-Studio statt, nicht in der Fabrik. Auch beim Dreh war Herlinde nicht lange dabei. René hat sie überzeugt, dass es besser ist, nach nebenan zu verschwinden.«

»Was ihr nicht gefallen hat.«

Kevin lachte. »Stimmt. Ihre Freiheit war ihr heilig. Ein Leben im Knast ist kein Leben, hat sie gesagt. Wussten Sie, dass sie sich sogar ein Auto gemietet hat und manchmal durch die Gegend fuhr?«

»Allerletzte Frage. Wie heißen Björn und Jonas mit Nachnamen?«

»Björn Küppers.«

»Und Jonas?«

Kevin gab sich weiterhin cool, aber er musste sich räuspern.

»Meingart«, sagte er schließlich.

Hamid hielt im Tippen inne, plötzlich war es still.

Wie der Würger von Düsseldorf, dachte Vincent.

»Ich glaube, ich brauche noch einen Kaffee«, sagte er und verließ rasch das Zimmer.

91

EIN FUNKGESTEUERTES TOR ÖFFNETE SICH vor dem Mercedes, der auf einer von Hecken gesäumten Zufahrt verschwand. Melia folgte der Landstraße weiter den Hügel hinauf bis zum Waldrand und bog dort in einen Forstweg ein, der sich nach etwa zweihundert Metern als Sackgasse entpuppte. Sie ließ ihren Fiat stehen, schnappte sich das Fernglas und ging zu Fuß weiter.

Das Gelände wurde unwegsam. Melia schob sich durch ein Gestrüpp dicht stehender junger Birken und Erlen. Plötzlich ging es steil bergab, sie rutschte in ein moosbewachsenes Loch, das sich überraschend auftat, und holte sich nasse Füße. Dann stand sie vor einer Wand aus Dornengestrüpp. Melia folgte einem Wildwechsel durch eine schmale Lücke und blickte auf eine weite Grasfläche, die zu einer Art Gutshof hin abfiel.

Ein Zaun begrenzte die Wiese. Oben führten Keramikknöpfe einen Draht, der vermutlich unter Strom stand. Melia entschied, auf ihrer Seite zu bleiben.

Sie hob das Glas an die Augen und stellte scharf. Drei Gebäude, die dicken Mauern in hellem Gelbton getüncht, kein Fachwerk. Neben dem Mercedes parkten weitere Autos auf dem Hof. Der einstige Abteilungsleiter des Kölner Bundesamts für Verfassungsschutz war also nicht allein. Aus der Entfernung wies nichts auf Westkreuz hin, keine Flaggen, keine Wimpel. Melia zählte drei Überwachungskameras auf dem Areal, vermutlich gab es noch mehr.

Heiseres Kläffen näherte sich. Sie wich zurück und suchte Deckung zwischen den Sträuchern des Waldrands.

Drei schwarze Dobermänner warfen sich mit wütendem Gebell gegen den Zaun. Jemand trat aus dem großen Wohnhaus. Etwas blinkte auf – auch der Typ dort drüben benutzte ein Fernglas.

Melia zog sich weiter zurück, kletterte seitwärts zwischen hohen Fichten einen Hang hinauf und fand einen weiteren Forstweg, dem sie bis zu der Stelle folgte, an der er den Wald verließ. Peer Dombachers Landgut lag nun tiefer unter ihr.

Wo sie sich gerade noch befunden hatte, leuchteten jetzt zwei Westkreuz-Männer in Uniform mit starken Taschenlampen die Büsche ab. Kurz darauf führten sie die hechelnden Hunde, die sich nur allmählich beruhigten, zurück zum Haus. Der eine Typ telefonierte dabei.

Als Melias Handy klingelte, dachte sie für einen Moment, er rufe sie an.

Es war Solveig Fischer aus dem Rechten-Referat.

Melia war immer noch sauer auf sie wegen der Bemerkung über ihren Vater. Als seien Seilschaften das A und O. Als hätte sie es nur aufgrund politischer Kontakte zur Leiterin des Linken-Referats gebracht.

»Bei der Datenbankrecherche fündig geworden?«, fragte Melia kühl.

»Ja und nein. Tristan Bovert führt eine Quelle in der AfD-Zentrale.«

Treffer, dachte Melia. Wie ich vermutet habe.

»Aber ich konnte nur den Tarnnamen finden. Er lautet Kain.«

»Ist das alles?«

»Der Spitzel hat seit Jahresanfang jeden Montag dreihundert Euro Honorar erhalten. An seine Berichte komme ich leider nicht heran.«

»Trotzdem danke. Ich hoffe, Sie haben bei der Recherche keine Spuren hinterlassen.«

»Das tut man immer. Aber ich traue keinem meiner Kollegen zu, sie zu finden oder richtig zu deuten. Auch Bovert nicht. Der ist kein IT-Fachmann.«

»Passen Sie auf sich auf, Solveig.«

»Sie auch.«

Melia steckte das Handy weg und nahm wieder das Fernglas zu Hilfe. Die Hunde und die Milizionäre waren verschwunden. Ein Garagentor ging auf, und ein sandfarbener Jeep mit Westkreuz-Emblem fuhr davon. Dann herrschte Ruhe rund um die Gebäude.

Mit klammen Fingern notierte Melia die Kennzeichen sämtlicher Fahrzeuge auf dem Hof.

Die Nummer eines dunklen Siebener-BMWs begann mit *NRW 1.*

Also ein Dienstwagen eines Mitglieds der nordrhein-westfälischen Landesregierung.

Da schau an, dachte Melia.

Nicht nur die feuchten Schuhe machten ihr zu schaffen. Regen setzte ein und sickerte durch ihre Jacke. Melia machte sich auf den Rückweg zu ihrem Auto.

Sie drehte die Heizung auf und folgte der schmalen Landstraße zur Autobahn zurück. Als sie die Zufahrt zu Dombachers Gutshof passierte, bemerkte sie den Jeep hinter dem

Tor, darin zwei Männer in Flecktarnjacken. Ein Blitzlicht flammte auf.

Melia umklammerte ihr Lenkrad fester.

Man hatte sie im Visier.

92

WEGEN DER GROSSDEMONSTRATION HERRSCHTE noch immer Verkehrschaos in der Innenstadt. Vincent wählte den Umweg über die andere Rheinseite.

Sein Handy. Vincent nahm das Gespräch an.

»Chef?«, tönte Hamids Stimme aus der Freisprechanlage.

»Was gibt's?«

»Bin gerade fertig mit Kevin Koch. Er hat zugegeben, dass er Jonas Meingart von Herlinde Weiß erzählt hat. Im Suff auf der Party nach dem Dreh. Das hätten wir also geklärt.«

»Du machst Fortschritte.«

»Ich orientiere mich an dir.«

»Gute Idee, Hamid.«

»Das Buch über den Würger hat Koch von Jonas Meingart geliehen bekommen. Die Hervorhebungen waren alle schon drin, sagt er.«

»Drück mir die Daumen, dass Jonas zu Hause ist«, erwiderte Vincent.

»Hättest du nicht besser ein SEK bestellen sollen? Der Junge soll ziemlich kräftig sein.«

»Und was bin ich?«

»Okay, Chef.« Hamid lachte. »Pass trotzdem auf dich auf!«

Vincents Ziel war das Neubauviertel, das man auf dem Gelände des ehemaligen Güterbahnhofs hochgezogen hatte. Die Gesellschaft, die es vermarktete, nannte es »Le Quartier Central« – ein nobles Image und der anhaltende Immobilienboom ermöglichten es, Rekordprofite aus jedem Quadratmeter zu quetschen.

Claudia Meingart wohnte in einem der Häuser.

Ihr Sohn Jonas war unter ihrer Adresse gemeldet.

Vincent hatte zwei Streifenwagen hinbestellt. Sie warteten bereits. Er stieg aus und beschrieb den Kollegen den jungen Mann, den er suchte, gemäß den Worten des Obdachlosen, der ihn am Tatort beobachtet hatte: schwer und mit rasiertem Schädel, vermutlich Bodybuilder.

Die Uniformierten nickten, checkten ihre Ausrüstung und bezogen Stellung.

Vincent drückte den Klingelknopf und bemühte sich um einen freundlichen Blick in das Kameraauge der Hightech-Sprechanlage.

Eine Frauenstimme: »Ja, bitte?«

»Veih, Kripo Düsseldorf. Frau Meingart, ich muss Ihnen ein paar Fragen stellen.«

Stille.

»Hallo, Frau Meingart?«

»Können Sie sich ausweisen, Herr Veih?«

Vincent hielt seine Marke vor die Linse.

»Um was geht es?«

»Ich schlage vor, Sie lassen mich rein. Es dauert nur fünf Minuten, und wir wollen doch beide nicht, dass das gesamte Haus über die Sprechanlage mithört, oder?«

Endlich summte die Tür, und Vincent drückte sie auf.

Er wandte sich noch einmal den Uniformierten zu. »Falls er da ist, wird er versuchen abzuhauen.«

»An uns kommt er nicht vorbei«, antwortete eine zierliche Kollegin mit gelangweilter Miene.

Claudia Meingart war eine dünne Frau in Vincents Alter mit blondiertem Haar, schmalen Lippen und einem Blick, der ihn taxierte, ohne zu verraten, wie das Urteil ausfiel. Sie entschuldigte sich mit knappen Gesten für eine Unordnung, die er in der modern und edel eingerichteten Wohnung beim besten Willen nicht entdecken konnte.

Die Räume wirkten auf Vincent steril wie die Fotos eines Möbelkatalogs. Nirgendwo Spuren der Bewohner, weder Erinnerungsfotos noch nutzlose Souvenirs aus dem Urlaub. Die wenigen Bilder an der Wand erweckten den Eindruck, die Wohnungsinhaberin habe die Deko des Einrichtungshauses im Paket miterworben.

»Ich suche Ihren Sohn.«

»Er ist nicht da.«

»Ich muss mal in sein Zimmer schauen.«

Nach kurzem Zögern öffnete sie es. Vincent betrat eine andere Welt. Das Bett ungemacht, eine Hantel mitten auf dem Teppich, ein zerknittertes Konzertplakat an der Wand, achtlos über den Stuhl geworfene Klamotten. Die Mutter sah schweigend zu, als Vincent nach einer dunklen Kapuzenjacke griff und sie hervorzog. Der Rücken war bunt bedruckt.

Ein Fuchsgesicht.

Die Gewissheit, dass er hier richtig war, fühlte sich an, als fülle sich sein Brustkorb mit einem Rudel hektischer Mäuse. Das T-Shirt auf dem Stuhl trug die Aufschrift *sturmfest und verwachsen*. Auf dem Tisch eine Broschüre mit dem Titel *Wehr dich*. Er schlug sie auf, es war Werbung für Westkreuz. Vincent folgte einem raschen Blick von Claudia Meingart und entdeckte ein schwarzes Kissen, das bestickt war – Adler, Hakenkreuz und in Frakturschrift die Worte: *Meine Ehre heißt Treue*.

Der Slogan der SS.

»Starker Tobak«, bemerkte Vincent. »Wie gehen Sie damit um?«

»Jonas interessiert sich eben für Geschichte«, antwortete die Mutter.

»Ist klar.«

Er brachte seinen Rundgang zu Ende. Claudia Meingart behauptete, nicht zu wissen, wo ihr Sohn sich aufhielt. Bis zum Abendessen sei er sicher wieder zurück.

»Soll er Sie anrufen?«, fragte sie.

Kein Lächeln, kaum eine Emotion im erstaunlich faltenlosen Gesicht. Vielleicht hatte sie sich erst kürzlich Botox spritzen lassen. Oder es ließ sie tatsächlich kalt, dass die Kripo nach ihrem Jungen fragte.

»Wollen Sie nicht hören, warum ich Jonas suche?«

»Hat er etwas ausgefressen?«

»Er steht unter Verdacht, eine Frau getötet zu haben.«

»Das ist doch lächerlich.«

»Sicher haben Sie von dem Mord in der alten Papierfabrik gelesen. Die Zeitungen haben groß darüber berichtet.«

»Die RAF-Rentnerin? Völlig absurd!«

»Die Handschrift, mit der die Tat begangen wurde, ähnelt der des Würgers von Düsseldorf. Man könnte fast meinen, Ihr Sohn sei der Würger und Ihr Mann sei zu Unrecht eingesperrt worden.«

Plötzlich kam Bewegung in ihr Mienenspiel, und sie holte

zu Gesten aus. »Arne unschuldig? Dass ich nicht lache! Mein Ex hat unsere Familie zerstört. Er ist das Monster. Der Gutachter hat das eindeutig festgestellt. Wetten, dass Arne den neuen Chefarzt manipuliert hat, um sich Freigang zu erschleichen? Und bei der Gelegenheit hat er den Mord begangen. Das sollten Sie zuallererst überprüfen.«

»Habe ich schon.«

»Ja, wirklich? Oder hat Arne Sie ebenfalls manipuliert?«

»Inwiefern?«

»Wie ich höre, erzählt er jedem Besucher das gleiche verrückte Märchen.«

»Welches denn?«

»Dass ich gegen ihn ausgesagt hätte, um mir sein Vermögen unter den Nagel zu reißen. Und dass er die Morde auf sich geladen hätte, damit der Verdacht nicht auf Jonas fällt. Als hätte er jemals Rücksicht auf irgendjemanden genommen!«

Über seinen Sohn hat Meingart gar nicht gesprochen, erinnerte sich Vincent.

»Mein Ex will mich ruinieren, aber das schafft er nicht. Und ebenso wird er meinem Jungen nichts anhängen können. Arne ist schuld an allen Problemen, unter denen Jonas leidet.«

»Welche meinen Sie?«

»Als Kripobeamter wissen Sie, dass man eine solche Jugend nicht unbeschadet übersteht. Stellen Sie sich vor, Sie hätten mit eigenen Augen mitbekommen, dass sich Ihr Vater mit Huren vergnügt. Irgendwann begann Jonas, die Schule zu schwänzen, und er hat sich verwandelt. Alkohol, Ausbrüche von Jähzorn, Schwierigkeiten mit Mädchen. Ich habe mit all meiner Mutterliebe versucht, für den Jungen da zu sein, aber jemand muss sich ja um Haus und Firma kümmern und retten, was noch zu retten ist.«

Es fiel Vincent schwer, sich diese Frau als liebende Mutter vorzustellen. *Ausbrüche von Jähzorn, Schwierigkeiten mit Mädchen* – war sie sich der Wirkung ihrer Worte nicht bewusst?

»Mit eigenen Augen mitbekommen, wie ist das zu verstehen?«, hakte Vincent nach.

»In seinem Innersten ist Jonas sehr feinfühlig. Er hat gespürt, wie ich litt. Um mir Gewissheit zu verschaffen, hat er Detektiv gespielt und meinen Mann observiert, als er zu seinen Huren ging. Stellen Sie sich den Schock vor, Herr Kommissar. Jonas war damals erst sechzehn!«

»Und nachdem Ihr Mann gegangen war, suchte Jonas die Frauen auf.«

Die Mutter schwieg.

»Ich nehme an, Ihr Sohn war auch mit sechzehn schon ein kräftiger Bursche.«

Sie blickte aus dem Fenster und schniefte leise. Vincent fragte sich, ob Claudia Meingart ihn mit Absicht an diesen Punkt gelenkt hatte. War sie es leid, ihren Sohn zu beschützen? Wollte sie ihn loswerden, weil er sie ängstigte?

Vincent ging ins Badezimmer hinüber. Ein breiter Waschtisch aus schwarzem Stein. Schicke Armaturen. Zwei Becken nebeneinander. Darüber jeweils in einem verchromten Halter ein Glas mit einer Zahnbürste.

»Welche ist die von Ihrem Sohn?«, fragte Vincent.

Sie trat näher und zeigte auf die rechte Bürste.

Vincent zog zwei Beweismittelbeutel aus seiner Tasche und tütete zur Sicherheit beide Zahnbürsten ein. Für den Fall, dass die dünne Frau einen Versuch unternahm, ihn hinters Licht zu führen. Aber ernsthaft rechnete er nicht damit.

Sie blinzelte kurz, dann bahnte sich eine Träne den Weg durch ihr Make-up. Claudia Meingart berührte seinen Arm.

»Glauben Sie mir, es ist wirklich nicht leicht, ohne Unterstützung ein solches Schicksal zu meistern.«

Er gab ihr sein Kärtchen. »Sagen Sie Jonas, dass er sich bei uns melden soll. Damit erspart er sich viel Ärger.«

Keine Störungen mehr wegen der Demo. Vincent nahm den direkten Rückweg durch die Innenstadt. Der übliche Sonntagsverkehr, er kam zügig voran.

»London Calling«.

Kim Brandstätter.

»Ich gebe es jetzt auf«, sagte sie. »Fünf Stunden lang habe ich Elias Horn observiert. Er hat sich weder mit Tristan Bovert getroffen, noch hatte er einen Kontakt, der nach AfD oder Neonazi aussah. Soll ich es morgen wieder versuchen?«

»Ich fürchte, auf diese Weise kommen wir nicht weiter.«

»Was schlägst du vor?«

»Melia Khalid.«

»Die Frau vom Verfassungsschutz?«

»Vielleicht kann sie uns helfen.«

»Seit wann traust du so einer?«, fragte Kim.

Vincent überlegte, ob sie eine andere Wahl hatten. Zumal ihm die Frau mit den afrikanischen Wurzeln nicht vorgekommen war, als stecke sie mit Reichsbürgern oder anderen Rechten unter einer Decke.

»Lass es uns versuchen«, antwortete er.

93

»ICH BIN SO FROH, DASS DU DABEI BIST«, sagte Silvia Ragovic und umarmte Fabian zur Begrüßung lang und herzlich.

Er hielt die eingegipste Hand zur Seite, damit sie nicht in Mitleidenschaft gezogen wurde. An das stete Pochen hatte er sich fast gewöhnt, doch jeder Kontakt löste Schmerzen aus, die er niemandem wünschte.

Rebecca Schulmeister kam vom Kassenhäuschen des Bootsverleihs und winkte mit dem Schlüssel. Auch sie nahm Fabian in den Arm und rubbelte ihm den Rücken.

Sie gingen zum Ufer. Rebecca machte das Tretboot los. Sie stiegen ein, lachten und alberten wie Schüler in den Sommerferien. Dabei war es kühl, und außer ihnen waren bei dem unbeständigen Wetter nur zwei Jollen unterwegs, die weiter draußen kreuzten.

Fabian und Silvia strampelten zur Mitte des Sees hinaus. So also trifft man sich, um geheime Dinge zu bereden, dachte Fabian. Er fühlte sich unsicher – Tarnung und Konspiration waren neu für ihn.

Wie würde es sein, als Untergrundkämpfer zu leben?

Noch erschien ihm diese Option in irrealer Ferne, aber

das konnte sich ändern. Ihm fiel ein, dass er ein einschlägiges Handbuch besaß, das er einmal auf einem Flohmarkt entdeckt hatte.

»Wie war die Demo?«, fragte Rebecca. »Zehntausend Teilnehmer, hab ich auf der Fahrt hierher im Radio gehört.«

»Eher doppelt so viele«, antwortete Silvia. »Und Fabian war großartig, er hat mal wieder alle überzeugt.« Sie strahlte ihn an. »Den Schluss seiner Rede hab ich noch genau im Kopf: ›Jeder von uns muss sich entscheiden. Dem Faschismus dienen oder ihn bekämpfen. Faschist sein oder Antifa. Etwas Drittes gibt es nicht.‹«

»Wie wahr«, bestätigte die Genossin aus Bochum.

»Den Applaus hättest du hören sollen. Gänsehaut. Großes Kino.«

»Wer weiß, ob eine solche Demo demnächst überhaupt noch erlaubt sein wird.«

»Das fürchte ich auch, Rebecca. Die CDU wird Frantzen stürzen und mit der AfD koalieren. Was meinst du, Fabian?«

Er nickte. »Der Beginn einer schleichenden Machtergreifung. Die Gefahr besteht.«

»Umso wichtiger, dass wir deinen Worten Taten folgen lassen.«

Die Genossin aus Bochum erklärte, dass sie mehrere Kisten C4-Stangen besaß, fast einhundert Kilo Plastiksprengstoff. Das Zeug sei völlig ungefährlich, solange es nicht mit einer Sprengkapsel versehen sei, aber es sehe martialisch aus.

Sie schlug vor, die Kisten an einem symbolträchtigen Ort zu deponieren, um den Staat zu schockieren. Aufsehen wäre garantiert. Die Medien würden die Botschaft des Bekennerschreibens tagelang verbreiten.

»Kommando Annika Berentzen«, sagte Rebecca, und plötzlich gefiel Fabian die Idee.

»Es darf keine Toten geben«, warf er ein.

»Natürlich nicht. Keine Sprengkapsel, keine Zündung, nur ein Symbol. Ein starkes Symbol. Schreibst du den Bekennerbrief?«

Noch vor drei Tagen hätte ich mich dagegen ausgesprochen, dachte Fabian. Aber die Lage hat sich gründlich geändert. Kommando Annika Berentzen – das sind wir Annika schuldig, und das Texten ist mein Metier.

»Mit Vergnügen«, antwortete er.

Silvia streckte beide Daumen hoch.

»Wo hast du den Sprengstoff her?«, wollte er von Rebecca wissen.

»Solche Fragen stellt ihr besser nicht. Je weniger jeder Einzelne eingeweiht ist, desto weniger können die Faschisten herausbekommen, selbst wenn sie uns foltern.«

Das Vorgehen leuchtete Fabian ein, aber es behagte ihm nicht, über wichtige Dinge im Dunkeln gelassen zu werden. Seit er politisch denken konnte, waren ihm Transparenz und Basisdemokratie zentrale Maximen des Handelns gewesen.

An die Regeln des Untergrunds muss ich mich erst noch gewöhnen.

Dicke Regentropfen lösten sich aus dem Himmel und prasselten auf den See. Es wurde vorzeitig dunkel. Sie drehten um.

»Fragt sich nur, wo wir das Zeug deponieren«, sagte Rebecca.

»Wollen wir das nicht im Plenum diskutieren?«, wandte Silvia ein.

Rebecca widersprach: »Je mehr Leute beteiligt sind, desto größer das Risiko. Denkt dran, dass es wahrscheinlich einen Spitzel in unseren Reihen gibt. Wir sind jetzt eine konspirative Zelle. Der Widerstand tritt in eine neue Phase.«

»Verstehe.«

»Ich weiß, wo«, sagte Fabian. »Die Zentrale der Repression. Friedrichstraße 62-80.«

Silvia biss sich auf die Unterlippe und nickte. »Das Innenministerium.«

»Aber wie bekommen wir das Material dorthin?«, fragte Rebecca.

»Auch dafür habe ich eine Idee«, antwortete Fabian.

Melia wird mir verzeihen, dachte er.

Sie würde verstehen, dass es nötig ist.

Er spürte einen Anflug von Euphorie. Wir führen vor, wie verwundbar die Herrschenden sind, ohne jemandem ein Haar zu krümmen. Ein symbolisches Attentat, das auf der Metaebene wirkt. Gewaltig, aber gewaltfrei.

Fast schon eine Art Performance.

Der Tatendrang der beiden Genossinnen hatte ihn angesteckt.

94

MELIA STOPPTE AN DER VEREINBARTEN KREUZUNG in Pempelfort und ließ Solveig Fischer einsteigen. Dabei beobachtete sie den Verkehr um sie herum. Der Jeep, von dem aus man sie am Tor von Dombachers Anwesen fotografiert hatte, war ihr nicht gefolgt. Dennoch blieb Melia in höchstem Maß alarmiert.

»Haben Sie das Teil dabei?«, fragte sie.

Die Kollegin nickte und holte den Wanzendetektor aus der Tasche, um die Prozedur von neulich zu wiederholen. Melia drehte den Zündschlüssel, schaltete das Radio ein – die Anzeige auf dem Display des kleinen Geräts reagierte beide Male nicht.

Melia fuhr los. »Ich bin gespannt, was uns die Düsseldorfer Kripo zu erzählen hat.«

»Vincent Che Veih – ist das nicht der Sohn der RAF-Terroristin?«

Weiter sprachen sie nicht viel. Melia überlegte, ob sie sich auf die Kollegin verlassen konnte, falls der Druck auf sie zunahm. Würde Solveig Fischer ihr in den Rücken fallen, um den eigenen Hals zu retten?

Ein paar Minuten später betraten sie das griechische Restaurant im Stadtteil Unterbilk, das der Hauptkommissar für das Treffen bestimmt hatte. Gemischtes Publikum, stellte Melia fest. Verstohlen blickte sie sich um, erkannte aber niemanden. Hier konnten durchaus rote Socken verkehren, Antifa, Linksautonome.

Sie betraten den Nebenraum, den sie ganz für sich hatten. Vier Tische, ein eigener Zugang zu den Toiletten. Zwei Polizisten standen zur Begrüßung auf. Auch Vincent Veih hatte jemanden mitgebracht. Eine Frau, die etwas jünger war als sie, Ende zwanzig, langes blondes Haar. Alabasterhaut.

Melia hob den Finger an die Lippen, als Veih etwas sagen wollte.

Ihre Kollegin vom Rechten-Referat checkte das Zimmer nach Wanzen.

Negativ.

Händeschütteln. Veih stellte seine Kollegin vor. Kim Brandstätter arbeitete außerhalb ihres regulären Schichtdienstes für ihn, und Melia fragte sich, ob zwischen den beiden etwas lief.

»Und das ist Solveig Fischer«, erwiderte sie. »Im Referat für Rechtsextremismus zuständig für die NPD. Bis vor Kurzem noch für die nordrhein-westfälischen Reichsbürger.«

»Das passt ja«, erwiderte Brandstätter.

»Wollen wir uns duzen?«, fragte Vincent Veih.

Melia wusste, dass bei der Polizei nur Angehörige des höheren Dienstes gesiezt wurden. Dass sie als Regierungsrätin in diese Kategorie fiel, musste sie jetzt nicht hervorkehren.

»Gern«, sagte sie. »Ich heiße Melia. Wie geht's deiner Mutter? Ich habe gehört, ihr Anwalt konnte sie vorläufig herauspauken.«

»Es geht ihr gut, und es ginge ihr besser, wenn auch ihr sie ein für allemal in Ruhe lassen würdet.«

»Das glaube ich gern. Jeder Gegner des Staates wünscht den Verfassungsschutz zum Teufel.«

»Dafür muss man heutzutage kein Staatsfeind sein.«

»Hört auf, die Klingen zu kreuzen«, mischte sich Kim ein. »Wollen wir unsere Vorbehalte nicht für einen Moment zurückstellen?«

»Bitte«, sagte Vincent, sah Melia in die Augen und setzte sich.

Sie tat es ihm nach.

Endlich kam das Gespräch in Gang, und beide Seiten legten ihre Karten auf den Tisch – Teile eines Puzzles, das noch recht lückenhaft war.

Ein junger Journalist, der im Reichsbürger-Milieu recherchiert hatte, war kürzlich erschossen worden. Womöglich auf Befehl Tristan Boverts vom Bundesamt für Verfassungsschutz, wie Vincent argwöhnte.

Sie wiederum vermutete, dass ihre Kollegen Pfeifer und Bösendorf hinter dem Anschlag auf die AfD-Zentrale an der Münsterstraße steckten. Eine gemeinsame Vergangenheit beim Bundesamt verband sie mit Bovert sowie dem Ex-Abteilungsleiter Dombacher, der nach seinem Rauswurf die Wehrsportgruppe Westkreuz gegründet hatte.

Drei Beamte und ihr ehemaliger Vorgesetzter, die Strippen zogen und über Leichen gingen. Es klang bizarr, aber Melia hielt inzwischen alles für möglich.

Johnnys obskure Worte: *Die richtig wilden Metal-Typen spielen nach eigenen Regeln.*

Ein Geheimdienst im Geheimdienst.

»In unserer Sprache lautet das Stichwort ›False Flag‹«, erklärte Melia.

»Falsche Fahne?«, fragte Vincent.

»So nennt man eine Inszenierung, die man dem Gegner in die Schuhe schiebt, um ihn zu diskreditieren. Eine übliche Geheimdienstpraxis. Die Nazis waren groß darin, und weltweit geschieht das ständig. Aus der Analyse der Brandherde an der Münsterstraße ergibt sich, dass die Täter in den ersten Stock eingedrungen sind und dort mehrere Papierkörbe angezündet haben. Die Mollis im Erdgeschoss dienten der Tarnung, um davon abzulenken, dass jemand innerhalb der AfD den Verschwörern geholfen hat. Womöglich ein weiterer Informant, den Bovert führt.«

»Deckname Kain«, ergänzte Solveig. »Mehr hat die Datenbank nicht ausgespuckt, weil mir die Befugnis fehlt. Aber ich habe aus anderer Quelle die Liste aller Mitarbeiter der AfD-Landesgeschäftsstelle besorgen können. Vielleicht kennen Sie jemanden.«

Sie zog bedruckte Blätter aus ihrer Tasche. Namen, Adressen, Geburtsdaten und Funktionsbezeichnungen. Kim Brandstätter überflog die Seiten.

»Hast du nicht gesagt, Johann Abel würde für die AfD arbeiten?«, fragte Vincent.

Kim schüttelte den Kopf und gab die Ausdrucke zurück. »Der Junge steht nicht auf der Liste.«

Solveig fragte: »Ist er vielleicht nur ein Praktikant?«

Ratlose Blicke, Schulterzucken.

Solveig nahm ihr Smartphone in die Hand und stand auf. »Ich check das mal.« Mit diesen Worten verschwand sie in Richtung der Toiletten.

»Was hat es mit Johann Abel auf sich?«, wollte Melia wissen.

Die beiden Polizisten klärten sie auf. An dem Morgen, als der Journalist Milo Grünberger von einem Reichsbürger angeblich aus Eifersucht erschossen wurde, hatte Bovert persönlichen Besitz Grünbergers wie Handy und Laptop vom Tatort verschwinden lassen. Zwei junge Männer hatten ihn begleitet, Elias Horn und Johann Abel.

»Horn ist ebenfalls ein V-Mann von Bovert«, warf Kim ein.

Solveig kam zurück. »Treffer«, sagte sie. »Johann Abel hospitiert seit Februar im Pressebüro der AfD-Landesgeschäftsstelle.«

»Dann könnte es sich bei ihm um Kain handeln«, erwiderte Melia.

Vincent Veih lachte. »Euer Kollege Bovert kennt die Bibel.«

»Aber wozu braucht er so viele Spitzel?«, fragte Kim.

Solveig zuckte mit den Schultern. »Ist in unserem Referat so üblich. Der halbe Landesvorstand der NPD steht auf meiner Liste.«

»Und wird mit Steuergeldern honoriert?«

Melia hob die Hände. »Den Sinn und Unsinn von nachrichtendienstlichen Praktiken müssen wir hier nicht diskutieren.«

»Wirklich tolle Behörde, in der du arbeitest«, lästerte Vincent.

»Als gäb's bei euch keine schwarzen Schafe«, gab Melia zurück.

»Vertragt euch«, mahnte Kim.

»Apropos Praktiken«, sagte Solveig. »Ich hab schon mal veranlasst, dass alle Telefone, die auf Abels Namen laufen, überwacht werden. Ab morgen früh können wir mithören, und vielleicht verplappert er sich ja.«

Melia bedankte sich bei ihrer Kollegin und staunte. Dass sie eigenen Antrieb entwickelte, imponierte ihr.

Und dann fiel ihr jemand ein, der ihr ebenfalls helfen

würde – besonders prädestiniert für jede Art von Datenbankrecherche.

95

JONAS MEINGART WARF DIE TASCHE auf das Sofa und ließ sich daneben in die Polster plumpsen. Endlich hatte er die nötige Ruhe gefunden, um über seine weitere Flucht nachzudenken.

»Danke«, sagte er.

»Aber nur für eine Nacht«, erwiderte Björn Küppers. »Morgen früh machst du die Biege, in Ordnung?«

Seine Mutter hatte Jonas gewarnt, die Polizei sei hinter ihm her. Sie war bestimmt ganz froh, ihn loszuwerden. Aber eigentlich beruhte das auf Gegenseitigkeit. Dass der Alte weg war, hatte ihm auf Dauer keinen Frieden gebracht. In letzter Zeit hatte sie ihn nur noch genervt. Er solle sich Arbeit besorgen, anstatt mit Nazis oder im Fitnessstudio abzuhängen.

Mama kapiert einen Scheißdreck.

Zum Glück habe ich jetzt Geld wie Heu.

»Du musst das verstehen«, erklärte Björn. »Chrissie bekommt ein Kind. Wir werden heiraten. Da ändert sich eine ganze Menge.«

»Du willst bürgerlich werden?«

»Jemand muss sich doch um deutschen Nachwuchs kümmern. Sonst reden hier bald alle nur noch Arabisch und beten zu Allah.«

»Ich dachte, das wird die Revolution zu verhindern wissen.«

»Jedenfalls solltest du morgen früh …«

»Ich hab's begriffen!«

Jonas verschränkte die Hände hinter dem Kopf, spannte seine Muskeln an und zählte bis drei. Der Typ macht mich noch verrückt. Lässt sich von einer Frau auf der Nase herumtanzen. Chrissie hier, Chrissie da.

»Magst du 'n Bier?«, fragte Björn.

»Ist der Papst katholisch?«

Der Kumpel verschwand und kehrte mit zwei geöffneten Pullen zurück. Sie ließen sie aneinander krachen und tranken.

Im Zimmer roch es nach Furz, fand Jonas. Und die Unordnung war enorm. Eklige Flecken auf dem Teppichboden. Mama würde ausflippen, wenn das meine Bude wäre. Wozu hat der Typ eine Freundin? Kann die nicht sauber machen?

Ihm fiel der Zeitungsstapel neben dem Sofa auf. *Düsseldorfer Morgenpost*. Zuoberst ein Artikel, in dem es um den Anschlag auf die AfD ging. Auf dem Foto stellte sich ein Ermittler des Landeskriminalamts den Fragen der Faktenverdreher.

»Du liest Systempresse?«, fragte Jonas.

»Feindbeobachtung.«

»Verdammte Schande, dass sie die Zecken wieder rausgelassen haben.«

»Hauptsache, jeder glaubt, dass es die Antifa war.«

»Wer sonst?«

Björn grinste schief.

»Was ist los?«

»Ich sag da besser nichts dazu.«

»Weil du selbst nichts weißt, du alter Wichtigtuer.«

Björn wechselte das Thema. »Wo willst du die nächsten Tage pennen?«

»Da wird sich schon was finden. Zum Glück gibt es noch Leute mit Mumm im Leib, die nicht bloß ihre Vermehrung im Sinn haben.«

»Warum wendest du dich nicht an den General?«

Jonas wusste, dass er Dombacher meinte, den Chef von Westkreuz. Björn gehörte der Miliz schon seit Monaten an.

»Ich bin noch kein Mitglied«, antwortete Jonas und verzog das Gesicht. »Der Aufnahmeantrag fliegt irgendwo bei mir zu Hause rum.«

Was nicht stimmte. Er hatte ihn längst eingereicht. Jedes Mal, wenn er anrief, um zu fragen, woran es hakte, wimmelte man ihn ab. Als halte man ihn nicht für geeignet.

Hat mich etwa jemand angeschwärzt?

Westkreuz kann mich kreuzweise, beschloss Jonas.

»Dann gib ihn endlich ab«, beharrte Björn. »Ich schwör's, gegen Westkreuz ist die Kameradschaft ein Kindergarten. Du kriegst 'ne echte Ausbildung. Wie man sich verteidigt oder ein Haus voller Zecken stürmt. Schulung in Rhetorik und Staatskunde, das wär doch was für dich. Und sobald in Deutschland aufgeräumt wird, winkt dir ein guter Posten. Die niedrigen Mitgliedsnummern kommen zuerst dran, also beeil dich.«

Jonas zwinkerte. »Und der AfD-Anschlag geht also aufs Konto von Westkreuz?«

Björn nahm einen Schluck und schwieg.

»Wenn's so wäre, hätte sich das längst bis zur Polizei herumgesprochen«, sagte Jonas.

»Selbst bei Westkreuz weiß kaum jemand Bescheid.«

»Ach.«

»Hochgeheime Kommandosache!«

»Die ausgerechnet Björni Küppers kennt.« Jonas lachte laut auf und ließ seine Fingerknöchel knacken.

»Glaubst du mir nicht?«

»Lass gut sein, Björni-Boy.« Jonas trank mit großen Schlucken seine Pulle leer. »Hast du noch ’n bisschen Plörre?« Er knuffte ihn in die Rippen. »Du kleiner Angeber!«

»Ich gewähr dir Unterschlupf, und zum Dank beleidigst du mich in meinen eigenen vier Wänden.«

»Sei nicht gleich eingeschnappt. Ich liebe Märchen. Sieben Zwerge, die es mit Aschenputtel treiben oder so.« Jonas musste grinsen.

»Das war Schneewittchen.«

»Und wenn sie nicht gestorben sind, dann ficken sie noch heute.«

»Ich erzähle aber keine Märchen.« Björn trottete missmutig aus dem Zimmer, um neues Bier zu holen.

Jonas schnappte sich die Zeitung und überflog den Artikel. Der Bulle vom Landeskriminalamt war Kriminaldirektor, also ein hohes Tier, und hieß Bonnier. Kein echter Deutscher, schlussfolgerte Jonas.

Auf dem Foto machte der Bulle trotzdem einen netten Eindruck. Lachfältchen, grauer Schnurrbart, vor dem Hemdkragen eine schwarze Fliege mit Punkten. Es gibt auch Bullen, mit denen man reden kann, überlegte Jonas.

Bonnier begründete die Freilassung der Zecken mit den laschen Gesetzen in Deutschland und ihrer viel zu liberalen Auslegung durch die Haftrichter. Er deutete an, dass die Antifa über eine Menge Kohle verfügte, sonst hätte sie sich nicht diesen linksversifften Staranwalt leisten können.

Da krieg ich so einen Hals, dachte Jonas.

Björn kam endlich zurück. Sie tranken und rülpsten um die Wette.

Dann sagte der Kumpel: »Nenn mich nie wieder einen Angeber!«

»Mensch, Björni, war nicht so gemeint.«

»Ich erzähl echt keine Märchen.«

»Vergiss es.«

Doch Björn ließ nicht locker. »Kennst du Elias?«

»Mit dem du bei Westkreuz im Ausbildungslager warst?«, fragte Jonas und zupfte sich am Kinn, um einen Ziegenbart anzudeuten.

»Genau der«, antwortete Björn. »Wir kennen uns seit dem Kindergarten. Wir waren die Kings von der Fritz-Erler-Straße. Der würde mich echt nicht anlügen.«

Im Lauf der nächsten drei Biere gab Björn die Geschehnisse zum Besten. Voller Stolz auf die Bedeutung von Scheiß-Westkreuz. Und darauf, dass Scheiß-Elias ihn ins Vertrauen gezogen hatte.

Jonas glaubte ihm.

So viele Einzelheiten kann sich keiner aus den Fingern saugen. Nicht, wenn du ein Einfaltspinsel wie Björni Küppers bist.

Jonas benutzte seine Tasche als Kopfkissen und streckte sich auf dem Sofa aus.

Björn sammelte die leeren Pullen ein. »Sieh zu, dass du endlich deinen Aufnahmeantrag abgibst«, sagte er. »Denk dran, was ich dir über niedrige Mitgliedsnummern gesagt habe!«

96

ALS HANS METZ, DER SICH JOHNNY nennen ließ, seine Wohnungstür öffnete, stand ihm die Überraschung ins Gesicht geschrieben.

»Sicher fragen Sie sich, woher ich Ihre Adresse habe«, sprach Melia ihn an.

Der pensionierte IT-Fachmann winkte ab. »Ich kenne die Mittel, die Ihnen zur Verfügung stehen.«

»Darf ich Sie noch einmal um Ihre Hilfe bitten?«

»Am Sonntagabend?«

»Haben Sie etwas vor?«

»Nein, Sie haben recht, junge Frau. Kommen Sie rein, und bringen Sie Leben in die Bude eines einsamen Witwers!«

Eine leere Bierkiste stand im Flur. Im Wohnzimmer krächzte ein Papagei. Vor dem Durchgang blieb Melia stehen, doch Johnny lotste sie einen Raum weiter. Diesmal trug er ein anderes Motto-T-Shirt über dem Hemd: *Der tut nix, der will nur spielen.*

Ein großer Tisch mit zwei Monitoren. Mehrere Rechner darunter. Drucker und weitere Geräte im Regal. Ein verschlossener Schrank. Über einem knallroten Sofa ein Poster von Jim Morrison.

»Doors-Fan?«, fragte Melia und musste an Johnnys Reden über Heavy Metal denken.

»Meine Tochter«, antwortete er. »Das ist ihr Zimmer. Besser gesagt, das war es mal. Sie hat längst eigene Kinder und lebt mit ihrer Familie in Potsdam. Aber wenn sie mich besucht, schläft sie hier. Deshalb habe ich in all den Jahren nicht viel verändert. Hinzugekommen sind nur meine Instrumente, auf denen ich ab und zu spiele. Womit darf ich dienen?«

»Wie wäre es mit einem lautlosen Gitarrensolo?«

Der Mann lächelte und verschränkte die Arme.

»Erstens Peer Dombacher«, erklärte Melia.

»Verstehe.« Johnny zwinkerte, doch sein Blick blieb distanziert. »Die kluge Frontfrau durchleuchtet ihre Bandmitglieder.«

Melia fragte sich, wie der Mann darauf kam, dass sie mit dem Westkreuz-Gründer in einem Boot saß. Sie präzisierte: »Mich interessiert vor allem seine Zeit beim Verfassungsschutz. Welche V-Leute hat er geführt? Hatte er jemals mit Jens Nickel zu tun? Wenn ja, wann war das?«

»Ich soll den Rechner des Bundesamts hacken?«

»Falls jemand das kann, dann sind Sie es.«

»Und zweitens?«

»Meine andere Bitte erfüllen Sie mit links«, antwortete sie. »Sie betrifft unsere eigene Datenbank.«

»Man sollte es mit dem Misstrauen nicht übertreiben, Frau Khalid.«

»Tristan Bovert. Die V-Leute, die er führt und ihre Berichte.«

Johnny setzte sich und griff nach der Maus. »Geben Sie mir ein paar Minuten.«

Etwas an ihm kam Melia nicht ganz aufrichtig vor. Seine

Körpersprache war im Abwehrmodus. Vielleicht kein Wunder, wenn ich unangemeldet störe.

Melias Handy klingelte. Auf dem Display die gleiche Berliner Nummer wie gestern.

Ihr Vater.

»Bitte entschuldigen Sie mich für einen Moment«, sagte sie zu Johnny.

Sie trat auf den Flur und schloss die Tür hinter sich, dann nahm sie das Gespräch an.

»Melia … Amelie«, meldete sie sich leise.

»Noch böse?«, fragte Andreas Götz.

»Soll das jetzt eine Bitte um Entschuldigung werden?«

»Zugegeben, ich war gestern etwas schockiert. Natürlich geht mich dein privater Umgang nichts an, aber …«

»Sonst noch etwas?«

»Bitte lass Jens Nickel in Ruhe. Und auch die anderen.«

»Was sagst du da?« Melia ging weiter ins Wohnzimmer und schloss auch dessen Tür, damit Johnny nichts von ihrer Unterhaltung mitbekam. Sie stand vor einem riesigen Vogelkäfig. Ein zerzauster Papagei blickte ihr entgegen.

»Hör um Gottes willen auf, diesen Leuten hinterherzuspionieren.«

»Wen außer Nickel meinst du noch?«

»Das weißt du ganz genau«, antwortete Andreas. »Wenn du dich raushältst, wird sich deine Affäre mit diesem Hochschuldozenten nicht negativ auf deine Karriere auswirken. Das kann ich dir zusichern.«

Melia war verwirrt. Hieß das, man würde sie nicht feuern?

»In wessen Auftrag rufst du mich an?«

»Akzeptiere einfach, was ich dir sage.«

»Hast du etwas mit dem Anschlag zu schaffen? Und mit dem, was in meiner Abteilung so abgeht?«

»Hör auf damit. Du begibst dich ernsthaft in Gefahr!«

»Willst du mir drohen?«

»Unsinn, Amelie!«

Melia tigerte hin und her. »So klingt das aber für mich.«

Sie hielt inne und versuchte nachzudenken. Ihr wurde bewusst, dass sie auf ein gerahmtes Foto starrte, das vor ihr im Regal stand.

»Bist du noch dran?«, fragte ihr Vater. »Amelie, ich bitte dich!«

Sie drückte das Gespräch weg. Sie nahm das Bild aus dem Regal. Einige Leute darauf kannte sie nur zu gut.

Ein blutjunges Hochzeitspaar trat aus einem Portal, begleitet von zwei strahlenden Elternpaaren in festlicher Kleidung. Ein stolzer Johnny Metz an der Seite der Braut. Damals trug er das Haar noch kürzer, voll und dunkel. Die Blonde, die den Arm um ihn schlang, war vermutlich seine inzwischen verstorbene Frau.

Den Mann neben dem Bräutigam hätte jeder im Land erkannt, der Zeitung las oder Fernsehnachrichten verfolgte. Es war Hajo Frantzen.

Wie mein Vater einer der wichtigsten Politiker seiner Partei, dachte Melia. Ein Urgestein, das derzeit wackelte. Sie erinnerte sich an ihre Unterhaltung mit Andreas beim Frühstück im Hotel, einen Tag nach dem Anschlag: *Hajo greift nach jedem Strohhalm, den ihm jemand hinhält.*

Der Anblick von Frantzens Frau auf dem Foto elektrisierte Melia noch mehr.

Plötzlich war ihr klar, warum ihr das runde Gesicht und die aufgedonnerte Frisur so vertraut erschienen war, als sie diese Frau vor einigen Stunden durch das Fernglas betrachtet hatte. Nur weil sich Barbara Frantzen in der Öffentlichkeit rar machte, hatte Melia sie vor dem Buchladen in Grafenberg nicht gleich erkannt.

Was zum Teufel hatte die Gattin des Ministerpräsidenten mit Jens Nickel und Peer Dombacher zu schaffen?

Der Papagei trippelte auf seiner Stange und krächzte.

Johnny Metz riss die Tür auf und kam herein.

»Ich kann keine Einträge zu Dombacher finden«, meldete er und gab sich zerknirscht. »Alles gelöscht, genau wie bei Nickel.«

»Was für ein Zufall, nicht wahr?« Melia hielt noch immer das Foto in der Hand. Ihr Blick wanderte von Metz zur Personengruppe vor dem Rathausportal und wieder zurück.

Der ehemalige Software-Experte des Innenministeriums erstarrte.

»Schönes Brautpaar«, bemerkte Melia. »Ich wusste gar nicht, dass Ihre Tochter den Sohn der Frantzens geheiratet hat.«

»Wir wollten keine Presse. Damals war Hajo auch noch nicht Ministerpräsident.«

»Also haben Sie und die Frantzens ein enges Verhältnis.«

»Ich kenne Barbara fast so lange, wie Sie auf der Welt sind, schätze ich.«

»Etwa aus dem Ministerium?«

Johnny schwieg.

»Hat sie beim Verfassungsschutz gearbeitet?« Ein plötzlicher Einfall. »Als Führungsbeamtin von Nickel?«

»Hören Sie auf, Frau Khalid. Alles, was damals war, ist längst verjährt.«

»Ja oder nein?«

Er verzog das Gesicht. »Der Führungsbeamte war Peer Dombacher.«

»Und Frau Frantzen?«

»Barbara war Dombachers Chefin. Leiterin des Referats Linksextremismus. Lange vor Ihrer Zeit gab es schon einmal eine Frau auf diesem Posten. Sie war besser als alle ihre Nachfolger zusammen und feierte Erfolge, von denen Sie nur träumen können.«

»Wann war das?«

»Als Hajo in die Landesregierung eintrat, schied Barbara aus, aber niemand wird ihr je das Wasser reichen können.«

»Sie selbst haben Nickels Daten gelöscht, stimmt's?« Auf Anweisung von Herrn und Frau Frantzen, dachte Melia. Für die beiden würde Johnny alles tun.

Der Alte schwieg. Seine geröteten Augen blitzten.

»*Das* ist nicht verjährt«, erklärte Melia.

Der Papagei flatterte mit den Flügeln und randalierte.

»Wenn Sie nicht wollen, dass ich damit zur Polizei gehe, sollten Sie jetzt reden, Johnny. Was lief in den Neunzigern mit Nickel und der RAF? Und was hat das mit dem Anschlag in der Münsterstraße von letzter Woche zu tun?«

Metz schüttelte nur den Kopf. Er öffnete eine Klappe im Schrank und holte eine Flasche Cognac heraus. »Auch einen?«

»Heavy Metal tut Ihnen auf Dauer nicht gut.«

»An Ihrer Stelle würde ich mich hüten, meine Nase in Angelegenheiten zu stecken, die mich nichts angehen, Frau Khalid.«

Schon wieder eine Drohung, dachte Melia.

»Und wenn Sie Hajo Frantzen vernichten, ruinieren Sie auch Ihren Vater, denken Sie daran!« Johnny kippte seinen Drink herunter. »Und sagen Sie Ihrer Kollegin Solveig Fischer, dass sie das nächste Mal vorsichtiger sein soll, wenn sie in der Datenbank nach den Quellen anderer Leute schnüffelt.«

97

VINCENT DRÜCKTE DIE KLINGEL AN DER Haustür seiner Mutter. Von drinnen hörte er Stimmen. Er wickelte das Papier vom bunten Frühlingsstrauß, den er besorgt hatte – Freesien, Tulpen, Nelken und Kamille. Er fühlte sich, als hätte er Lampenfieber.

Brigitte öffnete. »Mein missratener Sohn!«, rief sie nach drinnen und nahm ihm die Blumen ab.

Er hängte seine Jacke an die Garderobe, an der kaum noch Platz war, betrat die Küche und grüßte in die Runde. Leute aus dem Kunstbetrieb, die Vincent zum Teil kannte. Die Party ging offenbar schon eine ganze Weile. Leere Sektflaschen auf der Anrichte, benutzte Gläser in der Spüle, die Stimmung aufgekratzt.

Hagenberg war auch da.

Vincent sprach ihn an: »Du hier, René? Keine U-Haft?«

»Unser Anwalt ist ein Genie«, erwiderte der Musikproduzent und ergänzte leise. »Natürlich blüht mir ein Prozess.«

Vincent drückte seine Schulter. »Danke.«

René hatte Brigitte entlastet, um eine Strafe würde er allerdings nicht herumkommen. Eine flüchtige Räuberin zu verstecken galt als Beihilfe zur Tat.

Der Direktor des NRW-Forums reichte Vincent ein Glas Sekt. »Es schreit zum Himmel, wie man mit Ihrer Mutter umgesprungen ist. Die Kulturschaffenden werden dazu Stellung beziehen. Das liberale Deutschland muss sich wehren.«

Vincent bedankte sich auch bei ihm.

Dann zog Brigitte ihn am Ärmel. »Komm, ich will dir was zeigen.«

Er folgte ihr ins Arbeitszimmer. »Dass René alles auf sich genommen hat, finde ich großartig.«

»Das war er mir auch schuldig«, antwortete sie. »Wusstest du, dass er mich damals verpfiffen hat?«

Vincent nickte. René hatte es einmal angedeutet.

Brigitte wies auf eine Wand, an die Fotos und Bauzeichnungen geklebt waren. Ein Bild zeigte eine riesige Ruine.

»Was ist das?«, fragte Vincent.

»Weiterstadt. Zu dem Thema plane ich meine erste Videoinstallation. Ich werde den Knast im Maßstab eins zu hundert auf der grünen Wiese errichten lassen und ihn noch einmal in die Luft jagen. Zum Gedenken an eine groteske Ironie.«

»Versteh ich nicht.«

»Weiterstadt wäre die einzige humane RAF-Aktion gewesen. Die Sprengung eines Knast-Neubaus, ohne ein Menschenleben in Gefahr zu bringen.«

»Herlinde Weiß und ihre Freunde gehörten der RAF an. Wieso soll es keine RAF-Aktion gewesen sein, nur weil du damals nicht eingeweiht warst?«

»Genau deshalb mache ich Kunst. Damit sogar Leute wie du ins Grübeln kommen.«

»Danke, dass du dich so um meine seelische Verfassung sorgst.«

»Werde nicht sarkastisch. Wer weiß schon, was wirklich geschehen ist?«

Zwei Porträts flankierten eine Bleistiftskizze des explodierenden Gebäudekomplexes. Vincent erkannte Helmut Kohl und Rudolf Scharping, Kohls einstigen Herausforderer von der SPD.

Vincent deutete auf den Ex-Kanzler. »Er hier vielleicht?«

»Mit Sicherheit.«

»Kohl ist tot.«

»Er hatte Helfer.«

98

WIE SIE SICH AM ENDE DIESES TAGS nach ihrem roten Professor sehnte!

Die Häuser hinter dem Bahndamm erschienen Melia längst nicht mehr so trist wie beim ersten Mal. Zwei Stufen auf einmal nehmend lief sie die Treppen hoch. Fabian öffnete, und sie fielen sich um den Hals.

»Hast du Wein da?«, fragte sie. »Ich brauch was zum Runterkommen.«

Er öffnete den Kühlschrank. »Eigentlich sollte ich wegen des Schmerzmittels nichts trinken, aber Beipackzettel übertreiben notorisch.«

Auf dem Tisch lag eine angebrochene Packung Ibuprofen. Fabian hielt den rechten Arm angewinkelt. Melia berührte seine Fingerspitzen, die aus dem Gips ragten. Sie waren rot und heiß.

»Geh zum Arzt, wenn es morgen nicht besser ist«, sagte sie. »Versprich mir das.«

Er lächelte matt.

Der Stuhl, auf den sie sich setzen wollte, war voller Zeitungen. Fabian nahm den Stapel mit der Linken und packte ihn auf die Anrichte. Ein Lineal, ein Bleistift und eine

Broschüre rutschten heraus und klirrten zu Boden. Melia hob die Sachen für ihn auf.

Ihr fiel das berüchtigte Logo auf, das den Titel der Broschüre zierte: ein Stern mit der Silhouette der MP5 von Heckler & Koch.

Das Konzept Stadtguerilla, verfasst von Ulrike Meinhof, war im April 1971 die erste umfangreichere Erklärung der Baader-Meinhof-Gruppe gewesen.

»Gandhi studiert Gewaltpamphlete?«

»Das haben mir die Bullen zurückgegeben, nachdem sie's beschlagnahmt hatten. Ich mag das Zeug nicht länger aufheben. Der Stapel ist Altpapier.«

Er berichtete von seinen Anstrengungen, einen Job zu finden. Sie erlebte ihn so gesprächig wie noch nie. Was ihr recht war, denn seine Sorgen lenkten sie von ihren eigenen ab.

Fabian hatte Kontakt zu einer Abgeordneten der Linkspartei aufgenommen, die er von früher kannte. Die Frau war verkehrspolitische Sprecherin ihrer Fraktion und würde ihm vielleicht eine Teilzeitstelle in ihrem Büro anbieten.

Sie kamen auf die Luftbelastung zu sprechen und darauf, dass der Individualverkehr einem ökologischen Konzept des Lebens in der Stadt widerspreche. Melia fühlte sich als Besitzerin eines Kleinwagens an den Pranger gestellt.

»Immerhin fahre ich keinen Diesel«, erwiderte sie.

»Wo parkst du, wenn du zur Arbeit fährst?«

»In der Tiefgarage des Ministeriums. Ich habe sogar einen reservierten Platz.« Für einen Moment fragte sie sich, ob sie zu weit gegangen war, denn von dieser Tatsache konnte man auf ihren Rang in der staatlichen Bürokratie schließen. Aber daran dachte Fabian nicht.

Er lachte. »Dann würde ich an deiner Stelle vermutlich auch mit dem Auto fahren.«

Kurz darauf entschuldigte er sich, weil er zur Toilette musste. Im Vorbeigehen nahm er sein Handy mit.

Nachdem er verschwunden war, nahm Melia die Broschüre zur Hand und blätterte darin. Ihr Blick blieb an einem markierten Satz hängen. *Ob es richtig ist, den bewaffneten Widerstand jetzt zu organisieren, hängt davon ab, ob es möglich ist; ob es möglich ist, ist nur praktisch zu ermitteln.*

Die verquere Begründung des RAF-Terrors: Falls es möglich ist, Anschläge zu verüben und Manager zu ermorden, tun wir's einfach. Weil eine Revolution ohnehin nicht gewaltfrei vonstattengehen kann.

Die menschenverachtenden Worte waren unterstrichen.

Mit Bleistift und Lineal.

Von wegen Altpapier. Fabian hatte den Text gerade erst zu studieren begonnen. Das war sein gutes Recht als Geisteswissenschaftler. Aber warum erzählte er ihr Ausflüchte?

Der rote Professor ist nicht bereit, sich ganz zu offenbaren, überlegte Melia. Genauso wie ich. Ob trotz unserer Gegensätze eine gemeinsame Zukunft möglich ist?

Eigentlich nicht, dachte Melia.

Aber wenn man mich feuert, ändert das alles.

Nebenan rauschte die Toilettenspülung. Sie brachte den Stapel wieder in Ordnung, setzte sich und nahm das Weinglas in die Hand. Sie schenkte nach und studierte die Lichtreflexe.

Der rote Professor stand in der Tür. »Gehen wir nach nebenan?«

Eine ganze Weile lagen sie auf dem Bett, hörten Musik und quasselten über Filme.

Melia entdeckte, dass sie in vielen Dingen den gleichen Geschmack hatten. Und sie stellte fest, dass er nicht zu dozieren begann, selbst wenn es sich um sein Fachgebiet handelte. Welch ein Unterschied zu den Männern, von denen sie im Dienst umgeben war. Diese Typen glaubten stets, einer Frau die Welt erklären zu müssen.

Fabian brachte eine zweite Flasche. Melia übernahm das Öffnen, trank aber nicht mehr viel. Sie spürte eine wohlige Müdigkeit. Die Anspannung des Tages fiel endlich von ihr ab.

Fabian begann, sie mit Küssen zu bedecken. Auch sein Gesicht kam ihr heiß vor, als hätte er Fieber. »Nimm mich einfach nur in den Arm«, sagte sie.

Kurz darauf atmete Fabian fast lautlos und gleichmäßig.

Und irgendwann war auch sie in einen tiefen Schlaf gesunken.

MONTAG, 5. MÄRZ

Blitz – Aufmacher:

BRAUCHT DEUTSCHLAND EINE HARTE HAND?

AfD-Chef Gauland: Kanzlerin fördert Anarchie und Terror

Düsseldorfer Morgenpost:

»INDIVIDUALISMUS IST GIFT FÜR DAS VOLKSWOHL«

Wirtschaftsminister Schönauer kritisiert Missbrauch von Bürgerrechten

Westdeutsche Zeitung:

NACH FREILASSUNG ALLER TERROR-VERDÄCHTIGEN: SPOTT UND HÄME FÜR MINISTERPRÄSIDENT FRANTZEN

99

JONAS ERWACHTE MIT DER GEWISSHEIT, dass seine Flucht vor der Polizei heute schon Schnee von gestern sein würde.

Er stand mit Björni auf, der in aller Frühe zur Maloche musste. Er zog frische Kleidung an und stopfte die Sachen von gestern in die Sporttasche. Was sie außerdem enthielt, verschaffte ihm ein elektrisierendes Gefühl: rund einhunderttausend Euro sowie eine Pistole mit zwei vollen Magazinen. Dinge, die ihn frei und stark machten.

Die Hinterlassenschaft der alten RAF-Schlampe.

Er strich über seinen Kopf, den er seit Tagen nicht mehr rasierte, und spürte, wie die Haare wuchsen.

Die Polizei wird sogar mein Freund sein, dachte er.

Eine halbe Stunde später stand Jonas auf einer Brücke im Hofgarten in der Mitte der Stadt und überdachte noch einmal seinen Plan. Ein Entenpärchen zog seine Kreise. Nilgänse, die in Deutschland nichts zu suchen hatten, schnatterten. Eine Oma warf Brotstücke ins Wasser, obwohl das verboten war, weil es den Teich verdarb.

Als eine Gans ihm nahekam und er ihr einen Tritt verpasste, guckte die Alte empört herüber. Er starrte zurück, bis sie sich abwandte. Am liebsten wäre er hingegangen, um sie zur Rede zu stellen, die dumme Schachtel.

Stattdessen zog er sein Handy hervor, rief das Landeskriminalamt an und verlangte, Kriminaldirektor Bonnier zu sprechen, der für den Terroranschlag vom vergangenen Donnerstag zuständig war.

Eine Frauenstimme meldete sich. Jonas war in einem Vorzimmer gelandet. Bonnier befinde sich in einer Sitzung, hieß es. Jonas hatte damit gerechnet, dass man ihn hinhalten würde, und sagte auf, was er sich zurechtgelegt hatte.

»Ich weiß, wer vor vier Tagen das Feuer an der Münsterstraße gelegt hat. Und jetzt holen Sie Bonnier ans Telefon. Ich will ihm einen Deal vorschlagen.«

»Was meinen Sie, wie viele falsche Hinweise in letzter Zeit hier eingegangen sind?«

»Meine Infos sind echt. Hundertpro.«

»Natürlich, Herr …«

»Ich kann Ihnen beweisen, dass ich Sie nicht verarsche.«

»Inwiefern?«

»Richten Sie Bonnier aus, dass das Feuer nicht durch Molotowcocktails entstanden ist, sondern durch das Anzünden von Papierkörben.«

»Dazu kann ich Ihnen keine Auskunft geben.«

»Was reden Sie da? Ich will keine Auskunft, sondern einen Deal. Sagen Sie das Ihrem Kriminaldirektor!«

Für einen Moment war es still im Äther.

»Hallo?«

»Herr Bonnier wird Sie zurückrufen«, antwortete die Frau. »Wie lautet Ihre …«

»Falsch«, unterbrach Jonas. »Ich rufe *Sie* wieder an. In genau zehn Minuten. Wenn Bonnier dann nicht zu sprechen ist, hat er seine Chance verspielt.«

Jonas beendete das Gespräch und fühlte sich großartig.

Ich bestimme, wie gespielt wird.

Jonas entfernte die SIM-Karte aus dem Handy, schnipste sie in den Teich und fischte eine noch unbenutzte Karte aus seinem Vorrat. Vorausbezahlt und vor dem Juli 2017 erworben, als es noch genügte, im Laden einen Fantasienamen anzugeben. Jonas hatte sie gestern einem Kumpel abgekauft, nachdem ihm klar geworden war, dass sein Leben einen Kurswechsel vollziehen würde.

Er zog es vor, anonym zu bleiben.

Und Bonnier würde anbeißen, dessen war er sich sicher.

100

DER WIND STRICH ÜBER DEN NEUEN MARKT in Haan. Vincent und Kim schlenderten über die Betonsteine, vorbei am Brunnen und einigen blattlosen Bäumen. Die tief stehende Sonne schien ihnen ins Gesicht und spendete bereits etwas Wärme.

Am östlichen Ende des Platzes, vor einem Drogeriemarkt, bauten Wahlkämpfer einen Infostand auf. Sie trugen blaue Sweatshirts, breiteten ein Tuch über einen Tapeziertisch, spannten einen blauen Schirm auf und platzierten Stelltafeln mit Parolen ihrer Partei.

»Ist es der Jüngling mit dem Fusselbart?«, fragte Vincent.

Ein schmächtiger Bursche hob einen Stehtisch aus einem Transporter und schleppte ihn ein paar Meter nach vorn.

Kim nickte und wandte den AfD-Wahlkämpfern den Rücken zu. Johann Abel sollte sie nicht schon jetzt erkennen. Die beiden Beamten taten, als studierten sie die Angebote im Fenster eines Reisebüros.

»Malediven wären jetzt nicht schlecht«, bemerkte Vincent.

»Oder Patagonien.«

»Dort ist es mindestens so kalt und stürmisch wie hier.«

»Ganz nach meinem Geschmack.«

»Du machst Scherze, Kim.«

Vincent spähte zu Abel hinüber, der begonnen hatte, Flugblätter zu verteilen.

Seine Kollegin fragte: »Glaubst du, die sind uns gegenüber ehrlich?«

»Wen meinst du?«

»Den Verfassungsschutz. Frau Khalid und ihre Kollegin. Mir ist nicht wohl bei dem Gedanken, dass wir uns ausgerechnet auf Geheimdienstleute verlassen müssen.«

»Was ist die Alternative? Meinst du, *wir* könnten Abels Telefone abhören? Ein Richter würde uns das nicht genehmigen, bei der dünnen Faktenlage. Der Staatsanwalt würde nicht einmal den Antrag stellen.«

»Und wenn man uns die Telefonmitschnitte verheimlicht? Dann stehen wir da wie zuvor.«

Vincents Handy spielte den Klingelton.

Solveig Fischer meldete sich.

»Gerade haben wir über dich gesprochen«, sagte Vincent und zwinkerte Kim zu.

Die Verfassungsschützerin ging nicht darauf ein. »Johann Abel verfügt nur über ein Handy. Gib uns eine Viertelstunde, dann sind wir bereit zur Aufzeichnung.«

»Okay.« Vincent beendete das Gespräch.

»Und?«, sprach Kim ihn von der Seite an.

Drüben am Stand schenkten sich die AfD-Helfer Kaffee ein. Abel verteilte als Einziger seine Zettel. Die meisten Passanten machten einen Bogen um ihn.

»Noch fünfzehn Minuten«, antwortete Vincent.

101

JONAS TIPPTE AUF DIE WAHLWIEDERHOLUNG.

»Bonnier«, meldete sich der Obermacker vom Landeskriminalamt.

»Schön, dass ich Sie an der Strippe habe, Herr Kriminaldirektor.«

»Meine Mitarbeiterin sprach von einem Deal, den Sie uns anbieten wollen. Sicher meinen Sie die ausgelobte Belohnung.«

Jonas räusperte sich. »Ich brauche kein Geld, sondern Zeugenschutz. Genauer gesagt die Zusicherung umfassender Straffreiheit.«

»In welcher Sache?«

»Ich habe Deutschland von einer räuberischen Terroristenschlampe befreit, um die es wirklich nicht schade ist.«

»Sprechen Sie von Herlinde Weiß?«

Der Mann versteht mich, dachte Jonas. Er stellte seine Tasche zwischen den Füßen ab und blickte sich um. »Wenn Sie für immer einen Haken an die Sache machen, verrate ich Ihnen die AfD-Attentäter. Deal?«

»Darüber kann ich nicht allein entscheiden. Ich muss Sie um Geduld bitten.«

Also werden wir noch öfter telefonieren müssen, dachte Jonas. Wenn das so weitergeht, brauche ich neue Prepaidkarten. »Okay, ich ruf Sie in zehn Minuten wieder an.«

»Warten Sie, Herr …«

Jonas schwieg.

»Ich brauche ein paar konkrete Anhaltspunkte, um die Werthaltigkeit Ihres Angebots einschätzen zu können.«

»Glauben Sie, ich will Sie verarschen? Ihrer Vorzimmertussi hab ich doch schon gesagt, dass das Feuer von mehreren Papierkörben im Inneren der AfD-Zentrale ausging.«

»Ich weiß.«

»Sie waren zu zweit. Den einen Kerl kenne ich. Von dem anderen, der ihm aufgemacht hat, weiß ich den Vornamen. National gesinnte Kameraden, keine Antifa-Zecken, leider.«

»Nur zwei Täter?«

»Plus jemand im Hintergrund.«

»Den Sie mir nennen können?«

»Korrekt.«

»Geben Sie mir zwei Stunden. Ich werde tun, was in meiner Macht steht, damit unser Geschäft zustande kommt.«

»*Eine* Stunde.«

Für ein paar Augenblicke war es still im Äther.

»Na gut«, sagte Bonnier. »Das ist sehr knapp, aber …«

»Ich rufe Sie pünktlich an.«

Jonas schaute auf die Uhr.

102

NACHDEM ER DIE WOHNUNGSTÜR HINTER Melia geschlossen hatte, schaltete Fabian Perscheid das Radio ein, wie immer, wenn er morgens allein war. Dann trat er ans Küchenfenster und wartete darauf, Melia zu sehen, die zu ihrem Auto ging.

Zum ersten Mal war sie zum Frühstück geblieben. Hatte sich Zeit gelassen, statt überstürzt zu gehen, als müsse sie vor ihm fliehen. Ihm war, als spüre er noch ihren Abschiedskuss auf seinen Lippen.

Im Bekennerschreiben hatte er klargestellt, dass ihr Auto benutzt wurde, ohne dass sie etwas ahnte. Niemand würde sie dafür belangen können, dass sie den Sprengstoff in die Tiefgarage unter dem Innenministerium brachte. Melia war nur ein Werkzeug.

Dennoch spürte Fabian Gewissensbisse.

Mit einem Ohr hörte er das Morgenmagazin des Deutschlandfunks. Wirtschaftsminister Schönauer forderte eine Neuorientierung seiner Partei nach der Wahl am kommenden Sonntag. Viel zu lange habe man den linken Zeitgeist walten lassen und der Erosion der Sitten zugesehen.

Dann fesselte Melia Fabians ganze Aufmerksamkeit. Sie

hatte ihren kleinen Rucksack über die Schulter geworfen und überquerte die Straße. Die Spitzen ihres kurzen Haars leuchteten hell, ihr Gang wirkte beschwingt.

Eine wundervolle Frau, dachte Fabian.

Sei mir nicht böse, es wird dir nichts passieren.

Er vernahm, dass Schönauer eine Koalition mit der AfD nicht ausschloss. Falls die Rechtspopulisten, wie er sie nannte, an Stimmen hinzugewannen, entspreche das dem Wählerauftrag. Das Einbinden in Regierungsverantwortung würde garantieren, dass die Partei der Besorgten nicht weiter nach rechts abglitt.

Fabians Handgelenk schmerzte. Er schaute Melia zu, wie sie ihren Funkschlüssel hob.

So groß ihr Herz, so wach ihr Verstand – das Holz, aus dem man Revolutionäre schnitzt, dachte er. Ich werde sie fragen, ob sie mit mir durch dick und dünn gehen möchte.

Als Genossin, als Gefährtin.

Ob sie meine Gefühle erwidert oder mir einen Korb geben wird, ist nur praktisch zu ermitteln, um es mit Ulrike Meinhofs Worten auszudrücken.

Die Mitarbeiterin des Landesamts für Statistik stieg in ihren süßen himmelblauen Fiat voller Plastiksprengstoff.

103

DAS TRÖTENDE FREIZEICHEN LIESS Solveig aufschrecken.

Ihr Rechner startete den Mitschnitt. Das ging ja fix, dachte sie, regelte die Lautstärke etwas zurück und setzte sich den Kopfhörer auf, um nichts zu verpassen.

Jemand nahm Abels Anruf entgegen. »Elias.«

»Hannes hier. Wo steckst du?«

»Im Fahrradladen. Bin allein. Du kannst reden.«

»Die Polizei weiß Bescheid.«

»Unmöglich.«

»Scheiße, wenn ich's dir sage! Die gleiche Bullentante, die uns neulich schon wegen Grünberger auf den Wecker gegangen ist, hat mich gerade am Stand angequatscht. Sie hatte ihren Chef dabei.«

»Die sind von der Kripo Düsseldorf. Zuständig ist aber das Landeskriminalamt. Das ist so geregelt.«

»Auf jeden Fall wissen die was.«

»Unsinn. Wenn es so wäre, hätten sie dich festgenommen.«

»Sag mir, was ich tun soll.«

»Erst einmal zur Ruhe kommen. Was genau haben die Bullen gesagt?«

»Die wissen das mit den Papierkörben. Verdammte Scheiße, Elias, die haben uns echt an den Eiern!«

»Haben sie meinen Namen erwähnt?«

»Nein.«

»Du hast hoffentlich nichts zugegeben.«

»Natürlich nicht!«

»Haben Sie dir Strafmilderung angeboten, falls du als Kronzeuge aussagst?«

Für einen Moment war es still.

»Hannes?«

»Ja, haben sie.«

»Was hast du geantwortet?«

»Rate mal. Wie kannst du mich so was fragen, Elias? Nie im Leben würde ich …«

»Jetzt schieb mal keine Panik, Kamerad. Wir regeln das.«

»Ich habe noch mal geleugnet, dass ich Tristan näher kenne.«

»Nach wem haben sie noch gefragt?«

»Ein Name war Pfeifer, glaube ich. Weißt du, wer das ist?«

Statt einer Antwort war Stille in der Leitung. Solveig drehte lauter. Windgeräusche, entferntes Geplauder im Hintergrund. Noch immer der Infostand der AfD in Haan, vermutete sie.

»Bist du noch dran?«, fragte Johann Abel.

»Sorry, da wartet jemand auf mich. Ich muss los.«

»Wie sind die bloß auf uns gekommen?«

»Da scheint es beim Verfassungsschutz eine undichte Stelle zu geben. Aber das kriegen wir hin.«

Abel heulte fast. »Wir sind am Arsch, Elias!«

»Krieg dich ein, Hannes«, antwortete der andere. »Ich leg jetzt auf. Wir telefonieren morgen.«

Klack.

Ende der Aufzeichnung.

Solveig wusste, dass Vincent Che Veih erwartete, dass sie ihm die Datei übermittelte. Aber der Inhalt des Gesprächs war zu brisant. Wenn der Abteilungsleiter mies drauf ist, kriegt er mich wegen Geheimnisverrats dran.

Müsste ich ihn nicht zuerst um Erlaubnis fragen?

104

BEIM ANFAHREN WUNDERTE SICH MELIA, wie schwerfällig ihr Wagen heute reagierte.

Sie ging in Gedanken ihre To-do-Liste durch. Sie musste ihren Abteilungsleiter vor Pfeifer und Konsorten warnen und ihm die Augen öffnen. Die Möglichkeit erörtern, dass der Großbrand an der Münsterstraße eine Inszenierung rechtsgerichteter Geheimdienstleute war.

Noch fehlten ihr Beweise, aber Melia hielt es für nötig, zu handeln. Die Beamten, die sie in Verdacht hatte, sollten schleunigst überwacht werden. Davon muss ich Jakobs überzeugen.

Bei der Gelegenheit werde ich erfahren, ob er über mich und den roten Professor Bescheid weiß.

An einer roten Ampel hielt sie an. Im Radio schwadronierte noch immer der Wirtschaftsminister. Polizei und Verfassungsschutz sollten gestärkt werden. Das Misstrauen in die Sicherheitsbehörden sei Teil des Achtundsechziger-Erbes, das auf den Müllhaufen der Geschichte gehöre.

Melia hatte Schönauer bisher für einen farblosen Bürokraten gehalten.

Aber die Mehrheit der Union würde ihm nicht folgen. Sie

stand zum Kurs der Kanzlerin. Ebenso Andreas Götz – aber wie tickt mein Vater wirklich?

Hör um Gottes willen auf, diesen Leuten hinterherzuspionieren.

Die Ampel sprang auf Grün, und Melia trat das Gaspedal durch.

Sie bemerkte, dass die Heckklappe leise klapperte, als sei sie nicht richtig geschlossen.

105

EIN SILBERGRAUER BMW KAM VON DER Heinrich-Heine-Allee auf der schmalen Straße zwischen Steigenberger Hotel und Opernhaus auf ihn zu. Jonas erkannte den Mann am Steuer: Kriminaldirektor Bonnier, der ältere Herr mit dem grauen Schnurrbart auf dem Foto in der *Morgenpost*.

Jonas winkte, der Wagen stoppte. Er öffnete die hintere Tür, schob seine Sporttasche mit dem Geld und dem Schießeisen auf den Rücksitz und stieg ein, ohne die Griffe der Tasche loszulassen.

Im Rückspiegel betrachtete er den hochrangigen LKA-Bullen mit dem französischen Namen. Er fühlte sich unbehaglich, denn er war es nicht gewohnt, sich jemandem auszuliefern. Als Kind hatte er gelernt, dass er niemandem trauen konnte, nicht einmal Mama und Papa.

Im Notfall hilft mir die Waffe der Terroristenschlampe.

»Bevor wir losfahren, erklären Sie mir das weitere Vorgehen«, verlangte er.

»Also«, begann Bonnier zögerlich. »Meine Behörde besitzt ein sicheres Haus für Zeugen im Schutzprogramm, das gerade nicht belegt ist. Kennen Sie Kaldenkirchen? Die Gegend um die Krickenbecker Seen?«

»Kurz vor der holländischen Grenze?«

»Richtig.«

»Hauptsache, Kronzeugenregelung und Schutz. Die Kameraden werden angepisst sein.«

»Ehrlicherweise muss ich Ihnen gestehen, dass die eine Stunde nicht ausgereicht hat, um mit der Staatsanwaltschaft eine Befreiung von der Strafverfolgung umfassend auszuhandeln. Als Mörder können Sie sowieso keinen solchen Deal erwarten.«

Jonas öffnete die Tür, um wieder auszusteigen. Bonnier war doch nicht der Mann, den er brauchte. Nur eine Lusche am Rockzipfel anderer.

»Warten Sie!«, rief der Mann vom Landeskriminalamt.

Jonas hielt nach anderen Bullen Ausschau. Falls das eine Falle ist, nehme ich den Alten hier als Geisel.

»Mein Behördenleiter hat mir trotzdem grünes Licht gegeben«, sagte Bonnier.

»Was heißt das?«

»Dass Sie ein verdammtes Glück haben, Herr Meingart.«

»Bekomme ich nun Strafbefreiung oder nicht?«

»Offiziell nicht, aber es läuft darauf hinaus. Wir verstecken Sie im sicheren Haus und sorgen für Ihre Verpflegung. Sobald Ihr Hinweis zu Festnahmen führt, besorgt Ihnen meine Behörde echte Papiere mit neuem Namen, alles wasserdicht. Nach Jonas Meingart wird weiterhin gefahndet, aber unter Ihrer zweiten Existenz werden Sie ein freies Leben führen, wo immer Sie wollen.«

In dem Haus wird es mir wie Herlinde Weiß gehen, die Kevin in der alten Fabrik versorgt hat, dachte Jonas. Keine angenehme Vorstellung. Freiheit ist etwas anderes.

»Gibt's da eine Dusche?«, fragte er.

»Natürlich. Küche, Dusche, Fernsehen, Internet, alles

komplett eingerichtet. Sie müssen sich das wie ein Ferienhaus vorstellen.«

»Und wenn Sie es nicht schaffen, jemanden festzunehmen?«

»Das wollen wir für uns beide nicht hoffen.«

Jonas überlegte, was er vom Angebot des Landeskriminalamts halten sollte. Ein Risiko blieb. Auch mit neuem Pass konnte er auffliegen. Er würde sich von zu Hause fernhalten müssen.

Aber was blieb ihm anderes übrig?

»Einverstanden«, antwortete Jonas und zog die Tür wieder zu.

106

FABIAN TIPPTE EINE NACHRICHT für Rebecca in sein Handy und schickte sie ab – der vereinbarte Code: *Das Plenum tagt bei deinem Onkel.*

Während er danach den Frühstückstisch aufräumte, befielen ihn Zweifel, und sein Stolz, an etwas Neuem, Ungewöhnlichem teilzuhaben, schmolz rasch dahin.

Konnte er den beiden Frauen wirklich trauen?

Silvia Ragovic war in allen Diskussionen des Antifa-Plenums stets diejenige, die linke Gewalt verteidigte. Bloß keine Distanzierung von denen, die Nobelkarossen anzündeten und Bullen attackierten. Es sind zuallererst Genossinnen und Genossen, und wir lassen uns nicht spalten. Ohne Grenzüberschreitung schaffen wir nie den Sieg über den Imperialismus.

Dachte sie dabei auch an Gewalt gegen Menschen?

Und was wusste er von Rebecca? Sie gab sich wie ein Profi des Untergrunds. Fast als organisiere sie eine Terrorzelle der vierten RAF-Generation. Was, wenn sie entgegen der Abmachung *nicht* im Gebäude an der Friedrichstraße anrief, damit man es räumte und den Sprengstoff fand?

Wenn sie entgegen allen Beteuerungen eine Zündkapsel

eingesetzt hatte? Und die irre Menge C4 zur Detonation bringen würde, um das Innenministerium Nordrhein-Westfalens zum Einsturz zu bringen?

Fabian erinnerte sich an Oklahoma City. In den Neunzigerjahren hatte dort ein rechtsradikaler Golfkriegsveteran ein Gebäude der US-Bundesregierung in die Luft gesprengt und einhundertachtundsechzig Menschenleben ausgelöscht.

Nein, dachte Fabian. So etwas tun nur Faschisten. Kein Linker käme auf die Idee, ganz normale Angestellte und Beamte massenhaft abzuschlachten. Nicht einmal die RAF hatte wahllos getötet.

Wie konnte ich Rebecca und Silvia nur so etwas unterstellen? Farbbeutel gegen das Wohnhaus eines rechten Abgeordneten, Gülle in seinen Briefkasten – so etwas vielleicht, aber doch keine Bombe.

Er schluckte zwei Tabletten Ibuprofen und begann, sich auf seine heutige Vorlesung vorzubereiten. Sein Unbehagen blieb. Auf jeden Fall würde Melia auf ihn sauer sein.

Das Telefon schrillte.

Es war Javier, der Genosse vom Antifa-Plenum.

»Don Fabio, was machen die Rippen?«

»Mein Handgelenk ist schlimmer dran.«

»Weshalb ich anrufe: Kennst du meinen Bruder Lionel, der in Bochum studiert? Er war übrigens auch für einen Tag im Knast. Zusammen mit fünf weiteren Antifa-Leuten seiner Stadt.«

»Was ist mit Lionel?«

»Wir haben gerade telefoniert, und ich habe ihn auf die Aktion zum Parteitag der AfD angesprochen, von der uns Rebecca neulich erzählt hat. Und weißt du was, Hombre?«

Fabian wartete ab.

»Lionel sagt, sie haben Rebecca schon vor zwei Monaten

aus ihrem Arbeitskreis ausgeschlossen, weil der Verdacht aufkam, dass sie ein Spitzel sein könnte.«

»Uns gegenüber hat sie so getan, als sei sie eine Abgesandte der Bochumer Gruppe.«

»Ja, warum tut sie das? Wir sollten vorsichtig im Umgang mit dieser Frau sein. Weißt du noch, wie sie meinte, die Bochumer Genossen würden sich über unsere Stellungnahme zu dem angeblichen Strategiepapier freuen?«

Fabian bedankte sich und beendete das Gespräch.

Er zitterte.

Welche Schweinereien haben Geheimdienste nicht schon begangen, um die Linke zu diskreditieren? Warum habe ich nicht auf Stefan gehört, als der im Plenum seine Skepsis gegenüber Rebecca geäußert hat?

Beim Versuch, seinen Freund anzurufen, vertippte er sich zweimal.

Dann hatte er endlich seine Stimme am Ohr. Im Hintergrund der Werkstattlärm. Ein lautes Bohren oder Schleifen.

»Hast du Melias Nummer?«, fragte Fabian.

»Wie bitte?«, brüllte Stefan. »Warte, ich geh mal nach nebenan.« Der Krach wurde merklich leiser. »Was hast du gesagt?«

»Du wolltest mir Melias Handynummer besorgen.«

»Ja, ich hab Sina gefragt.«

»Und? Es ist dringend!«

»Sina hat sie auch nicht. Sie wird Melia ansprechen, sobald sie …«

Fabian legte auf.

Sein Herz hämmerte.

107

REBECCA VERFLUCHTE IHRE KOPFSCHMERZEN. Scheiß Chemie. Warum hatte niemand sie vor den Ausdünstungen des Plastiksprengstoffs gewarnt?

Sie las die Nachricht, die Fabian Perscheid ihr aufs Handy geschickt hatte.

Das Plenum tagt bei deinem Onkel.

Also war die Frau, die bei ihm übernachtet hatte, endlich losgefahren. Reichlich spät für eine Bürotante des Innenministeriums, wie Rebecca fand. Es war schon fast neun Uhr.

»Endlich«, sagte sie.

Gestern Abend hatte Perscheid sie ebenfalls lange warten lassen, bis er vom Fenster seines Badezimmers aus signalisierte, dass die Frau ihren Wagen tatsächlich in der Tiefgarage an der Friedrichstraße abstellen würde. Rebecca hatte gleich darauf den Kofferraum des Fiat 500 geknackt und den Sprengstoff umgeladen, während die Antifa-Tussi namens Silvia Schmiere gestanden hatte.

»Ist sie jetzt unterwegs?«, fragte der ältere Mann, der neben ihr im Wagen saß und auf das Display seines Smartphones starrte.

»In etwa einer Viertelstunde müsste sie hier ankommen.«

»Warum sehe ich hier kein Signal?«

»Keine Ahnung.«

»Hast du den Peilsender nicht an die Stromversorgung angeschlossen?«

»Welche Stromversorgung?«

»Das Handy, das auch die Sprengung auslöst.«

»Davon hast du mir nichts gesagt.«

»Aber das Handy hast du in das C4 gepackt.«

»Natürlich.«

»Und mit der Zündkapsel verdrahtet.«

»Ja-ha.«

Konstantin Pfeifer legte die Hand auf ihr Bein. »Wir werden Geschichte schreiben, meine Süße. Spürst du auch, wie geil das ist?«

Sie standen in einer Parkbucht an der Friedrichstraße und spähten zur Tiefgarageneinfahrt hinüber. Ab und zu verdeckten Lastwagen die Sicht, wenn sie neben ihrem Auto bei Rot vor der Kreuzung stoppten.

Bis auf das fehlende Signal des Senders war alles gut organisiert, fand Rebecca. Den Entwurf des Bekennerschreibens hatte der rote Professor brillant formuliert, das musste man ihm lassen. Im Antifa-Duktus, den er beherrschte wie kein anderer. Selbst wenn er einhändig mit links tippen musste.

Allein die Passage, in der Perscheid lang und breit begründete, warum die Bombe nicht gezündet wurde, hatte Rebecca gestrichen. Und durch einen einzigen kurzen Satz ersetzt.

Opfer müssen gebracht werden.

In wenigen Stunden würde das Land ein anderes sein.

Die Vernunft sagte Rebecca, dass es notwendig war. Doch

so geil, wie Konstantin meinte, fühlte es sich für sie trotzdem nicht an. Hunderte von Mitarbeitern des Innenministeriums würden sterben.

»Wir hätten vielleicht bis nach der Wahl warten sollen«, sagte sie leise.

»Hör auf damit«, kam die barsche Antwort. »Das Momentum besteht jetzt, und wir müssen es nutzen. Ich dachte, das hättest du begriffen, Süße.«

»Hab ich auch.«

Konstantin legte das Smartphone auf die Mittelkonsole und streckte sich. »Am liebsten wär's mir, es erwischt auch Khalid.«

Mit dem Tippen einer Kurzwahlkombination, die aus zwei Ziffern bestand, würde er die Explosion des C4-Sprengstoffs im Kofferraum des hellblauen Fiats auslösen. Rebecca hatte die Zündkapsel und das zweite Handy tief in die Masse gedrückt. Statt eines Klingeltons würde der Anruf den todbringenden elektrischen Impuls auslösen.

Die meisten C4-Stäbe hatte sie zu diesem Zweck ausgepackt und zu einem riesigen Klumpen geformt. Sie hatte damit erst aufgehört, als sie spürte, dass die Plastiksprengmasse ein ekliges Gas ausströmte.

Rebecca rieb sich die Schläfen. »Was ist mit dieser Khalid?«

»Scheiß Muslimin mit Negerblut. Du hättest erleben sollen, wie misstrauisch sie wegen des Strategiepapiers war. Fast hätte sie es geschafft, meinen Chef gegen uns aufzuhetzen.«

Ein Umzugstransporter hielt an der Kreuzung. Erneut war der Blick auf den Gegenverkehr verdeckt. Die Schlange wurde länger und bewegte sich nicht, obwohl die Ampel auf Grün sprang. Querverkehr blockierte die Kreuzung. Ein Hupkonzert brach los.

»Mist«, stieß Konstantin hervor und fuhr sich über die kahle Stelle auf seinem Kopf. »Womöglich fährt die da rein, ohne dass wir's mitbekommen. Weißt du was, Süße? Geh irgendwo frühstücken und lass dich blicken, damit du ein Alibi hast. Ich erledige das allein. Zu Fuß geht das besser.«

Er nahm das Handy, drückte ihr einen Kuss auf die Wange und stieg aus.

Rebecca schloss für einen Moment die Augen, dann fuhr sie los, froh, nicht ansehen zu müssen, was hier gleich geschehen würde.

108

PLÖTZLICH HÖRTE MELIA DIE STIMME ihres Vaters.

Sie hatte die Innenstadt erreicht und fuhr gerade am Hauptbahnhof vorbei. Im Radio erklärte Andreas Götz, dass er es ablehne, mit einer Partei zusammenzuarbeiten, die Rassismus befördere und die Mahnung der deutschen Geschichte ignoriere. So schlimm der jüngste Terroranschlag sei, er dürfe nicht dazu führen, die freiheitlichen Werte auszuhebeln, sonst hätten die Terroristen gewonnen.

Er klingt wie einer der Guten, dachte Melia.

Sie gab Gas, doch die Ampel sprang auf Gelb. Im letzten Moment überlegte sie es sich anders und hielt an. Beim Bremsen rappelte die Heckklappe lauter.

Melia nutzte die Gelegenheit, löste den Gurt und sprang aus ihrem Wagen. Sie ging nach hinten und öffnete den Kofferraum, um ihn richtig zu schließen.

Sie hielt inne.

Jemand hatte das Auto über Nacht beladen.

Melia blickte auf einen riesigen, grauen Klumpen. Noch mehr von der Masse darum herum in Wachspapier zu Stangen gerollt. Ein paar Drahtschlaufen lugten hervor. Den aufdringlichen Geruch nach Marzipan kannte sie.

Plastiksprengstoff.

Todbringende Fracht.

Wie viel ist das? Ein Zentner? Zwei?

Ihr fiel Fabian ein. Die Heimlichtuerei mit der Broschüre. Seine Fragen nach ihrem Parkplatz. Und der Satz aus dem RAF-Papier vom April 1971, den er frisch unterstrichen hatte: *Ob es richtig ist, den bewaffneten Widerstand jetzt zu organisieren, ist nur praktisch zu ermitteln.*

Der Mistkerl hat mich benutzt. Die vierte Generation ist Realität, und er gehört dazu. Das Ministerium an der Friedrichstraße soll in die Luft gejagt werden – mit meiner Hilfe.

Wann würden die Terroristen die Ladung zünden?

Melias erster Impuls war loszulaufen, doch dafür waren ihre Knie zu weich.

Grün.

Hinter ihr erschallte ein Hupkonzert. Melia blickte sich um. Passanten drängten auf dem Gehweg vorbei, einige glotzten herüber. Auf beiden Seiten der Straße fünfstöckige Häuser. An einem offenen Fenster übte eine Frau Tai Chi.

Auf engstem Raum gab es hier Supermärkte, Büros, Arztpraxen, Kanzleien und Hunderte von Wohnungen. Überall gingen Menschen ein und aus. Ich befinde mich im Zentrum der Stadt.

Eine Gruppe von Kindern im Vorschulalter zog plappernd vorbei, eskortiert von zwei Erzieherinnen. Ein Mädchen deutete herüber, weil das Hupen weiter anschwoll. Die anderen Kinder zogen es weiter.

Wenn hier der Sprengstoff detoniert, sterben alle. Dann gibt es Tote wie im Krieg.

Vorsichtig drückte Melia die Klappe zu und kehrte auf den Fahrersitz zurück. Mit zitternden Fingern drehte sie den Zündschlüssel und legte den Gang ein. Sie packte das Lenkrad mit beiden Händen so fest, dass das Blut aus den Knöcheln wich.

Wie viel Zeit blieb ihr?

Minuten? Sekunden?

Egal. Sie musste es versuchen.

Melia gab Gas.

109

REBECCA HATTE IHREN WAGEN AUF dem Parkplatz des Apollo-Theaters abgestellt und war rasch zum nächsten Café gelaufen, einem modernen Kasten mit Glasfront zum Rhein. Ihr Puls ging noch immer zu schnell.

Dieser Ort war nur etwa einen Kilometer Luftlinie vom Innenministerium entfernt. Bei der Menge Sprengstoff würde man die Detonation garantiert bis hierher hören. In wenigen Minuten war es so weit – es lag in Konstantins Hand.

Ihr Blick ging auf die Jogger und Radfahrer, die ahnungslos auf der Uferpromenade vorbeizogen. Jamie Cullum röhrte aus den Lautsprechern. Klappern von Geschirr am Tresen. Endlich stand der Kellner vor ihr und zeigte ein professionelles Lächeln.

Sie fragte nach Sachen, die nicht auf der Karte standen. Dann bestellte sie ein Croissant und einen Cappuccino, der einen doppelten Espresso enthalten sollte.

Der Kellner wiederholte ihre Bestellung. Rebecca fragte ihn nach der Zeit und tat, als müsse sie die Uhr an ihrem Handgelenk neu stellen. Schließlich bat sie ihn, die Musik etwas leiser zu drehen.

Damit war sie sicher, dass der junge Mann sie in Erinnerung behalten würde. Wenn es gleich kracht, habe ich nichts damit zu tun.

Sie lehnte sich zurück.

Dann kehrten ihre Zweifel wieder. Mussten wirklich Menschen sterben? Sollte sie nicht besser im Ministerium anrufen, damit das Gebäude evakuiert werden konnte? Vielleicht lag Perscheid, die linke Zecke, sogar richtig, und es hätte genügt, die Zähne zu zeigen, ohne gleich zu beißen.

Aber sie konnte ihr Handy nicht benutzen, ohne eine Spur zu hinterlassen. Und wo gab es noch öffentliche Telefone? Noch dazu eines, an dem sie unbeobachtet wäre?

Der Kellner brachte ihre Bestellung.

Ruhig bleiben, sagte sich Rebecca. Nicht verdächtig wirken.

»Ist die Lautstärke jetzt in Ordnung?«

»Ja, Sie sind ein Schatz.«

Sein Lächeln blieb professionell.

Rebecca nahm an, dass der kleine Fiat jeden Moment in die Garage unter dem großen Bürohaus einfahren würde. Daraufhin würde Konstantin nicht lange zaudern, zumal ihm daran gelegen war, Melia Khalid auszuschalten. Die Frau, die nicht lockerließ, obwohl Konstantin sie in seiner Behörde aufs Abstellgleis gebracht hatte.

Wie hatte man dieses bunte Huhn zur Beamtin machen können? Und dann auch noch beim Verfassungsschutz, der seit den Anfangsjahren der Bundesrepublik das patriotische Bollwerk gegen Subversion und Anarchie war?

Demnächst wird im Staatsdienst aufgeräumt, dachte Rebecca.

Und nicht nur dort.

110

VERSCHWITZT UND AUSSER ATEM ERREICHTE Fabian den Hauptbahnhof. Er lehnte sein Fahrrad gegen die Wand, zum Abschließen fehlte ihm die Zeit. Im Losgehen zog er sich die Kapuze tiefer ins Gesicht, um unerkannt an den Überwachungskameras vorbeizukommen.

Er schritt zügig durch die breite Halle, an den Aufgängen zu den Bahnsteigen vorbei. Dabei ließ er den Blick unstet wandern. Er hätte schreien können vor Verzweiflung.

Was habe ich getan?

Ich bin ein Mörder, wenn ich das Unglück nicht verhindern kann.

Und Melia wird unter den Toten sein.

Da – ein öffentliches Telefon.

Fabian lief hinüber und wandte sich kurz um. Keine Uniformen, weder Bundespolizei noch Bahn-Security. Er warf Münzen ein, tippte Tasten und hielt den Kopf unter der Kapuze gesenkt. Garantiert hatten ihn Kameras im Blick.

Das Freizeichen. Dann meldete sich eine Frau.

»Innenministerium.«

Fabian verstellte seine Stimme. Machte sie rau und tief wie ein Schauspieler, der in einem B-Film den Bösewicht gab.

»In wenigen Minuten fliegt Ihr Gebäude in die Luft. Bringen Sie alle Leute raus. Sofort!«

»Wie bitte?«

Sie glaubt mir nicht. Wahrscheinlich klinge ich wie ein Irrer.

»In der Tiefgarage unter Ihnen befindet sich ein Sprengsatz«, erklärte er so ruhig, wie es ihm möglich war. »In einem hellblauen Fiat 500. Beginnen Sie auf der Stelle mit der Evakuierung aller Stockwerke. Hauen Sie ab. Das ist kein Scherz, verdammt noch mal!«

»Wer sind Sie?«

»Kommando Annika Berentzen«, antwortete er und legte auf.

Fabian holte tief Luft, dann ging er zur Nordpassage hinüber. Zwischen den Schließfächern streifte er die Jacke ab und wendete sie. Nun war sie olivgrün statt weinrot. Statt der Kapuze setzte er Mütze und Sonnenbrille auf, steckte die Hände in die Taschen und schlenderte zum Ausgang zurück.

Ich habe getan, was ich konnte, um meinen Fehler zu korrigieren.

Hoffentlich noch rechtzeitig.

Er blickte auf die Uhr. Noch genügend Zeit bis zu seiner Vorlesung. Ich muss versuchen, zur Normalität zurückzufinden. Egal, was passiert.

Als Fabian ins Freie trat, stand sein Rad noch an Ort und Stelle. Ein Wunder, dachte er.

Vielleicht ein gutes Zeichen.

111

DIE AUTOBAHN FÜHRTE WESTWÄRTS in Richtung Venlo, Niederlande. Der LKA-Mann mit dem französischen Namen plauderte die ganze Zeit. Er beschrieb Jonas das sichere Haus seiner Behörde, als preise er es einem Käufer an. Eine ehemalige Mühle in guter Lage. Direkt an der Nette, gleich dahinter begann das Naturschutzgebiet der Heronger Buschberge.

Absolute Ruhe im Grünen.

Falls er mich linkt, erschieße ich ihn, dachte Jonas.

Bonnier sagte: »Sobald wir ankommen, geben Sie mir Ihre Aussage zu Protokoll, und wir unterschreiben die Vereinbarung. Ich hoffe, Ihre Beweise sind stichhaltig.«

»Die Namen hab ich aus sicherer Quelle«, antwortete Jonas.

»Also nicht aus erster Hand?« Der Kriminaldirektor klang enttäuscht.

»Wie meinen Sie das?«

»Wenn Sie selbst kein unmittelbarer Zeuge sind, werden Sie mir die Quelle nennen müssen. Und derjenige wird vor Gericht aussagen müssen. Ich hoffe, das ist Ihnen klar.«

Björn wird darüber nicht amüsiert sein, überlegte Jonas.

»Wer ist es denn?«, fragte Bonnier.

»Ich kenne ihn aus der Kameradschaft Garath. Ein guter Kumpel von mir.«

»Neonazi?«

»Deutscher Patriot. Die Altvorderen haben Fehler gemacht, aber vieles war auch richtig. Kommen Sie mir nicht mit der Nazikeule. Damit unterdrückt die Elite das Volk.«

»Und Ihr Kumpel kennt die Täter?«

»Sie sind Kameraden bei Westkreuz.«

»Westkreuz?«

»Ich hab doch schon gesagt, dass es nicht die Zecken waren.«

»Es wird vielen Leuten eine Freude sein, wenn die Miliz einen auf den Deckel kriegt. Ich seh schon, wie sich mein Behördenleiter die Hände reibt.«

»Der Plan zum Anschlag soll vom General stammen.«

»Von wem?«

»Peer Dombacher.«

Bonnier nickte. »Das wäre der Hammer, wenn wir *dem* das Handwerk legen könnten.«

»Ich kann Westkreuz auch nicht leiden«, gestand Jonas. »Sind auch nur eine Art Elite, die das Volk verarscht. Die haben mir schon wichtige Ämter angetragen, aber ich hab das Aufnahmeformular zerrissen.«

Ausfahrt Kaldenkirchen, die Grenze war nicht weit. Der LKA-Mann setzte den Blinker und verließ die Autobahn.

»Was werden Sie tun, wenn wir alles hinter uns gebracht haben?«, fragte er.

»Sie meinen, sobald ich meine neue Identität bekommen habe?«

»Genau.«

»Reisen. Jemand hat mal gesagt, Reisen ist das Leben,

wie das Leben eine Reise ist. Ich weiß bloß noch nicht, wohin.«

Sie durchquerten ein Dorf. Danach gab es nur noch Wald, so weit man schauen konnte.

»In fünf Minuten sind wir da«, sagte der Kriminaldirektor.

Ihre Blicke trafen sich im Rückspiegel.

Jonas spürte, wie sein Unbehagen wuchs. Die Augen des Schnurrbartonkels gefielen ihm nicht mehr. Womöglich will der Kerl nur das Geld.

Jonas zog so lautlos wie möglich den Reißverschluss seiner Tasche auf und tastete nach der Waffe der toten RAF-Sau. Ein schweres Ding. Neun Millimeter, schätzte er.

Reißt Löcher und tut richtig weh.

Der kühle Stahl unter seinen Fingern beruhigte ihn.

112

MELIAS HERZSCHLAG PULSIERTE IN IHREN OHREN.

Sie murmelte unablässig ihr Mantra vor sich hin: Ich will nicht draufgehen. Ich will nicht draufgehen. Ich will nicht …

Sie fuhr westwärts, so schnell es der Verkehr zuließ, in ihrem Rücken die tödliche Ladung. Noch etwa drei Kilometer, schätzte sie. Dann erreiche ich einen Ort, an dem es außer dem Auto nicht viel gibt, was die Sprengladung zerstören könnte.

Über die Freisprechanlage wählte sie die Nummer der Leitstelle ihres Ministeriums.

Ein Mitarbeiter meldete sich.

»Melia Khalid«, sagte sie. »Bitte …« Ihr stockte die Stimme.

»What can I do for you?«

Der Typ hielt sie für eine Ausländerin, die der Sprache nicht mächtig war. Auch das noch, dachte Melia. »Verbinden Sie mich sofort mit dem Kampfmittelbeseitigungsdienst! In meinem Kofferraum befindet sich eine unkonventionelle Sprengvorrichtung, die jeden Moment hochgehen kann!«

»Wie heißen Sie?«

Sie buchstabierte ihren Nachnamen und fügte hinzu, dass

sie selbst Regierungsbeamtin sei. Sie hatte das Ende der Bilker Allee erreicht, musste links abbiegen und zunächst den Gegenverkehr abwarten. Ihre Finger trommelten auf dem Lenkrad.

Noch zwei Kilometer.

»Wo befinden Sie sich?«, fragte der Beamte in der Leitstelle, der sie endlich ernst nahm.

»Ich versuche, die Gemüsefelder zwischen Bilk und Hamm zu erreichen.«

»Okay. Wir rufen Sie baldmöglichst zurück.«

Auf der Volmerswerther Straße stauten sich die Autos. Aus einer Straßenbahn stiegen Fahrgäste. Melia überwand den erneuten Impuls, den Fiat zu verlassen und abzuhauen. Endlich ging es weiter.

Die Tachonadel zitterte nach oben.

Ein Kilometer.

Vor ihr ein Schleicher, der sich an das Limit hielt. Sie überholte ihn.

Gleich darauf stieg sie hart auf die Bremse und bog nach rechts auf einen ungeteerten Weg. Vorbei an Gewächshäusern. Schließlich ließ sie den Cinquecento auf einen Acker rollen. Der Abstand zu den nächsten Häusern betrug geschätzte vierhundert Meter.

Das musste reichen.

Sie sprang aus dem Wagen. Die Erde war nass und tief. Sie rannte und kam trotzdem viel zu langsam voran.

Plötzlich nahm sie eine Spaziergängerin wahr, die auf einem Weg zur Linken aus dem Schatten einiger Sträucher trat. An ihrer Hand ein kleines Kind. Ein Hündchen trottete voraus. Sie waren dem himmelblauen Auto viel zu nah und näherten sich ihm noch weiter.

»Zurück!«, schrie sie hinüber und winkte. »Rennt!«

Die Frau und das Mädchen blieben stehen und starrten herüber.

Melia lief ihnen entgegen, strauchelte und rappelte sich wieder auf. Warum reagiert die Mutter nicht?

Sie hält die dreckverschmierte Farbige für übergeschnappt, schoss es Melia durch den Kopf. Ich könnte längst in Sicherheit sein. Was kümmern mich die beiden und ihr Hündchen?

Stattdessen hastete sie weiter auf die Ahnungslosen zu.

113

SOLVEIG FISCHER ÄRGERTE SICH ÜBER das Gedrängel im Treppenhaus.

Seit der letzten Übung war noch kein halbes Jahr vergangen. Die Aufzüge waren tabu, in einer echten Gefahrenlage bildeten sie tödliche Fallen. Die Beamten und Angestellten des Ministeriums waren angehalten, zügig und in aller Ruhe das Gebäude zu verlassen. Hoffentlich regnet es draußen nicht, dachte Solveig.

»Sie würden uns auch einen wirklichen Alarm als Übung verkaufen«, sagte jemand. »Damit keine Panik ausbricht.«

Einige Kolleginnen beschleunigten daraufhin ihren Schritt. Doch schon auf der nächsten Etage stauten sich die Menschen wieder. Aus allen Fluren strömten Mitarbeiter herbei. Solveig hasste das Gefühl, eingepfercht zu sein. Ihr brach der Schweiß aus.

Was, wenn jemand auf den Stufen stolpert?

Scheiß Übung.

Und wenn der Alarm tatsächlich ernst war?

Seit Tagen sprach der Verfassungsschutz nur noch von Anschlägen, Morden und Entführungen. Analysierte Flugblätter, überwachte Gefährder. Das Fazit war, man müsse täglich mit Terror rechnen. Und nicht zu vergessen: In der Münsterstraße hatte es bereits gebrannt.

Dann musste Solveig an den Ausdruck denken, der gestern gefallen war.

False Flag.

Sie verabscheute linke Spinner und Radaugenossen. Aber auch am rechten Rand gab es Leute, die vor nichts zurückschreckten, wie sie aus eigener Anschauung wusste. Nur dass ihr Referat viele davon gewähren ließ und sie als Quelle anheuerte.

Bis heute Morgen hatte sie Khalids Überlegungen für übertrieben gehalten. Dann der Anruf von Johann Abel bei seinem Kumpel Elias. Solveigs Skepsis war tiefer Beunruhigung gewichen.

Die Krönung war für sie das Kennzeichen, das sie eben noch recherchiert hatte. Melia Khalid hatte sie gestern darum gebeten, weil ihr auf dem Gutshof des Westkreuz-Generals ein Regierungsfahrzeug aufgefallen war.

Seit einigen Minuten wusste Solveig, wer das Auto benutzt hatte.

Wirtschaftsminister Schönauer.

Der die AfD an der Regierung beteiligen wollte.

Es war etwas im Busch.

Auch die NPD, deren Beobachtung man ihr übertragen hatte, erschien ihr längst nicht so langweilig, wie es ihrem Ruf im Referat 623 entsprach. Ihre neuen Spitzel meldeten, dass die Partei begonnen hatte, die AfD zu unterwandern. Zudem sollte jedes Mitglied einem Schützenverein beitreten, soweit das nicht schon geschehen war. Legaler Waffenbesitz für alle national gesinnten Deutschen, so die Parole.

Es war etwas *heftig* im Busch.

Unter Geschiebe und Gestoße erreichte Solveig das Foyer

und trat endlich ins Freie. Zum Glück kein Regen. Die Friedrichstraße war autofrei, ein ungewohnter Anblick. Polizeibeamte hatten eine Absperrung errichtet und winkten die Menschen aus dem Ministerium auf die gegenüberliegende Seite.

Die Uniformierten wirkten angespannt. Solveig erkannte, dass dies *keine* Übung war.

Fragte sich nur, von wem die Bedrohung ausging.

Braune Kameraden oder rote Zecken? Anarchisten, die Hakenkreuze schmierten, oder Nazis, die ihre Tat nach Antifa-Märtyrern benannten.

False Flag.

Nichts ist, wie es scheint. Selbst als langjährige Verfassungsschutzbeamtin verlierst du allmählich den Überblick. Und auch Solveig misstraute nun ihren eigenen Kollegen. Johann Abel hatte am Telefon Tristan Bovert erwähnt.

In der Menge erkannte sie Abteilungsleiter Walter Jakobs und dessen rechte Hand Lars Spohr, die aufgeregt mit anderen hochrangigen Ministerialbeamten debattierten. Zugleich fiel Solveig auf, dass sich längst nicht alle ihre Kollegen aus dem Rechten-Referat unter den Evakuierten befanden.

Sie suchte nach Pfeifer, Bösendorf und Bovert – und konnte keinen von ihnen finden. Solveig glaubte nicht an Zufälle. Sie war sich nun sicher, dass Melias düsterste Ahnungen zutrafen.

Pfeifer und Konsorten hatten sich in Sicherheit gebracht. Sie wussten vom geplanten Anschlag auf das Ministerium. Und sie hatten in Kauf genommen, dass Hunderte von Menschen ihr Leben verlieren würden.

Diese Mistkerle, dachte Solveig.

Ich werde helfen, ihnen das Handwerk zu legen.

114

PFEIFER GING AUFGEREGT DIE STRASSE ENTLANG. Bis jetzt war kein himmelblauer Fiat in die Tiefgarage gefahren. Stattdessen strömten Frauen und Männer in Scharen aus dem Gebäude, das er sprengen wollte.

Jetzt kam auch noch die Polizei ins Spiel. Uniformierte begannen, den Verkehr umzuleiten. Es sah nach einer Evakuierung aus. Haben wir Khalid verpasst, als ich noch bei Rebecca im Auto saß und wir zeitweise die Sicht auf die Einfahrt verloren hatten? War der Sprengstoff bereits dort unten – und entdeckt worden?

Er checkte noch einmal das Handy. Nach wie vor kein Empfang eines Signals. Der Peilsender arbeitete definitiv nicht.

Pfeifer rief Peer Dombacher an und schilderte ihm die Lage.

»Was soll ich tun?«, fragte er.

»Gesetzt den Fall, das Zeug ist jetzt in der Tiefgarage.«

»Dann zerstören wir immerhin das Gebäude.«

»Und falls eure Mulattin noch damit unterwegs ist?«

»Dann töten wir sie und alles in ihrem Umkreis.«

»Das sind die beiden Alternativen.«

»Soll ich die Zündung aktivieren?«

»Entscheide du«, antwortete der General gereizt. »Ich hab gerade keine Zeit. Du machst das schon richtig.«

Aufgelegt.

Pfeifer wog das Smartphone in der Hand. Dass sein einstiger Chef solche Entscheidungen delegierte, kam selten vor.

Khalid ist eine verkappte linke Ratte, überlegte Pfeifer.

Ich mache das schon richtig.

Er tippte die zwei Ziffern der Kurzwahl. Dann schwebte sein Zeigefinger über dem Symbol mit dem grünen Hörer.

115

JONAS MEINGART FOLGTE DEM MANN vom Landeskriminalamt in ein altes Fachwerkhaus. Sie mussten sich ducken, um sich nicht am Türsturz den Kopf zu stoßen. Drinnen war es kalt und dämmrig. Nur ein Teil der Räume schien renoviert zu sein.

Bonnier führte ihn in ein Zimmer, schaltete die Deckenlampe ein und drehte die Heizung auf. Sie nahmen auf harten Stühlen Platz. Jonas blickte sich um.

Das also soll in der nächsten Zeit mein Zuhause sein?

Der Kriminaldirektor legte ein kleines Aufnahmegerät auf den Tisch. »Dann erzählen Sie mal, Herr Meingart.«

»Wo soll ich anfangen?«

»Von wem stammt der Plan zum Anschlag auf die AfD?«

»Von Peer Dombacher, dem General.«

»Und was wissen Sie über die Ausführung?«

»Name gegen neue Papiere, richtig?«

»Richtig.«

»Dann will ich sie sehen.«

»Sie kriegen den Pass, Herr Meingart, sobald es einen Haftbefehl gibt. Das haben wir doch besprochen. Oder wollen Sie jetzt einen Rückzieher machen?«

Jonas zögerte. Er hatte die Tasche unter seinem Stuhl abgestellt. Sobald ich den Eindruck habe, der Typ verarscht mich, greife ich sie mir und spaziere hinaus.

Und vorher töte ich den Alten.

»Also?«, fragte Bonnier.

»Elias Horn hat das Feuer gelegt. Ich kenn ihn aus der Kameradschaft in Garath, die sich neuerdings auch Bruderschaft nennt. Elias verkauft und repariert Fahrräder in einem Laden in Benrath. Und er gehört seit einiger Zeit Westkreuz an. Außerdem ist er mit einer Gruppe von Reichsbürgern in Hellerhof befreundet, da sind ganz schräge Leute dabei. Elias ist ein Stiller, aber nicht auf den Kopf gefallen. Sie erkennen ihn an dem lächerlichen Bärtchen, das er sich am Kinn wachsen lässt.«

»Sie sagten mir, er hatte einen Helfer.«

»Ja, einen Komplizen, der einen Job bei der Partei hat. Von dem weiß ich den Vornamen: Hannes. Den Rest kriegen Sie als Bulle sicher ruckzuck raus.«

»Ist Hannes auch ein Neonazi?«

Jonas verdrehte die Augen. »Schon wieder die Nazikeule. Wie wäre es mit ›deutscher Patriot‹?«

»Würden Sie sich auch so bezeichnen?«

»Natürlich. Sie etwa nicht?«

»Warum schwärzen Sie Ihre Kameraden an?«

Jonas verstand die Frage nicht. Eine nichtsnutzige, alte Zecke hatte ihm illegales Geld beschert, das erst einmal verprasst werden musste. Zugleich musste er dafür sorgen, nicht hinter Gittern zu landen. Die nationale Revolution hatte für ihn derzeit nicht die oberste Priorität.

»Stört Sie das?«, fragte er zurück.

»Im Gegenteil. Mit Ihrer Aussage helfen Sie uns, ein schweres Verbrechen aufzudecken. Ich bin mir ziemlich sicher, dass es mit den neuen Papieren für Sie klappen wird. Wir brauchen nur noch den Namen Ihrer Quelle.«

Wieder spürte Jonas die Beklemmung. Elias war ihm egal. Hannes, den er nicht kannte, auch. Und der Westkreuz-Häuptling erst recht. Aber Björni konnte er gut leiden. Was hatten sie für einen Spaß gehabt beim Videodreh, gemeinsam mit Kevin, den Mädels und Spongo, dem verrückten Rapper!

»Name gegen Papiere«, erinnerte ihn der Polizist mit dem grauen Schnäuzer.

Jonas erinnerte sich daran, dass Björn sich geweigert hatte, ihn länger als eine Nacht zu verstecken. Hätte er mich nicht rausgeworfen, säße ich nicht hier. Es geschieht dem Angsthasen recht, wenn ich ihn verpfeife.

»Küppers«, antwortete Jonas. »Björn Küppers, ebenfalls wohnhaft in Garath.«

»Geht doch.« Bonnier beendete die Aufnahme mit schwungvollem Hieb auf die kleinen Tasten des Rekorders.

»Und jetzt?«, fragte Jonas.

Bonnier zuckte mit den Schultern. »Kleiner Rundgang, bevor ich Sie allein lasse?«

Jonas folgte ihm, die Tasche fest in die Arme geschlossen.

»Die Räume da hinten können Sie vergessen«, erklärte der alte Bulle. »Nichts als Gerümpel. Früher gehörte die Mühle dem Heimatverein, der ein Museum daraus machen wollte. Der Anbau hier ist neu. Voilà, das Wohnzimmer!«

Ein großer Raum mit Ausblick in die winterlich trostlose Natur.

»Alles da, Herr Meingart. Fernseher, DVD, WLAN – der Zugangscode steht auf einem Zettel in der Schublade. Ist der Garten nicht wundervoll?«

Der LKA-Mann öffnete die Terrassentür und ließ ihm

den Vortritt. Jonas trat missmutig ins Freie. Sofort war ihm wieder kalt. Zeig mir lieber, wo ich pennen soll. Und dann verpiss dich, Alter.

»Um die Ecke befindet sich der Grillplatz«, fuhr Bonnier fort. »Und dort drüben wachsen wilde Erdbeeren. Später im Jahr, das werden Sie nicht mehr erleben.«

Jonas stellte fest, dass er vor einer Grube stand.

Zwei Männer traten an seine Seite.

Der Anblick des Jüngeren jagte ihm einen Schrecken ein. Der beste Kumpel von Björn Küppers zupfte an seinem Kinn. »Lächerliches Bärtchen?«

»Elias!«, entfuhr es Jonas.

»Haste nicht mit gerechnet, was?«

Der Ältere hob eine Pistole.

Auch ihn erkannte Jonas auf Anhieb, obwohl er nicht seine übliche Flecktarnuniform trug. Und kein Barrett auf dem weißen Haar, nicht hier und heute.

Peer Dombacher – er hatte ihn schon einmal reden hören.

»Nehmen Sie die Pistole weg«, forderte Jonas in aller Ruhe. »Ich stehe auf Ihrer Seite!«

Der General verzog keine Miene.

»Erschießen Sie lieber diesen Systemknecht«, sagte Jonas und wies auf Bonnier. »Wir vom nationalen Widerstand müssen zusammenhalten. Ich wäre ein großzügiger Spender.«

116

»HAUT ENDLICH AB!«, SCHRIE MELIA. Sie hastete über den Acker und hatte die beiden schon fast erreicht. »Da ist eine Bombe im Auto! Lauft, schnell, warum hört ihr nicht?«

Die Frau wich zurück – in die falsche Richtung.

Melia erreichte den Weg und entriss ihr das Mädchen, das sofort zu heulen begann und in ihren Armen strampelte. Sie lief weiter, bloß weg von dem Sprengsatz. Die Mutter folgte ihr und schrie wie am Spieß.

Melia vernahm rassistische Schimpfwörter.

Der kleine Köter holte sie ein und verbiss sich in ihrer Wade.

Ein greller Lichtschein blitzte auf. Er kam von hinten und erhellte den ganzen Umkreis.

Melia warf sich auf die Erde.

Sie versuchte, mit ihrem Körper das schreiende Kind abzudecken. Sie presste dem Mädchen die Hände auf die Ohren und öffnete selbst den Mund, um die Trommelfelle zu entlasten, denn sie wusste, was kommen würde.

Keinen Wimpernschlag später erreichte sie die Druckwelle. Zugleich mit einem gewaltigen Knall prasselten Lehmbrocken und Metallteile auf sie nieder. Etwas Hartes traf sie hinter dem Ohr, doch das Adrenalin verdrängte den Schmerz.

Dann war es auch schon vorbei.

Melia stand auf. Das Mädchen war verstummt. Auch die Mutter hatte sich erhoben und schloss ihr Kind in die Arme. Beide wiesen keine sichtbaren Verletzungen auf. Der kleine Hund kläffte in die Richtung, wo sich eben noch Melias Auto befunden hatte.

Stattdessen hatte sich dort ein Krater aufgetan.

In diesem Moment klingelte Melias Handy.

Der Mitarbeiter aus der Leitstelle an der Friedrichstraße.

»Frau Khalid? Der Kampfmittelbeseitigungsdienst kann im Moment nicht ausrücken. Er wird im Ministerium selbst benötigt. Ich soll Ihnen mitteilen, dass wir gerade eine Übung durchführen.«

»Eine … was?«

»Mehr kann ich leider nicht sagen.«

»Fuck«, stieß Melia leise hervor, beendete das Gespräch und wählte die Nummer der Taxizentrale, um sich abholen zu lassen.

Die Mutter starrte sie an. »Sie bluten.«

Melia betastete die Wunde am Kopf. Nicht der Rede wert, konstatierte sie und klopfte sich den gröbsten Dreck von der Hose sowie von den Ärmeln ihrer Jacke.

Das Kind klammerte sich an seine Mutter und verbarg sein Gesicht.

»Sie haben uns gerettet«, sagte die Frau. »Wie kann ich Ihnen das vergelten?«

»Vergessen Sie's.«

»Aber was war das?«

»Eine Übung«, antwortete Melia und stapfte zur Straße hinüber.

117

»TÖTEN SIE DEN SYSTEMKNECHT«, wiederholte Jonas Meingart. »Ich kann Ihnen wertvolle Dienste leisten, es lebe die patriotische Revolution!« Er riss den rechten Arm hoch.

Dombacher schoss.

Meingart brach am Rand der Grube zusammen.

Die Tasche entglitt ihm und kippte über die Kante hinunter.

Der Nachhall des Knalls dröhnte als Rauschen in Fritz Bonniers Ohren.

Er kniete sich hin und befühlte die Halsschlagader des Jungen. Da war kein Leben mehr. Das Loch in Meingarts Stirn erschien Bonnier lächerlich klein, verglichen mit der Wirkung, die es hatte. Bonnier stand auf und wischte sich die Hände an der Hose ab, obwohl sie nicht schmutzig waren.

Sein Herz schlug, als wolle es sich durch die Rippen boxen. Für einen Moment hatte er geglaubt, Dombacher könnte auf den Appell des jungen Meingart eingehen.

Der selbst ernannte General bereitete ihm Angst.

Bonnier wusste, dass der Mann sich eine Zukunft als Leiter einer zentralisierten deutschen Polizei unter völkischer

Regierung ausmalte. Falls es so kommt, steht mein baldiger Chef vor mir, dachte er.

Er händigte Dombacher den kleinen Digitalrekorder aus. Den Inhalt der Aufnahme kannte der General bereits. Über Funk hatte er die Befragung Meingarts mitgehört.

Ich habe seine Wünsche erfüllt, dachte Bonnier. Der Mann soll sich an mich als seinen zuverlässigen Helfer erinnern.

Der Westkreuz-Gründer hustete in sein Taschentuch. Dann gab er dem Toten einen Tritt, der ihn in das Loch beförderte. »Der Verräter ist der größte Feind der Revolution«, sagte er mit heiserer Stimme.

Amen, dachte Bonnier.

Der schmale Junge mit dem Ziegenbart begann zu schaufeln.

»Stopp«, befahl der General. »Erst das Geld!«

Horn stieg hinunter, zog die karierte Sporttasche mit den Ledergriffen unter Meingarts Leichnam hervor und warf sie hoch.

»Teilen wir durch drei?«, fragte Bonnier vorsichtig.

Dombacher ging nicht darauf ein.

Er entnahm der Tasche zahlreiche Bündel Banknoten sowie eine schwarze Pistole. Den Rest des Inhalts – Kleidung, Sneakers, Waschbeutel und ein paar *Jerry Cotton*-Heftchen – schüttete er zur Leiche hinunter. Dann packte er Geld und Waffe zurück in die Tasche und warf sie sich über die Schulter.

Zügig schaufelte Horn die Grube zu. Bonnier half ihm, die Erde festzutreten. Er war sich noch nicht sicher, was Dombacher als Nächstes mit ihm vorhatte. Nach diesem Erlebnis war Bonnier einfach nur dankbar, nicht tot zu sein.

»Guter Job«, lobte der Weißhaarige. »Der Feind der Revolution ist ein Feind des Volkes.«

Bonnier war froh, dass er offenbar nicht unter diese Kategorie fiel.

Sie brachen auf.

118

VINCENT UND KIM WAREN NACH DÜSSELDORF zurückgefahren. An einer Tankstelle an der Völklinger Straße kauften sie belegte Brötchen sowie Kaffee in Styroporbechern für ein zweites Frühstück, das sie schweigend im Wagen einnahmen. Nebenbei versuchte Vincent, Kripochef Engel zu erreichen, um ihm die längst fällige Rückkehr auf den KK11-Leiterposten abzuringen – vergeblich.

Auch Solveig Fischer hatte sich noch nicht gemeldet.

Sie hatten Johann Abel am AfD-Stand in Hilden einen Schrecken eingejagt. Gleich danach war der Bursche mit seinem Handy um eine Hausecke verschwunden, um zu telefonieren. Solveig hatte sicher mitgehört. War der Mitschnitt nicht aufschlussreich gewesen?

Oder hielt ihn die Verfassungsschützerin entgegen den Absprachen zurück?

Es wäre nicht das erste Mal, dass der Geheimdienst die Kripo linkt, dachte Vincent und versuchte, über die Telefonzentrale des Innenministeriums Solveig Fischer zu erreichen. Endlos erklang das Freizeichen. Wie ausgestorben.

Plötzlich ertönte aus westlicher Richtung ein mächtiger Knall, der lange nachhallte.

Vincent und Kim blickten sich an.

»Fliegerbombe aus dem Zweiten Weltkrieg?«, fragte sie.

Er musste an die Schlagzeilen der letzten Tage denken. Stadtguerilla. Vierte Generation. Jeder angebliche Experte raunte von Terrorgefahr.

Vincent wählte die Nummer des Lagezentrums im Ministerium, die er im Handy gespeichert hatte. Auch hier nur das Freizeichen.

Dann rief er Hamid an.

Der Kollege meldete sich. Immerhin gibt es im Präsidium noch Leben, dachte Vincent.

»Was war das?«, fragte er.

»Meinst du den Knall?«

»Mach dich mal im Intranet schlau!«

»Tu ich gerade. Aus der ganzen Stadt gehen besorgte Anrufe ein, vor allem aus den westlichen Bezirken, aber keiner weiß etwas. Die Wachen in Bilk und Oberkassel lassen gerade die Streifenwagen ausschwärmen. Wenn du willst, ruf ich dich zurück, sobald ich etwas weiß.«

»Und was ist im Innenministerium los?«

»Das wurde evakuiert. Eine Übung.«

»Im Ernst?«

»Von dort kam der Knall zumindest nicht.«

Vincent bedankte sich und wandte sich mit einem Schulterzucken an Kim.

Sein Handy klingelte.

»Veih.«

»Wo stecken Sie?«, fragte der Kripochef. »Kehren Sie schleunigst in Ihr Büro zurück. Der Urlaub ist vorbei. Sie werden gebraucht.«

119

MELIA VERLIESS DEN BUS AN DER Haltestelle Universität Mitte. Sie wunderte sich, wie gut sie sich trotz der Stunde, die hinter ihr lag, auf den Beinen halten konnte. Es ist das Adrenalin, sagte sie sich.

Sie wusste aus dem Campusplan, den sie sich aufs Smartphone geladen hatte, dass das Institut für Medien- und Kulturwissenschaft im Gebäude 24.21 untergebracht war. Es entpuppte sich als dreiflügeliger Betonbau, der sich im Zentrum über acht Stockwerke erstreckte. Sie fragte nach dem Raum, in dem der Lehrbeauftragte Fabian Perscheid unterrichtete, und erntete verstörte Blicke.

Daraufhin suchte sie die Toilette auf, wusch sich das Blut vom Hals und aus den Haaren und brachte ihre Kleidung in Ordnung. Ein Blick in den Spiegel – mein Gott, was siehst du fertig aus!

Ihr Handy klingelte. Jakobs, der Abteilungsleiter.

Melia stellte das Gerät auf stumm und steckte es weg.

Sie fand den Raum, es war ein kleiner Vorlesungssaal mit ansteigenden Stuhlreihen. Melia setzte sich nach hinten. Einige Blicke wandten sich ihr zu, doch der rote Professor hatte sie nicht bemerkt.

Er beantwortete gerade die Frage einer Studentin in der ersten Reihe. Hinter ihm hing ein Filmplakat. Melia bekam mit, dass es um *Inception* von Christopher Nolan ging sowie um die Frage, ob sich der Film an die Spielregeln hielt, die er selbst aufstellte.

Melias Handy vibrierte. Jakobs hatte ihr eine SMS geschrieben.

Wo stecken Sie? Ich muss Sie sofort sprechen.

»Nolan offenbart erstaunlich reaktionäre Grundwerte hinter einer Fassade, die sich postmodern gibt«, dozierte Fabian. »Zusammengefasst handelt es sich um einen Film, der die Defizite seines Drehbuchs dem Publikum anlastet. So cool und schick wie er ist, geben wir uns selbst die Schuld daran, dass wir vieles nicht recht verstehen. Am liebsten möchte man ein zweites Mal ins Kino gehen, um die Handlung zu begreifen. Also eine glänzende Geschäftsmasche. Entsprechend fielen die meisten Kritiker darauf herein, und auch kommerziell war der Film ein großer Erfolg. Das nächste Mal schauen wir bei *Shutter Island* von Martin Scorsese nach, wie eine ähnlich komplexe Handlung auch ganz anders funktionieren kann.«

Fabians Schlussworte, der Raum leerte sich.

Zwei Studentinnen hätten sich gern noch länger mit Fabian unterhalten, doch Melia stand auf, und er bemerkte sie endlich.

Fabian lief ihr entgegen und strahlte. »Ich bin so glücklich, dass du lebst!«

Melia holte aus und schlug ihm mit der flachen Hand ins Gesicht.

»Und jetzt erzählst du mir, wer an dem Scheiß beteiligt war«, sagte sie. »Und was dich geritten hat, da mitzumachen.«

120

ENDLICH WURDE ÜBER DEN LAUTSPRECHER eines Polizeiwagens Entwarnung gegeben.

Solveig kehrte mit den anderen Kollegen ins Haus zurück. Sie versuchte, Melia zu erreichen, doch sie meldete sich nicht. Inzwischen war Ruhe auf dem Flur eingekehrt. Solveig vergewisserte sich, dass niemand sie beobachtete, dann suchte sie das Zimmer von Tristan Bovert auf, das neben dem des neuen Referatsleiters lag.

Sie musste daran denken, was Vincent Veih über Milo Grünberger gesagt hatte, den Journalisten aus Bayern, der sich unter Reichsbürgern getummelt hatte und vor Kurzem ermordet worden war. Laut Veih hatte Bovert Handy und Laptop des Toten beiseitegeschafft.

Solveig klopfte – keine Antwort.

Sie drückte die Klinke. Nicht abgeschlossen.

Sie trat ein und begann, das Büro nach Grünbergers Handy und Laptop abzusuchen. Sie öffnete Schubladen, sah im Regal hinter Aktenordnern nach, durchwühlte einen Karton. Sie stieg auf den Stuhl, um festzustellen, dass nichts auf dem Schrank deponiert worden war. Auch unter Schrank und Kommode wurde sie nicht fündig.

Die Kommode war verriegelt. Ein primitives Schloss, leicht zu knacken. Solveig bog eine Büroklammer zurecht und begann zu stochern.

Schritte auf dem Gang, Solveig hielt inne und lauschte. Jemand ging vorbei.

Sie hantierte weiter mit dem kurzen Draht im Schloss.

Draußen knatterte ein Hubschrauber. In der Entfernung ein Martinshorn.

Endlich sprang die Tür der Kommode auf.

Solveig ging davor in die Hocke. Der Geruch von altem Papier schlug ihr entgegen. Auf den Fächern stapelten sich Schnellhefter und lose Blätter. Der übliche Verfassungsschutzkram. Vermerke zu Quellen, Protokolle, Memos an Vorgesetzte. Markiert mit den üblichen Stempeln: *Vertrauliche Verschlusssache – geheim – streng geheim*.

Keine Zeit, sich das genauer anzusehen.

Solveig verriegelte die Tür mit dem improvisierten Dietrich wieder, damit Bovert keinen Verdacht schöpfen würde. Jeden Moment konnte er zurückkehren.

Auf dem Fensterbrett saß ein Teddy und überblickte das Zimmer. Er hatte nur ein Auge im Gesicht und trug ein T-Shirt mit der Aufschrift *Geht ein Zyklop zum Augearzt*.

Spezieller Humor.

Enttäuscht gab sie auf. Weder Laptop noch Mobiltelefon gefunden – wären die Sachen hier, hätte Bovert sein Zimmer nicht unverschlossen gelassen, vermutete Solveig.

Sie hatte schon die Klinke in der Hand, als sie eine Pinnwand mit Ansichtskarten bemerkte. Einer plötzlichen Idee folgend, nahm sie eines der Kärtchen ab.

Gruß aus Rotterdam.

Es war an Boverts Dienstort adressiert, der auch ihrer war: Friedrichstraße, Düsseldorf.

Die zweite Karte ebenfalls, die dritte auch.

Solveig zog die Nadel aus einem Foto, das ein betagtes Paar zeigte, vielleicht Boverts Eltern, und drehte es um. Es handelte sich um die Einladung zur Feier einer Goldenen Hochzeit, die vor einigen Monaten in einer Gaststätte am Rhein stattgefunden hatte. Die Adresse wich von den anderen ab.

Die Eltern hatten ihrem Sohn nach Hause geschrieben.

Tristan Bovert hieß Peter Rösler und wohnte in Meerbusch-Osterath.

Dort finde ich Grünbergers Sachen, überlegte sie.

121

BOVERT ERREICHTE DEN EHEMALIGEN BAUERNHOF, in dem er letztes Jahr übergangsweise gewohnt hatte, weil er mehr und mehr in Düsseldorf zu tun bekommen hatte. Er staunte, wie sich das Areal in der kurzen Zeit verändert hatte. Der Investor, ein Verein, der zum Westkreuz-Netzwerk gehörte, hatte Großes vor. Mit dem Geld eines milliardenschweren Unternehmers aus Süddeutschland waren die Gebäude saniert und zum Schulungsheim umgestaltet worden.

Ein unterirdischer Schießstand mit allen modernen Schikanen gehörte dazu, wie Bovert wusste. Noch waren die Arbeiten nicht abgeschlossen. Auch der Bau einer Sporthalle stand bevor.

Er fuhr seinen Mazda nach hinten zu den Garagen und ging zum Hauptgebäude, wo jetzt zwei ehemalige Elitekämpfer des Kommandos Spezialkräfte der Bundeswehr das Heim leiteten und für Westkreuz als Ausbilder arbeiteten. An der Tür zu den Seminarräumen gab er den Code ein. Es summte, er trat ein und drehte als Erstes die Heizung auf.

Vor allem an Wochenenden trafen sich hier gleich gesinnte

Soldaten, Reservisten und Beamte aller möglichen Polizeibehörden und Geheimdienste. Eingeweihte Funktionäre rechter Parteien und Splittergruppen, Abgesandte diverser Kameradschaften und Bürgerwehren. Heimatschutz, Weiße Wölfe, Arische Brüder, Blood and Honour. Burschenschaftler und Old-School-Hooligans. Ab und zu veranstalteten Freunde des Rechtsrock-Liedguts kleinere Konzerte zur kulturellen Erbauung.

Milizenführer aus ganz Deutschland tagten hier regelmäßig. Westkreuz besaß Ableger in allen Bundesländern: Nord-, Süd- und Ostkreuz. Zu den befreundeten Organisationen zählten Combat 18 aus Dortmund und Kassel, Nordic 12 aus Bremen, die Aryans aus Sachsen-Anhalt sowie die Brigade 8 aus der Schweiz. Neue Division Brandenburg und Uniter gingen ebenfalls ein und aus.

Man schmiedete Pläne für den Tag X.

Legte fest, welche Gegner man aus dem Verkehr ziehen und wo man sie internieren würde. Setzte Intellektuelle, Politiker, Journalisten und Wissenschaftler auf Todeslisten. Konzipierte Depots für Waffen und Sprengstoff. Tauschte Informationen aus, Lagebilder aus dem Inneren von Bundeswehr und Sicherheitsbehörden. Welchem Offizier, welchem Dienststellenleiter war zu trauen? Wen würde man dagegen gleich zu Beginn der Machtergreifung festsetzen?

Man suchte Kontakt zu wohlhabenden Gönnern. National eingestellten Unternehmern, Milliardären, Stiftern und Spendern mit dem Herzen auf dem rechten Fleck. Das Großartige war: Jeder neue Kontakt zog sofort weitere mit sich.

Viele glaubten, die Zeit sei bereits reif.

Dombacher stand kurz davor, den Startschuss zu geben.

Bovert plädierte dafür, nichts zu überstürzen.

Von unschätzbarem Wert war das Frühwarnsystem des

Netzwerks. Kaum eine Razzia kam noch überraschend. Über Gefolgsleute nahm Westkreuz Einfluss auf Personalentscheidungen in vielen Behörden. Es war sogar gelungen, Rundfunkanstalten zu infiltrieren, die man als Staatsmedien diffamierte.

Die Kontakte reichten weit ins Ausland sowie zu Strömungen, die man früher noch als Spinner verlacht hatte, deren Potenzial aber nicht zu unterschätzen war: Blut-und-Boden-Ökos, Abtreibungsgegner sowie sogenannte Prepper, die Lebensmittel horteten, weil die Regierung den Weltuntergang ansteuerte. Und natürlich auch Reichsbürger.

Bovert erinnerte sich an den Schock, den er empfunden hatte, als er Milo Grünberger in diesen Räumen begegnet war.

Den Auftrag, die Ratte zum Schweigen zu bringen, hatte er Helge Simonis erteilt, in dessen Freier Republik sich das neugierige Bürschchen eingenistet hatte. Helge hatte bereitwillig den eifersüchtigen Wüterich gespielt, denn er wusste, dass er dafür am Tag X belohnt werden würde.

Draußen fuhr ein Jeep vor.

Bovert trat ans Fenster. Peer Dombacher und Elias Horn stiegen aus. Der General wirkte gereizt. Leider werde ich seine Stimmung nicht bessern können, dachte Bovert.

Er hielt den Männern die Tür auf. Dombacher hustete und rieb sich die Hände, als sei ihm kalt. Bovert wollte ihm einen Becher mit dampfendem Kaffee reichen, doch der General wehrte ab.

»Muss gleich weiter«, sagte er. »Ich will nur rasch deinen Lagebericht hören, Tristan. Was ist los, warum ist noch nichts in den Nachrichten gekommen?«

»Eigentlich hat Pfeifer alles richtig gemacht.«

»Nur die Fakten, Tristan!«

»Das Zeug ist in einem Gemüseacker explodiert. Khalid hat ihre Karre dorthin gebracht statt in die Tiefgarage.«

»Hat sie den Braten gerochen? Wie zum Teufel konnte das geschehen?«

»Da ist Pfeifer noch dran. Fest steht, dass das Ministerium gewarnt worden ist. Jemand hat angerufen und die Bombenpläne verraten. Daraufhin wurde das Gebäude geräumt. Wir haben das Bekennerschreiben zurückgehalten. Abteilungsleiter Jakobs hat dem Minister empfohlen, den Vorfall als Übung auszugeben, und der Minister ist der Linie gefolgt. Vielleicht ist das ganz gut so.«

»Nichts ist gut. Warum muss heute alles schiefgehen?«

»Immerhin wird es keine Untersuchung geben.«

»Hat sich die Bimbo-Schlampe wenigstens in ihrem Auto gehimmelt? Sie saß doch hoffentlich drin, oder?«

Bovert schüttelte den Kopf.

Sein Handy vibrierte. Er nahm es aus der Hosentasche und entsperrte es. Der Bewegungsmelder in seinem Büro war angesprungen. Die Kamera im Kopf des Zyklopenteddys übertrug ihr Bild auf das Handydisplay.

»Ihr sollt nicht dauernd auf Facebook daddeln, das sag ich immer wieder«, brummte Dombacher. »Schon gar nicht in meiner Gegenwart.«

»Jemand ist gerade in mein Dienstzimmer an der Friedrichstraße eingedrungen.«

»Gibt's da etwas zu finden?«

»Natürlich nicht, General.«

Jemand huschte durch die Aufnahme, dann befand sich die Person außerhalb des erfassten Bereichs. Kurz darauf wackelte das Bild, und ein Gesicht füllte es aus. Ein direkter Blick ins Auge des Zyklops.

Solveig Fischer vom Referat 623.

Bovert hatte ihr noch nie getraut.

Er hielt dem General das Handy hin. »Dieselbe Kollegin, die auch in der Datenbank nach Kain gesucht hat.«

»Wer zum Teufel ist Kain?«

»Er meint Hannes«, antwortete Elias Horn und wandte sich an Bovert. »Es geht doch nicht, dass deine eigenen Leute uns in die Quere kommen. Wir müssen etwas tun.«

Vorlautes Bürschchen, dachte Bovert. Hält sich für toll, weil der General auf ihn steht.

»Wir sollten über Schadensbegrenzung nachdenken«, stimmte Dombacher zu.

»Solange die Kripo nicht an Kain dran ist, droht keine Gefahr«, antwortete Bovert.

»Sind sie aber«, wandte Horn ein und zupfte nervös an den Härchen, die an seinem Kinn wuchsen. »Zwei Zivilbullen haben ihn heute Morgen am Wahlkampfstand besucht.«

Schweigen im Raum. Sogar Dombacher schien es die Sprache verschlagen zu haben.

»Weißt du, was sie wollten?«, fragte Bovert den Jungen.

»Dein Name ist gefallen. Und auch der von Pfeifer.«

Bovert wandte sich an den General. »Klar, woher die Polizei das hat.«

»Die verdammte Mulattin«, sagte General Dombacher.

»Stimmt es, dass sie Muslimin ist?«, fragte Elias Horn.

»Soll sie beten, zu wem sie will. Der Punkt ist, dass anscheinend niemand sie unter Kontrolle kriegt.«

»Jakobs ist eine Fehlbesetzung«, sagte Bovert. Er hatte sich gute Chancen ausgerechnet, doch der Ministerpräsident hatte sich anders entschieden.

»Nach der Wahl ändert sich vieles«, antwortete der General.

Bovert blickte wieder auf das Display. Die neugierige

Kollegin hatte die Karten an der Pinnwand entdeckt. Sie versucht, meine Identität herauszufinden, erkannte Bovert.

Nicht dumm, die Frau.

Wetten, dass sie mit Khalid unter einer Decke steckt?

Die Mehrzahl der Urlaubsgrüße stammte von Kollegen. Einzige Ausnahme war die Einladung zur großen Jubelfeier seiner Eltern. Bovert beobachtete, wie Solveig Fischer die Karte umdrehte und die Anschrift notierte.

Damals habe ich noch hier gelebt.

»Wir kriegen Besuch«, erklärte Bovert. »Vielleicht heute noch.«

»Du regelst das, Tristan«, befahl Dombacher. Dann wandte er sich an den Jungen. »Und du kommst mit mir.«

Sie verließen den Seminarraum.

Bovert beschloss, die beiden Leiter des Schulungszentrums um Unterstützung zu bitten.

Profis auf ihrem Gebiet.

122

MELIAS SMARTPHONE VIBRIERTE LÄNGER, also handelte es sich um einen Anruf. Sie hatte es nach wie vor stumm gestellt, weil sie sich nicht von ihrem Chef nerven lassen wollte. Sie sah auf dem Display nach. Solveig hatte vor einigen Minuten versucht, sie zu erreichen. Und jetzt Stefan Brunswicker.

Der Informant, der eigentlich nichts mehr von ihr wissen wollte.

Er hatte aufgelegt, ohne eine Nachricht auf die Mailbox zu sprechen.

Melia verließ die Straßenbahn an der nächsten Haltestelle und verharrte auf der Verkehrsinsel, bis sie allein war, inmitten der Kreuzung, umtost vom Lärm und Gestank unzähliger Autos.

Sie rief Stefan zurück.

»Du hattest recht«, sagte er. »Dein Kollege war da. Pfeifer, ein älterer Typ mit Glatze und Bauch. Eine schmierige Labertasche, wirklich nicht dein Kaliber.«

»Wollte er etwas Konkretes?« Melia war erleichtert, dass Stefan ihr nicht mehr böse war. Oder hat Pfeifer ihn bearbeitet, damit er mit mir ein Spiel treibt?

Stefan sagte: »Die beiden RAF-Rentner, die noch auf freiem Fuß sind, halten sich angeblich ganz in der Nähe auf.«

»Arnold und Büchner?«

»Und ich soll versuchen, Kontakt zu ihnen aufzunehmen.«

»Eine Festnahme der beiden Geldtransport-Räuber wäre ein Coup, der Pfeifers Karriere noch weiter befördern könnte.«

Ein Coup, den ich ihm keinesfalls gönne, dachte sie.

»Angeblich will er sie nur beobachten.«

Das hätte ich Stefan auch so verkauft, überlegte Melia. Verrate deinem V-Mann immer nur die Hälfte.

»Wie sollst du seiner Ansicht nach den Kontakt herstellen?«, fragte sie.

»Pfeifer hat mir eine Telefonnummer gegeben.«

»Unter der du Arnold oder Büchner an die Strippe kriegst?«

»Ja.«

»Allen Ernstes?«

»Angeblich fiel die Nummer im Rahmen einer Überwachung auf.«

Alle Achtung, dachte Melia. Wenn das stimmte, hatten die Kollegen im Rahmen der Gefährder-Ausspähung doch den großen Fisch gefangen. Allmählich war Melia Feuer und Flamme.

Hatte nicht alles mit dem Comeback des RAF-Trios begonnen?

»Wie sollst du vorgehen?«, fragte sie. »Was ist Pfeifers Plan?«

»Hab ich ihn auch gefragt.«

»Und?«

»Er meinte, mir würde schon was einfallen.«

Melia schüttelte ungläubig den Kopf. Bis jetzt hatte sie den Kollegen für einen Profi gehalten.

»Was soll ich tun?«, kam Stefans Stimme aus ihrem Handy.

»Hat Pfeifer etwas über *mich* gesagt?«

»Dass du das Gewaltpotenzial der linken Terrorszene in fahrlässiger Weise unterschätzt hättest und deshalb aufs Abstellgleis geschoben wurdest. Er schreibt den Brandanschlag nach wie vor uns Antifa-Leuten zu. Und er meint, dass du dich eines Dienstvergehens strafbar machst, falls du mich nicht in Ruhe lässt. Das soll ich dir ausrichten, sobald du mich kontaktierst.«

»Okay.«

»Ich dachte …«

»Ja?«

»Dass eine Festnahme der beiden Räuber ein Coup wäre, der *deine* Karriere wieder aufs Gleis setzen könnte.«

»Gestern hast du noch ganz anders geklungen. Da wolltest du mich nie wieder sehen.«

»In erster Linie will ich diesen Pfeifer nie wieder sehen.«

Melia überlegte: War es nicht von Beginn an mein Ziel, die letzten Mohikaner der RAF zur Strecke zu bringen? Oder war das Ganze eine Falle?

»Ich bräuchte zwei Dinge von dir«, sagte sie.

»Die Telefonnummer und was noch?«

»Dein Auto.«

»Das geb ich nicht her.«

»Meins ist in die Luft geflogen.«

»War das der Knall heute Mittag?«

»Zwei deiner tollen Freunde haben dafür gesorgt. Fabian und Silvia.«

»Glaube ich nicht.«

»Fabian hat mir alles gestanden. Rebecca aus Bochum hat sie dazu angestiftet. Und jetzt verrate ich dir etwas, das du nicht von mir weißt, verstanden?«

»Was denn?«

»Die Frau arbeitet für Pfeifer. Pass also auf, was du sagst und tust, falls du sie triffst.«

»Hab ich mir fast gedacht. Aber mein Auto kannst du echt nicht haben.«

»Warum nicht?«

»Für den Oldtimer gibt es kaum noch Ersatzteile.«

Mit lang anhaltendem Bimmeln näherte sich die 704 aus Richtung Südpark.

»Deinem Schätzchen passiert schon nichts«, antwortete Melia rasch. »Ich hole es in zehn Minuten ab.«

123

BEVOR SOLVEIG LOSFUHR, CHECKTE SIE in allen verfügbaren Dateien Boverts Adresse am Ortsrand von Meerbusch-Osterath. Der Kollege war dort nicht gemeldet, auch nicht unter dem Namen Peter Rösler.

Das musste nichts bedeuten.

Stattdessen firmierten unter der Hausnummer ein *Verein für Outdoor-Sport e. V.* sowie ein *Nation und Freiheit e. V.* Solveig las diese Namen zum ersten Mal. Wohnte Bovert dort zur Untermiete? Hatte er etwas mit diesen Vereinen zu tun? Ein Besuch lohnt sich auf jeden Fall, dachte sie.

Nur mal kurz gucken.

Sie wollte gerade aufbrechen, als sie bemerkte, dass ihr Computer wieder eine Tondatei lud. Neugierig setzte sie den Kopfhörer auf.

Ein weiteres Gespräch des jungen Praktikanten der AfD-Pressestelle, dessen Handy seit heute Morgen angezapft war. Er klang gereizt, fast aggressiv.

»Ich frag mich immer noch, woher die das wissen.«

»Hannes, vergiss es. Der General hat die Lage schon bereinigt.«

Abel wurde laut. »Was hast du ihm erzählt?«

»Bleib cool, Hannes.«

»Das ist nicht lustig, Elias! Und was heißt ›die Lage bereinigt‹?«

»Da gab's einen Kameraden, der uns verpfeifen wollte. Jetzt gibt's den nicht mehr.«

Ein Fememord, dachte Solveig. Die Hinrichtung eines vermeintlichen Verräters. Sie drehte den Ton lauter.

»Kenn ich den Kameraden?«, fragte Abel mit ängstlicher Stimme.

»Glaube nicht. Ist auch egal. Wer redet, wird plattgemacht. Der General nennt es Schadensbegrenzung.«

»Und wenn er auf die Idee kommt, *uns* plattzumachen?«

»Hannes, du spinnst.«

»Damit wäre der Schaden ein für alle Mal begrenzt und die Lage bereinigt, oder nicht?«

»Du weißt doch, dass der General auf uns steht.«

»Die alte Schwuchtel.«

»Nein, so ist es nicht bei dem. Der hält uns für die Zukunft der Revolution. Hannes, mach einfach deinen Job, und geh auf Tauchstation. Nach der Wahl sieht alles schon ganz anders aus, du wirst sehen.«

»Du glaubst doch nicht ernsthaft an diesen Tag-X-Scheiß?«

»Ich leg jetzt auf, Alter, deutscher Gruß!«

»Deutscher Gruß.«

Ende des Gesprächs.

Solveig überlegte kurz, dann griff sie nach ihrem Handy und wählte die Nummer von Vincent Veih. Inzwischen war es ihr egal, was ihr Abteilungsleiter von einer Zusammenarbeit mit der Kripo hielt.

Soll er mich doch anzeigen.

Veih hob nicht ab.

Auf dem Kärtchen, das sie von ihm hatte, stand keine

Handynummer. Dafür aber eine E-Mail-Adresse. Sie kopierte die Tondatei sowie die von heute Morgen in den Anhang einer Nachricht. Vor dem Abschicken schrieb sie nur ein Wort in die Betreffzeile.

Hauptgewinn.

In bester Laune machte sie sich auf den Weg.

Für einen Wochentag kam Solveig auf der A57 gut voran. Mit jedem Kilometer wuchs ihre Anspannung. Sie erreichte die Ausfahrt und folgte der Ansage des Navis.

Das Ziel entpuppte sich als ein Bauernhof.

Anbauten neueren Datums bildeten einen beachtlichen Komplex. Kein Wagen auf der gepflasterten Zufahrt. Das Areal wirkte wie ausgestorben.

Solveig fuhr daran vorbei, wählte die nächste Abzweigung und hielt erst an, als der Hof außer Sichtweite war. Zu Fuß kehrte sie auf einer zweiten, weiter südlich verlaufenden Fahrspur durch die Felder zurück. Vorbei an einem allein stehenden Haus führte der Weg zur rückwärtigen Seite des Geländes, zuletzt lief Solveig im Schutz einer Zypressenhecke.

Sie bezog Posten an einem Geräteschuppen und wartete.

Stille, kein Mensch zu sehen.

Nach einer Weile schlich sie weiter. An einer Scheune vorbei gelangte sie an eine stillgelegte Baustelle. Eine dicke Buche bot ihr Deckung. Solveigs Blick suchte die Fenster des Haupthauses ab.

Ein Knarren ließ sie aufschrecken.

Das Tor der Scheune, die sie gerade passiert hatte, bewegte sich träge im Wind. Solveig erkannte die Schnauze eines Jeeps und das typische Wüstenbeige der Fahrzeuge von Westkreuz.

Plötzlich knirschten Schritte, und ein Funkgerät schnarrte leise. Zwei Männer näherten sich.

Mit einem Mal erschien Solveig der Baumstamm, hinter dem sie sich verbarg, gar nicht mehr so mächtig. Ihr Puls ging schneller, als sie die Pistole in der Hand des einen Kerls bemerkte.

Der andere hielt ein Walkie in Kopfhöhe. Sie lachten über einen Scherz, den ein Dritter über Funk erzählte. Ohne Solveig zu bemerken, kamen sie an ihrer Buche vorüber. Mit dem nächsten Schritt versank der Bewaffnete knöcheltief im Schlamm der Baustelle. Er fluchte und stapfte wie ein Storch weiter, was seinen Kollegen noch lauter feixen ließ.

Endlich waren sie verschwunden.

Solveig trat den Rückzug an.

Warum patrouillierten diese Typen mit gezogener Waffe? Was war hier los?

Werde ich erwartet?

Unmöglich, entschied Solveig und bewegte sich auf die Vorderseite des Gebäudetrakts zu. An die Zufahrt grenzte ein tiefer gelegenes Gartenstück voller Ziersträucher, die halbwegs Sichtschutz boten. Solveig duckte sich hinter eine Buchsbaumkugel.

Die Typen hatten mit jemandem gesprochen, der nicht weit sein konnte.

Sie angelte das Fernglas aus der Tasche, richtete es auf die Fenster und stellte scharf. Die Scheiben reflektierten den trüben Himmel.

In einem Raum konnte sie mehrere Personen ausmachen.

Im Stockwerk darüber war das mittlere Fenster geöffnet. Solveig erkannte ein Hirschgeweih an der Wand. Schließlich auch die Silhouette einer Person mit Pudelmütze, die sich im Schatten hielt. Für einen Moment glomm ein rötlicher

Punkt auf – ein Raucher, der die Zimmerluft nicht übermäßig verpesten wollte. Oder ein Wachposten?

Sie kam nicht dazu, länger darüber nachzudenken, denn ein weißer Mercedes-Sprinter näherte sich von der Landstraße her und stoppte keine fünf Meter von ihr entfernt. Drei Männer in sportlicher Kleidung stiegen aus. Ernste Mienen, breites Kreuz, kurz geschorene Haare.

Jemand trat aus einer Tür.

Händeschütteln. Die Männer luden Kisten aus und schafften sie eilig ins Haus, danach fuhren sie den Sprinter zur Rückseite. Solveig merkte sich das Kennzeichen.

Y – ein Fahrzeug der Bundeswehr.

Gleich darauf war es wieder still.

Solveig erkannte, dass sie den Plan, in Boverts Wohnung einzudringen, knicken konnte.

Ihr war kalt geworden, sie musste niesen.

Im nächsten Augenblick wanderte vor ihr ein roter Punkt über das Pflaster. Im geöffneten Fenster glühte es kurz auf – das war nun keine Zigarette, so viel war Solveig klar.

Sie ließ sich zur Seite rollen und landete zwischen Rosensträuchern, an denen sich die ersten Blättchen zeigten. Dornen kratzten über ihr Gesicht. Der rote Punkt wanderte über den Buchsbaum, hinter dem sie gerade noch gekauert hatte, dann herüber ins Rosengebüsch.

Der Laserpointer eines Präzisionsgewehrs. Da oben stand ein Scharfschütze.

Solveig hörte Türenschlagen und laute Stimmen. Dann übertönte Hundegebell alles andere.

Sie staunte, was ein Niesen an diesem Ort auslösen konnte.

Solveig schleuderte einen Erdklumpen zur Seite, der gut vernehmbar am anderen Ende des Gartens zerplatzte.

Im ersten Stock krachte ein Gewehrschuss.

Die Vordertür sprang auf. Stimmengewirr, Schritte auf dem Pflaster. Ein zweiter Knall.

»Hey«, rief jemand. »Pass auf, wohin du zielst!«

Solveig hatte den Vorgarten bereits verlassen und rannte den gleichen Weg zurück, den sie gekommen war. Sie hoffte, dass ihr Vorsprung groß genug war.

Seitenstechen, Atemnot.

Die heiser kläffenden Köter waren hinter ihr her.

Solveig nahm den Autoschlüssel in die Faust, doch ihr Wagen war noch nicht in Sicht.

Ein Stoß in den Rücken ließ sie stürzen. Sie schrammte sich die Hände auf. Zwei Schäferhunde knurrten sie an. Sie stieß den Schlüssel nach einem von ihnen, der sich daraufhin in ihren Arm verbiss. Vor lauter Adrenalin spürte sie kaum etwas.

Ein Mann mit Bart und militärisch wirkendem Haarschnitt rief die Hunde zurück.

Ein zweiter Typ hielt eine Waffe in der Hand.

Solveig erkannte ihn sofort.

»Tristan?«, fragte sie.

»Womöglich hat sie die Lieferung beobachtet«, sagte der Bärtige.

»Sicher hat sie das«, antwortete Bovert.

»Was machen wir mit ihr?«

Solveig rappelte sich hoch.

Boverts Pistole blieb auf ihren Kopf gerichtet.

»Ich habe nichts gesehen«, beteuerte sie. »Ich bin gar nicht hier. Und wenn Sie wollen, Tristan, arbeite ich für Sie, kein Problem, ehrlich. Sagen Sie mir, was ich tun soll, aber nehmen Sie die Waffe weg, bitte!«

Bovert drückte ab.

Seine Kollegin brach zusammen.

Die Hunde winselten unruhig. Die beiden Männer blickten auf die Leiche hinunter.

Bovert sagte: »Ich schlage vor, ihr zieht die Bauarbeiten etwas vor und gießt schon mal das Fundament.«

124

MELIA STELLTE STEFAN BRUNSWICKERS Oldtimer neben Vincent Veihs Wagen ab, einem zivil lackierten Ford Mondeo aus dem Fuhrpark seines Präsidiums. Sie stieg zu Vincent ein, um sich mit ihm zu besprechen. Er hielt, genau wie sie, eine Falle für möglich. Aber sie einigten sich darauf, dass sie es versuchen sollten.

Sie nickten einander zu, damit war ihr Plan besiegelt.

Melia wählte die Nummer, die ihr Informant von Konstantin Pfeifer erhalten hatte. Ihr Handy hatte sie auf laut geschaltet, damit Vincent mithören konnte. Sie wollten zunächst verifizieren, dass sie es tatsächlich mit den beiden verbliebenen RAF-Rentnern zu tun hatten.

Daraufhin würde Vincent die nötige Maschinerie anwerfen. Mindestens ein Spezialeinsatzkommando war nötig, um die flüchtigen Terroristen zu fassen, die schwer bewaffnet waren, wie sie wussten.

Schließlich würde Melia versuchen, Sibylle Arnold und Klaus Büchner zu einem Treffen zu überreden, bei dem das SEK den Sack zumachen würde.

»Ja?«, ertönte eine männliche Stimme.

Melia blickte Vincent an. Er nickte.

»Spreche ich mit Klaus?«, fragte sie.

»Wer sind Sie?«

Die Stimme klang dem Alter der flüchtigen Räuber entsprechend, fand Melia.

»Bianca von der Roten Hilfe Düsseldorf«, antwortete sie.

»Rote Hilfe?«

»Ja.«

»Woher hast du diese Nummer?«

Er duzt mich, wie es unter Genossen üblich ist, dachte Melia. Mit einem erneuten Blick auf Vincent antwortete sie: »Wenn ich dir das verrate, Klaus, dann kriegen einige Leute Ärger. Ich will dir einfach nur sagen, wie toll ich es finde, dass ihr euch nicht unterkriegen lasst, Sibylle und du. Ihr seid uns allen ein Vorbild. Und mein tiefes Beileid wegen Herlinde.«

»Okay, war's das?«

»Eine Sache liegt uns noch am Herzen …«

»Sag schon.«

»Ihr habt sicher von vielen Festnahmen unter uns Antifa-Leuten nach eurem letzten Überfall gehört.«

»Du meinst, nach dem Anschlag auf die AfD.«

»Ich meine, ihr habt eine Riesenbeute gemacht, und wir stehen vor einem Berg an Anwaltskosten. Vielleicht könntet ihr euch solidarisch mit den politisch Verfolgten zeigen. Eine Spende für die Rote Hilfe wäre großartig. Die betroffenen Genossen wären euch sehr dankbar.«

»Wie stellst du dir das vor? Ich kann nicht einfach in eine Bank spazieren und etwas überweisen.«

»Ist klar.«

Für einen Moment war Stille im Handy.

»Weißt du was?«, fragte er. »Ruf mich in einer Minute noch mal an. Dieselbe Nummer.«

»Okay«, antwortete Melia.

Aufgelegt.

Sie wandte sich an Vincent. »Büchner wird jetzt seine Komplizin Arnold um Rat fragen.«

»Oder es ist jemand anderes, der dich in einen Hinterhalt locken will.«

»Wir werden vorbereitet sein und am Ende jemanden festnehmen. Fragt sich nur, wen. Auf jeden Fall gewinnen wir, meinst du nicht?«

Melia blickte zu dem Siebzigerjahre-Mercedes hinüber, den ihr Informant sehr widerwillig zur Verfügung gestellt hatte. Cremefarben, geräumig und edel. Das Gegenteil ihres verblichenen Cinquecento.

Vincent deutete auf seine Armbanduhr. Es war Zeit, wieder anzurufen.

Melia drückte die Wahlwiederholung.

»Klaus hier«, meldete sich dieselbe Stimme.

»Bianca.«

»Ja, wir wollen euch unterstützen.«

»Fein«, antwortete Melia. »Vielleicht können wir uns treffen. Überlegt euch Ort und Zeit, und ich rufe morgen zur gleichen Zeit noch einmal an. Ist das okay für euch?«

»Kannst du in einer halben Stunde an der Raststätte Nievenheim sein?«

Melia verschlug es fast den Atem.

»Wie bitte?«

Vincent schüttelte energisch den Kopf.

»A57, Fahrtrichtung Köln«, sagte die Männerstimme.

Vincent wedelte ablehnend mit dem Zeigefinger.

»In einer halben Stunde?«, wiederholte Melia.

Vincent fuhr sich mit der Hand über die Kehle, zum Zeichen, dass sie das Gespräch abbrechen solle.

Die Stimme im Handy klang hart und kompromisslos. »Versteh mich nicht falsch, aber wir müssen sicher sein, dass dein Anruf keine Falle des Staatsapparats ist und plötzlich statt einer Aktivistin der Antifa ein Spezialeinsatzkommando der Bullen auf uns wartet.«

»Ist klar.«

»Du kommst allein, Bianca. Behalte dein Handy bei dir, falls etwas dazwischenkommt. Und pass auf, dass dir niemand folgt. Sind zwanzigtausend okay für eure Prozesskosten?«

Melia zögerte. Sie war sich nun ziemlich sicher, Klaus Büchner am Ohr zu haben, und ignorierte Vincents hektische Gesten.

»Willst du die Kohle oder nicht?«

Ich will dich und deine Komplizin, dachte Melia.

»Sehr gern, natürlich!«, sagte sie. »Hab vielen Dank, ich mach mich sofort auf den Weg.«

Melia beendete das Gespräch und ballte die Faust.

Vincent lehnte den Kopf zurück und schloss die Augen.

»Wir kriegen sie«, sagte Melia.

»Bist du verrückt?«, erwiderte Vincent. »Wir hatten vereinbart, dass du das Treffen auf morgen legst!«

»Du hast doch gehört, was Büchner gesagt hat.«

»Falls es der RAF-Rentner war.«

»Er klang überzeugend.«

»Du aber auch als Antifa-Aktivistin«, antwortete Vincent. »Bianca, die Weiße.«

»Es gibt tatsächlich eine Bianca unter den hiesigen roten Socken.«

»Und was ist, wenn Pfeifer dir einen Hinterhalt stellt?«

Melia zuckte mit den Schultern. »In einer halben Stunde wissen wir mehr.«

»Ohne die nötige Kavallerie lasse ich dich nicht fahren.«

»Was willst du tun? Mich in Fesseln legen? Eine zweite Chance kriegen wir nicht, mein Lieber!«

»Lass es, Melia. Ich bitte dich.«

»Du gibst mir Rückendeckung. Hol Kim dazu, dann sind wir schon zu dritt.«

»Wer weiß, ob ich sie erreiche.«

Sie blickte auf die Uhr. »Ich muss los.«

»Moment.« Der Kripobeamte stieg mit ihr aus, öffnete den Kofferraum und holte eine schussfeste Unterziehweste hervor, die er ihr reichte. Wieder schüttelte er den Kopf. »Du hast keine Ahnung, wer auf dich wartet.«

»Ganz einfach«, antwortete Melia. »Rote Zecken oder brauner Mob.«

125

KEINE MINUTE ZU FRÜH ERREICHTE SIE DEN zwischen Neuss und Dormagen gelegenen Rasthof. Sie setzte den Blinker und ließ den großen Mercedes zur Tankstelle rollen. Bis hierhin hatte sich der Oldie gut geschlagen.

Von Fahndungsfotos und dem Überwachungsvideo, das beim Ikea-Überfall aufgenommen wurde, wusste sie, wie Klaus Büchner aussah. Trotzdem war sie sich nicht sicher, ob sie ihn auf Anhieb wiedererkennen würde. An den Zapfsäulen herrschte viel Betrieb.

Kein Mann im Alter des gesuchten RAF-Rentners.

Auch keine Frau, die Sibylle Arnold sein könnte.

Niemand, der auf mich wartet, stellte Melia fest.

Langsam fuhr sie weiter.

Die linke Seite des Platzes war Lastwagen vorbehalten und völlig zugestellt. Rechts parkten die Pkw dicht an dicht. Einige Reisende steuerten das Restaurantgebäude an. Vor dem Eingang hatte sich eine Handvoll Raucher versammelt.

Allesamt zu jung.

Melia setzte Stefans Wagen in die erste freie Lücke und stieg aus. Strich sich über ihr Haar, um aufzufallen. Schloss ihre Jacke bis zum Kinn und band sich das Palästinensertuch um, das aus ihrem Fundus linker Tarnklamotten stammte.

Niemand reagierte auf sie.

Stattdessen klingelte ihr Handy.

»Ja?«

»Bianca? Ich bin's, Klaus.«

»Wo steckst du?«, fragte Melia. »Ich sehe dich nirgends!«

»Kennst du das Kloster Knechtsteden?«

»Hab davon gehört, war aber noch nie dort.«

»Nächste Ausfahrt. Zweite Ampelkreuzung links. Dann immer geradeaus. Ist ausgeschildert. Am Abzweig zum Kloster wartest du auf meinen nächsten Anruf.«

»Was soll das werden? Eine Schnitzeljagd?«

»Für zwanzigtausend Euro könntest du etwas Geduld mitbringen. Sibylle und ich riskieren eine Menge, um solidarisch zu sein.«

»Sorry, du hast natürlich recht.«

»Wenn ich feststelle, dass du nicht allein bist, Bianca, wird es kein Treffen geben. Das sind die Regeln.«

Melia beobachtete, wie Vincent Veih in seinem Ford Mondeo langsam an ihr vorbeifuhr. Er hielt nur drei Autos weit entfernt.

Bleib sitzen, dachte sie. Komm auf keinen Fall herüber. Es wäre keine gute Idee, falls Klaus Büchner mich gerade beobachtet.

Oder mit wem auch immer ich gerade telefoniere.

»Ich hab's verstanden, also bis gleich«, antwortete sie und stieg wieder ein, um sich auf den Weg zu machen.

126

VINCENT WURDE SEIN SCHLECHTES GEFÜHL nicht los.

Ihm war klar, was der Typ bezweckte, der die viel zu forsche Verfassungsschützerin telefonisch von Ort zu Ort lotste. Das Treffen würde an einer Stelle stattfinden, die *er* überwachte. Und wer die Regeln definiert, geht meist als Gewinner aus dem Spiel.

Sobald er mitkriegt, dass ich Melia folge, wird er das Weite suchen.

Vielleicht die beste Lösung, dachte Vincent.

Wieder klingelte sein Handy.

Kim Brandstätter.

»Wir haben jetzt die A57 erreicht, und du?«, fragte sie.

»Wer ist wir?«

»Dennis begleitet mich. Unsere Spätschicht hat begonnen.«

»Seid ihr etwa im Streifenwagen unterwegs?«

»Etwas dagegen?«

»Hauptsache Verstärkung«, antwortete er. »Ihr nehmt die Ausfahrt Dormagen, dann Richtung Delhoven. Melias antiker Benz steht an der Zufahrt zum Kloster Knechtsteden. Unbedingt ignorieren, denn vielleicht wird sie observiert.

Wir treffen uns an der nächsten Straßeneinmündung hinter dem Kloster.«

Kim bestätigte die Abmachung.

Vincent erinnerte sich an ihren Kollegen Dennis. Ein junger Kerl, pausbäckig, ehrliches Gesicht. Dass sie im Streifenwagen unterwegs waren, machte sie auffällig. Der Typ, den Melia treffen wollte, könnte jederzeit das Treffen platzen lassen.

Oder durchdrehen und losballern.

Vincent erinnerte sich, dass die RAF-Rentner beim Ikea-Raub eine Panzerfaust mit sich geführt hatten.

Er folgte der Verfassungsschützerin mit großem Abstand und durchquerte das Örtchen Delhoven. Hinter den letzten Häusern begann links der Wald, rechts erstreckten sich Felder. Er passierte den Abzweig nach Knechtsteden, wo der alte Mercedes gerade wendete.

Sonst war niemand zu sehen.

Mit unveränderter Geschwindigkeit fuhr Vincent weiter. Wald auf beiden Seiten. Fast hätte Vincent den geteerten Forstweg übersehen, der nach rechts abzweigte.

Er folgte ihm bis zu einer Stelle, an der er umdrehen konnte, dann ließ er den Mondeo bis an die Landstraße zurückrollen. Nicht einmal zwei Minuten später trafen Kim und Dennis mit ihrem Streifenwagen ein. Sie bogen ebenfalls ab, wendeten und hielten sich in seinem Rücken auf dem Forstweg bereit.

Warten, was kommt.

Vincents Handy piepste.

Melia hatte geschrieben.

Treffpunkt nicht mehr weit. Haltet Abstand!

Vincent bewunderte die Beamtin, die erst vor wenigen Stunden einen Anschlag auf das Innenministerium abgewandt und die Detonation einer Riesenmenge Sprengstoff in ihrem Auto überlebt hatte. Wie heiß musste sie darauf sein, Arnold und Büchner zu treffen.

Die letzten Mohikaner einer RAF-Generation, deren Morde bislang nie aufgeklärt wurden.

Es wäre ein Coup, dachte Vincent und hielt Ausschau.

Melia fuhr in flottem Tempo in ihrem schicken Oldtimer vorbei.

Er zählte bis drei, dann folgte er ihr. Nach wenigen hundert Metern führte die Landstraße einen Hügel hinauf. An dessen Fuß leuchteten die Bremslichter des Mercedes auf, und Melia verschwand nach links im Wald.

Vincent hielt an, Kim stoppte hinter ihm. Er stieg aus und lief zum Streifenwagen.

Kim hatte bereits das Fenster heruntergelassen.

»Wir können Melia nicht folgen«, erklärte Vincent den beiden Streifenpolizisten. »Sobald wir auf freies Feld gelangen, würde man uns entdecken. Womöglich eröffnen die sofort das Feuer. Ich schlage vor, ihr fahrt ein Stück zurück, nehmt den nächsten Abzweig in den Wald und haltet euch möglichst parallel. Während ich weiterfahre und weiter oben das Gleiche versuche. Damit kreisen wir sie ein. Die Verfassungsschützerin und … wen auch immer sie an der Leine hat.«

»Okay.«

»Dann los.«

Vincent stieg in seinen Mondeo, ließ die Tür zuknallen und trat das Gaspedal auf das Bodenblech hinunter, während hinter ihm der Streifenwagen mit quietschenden Reifen wendete.

Die Landstraße überquerte einen Bach, stieg an und verließ den Wald. Vincent erspähte eine schmale Querstraße und bog nach links ab. Zwei scharfe Kurven, danach verlief die Fahrbahn schnurgerade auf dem Scheitel eines lang gestreckten Hügels.

Die Teerdecke endete abrupt. Sein Wagen schaukelte durch die Furchen eines Feldwegs. Vincent blickte zur Seite hinunter, wo sich unterhalb eines Ackers der Forst erstreckte.

Vom Oldtimer keine Spur.

Vincents Mondeo krachte im Schritttempo von einem Schlagloch ins nächste.

Ich darf Melia nicht verlieren, dachte er.

127

MELIA JAGTE STEFANS SCHÄTZCHEN durch den Wald.

Der Weg war matschig, Lehmklumpen prasselten gegen den Radkasten. Sie wollte sich lieber nicht vorstellen, wie verdreckt der Wagen jetzt war.

Bin ich hier überhaupt noch richtig?

Ihr Telefon blieb stumm.

Melia fragte sich, ob Klaus Büchner sie in den April geschickt hatte.

Plötzlich war der Wald zu Ende, sie schoss ins Helle, und vor ihr tat sich ein weites Tal auf. Links von ihr war die Wiese sumpfig. Zwischen Schilf und Gestrüpp vermutete Melia einen Bach oder Entwässerungsgraben. Von weiter hinten näherten sich Bahngleise.

Zur Rechten stieg das Ackerland an. In dieser Gegend hatte sie keine solche Erhebung vermutet. Für einen Moment blinkte auf halber Höhe etwas auf. Sonnenlicht, das auf einen kleinen Spiegel fiel, dachte Melia.

Ein Fernglas. Oder eine Zieloptik.

Sie folgte der Fahrspur mit unveränderter Geschwindigkeit.

Wo mochte Vincent jetzt stecken?

Als Melia überlegte, ob sie sich verfahren hatte und besser kehrtmachen sollte, bemerkte sie ein rotes Auto, das sich von vorn näherte und anhielt.

Sie verringerte ihr Tempo.

Synchron klappten die Türen des Wagens auf. Zwei Personen stiegen aus. Sie wirkten jung. Beide zogen sich Sturmhauben über die Köpfe.

Melia riss das Steuer herum. Ihr Herz begann zu rasen. Die Typen rannten auf sie zu, Maschinenpistolen in den Händen.

Die Räder des Oldtimers fraßen sich in den weichen Boden, das Heck brach aus. Melia fuhr einen Bogen, fand schlingernd auf den Weg zurück und beschleunigte. Nichts wie weg von den Typen – noch waren sie zu weit weg, um treffen zu können.

Plötzlich platzte ihr linker Vorderreifen. Gleich darauf knallte ein Schuss. Rund hundert Meter Entfernung, schätzte Melia anhand der Zeitdifferenz.

Das Blinken, an dem sie vorbeigefahren war. Ein Scharfschütze lauerte da vorn. Die Typen nahmen sie in die Zange.

Rumms – der nächste Reifen war geplatzt.

Melia trat fester aufs Gaspedal. Der Oldtimer wirbelte Dreck auf, geriet im Matsch außer Kontrolle und streifte Gestrüpp.

Ein Blick in den Rückspiegel. Die beiden Sturmhauben kamen näher.

Melia versuchte mit Gegensteuern den Wagen wieder in die Spur zu bekommen. Doch sie gab zu viel Gas, das Heck drehte sich erneut weg, und die Fronthaube der großen Limousine krachte gegen eine Birke.

Zugleich durchschlug eine Kugel die Scheibe.

Melia löste den Gurt und warf sich zur Seite, die dem

Schützen abgewandt war. Sie drückte die Beifahrertür auf, warf sich ins nasse Gras und ließ sich zur Seite weiterrollen.

Die Männer mit den Maschinenpistolen verließen den Weg und rannten über die Wiese auf sie zu. Sie trugen beige-braun gefleckte Uniformen und konnten jeden Moment das Feuer eröffnen. Melia sprintete los.

Ein Zug rauschte heran.

Sie änderte die Richtung. Ein Schuss, der wieder vom Hügel kam, verfehlte sie. Sie sprang über den Bach und schlug einen Haken, um dem Scharfschützen das Zielen zu erschweren. Dabei glitt sie aus, landete im Gras, rappelte sich hoch und lief sofort wieder weiter.

Sie erreichte die Gleise. Der Zug war eine S-Bahn, die in der Kurve das Tempo zurücknahm. Melia rannte an den Schienen entlang.

Vielleicht kann ich aufspringen.

Die Uniformierten begannen, auf sie zu feuern. Feuerstöße, lautes, apokalyptisches Rattern, immer wieder. Melia versuchte, kühlen Kopf zu bewahren, sprang über Sträucher, die sich ihr in den Lauf stellten, und schaffte es, nicht erneut zu stürzen.

Der Zug schob sich an Melia entlang. Zu ihrer Enttäuschung war da kein Trittbrett zum Aufspringen, kein Türgriff zum Festhalten. Nur ein langer, glatter Rumpf aus Stahl und Glas.

Projektile schlugen vor ihr in die Außenwand. Ein Treffer prallte gegen ihre Weste. Der Schmerz raubte ihr für Sekunden den Atem. Eine Kugel streifte ihren Arm. Im nächsten Moment spürte sie einen Schlag gegen ihr Bein.

Ihr Fuß blieb irgendwo hängen – sie schlug der Länge nach hin.

Ihre Rippen pochten. Das Bein löste sich in Feuer auf.

Der Zug ratterte weiter und verschwand im Wald.

Die beiden Männer mit den Sturmhauben traten in Melias Blickfeld.

»Waffen weg!«, schrien eine Frau und ein Mann zugleich.

Melia wandte den Blick. Jenseits der Bahnlinie stand ein Streifenwagen. Zwei Polizeibeamte in Uniform waren ausgestiegen und zielten herüber.

»Wird's bald?«

Die Vermummten ließen ihre Maschinenpistolen ins Gras fallen.

Kim Brandstätter und ihr Partner überquerten die Gleise. Sie hielt die Kerle in Schach, während er ihnen Handschellen anlegte.

Melia setzte sich auf und tastete ihr Bein ab. Die Hose war nass von dem Blut, das aus der Wunde sickerte.

Kim beugte sich zu ihr herunter. »Bist du okay?«

Melia wollte ihr danken, aber sie brachte kein Wort heraus. Dann fiel ihr der Scharfschütze ein.

128

ENDLICH ERSPÄHTE VINCENT DEN OLDTIMER. Er hielt weiter vorn im Talgrund auf ein rotes Auto zu und wendete, nachdem dort Leute ausgestiegen waren. Vincent griff nach seiner Dienstpistole und stieg aus.

Er rannte über einen abschüssigen Acker, um Melia entgegenzukommen. Als er ein Gestrüpp passierte, erkannte er, dass dort ein Typ mit einem Gewehr lag und auf den Mercedes zielte.

Drei Schüsse krachten, während Vincent auf den Kerl zulief. Ein vierter löste sich, als er sich auf ihn warf. Vincent drückte dem Mann den Arm in den Nacken, entwand ihm das Gewehr, packte seine rechte Hand und riss sie nach hinten. Der Kerl stöhnte auf, seine Pudelmütze war ihm vom Kopf gerutscht.

»Polizei«, sagte Vincent. »Wenn Sie sich wehren, tut es richtig weh.«

Er legte dem Schützen die Handschellen an. Ein harmlos wirkendes Gesicht, eng stehende Augen, Erdkrümel im Fünftagebart. Die Unterlippe war aufgeschlagen, die Nase zeigte Schrammen.

»Ich hab nur auf die Reifen geschossen, ich schwör's!«

»Heb dir die Sprüche für den Richter auf.«

Auf der anderen Seite des Tals kam ein Zug angerauscht. Melia hatte den Mercedes aufgegeben und eilte auf die Bahnstrecke zu. Plötzlich krachten Schüsse, und Vincent sah die Kerle aus dem roten Auto näher kommen.

Er war zu weit weg, um zu helfen.

Ein weiterer Schuss krachte, und Melia ging zu Boden.

Dann gab der Zug den Blick auf Kims Streifenwagen frei.

Zugleich jaulte ein Motor auf, und der rote Wagen fuhr davon.

Vincent packte den Scharfschützen am Kragen. »Wer ist das? Wer fährt das Auto?«

Der Kerl spuckte Dreck und Blut.

»Sie müssen mir Zeugenschutz geben, sonst bringen die mich um.«

»Das müssen Sie mit dem Staatsanwalt verhandeln.«

»Und wenn der auch zu denen gehört?«

»Der Staatsanwalt? Reden Sie keinen Unsinn!«

Der Typ mit der Mütze leckte über seine kaputte Lippe.

»Die haben ihre Leute überall«, sagte er.

DIENSTAG, 6. MÄRZ

Blitz:

HOLGER SCHÖNAUERS DEUTSCHLAND-PLAN

Koalition mit AfD als letztes Bollwerk gegen Anarchie und Chaos

Düsseldorfer Morgenpost:

DREI FESTNAHMEN NACH SCHIESSEREI BEI DORMAGEN

129

MELIA ERWACHTE IN EINEM KRANKENBETT. Sie befand sich in einem Einzelzimmer. Der Blick aus dem Fenster gab ihr keinen Aufschluss darüber, in welcher Klinik sie sich befand. Irgendwo in einer Innenstadt, schätzte sie.

Man hatte ihr ein weißes Baumwollhemd übergezogen. Der Oberschenkel war verbunden. Die Wunde pochte im Takt ihres Pulsschlags. Melia fühlte sich matt. Sie konnte sich nicht erinnern, wie sie hierher gelangt war. War es etwa schon Dienstag?

In ihrem Unterarm steckte eine Kanüle, die mit einem Tropf verbunden war, der sich längst in ihren Körper geleert hatte. Vermutlich hatte man sie nach ihrer Einlieferung mit Antibiotika vollgepumpt, mit Schmerz- oder Beruhigungsmitteln.

Verdammt, wie spät war es?

Melia schob ihre Beine über den Rand des Bettes, stand vorsichtig auf und hielt sich am Infusionsständer fest. Sie humpelte zum Schrank. Im untersten Fach lagen ihre verdreckten Klamotten. Die Hose war klamm und steif vor lauter Blut. In der Jacke ertastete sie ihr Handy.

Neun Uhr zwanzig vormittags.

Sie rief ihre Mutter an und bat sie, ihr frische Kleidung aus ihrer Wohnung zu bringen.

»Wo steckst du, Amelie?«, fragte Zeinab Adan.

Melia entdeckte den Essensplan der Woche auf dem Tisch. Am unteren Rand stand kleingedruckt der Name des Hauses. Erleichtert stellte sie fest, dass sie sich in Düsseldorf befand.

»Marienhospital«, antwortete sie.

Nach dem Gespräch mit ihrer Mutter drückte sie den Rufknopf, der vom Galgen an ihrem Bett baumelte. Kommt endlich, Schwestern. Macht mir die verdammte Kanüle ab. Und gebt mir Krücken, damit ich laufen kann.

Ich muss zur Arbeit.

Sie wählte die Nummer von Solveig Fischer. Niemand ging ran. Als Nächstes versuchte sie es bei Reinhard Zacharias aus ihrem Referat.

»Hier ging schon das Gerücht um, du seist tot.«

»Ach was«, antwortete Melia. »Hol mich hier raus.«

Zwei Stunden und etliche Telefonate später saß sie im Büro des Abteilungsleiters. Walter Jakobs hatte Spohr dazugeholt, seine rechte Hand. Melia blickte in finstere Mienen.

»Was haben Sie sich eigentlich gedacht, Frau Khalid?«, fragte Jakobs.

»Wie meinen Sie das?«

»Pfeifer und Bösendorf planten eine Operation gegen die Kommandoebene von Westkreuz. Die haben Sie mit Ihrem Alleingang zunichtegemacht. Das wird Konsequenzen haben!«

»Eine Operation? Wann haben die beiden Sie davon in Kenntnis gesetzt? Vor oder nach der Schießerei, bei der ich getötet werden sollte?«

Die beiden Chefs wechselten Blicke.

»Jetzt hören Sie mir mal zu«, sagte Melia.

Sie legte dar, wie sie den gestrigen Tag erlebt hatte. Vom Fund des Sprengstoffs in ihrem Auto bis zur Festnahme der drei Westkreuz-Schützen.

»Das KK11 der hiesigen Kripo ermittelt in beiden Fällen«, erklärte sie. »Die Medien werden noch heute unterrichtet. Nach meinen Informationen hat der Generalstaatsanwalt beschlossen, das Landeskriminalamt nicht einzuschalten, weil der Verdacht besteht, dass Mitarbeiter der Behörde mit Westkreuz unter einer Decke stecken. Mit Sicherheit gilt das auch für Beamte unserer Abteilung, speziell im Referat 623.«

»Unmöglich.«

»Zum Beispiel Konstantin Pfeifer. Er hat mich in den Hinterhalt gelockt.«

Melia erwähnte die Telefonnummer, unter der angeblich die RAF-Räuber zu erreichen waren. Mit jedem Satz, den er zu hören bekam, wurde Dr. Walter Jakobs eine Spur blasser.

Schließlich unterbrach er sie. »Ich weiß, dass Sie sich auf ihren Kollegen eingeschossen haben, warum auch immer. Sicher wird Herr Pfeifer eine Erklärung für alles haben.«

Melia bemerkte, wie Jakobs mit keinem Wort zu verstehen gab, dass er von ihrer Liaison mit Fabian Perscheid wusste. Offenbar war die Information an ihrem Chef vorbeigegangen. Was darauf hindeutete, dass er nicht mit Dombacher und Co. unter einer Decke steckte.

»Von Pfeifers Informantin stammte der Sprengstoff, mit dem dieses Haus in die Luft gejagt werden sollte«, sagte Melia.

Vom roten Professor sprach sie als ihrer Quelle, ohne

seine Identität zu verraten. Linke seien von Rechten benutzt worden, ohne zu ahnen, woran sie mitwirkten.

»Und auch das gefälschte Strategiepapier ist auf Pfeifers Mist gewachsen. Der Mann steckt hinter allem, was diese Behörde fälschlich einer neuen RAF zugeschrieben hat.«

Jakobs schüttelte den Kopf, mit Verzweiflung im Blick.

Melia konnte ihn verstehen.

Wenn V-Leute schwere Verbrechen begehen, haben wir ein Problem. Wenn Kollegen sie dazu anstiften, erst recht.

Das Telefon schrillte.

Jakobs nahm den Anruf an, hörte eine Weile zu, dann sagte er: »Es gibt schlechte Nachrichten, Herr Ministerpräsident. Aber die sollte Ihnen Melia Khalid am besten selbst mitteilen.«

130

DAS SOGENANNTE LANDESHAUS BEFAND sich unweit des Parlaments am Mannesmannufer und beherbergte seit dem letzten Regierungswechsel die Staatskanzlei. Ein fünfstöckiger Bau mit wuchtiger Steinfassade. Der Haupteingang lag vom Rhein abgewandt.

Jakobs' Fahrer brachte sie bis an die Stufen, die zum Portal führten. Mithilfe ihrer Krücken stemmte Melia sich hoch. Sie hatte noch einmal Tabletten geschluckt und spürte momentan nicht viel. Jakobs folgend durchquerte sie die Schleuse und humpelte zum Aufzug.

Das geräumige Büro des Ministerpräsidenten war heller und moderner eingerichtet, als das Gebäude es erwarten ließ. Der große Schreibtisch wirkte chaotisch, voller Aktenstapel und Papiere, im Gegensatz zu den Pressefotos, die Melia kannte: Hajo Frantzen an seinem penibel aufgeräumten Arbeitsplatz. In einem Regal standen Klassiker der Literaturgeschichte – der Regierungschef galt als belesen, was viele Journalisten, die solche Bücher nie anfassen würden, überaus entzückte.

Die Büroleiterin dirigierte Melia und ihren Chef zum Besprechungstisch. Jakobs bestaunte das großformatige Foto über dem Sofa: eine Ansicht des Rheins, offensichtlich ein teures Werk von Andreas Gursky.

Dann rauschte Hajo Frantzen herein, und die Luft im Raum schien unter seiner Vitalität zu vibrieren. Trotz seines Übergewichts und der Spuren exzessiven Alkoholgenusses schien er ganz der Alte zu sein. Kein Sakko, nur eine grüne Krawatte über einem weißen Hemd. Ein Händedruck wie ein Schraubstock. Sofort redete er drauflos, und Melia überlegte, ob der Mann unter Psychopharmaka stand.

Wie kam ihr Vater mit ihm zurecht? Frantzen und Götz, Freunde in einem Betrieb, der keine Freundschaft kannte, zumindest nicht längerfristig. Beide waren weit nach oben gekommen, nur die Kanzlerschaft hatten sie noch nicht erreicht – Melia fragte sich, ob sie um die Nachfolge auf dem Chefsessel in Berlin konkurrierten.

Sie hatte das Dossier mitgebracht, das sie in den letzten Tagen zusammengestellt hatte, und begann, daraus vorzutragen. Ereignisse, Beobachtungen und Schlussfolgerungen. Sie hielt sich nicht an die Vorgaben ihres Abteilungsleiters und behielt einzig den Ministerpräsidenten im Blick.

Hajo Frantzen verzog keine Miene.

Als überrasche ihn nichts.

Melia zeichnete die Verbindungen zwischen den Akteuren nach. Tristan Bovert sowie die neuen Referatsleiter Pfeifer und Bösendorf waren im Kölner Bundesamt die engsten Vertrauten von Abteilungsleiter Peer Dombacher gewesen, bevor dieser über die NSU-Affäre stolperte und seinen Hut nehmen musste.

Sie gab die abgehörten Telefongespräche zwischen Elias Horn und Johann Abel von gestern wieder, die nahelegten, dass die zwei jungen Rechtsradikalen den Brandanschlag in der Münsterstraße begangen hatten. Zugleich waren sie

V-Leute des Kollegen Bovert. Und für das vereitelte Sprengstoffattentat auf das Innenministerium war eine Informantin mit dem Decknamen Rebecca verantwortlich, die von Konstantin Pfeifer geführt wurde.

»Mitarbeiter des Verfassungsschutzes haben die jüngsten Terrortaten gesteuert«, fasste sie zusammen.

»Sie sehen Gespenster!«, widersprach Frantzen lautstark. »Was sagen Sie dazu, Herr Jakobs?«

Melias Chef zögerte einen Moment. »Ob die Vorwürfe Substanz haben, wird eine baldige Überprüfung zeigen.«

»Ach was, Frau Khalids vielgelobtes Urteilsvermögen ist unter dem Stress der letzten Tage kollabiert.«

Melia ließ sich nicht beirren. »In Kürze wird die Kripo Beweise liefern.«

»Frau Khalid, Sie wissen um das Aussageverbot von Verfassungsschutzmitarbeitern gegenüber den Strafverfolgungsbehörden. Die Haltung der Landesregierung hierzu ist eindeutig, und ich betone noch einmal: Wer geheimdienstliches Material weitergibt, unterminiert die staatliche Sicherheit und wird wegen Verrat strafrechtlich verfolgt, mit aller Konsequenz, zu der unser Rechtsstaat in der Lage ist. Glauben Sie nicht, dass Ihr Vater Sie dann noch schützen könnte.«

»Ich glaube, Sie haben ein persönliches Interesse, die Aufklärung zu blockieren.«

Frantzens Kiefer mahlten.

»Sie wollen Ihre Frau schützen, stimmt's?«

»Frau Khalid, Sie reden sich hier um Kopf und Kragen.«

»Ich weiß, dass sie zu RAF-Zeiten das Referat Linksextremismus beim hiesigen Verfassungsschutz geleitet hat. Und Peer Dombacher war unter ihr der Führungsbeamte von Jens Nickel, dem Spitzel in der damaligen Leitungsebene der RAF.«

Stille im Raum.

»Erst vorgestern haben sich die drei alten Bekannten getroffen.« Melia zählte an ihren Fingern ab. »Dombacher, Nickel und Barbara Frantzen. Und behaupten Sie jetzt bitte nicht, dass Sie nichts von den Umtrieben Ihrer Frau wussten, Herr Ministerpräsident.«

Frantzen war hochrot angelaufen.

Er wandte sich an den Leiter seines Verfassungsschutzes. »Herr Jakobs, können Sie uns bitte für einen Moment allein lassen?«

131

DER MINISTERPRÄSIDENT LIEF UNRUHIG im Büro auf und ab, als suche er nach den passenden Worten. Er keuchte und musste sich an der Tischplatte abstützen, als er stehenblieb. Melia fürchtete fast um seine Gesundheit.

»Melia, ich darf Sie doch so nennen?«

Sie sagte nichts dazu.

»Könnten Sie sich vorstellen, Melia, bis zum Sonntag Ihren Wahrheitsdrang zugunsten der politischen Vernunft zurückzustellen? Ich verlange nicht, dass Sie meine politischen Ansichten und die Ihres Vaters teilen, aber falls Sie mich zerstören, folgt mir ein Holger Schönauer im Amt, und was das bedeutet, können Sie an fünf Fingern abzählen. Wollen Sie, dass die völkische Rechte in diesem Land mitregiert?«

»War das alles die Idee Ihrer Frau?«, gab Melia zurück.

»Woher wissen Sie von Barbaras Tätigkeit für den Verfassungsschutz?«

Melia zeigte ein Lächeln. »Es ist mein Job, Mitbürger zu durchleuchten.«

»Ich kann Sie nur bitten: Lassen Sie Barbara aus dem Spiel.«

»Es tut mir leid, Herr Ministerpräsident, aber wenn Ihre Frau mithilfe ehemaliger Mitarbeiter die AfD-Zentrale niederbrennen lässt, damit ihr Ehemann als Law-and-Order-Politiker glänzen kann, dann geht das die Bürger in diesem Land etwas an.«

»Bedenken Sie, dass Sie alles vernichten, was Ihr Vater in seinem Leben aufgebaut hat.«

»Was hat mein Vater damit zu tun?«

Frantzen ließ sich in seinen Sessel nieder und beugte sich vor, die Ellbogen auf die Knie gestützt. »Andreas war vielleicht nicht immer ein guter Vater für seine älteste Tochter, aber ich weiß, wie stolz er auf Sie ist.«

Melia hatte wieder die Worte ihres Vaters von Sonntagnachmittag im Ohr: *Hör um Gottes willen auf, diesen Leuten hinterherzuspionieren*.

»Er liebt Sie, Melia«, sagte Frantzen. »Tun Sie ihm nicht weh.«

War da wirklich ein Schimmern in den Augen des Ministerpräsidenten?

Endlich fiel der Groschen, und sie erkannte, wie alles zusammenhing: Seilschaften, Parteiklüngel, ehrgeizige Jungfunktionäre auf Karrieretrip. Andreas war Referent des Geheimdienstkoordinators im Bundeskanzleramt gewesen, als der Gefängnisneubau in Weiterstadt gesprengt wurde.

Noch so eine Inszenierung unter falscher Flagge.

»1993 stand schon einmal eine Wahl mit ungewissem Ausgang bevor«, antwortete Melia. »Und eine Geheimdienstoperation sollte Terrorangst schüren und die Wahl zugunsten des Amtsinhabers entscheiden.«

»Niemand schert sich noch um diese alten Geschichten, Melia.«

»Doch, ich.«

»Ihre Haltung grenzt an Fanatismus.«

»War Weiterstadt die Idee meines Vaters oder Ihrer Frau?«

Frantzen schüttelte den Kopf und schwieg.

»Damals hat Kohl mit knapper Mehrheit gewonnen. Was Sie auf die glorreiche Idee gebracht hat, das Ganze in gleicher Besetzung zu wiederholen.«

»Ich schätze, wir beenden dieses Gespräch jetzt.«

Melia schlug auf den Tisch. »Verdammt noch mal, beim zweiten Anschlag hätte nicht nur ich draufgehen können! Es wären Hunderte von Menschen ums Leben gekommen, wenn mein Auto in der Tiefgarage hochgegangen wäre!«

»Damit haben Barbara und ich nichts zu tun, glauben Sie mir.«

»Wir sollten besser zur Polizei gehen.«

»Was Ihnen passiert ist, tut mir unendlich leid, Melia. Natürlich wird die Landesregierung Ihr Auto ersetzen. Aber lassen Sie um Himmels willen die Polizei aus dem Spiel.« Frantzen rieb sich die Wange, dann holte er von seinem Schreibtisch Stift und Papier, kritzelte etwas und reichte Melia den Zettel.

Schwungvolle Ziffern. Eine Zahl, die knapp unter Zehntausend lag.

»Ein Monatsgehalt nach Besoldungsgruppe B7 in diesem Bundesland«, erläuterte er.

»Und was soll das bedeuten?«

»Dass ich Sie, Melia, im Fall meines Wahlsiegs zur ersten Präsidentin des nordrhein-westfälischen Verfassungsschutzes mache.«

»Und als Gegenleistung soll ich stillhalten?«

»Nein, das war falsch von mir. Ich erlaube Ihnen, die Polizei zu unterstützen.«

»Ach ja?« Der plötzliche Sinneswandel machte sie stutzig.

»Bringen Sie die Täter zur Strecke.«

»Auch wenn der Ruf des Verfassungsschutzes leiden wird?«

»Sie haben recht, Melia. Es gibt Wichtigeres in einer Demokratie. Die Wähler wollen sehen, dass wir aufzuräumen in der Lage sind. Und das sollten wir auch tun. Rasch und gründlich.«

»Mhm.«

»Ich stelle nur eine Bedingung. Lassen Sie meine Frau aus dem Spiel. Sie kann nichts für den weiteren Verlauf der Ereignisse. Dombacher hat ab einem gewissen Punkt seine eigene Agenda verfolgt. Der verrückte Hund ist völlig außer Kontrolle geraten.«

Sie schwieg.

»Wir beide sind ein starkes Team, Melia. Und falls ich auch noch mein nächstes Ziel erreiche, mache ich Sie zur Staatssekretärin im Kanzleramt. Das verspreche ich Ihnen hiermit.«

Frantzen hielt ihr seine Schraubstockhand hin.

Melia blickte auf den Zettel. Ein hübsches Sümmchen. Und ich wüsste schon, wie ich den Verfassungsschutz umkrempeln würde. Nie wieder schmutzige Aktionen.

»Also?«

Melia ignorierte die ausgestreckte Hand des Ministerpräsidenten und griff nach ihren Krücken. Das Bein schmerzte wieder stärker, sie biss die Zähne zusammen.

Auf dem Flur harrte noch immer ihr Chef aus.

»Wie sind Sie beide verblieben?«

Der Gauner hat mir deinen Posten angeboten, hätte Melia fast gesagt. Sie humpelte an ihm vorbei, während Jakobs abwartete, ob sein oberster Dienstherr ihn noch einmal zu sich rufen würde.

Vor dem Gebäude wehte eine frische Brise vom Rhein her. Mit geschlossenen Augen bildete sich Melia ein, die Nordsee zu riechen. Auf dem Johannes-Rau-Denkmal trippelten Tauben. Kinder ratterten auf Skateboards vorbei.

Melia fand ihr Handy in der Jackentasche.

Sie wählte eine Berliner Nummer und hatte dabei einen anderen Satz ihres Vaters im Ohr, neulich beim gemeinsamen Frühstück: *Manchmal verspüre ich große Lust, den ganzen Kram einfach hinzuschmeißen.*

Höchste Zeit, reinen Tisch zu machen.

132

ALEX VOGEL KANNTE SEINEN GAST seit vielen Jahren, er war quasi mit ihm alt geworden. Und immer wieder fühlte er sich geehrt, wenn sie sich zum vertrauten Gespräch zusammensetzten.

Als junger Lokalreporter, der über den Rohwedder-Mord von 1991 und die linken Hausbesetzer in der Düsseldorfer Kiefernstraße schrieb, hatte er den Kanzleramtsmitarbeiter Andreas Götz kennengelernt und von ihm vertrauliche Hintergrundinformationen erhalten – natürlich war ihm damals klar, dass die Kohl-Administration ihn nur benutzte, aber der Kontakt steigerte sein Ansehen in der Redaktion enorm.

Während er später die Düsseldorfer Ausgabe seines Blatts leitete, setzte er den Bundestagsabgeordneten Götz stets ins beste Licht. Man kennt sich, man hilft sich, man teilt Interessen und Ansichten.

Und nachdem der allseits geschätzte Vorsitzende der Unionsfraktion im Bundestag ihm vor einer halben Stunde seine Visite im Berliner Verlagssitz an der Rudi-Dutschke-Straße angekündigt hatte, cancelte *Blitz*-Herausgeber Alex Vogel sofort alle weiteren Termine des Tages.

Am Telefon hatte sein Gast jede Andeutung vermieden, worum es ihm ging, aber es war zweifellos wichtig.

»Nehmen Sie Platz.« Vogel wies auf das ausladende italienische Designersofa – neben einem glänzend weißen Barschrank aus den Fünfzigern und dem Mahagoni-Schreibtisch, an dem angeblich schon Medienzar Alfred Hugenberg gearbeitet hatte, das Schmuckstück der Herausgebersuite.

»Ich will nicht lange um den heißen Brei herumreden«, begann Götz. »Ich habe soeben der Kanzlerin meinen Rücktritt von allen Ämtern mitgeteilt.«

Vogel traute seinen Ohren nicht.

»Das ist ein Scherz, oder?«, fragte er.

»Das würde ich mir weder mit der Kanzlerin noch mit Ihnen erlauben, Herr Vogel.«

»So kurz vor der Krönung Ihrer Karriere? Wir alle im Haus glauben fest daran, dass Sie der nächste Bundeskanzler sein werden!«

»Rücktritt von allen Ämtern heißt Abschied von der Politik. Ich habe mir das reiflich überlegt, und die Entscheidung ist endgültig.«

»Aus welchem Grund?«, fragte Vogel, noch immer völlig konsterniert.

»Den habe ich der Kanzlerin genannt, und wenn Sie wollen, erfährt ihn der *Blitz* als erstes Medium und exklusiv.«

»Das ehrt uns sehr, Herr Götz.«

»Dann sollten wir besprechen, in welcher Form Sie das zu publizieren gedenken.«

»Sehr gern.«

»Ich werde Ihnen Soff für eine ganze Serie von Artikeln liefern. Aber Sie sollten schon morgen den ersten Teil bringen und noch vor der Wahl in Nordrhein-Westfalen den Höhepunkt.«

Draußen dämmerte es. Noch vier Stunden bis Redaktionsschluss, überlegte Vogel. Kein Problem.

Er rieb sich die Hände. »Klingt nach einem Paukenschlag, der den Wahlausgang beeinflussen soll, Herr Götz. Pro oder contra Hajo Frantzen?«

»Weder noch. Es ist ›Zeit für die Wahrheit‹.«

Vogel lächelte. So hatte einst ein Werbeslogan seines Blatts gelautet.

»Ich würde gern zwei Mitglieder meiner Redaktion zu uns bitten«, sagte er.

Sein Gegenüber nickte zustimmend.

Vogel verständigte den Politikchef des *Blitz* und trug ihm auf, den Leiter der Hauptstadtredaktion oder dessen Stellvertreter mitzubringen. Danach ging er zum Barschrank. »Kleiner Sundowner?«

»Jetzt, da ich quasi Feierabend habe, sag ich nicht Nein.«

Vogel klappte den Schrank auf und entnahm dem Kühlfach den Gin, den er von einer kleinen Berliner Manufaktur bezog, sowie eine Flasche Fentiman's Light Tonic. Er mischte die Drinks nicht zu stark.

Götz war ans Fenster getreten. Vogel gesellte sich mit den Gläsern zu ihm. Der Blick aus dem sechzehnten Stockwerk ging über ein schier endloses Meer aus steingrauen Gebäuden. In Berlin-Mitte glommen die ersten Lichter. Vor dem Fernsehturm am Alex zog ein Werbezeppelin vorbei. Vielleicht sollte unser Marketing die Kampagne von früher reaktivieren, überlegte Vogel: *Zeit für die Wahrheit*.

Götz spiegelte sich in der Scheibe und lächelte. »Vor ein paar Tagen stand ich mit Hajo vor einem solchen Fenster. Da träumte er noch, auf der Siegerstraße zu sein.«

Also hat es doch etwas mit seinem alten Kumpel zu tun, dachte Vogel.

Sie stießen an.

Es klopfte an der Tür. Vogel bat die Kollegen herein, und sie nahmen Platz.

Vogel nickte seinem Gast auffordernd zu.

Andreas Götz atmete einmal tief durch. »Kennen Sie den Begriff ›False Flag‹?«

MITTWOCH, 7. MÄRZ

Blitz – Aufmacher:

»LÜGE UND GIER REGIEREN DEUTSCHLAND«

Exklusiv: Andreas Götz (CDU) erklärt uns seinen überraschenden Rücktritt

DONNERSTAG, 8. MÄRZ

Blitz – Aufmacher:

WEITERSTADT 1993 – RAF-ANSCHLAG VOM VERFASSUNGSSCHUTZ INSZENIERT

Andreas Götz: Kanzleramt gab den Auftrag

FREITAG, 9. MÄRZ

Blitz – Aufmacher:

ZOG BARBARA FRANTZEN DIE STRIPPEN?

Anschlag auf AfD-Zentrale nach Vorbild von Weiterstadt

SAMSTAG, 10. MÄRZ

Blitz – Aufmacher:

HAJO UND BARBARA FRANTZEN TOT AUFGEFUNDEN

Kripo spricht von gemeinsamem Suizid

133

MELIA MISCHTE SICH UNTER DIE JOURNALISTEN, die der Einladung zur Pressekonferenz gefolgt waren, und schaffte es gerade noch, im großen Besprechungsraum im ersten Stock des Düsseldorfer Polizeipräsidiums einen Sitzplatz im hinteren Drittel zu ergattern.

Sie wusste in etwa, was der Generalstaatsanwalt und die beiden Kripoleute an seiner Seite verkünden würden, aber sie wollte sich die Show nicht entgehen lassen.

Endlich kommt alles öffentlich auf den Tisch.

Der Raum war schlecht geheizt, die meisten Reporter und Fotografen ließen ihre Mäntel an, nass vom Regen, der seit gestern unaufhörlich fiel. Bald roch es muffig. Kamerateams diverser Sender hatten sich mit ihren Stativen an den Seiten und im Mittelgang postiert, wo sie niemandem die Sicht nahmen. Melia blickte sich um. Hinter ihr drängten sich diejenigen, die zuletzt eingetroffen waren.

Selbst ausländische Medien berichteten über die Westkreuz-Verschwörung. Sie ließ niemanden kalt. Dass sich der Ministerpräsident und seine Gattin gestern früh mit Tabletten das Leben genommen hatten, verstärkte das Aufsehen zusätzlich.

Und alle blickten gespannt auf die morgige Wahl, die als Barometer für die Stimmung in ganz Deutschland galt.

Über Arnold und Büchner, die beiden noch flüchtigen RAF-Rentner, sprach niemand mehr. Es war, als hätten sie sich in Luft aufgelöst. Melia konnte nur hoffen, dass sie sich endgültig zur Ruhe gesetzt hatten.

Ihr Handy vibrierte. Eine SMS war eingegangen.

Martina Simoniak, Landesvorsitzende und Spitzenkandidatin der SPD, bat um ein Gespräch über die Zukunft des Verfassungsschutzes. Melia wusste Bescheid: Auch sie will mir die Amtsleitung antragen. Das hat mir mein Vater eingebrockt.

Melia hatte in den letzten Tagen viel über ihn nachgedacht. Mit seinen Offenbarungen im *Blitz* stellte er sich und andere schonungslos bloß. Radikaler und konsequenter konnte ein Abschied von der Politik nicht sein.

Unterdessen hatten Melia und ihre Mitarbeiter gemeinsam mit der Kripo Düsseldorf erste Ergebnisse erzielt.

Von den drei Ex-Soldaten, die sie am Montag im Tal bei Dormagen töten wollten, hatte einer umfassend gegen Mittäter und Hintermänner ausgesagt. Elias Horn und Johann Abel waren am Tag darauf verhaftet worden. Letzterer hatte ebenfalls ein volles Geständnis abgelegt.

Gestern im Morgengrauen hatte es an zahlreichen Orten in ganz Deutschland Razzien und Festnahmen gegeben. Das Frühwarnsystem der Westkreuz-Verschwörer war fast ausnahmslos überrumpelt worden. Die illegalen Waffen, die man fand, füllten zusammengenommen eine ganze Lagerhalle. Sogar über Panzerfahrzeuge hatte die Miliz verfügt. Heute früh sprach der Bundesinnenminister ein Verbot gegen Westkreuz und sechs weitere Gruppierungen aus.

Melias Kollege Konstantin Pfeifer hatte sich überraschend

gestellt und bot sich als Kronzeuge an. Doch der Generalstaatsanwalt verweigerte den Deal. Es lägen genügend Beweise gegen die wichtigsten Verschwörer vor, man wolle Pfeifer als einen der führenden Köpfe vor Gericht stellen.

Peer Dombacher hatte sich ins Ausland abgesetzt. Laut Melias Informationen war der Möchtegern-Revolutionsführer bereits am Mittwoch unter falscher Identität via Istanbul nach Südafrika geflogen, wo vermutlich rechtsradikale Zuitlanders ihn auf einer Farm irgendwo im Buschland versteckt hielten. Fahnder des Bundeskriminalamts hatten seine Spur aufgenommen, doch Melia zweifelte an ihrer Hartnäckigkeit. Auch vom deutschen Auslandsgeheimdienst erwartete sie wenig Hilfe. Dombachers Einfluss reichte erheblich weiter, als es die Staatsanwaltschaft wahrhaben wollte.

Und noch ein weiterer Verschwörer schien unantastbar zu sein.

Tristan Bovert, der smarte Mann mit dem markanten Schmiss auf der Wange, redete sich in allen Befragungen heraus, servierte Alibis und wohlgesonnene Zeugen am laufenden Band. Vor einer Vernehmung durch die Polizei schützte ihn der Minister. Melia argwöhnte, dass Bovert ihn in der Hand hatte, womit auch immer.

Ohne einen Regierungswechsel wird es dabei bleiben, befürchtete sie.

Das Netzwerk hält weiterhin zusammen.

Im Saal wurde es still. Die Kameraleute knipsten die Headlights an ihren Mühlen an. Tonassistenten kauerten vor dem Podium und reckten ihre Mikros hoch.

Der Pressesprecher der Polizeibehörde begrüßte die Medienvertreter, stellte den Generalstaatsanwalt sowie die beiden Kripobeamten vor. Vincent Che Veih lächelte kurz, als sein Name genannt wurde.

Melia nickte, als sich ihre Blicke begegneten.
Vincent zwinkerte zurück.
Wir haben gewonnen, dachte sie, zumindest dieses Mal.

EPILOG

Ihre Verabredung hatte das Notorious vorgeschlagen, eine Jazzkneipe am Rand der Altstadt, in der DJs zu fortgeschrittener Stunde alte und neue Vinylscheiben auflegten, zumindest an Wochenenden.

Noch war es früher Abend, der erste Sonntag im April. Melia erreichte das Lokal zehn Minuten vor der vereinbarten Zeit, es war höchstens halb voll. Ihr Blick checkte das Publikum, dann wählte sie einen Tisch im hinteren Teil mit Blick auf den Eingang. Aus Routine tastete sie verstohlen die Unterseite der Tischplatte nach Wanzen ab und untersuchte kurz das Töpfchen mit der Primel, das darauf stand. Sogar im Urlaub hatte sie das manchmal getan, ganz automatisch.

Aus den Lautsprechern tönten das weiche Brasilianisch von João Gilberto und die klare Stimme seiner Frau Astrud auf Englisch. Ein Saxofonsolo von Stan Getz funkte dazwischen und rief Erinnerungen an Guadeloupe wach – erst vor einer Woche hatte Melia dasselbe Lied beim Essen mit ihrem Vater gehört, und er hatte erzählt, dass Astrud ihren Mann kurz nach der Plattenaufnahme für Getz verlassen hatte.

Liebe kommt, Liebe geht.

Fast jeden Tag hatte Melia ihren Vater über sein Verhältnis

zu ihrer Mutter ausgefragt. Wie habt ihr euch kennengelernt? Warum ging es auseinander? Sie hätte nie gedacht, dass ihr die Details einmal wichtig werden könnten. Zeinab hatte nie darüber gesprochen.

Melia musste an Fabian Perscheid denken, mit dem sie endgültig Schluss gemacht hatte.

Vincent Veih betrat den Raum, und Melia winkte ihm zu. Küsschen zur Begrüßung. Sie hatten nur wenig miteinander zu schaffen gehabt und trotzdem ein großes Maß an Vertrautheit gewonnen. Melia war gespannt, wie sich das weiterentwickeln würde.

»Wie war dein Urlaub?«, fragte Vincent.

Sie lachte. »Zuerst hielt man mich überall für Papas kreolische Nutte, dann wurde es besser.«

»Sein Rückzug aus der Politik ist wirklich endgültig?«

Melia nickte.

»Hier hätten ihn viele gern als Frantzens Nachfolger gesehen«, sagte Vincent.

Nach einem Blick in die Karte bestellten sie Cocktails mit klangvollen Namen. Die Gläser kamen rasch und ähnelten dem Sundowner im Urlaub, doch Karibikflair mochte sich nicht einstellen.

Düsseldorf erschien Melia gefühlte zwanzig Grad kälter. Immerhin war der Winter vorbei.

Vincent berichtete über seine zwischenzeitlichen Ermittlungen. Der Fall Milo Grünberger wurde endlich als Mordsache behandelt – ein weiteres Delikt im Dunstkreis der Westkreuz-Affäre. Zudem gab es Hinweise auf den Verbleib des Mörders von Herlinde Weiß. Morgen früh werde man auf dem Grundstück einer Mühle nahe der holländischen Grenze mit Grabungen nach der Leiche von Jonas Meingart beginnen. Während sein Vater um ein Wiederaufnahmeverfahren und die Freilassung nach fünf Jahren in der geschlossenen Abteilung der Psychiatrie in Düren kämpfe.

»Gibt es eine Spur von Solveig?«, fragte Melia.

»Nur Gerüchte.«

»Bevor sie verschwand, hat sie eine Adresse in Meerbusch-Osterath recherchiert.«

»Das ist ein großes Areal. Wir können nicht alles umgraben. Aber wir bleiben dran.«

Arme Solveig, dachte Melia.

»Habt ihr auf eurer Insel die Nachrichten verfolgt?«, fragte Vincent.

»Ich habe mitbekommen, dass die SPD zu feige war, eine grün-rot-rote Koalition mitzutragen.«

»Stattdessen haben wir jetzt Schwarz-Rot-Gelb, und die CDU stellt wieder den Ministerpräsidenten. Wenigstens ist es nicht Schönauer geworden.«

»Alles beim Alten, trotz des Skandals. Auch beim Verfassungsschutz ändert sich nichts.«

»Jakobs musste seinen Hut nehmen«, widersprach der Kripomann.

»Weil man einen Sündenbock braucht, um eine saubere Behörde zu präsentieren.«

»Weißt du schon, wer neuer Chef wird?«

Melia zog ihr Handy hervor. »Ein Kollege hat mir etwas dazu geschrieben.«

Sie hielt ihm das Display hin, und wie beiläufig umgriffen seine Finger ihr Handgelenk, was sie geschehen ließ, während er den Text überflog.

Willkommen zurück aus der Sonne im trüben Deutschland, Melia! Stell dir vor, wegen der »Westkreuz-Affäre« (welch eine Verharmlosung) werden (ausgerechnet) die Geheimdienste gestärkt. Einhundert neue Beamte allein in NRW. Und Abteilungsleiter wird (halte dich fest) Peter Rösler, den wir unter anderem Namen kennen.

Melia hatte ihren Beruf einmal mit dem Winter verglichen. Keiner mag ihn, jeder denkt an Stillstand und Tod. In Wahrheit brütet er Leben aus – je dicker der Mantel aus Schnee, desto reicher die künftige Ernte.

Fragte sich nur, wer da was ernten würde.

Melia steckte das Handy wieder ein. Sie dachte an einen Zettel auf Solveigs Schreibtisch. Dort war ihr der Name Peter Rösler erstmalig begegnet.

»Wer ist der Mann?«, fragte Vincent.

»Du kennst ihn als Tristan Bovert.«

»Das darf nicht wahr sein!«

Melia zuckte mit den Schultern.

»Wie wirst du mit ihm zurechtkommen?«

Sie schüttelte den Kopf. »Für mich stand schon vorher fest, dass ich die Behörde wechsle.« Sie blickte Vincent in die Augen, gespannt auf seine Reaktion. »Ich kehre ins Düsseldorfer Polizeipräsidium zurück. Wir werden uns künftig häufiger sehen. Du kannst mich übrigens Amelie nennen, wenn du magst. So wurde ich getauft, und so steht's in meinem Pass.«

»Kommst *du* etwa auf die freie Stelle in meinem Team?«

Melia musste grinsen.

»Willkommen«, sagte er, und dass er es ehrlich meinte, gefiel ihr.

»Nein, die will ich Kim nicht vor der Nase wegschnappen.«

Vincent lächelte. »Ich fänd's schön, wenn wir uns künftig öfter sehen.«

»Werden wir.«

»Nicht nur dienstlich, meine ich.«

Er strich mit einem Finger über ihre Hand.

Sie beschloss, das Thema zu wechseln, und zog die Hand zurück.

»Wie geht es deiner Mutter, Vincent?«

Er räusperte sich. »Gut, vermute ich mal.«

Melia nickte, dann musste sie lachen.

»Was ist?«

»Nichts.«

»Sag schon, in welches Kommissariat wirst du gehen?«, fragte er.

»Inspektion eins.«

»KK12, KK13?«

»Inspektion eins.«

Melia beobachtete, wie Vincents Gesichtszüge sich veränderten. Für einen Moment vergaß er, den Mund zu schließen.

»Du wirst …«

»Deine neue Inspektionsleiterin. Am 2. Mai trete ich die Stelle an. Man sieht es mir vielleicht nicht an, aber ich bin Beamtin des Höheren Dienstes. Und glaub bloß nicht, mein Vater hätte da etwas gemauschelt.«

»Muss ich dich künftig siezen?«

»Wehe.« Sie hob ihr Glas. »Willkommen in *meinem* Team, Vincent!«

Sie stießen noch einmal an. Melia schlürfte mit dem Strohhalm den Rest aus dem Glas, dann legte sie einen Zehneuroschein auf den Tisch.

»Ich find's auch schön, dass wir uns nun öfter sehen werden.«

»Ist klar, *Chefin*.«

Sie drückte ihm einen Kuss auf die Wange, fuhr mit der Hand durch sein Haar und griff nach ihrer Jacke. »Bis bald in der Festung!«

Danksagung

Mein großer Dank gilt allen Menschen, die mir ihre wertvolle Zeit geschenkt haben, um Kritik und Anregungen zu spenden oder ihr Fachwissen mit mir zu teilen.

Ohne meine Frau Kathie Wewer und meinen Bruder Klaus Eckert wäre der Roman nicht das geworden, was Sie in den Händen halten. Ihr Ansporn und ihre Inspiration haben in vielen Gesprächen Melia erst lebendig gemacht.

Weit über seine Aufgabe als Literaturagent hinaus hat Lars Schultze-Kossack die Entstehung des Manuskripts von Anfang an begleitet. Als es in der Schlussphase um wichtige Änderungen ging, hat der wertvolle Rat seiner Frau Nadja Kossack zur Entscheidungsfindung beigetragen. Auch ihnen beiden gebührt mein großer Dank.

Von allen Profis im Team des Heyne-Verlags, die am Erfolg des Buchs großen Anteil haben, möchte ich Tim Müller, Oskar Rauch und Lars Zwickies herausstellen. Ihr Lektorat macht aus einem guten Thriller einen besseren.

In den vielen Jahren des Schreibens war mir das Glück vergönnt, ein ganzes Netz an Unterstützern zu gewinnen, die mich geduldig in die Abläufe, Kniffe und Risiken ihrer Berufe eingeweiht haben und es immer wieder tun, sobald ich mich an sie wende. Einige sind zu guten Freunden geworden, darunter aktive wie auch pensionierte Polizeibeamte, ohne die ich die Arbeit von Vincent, Kim, Hamid und den anderen nicht halb so lebhaft hätte beschreiben können. Namentlich erwähnen möchte ich Guido Schweers, seines Zeichens Sachverständiger für Brand- und Explosionsursachenermittlung, der mir auch dieses Mal beim Zündeln und Löschen half.

So sehr mich diese Menschen auch unterstützt haben, ich will mich nicht hinter ihnen verstecken: Alle Fehler in diesem Buch gehen selbstverständlich auf meine Kappe.

Sämtliche Figuren und fast alle Ereignisse des Romans sind frei erfunden, auch wenn sie real erscheinen. Wer Geschichten schreibt, die sich am gesellschaftlichen und politischen Leben orientieren, macht häufig die Erfahrung, dass die Wirklichkeit das Geschriebene einholt. Das Manuskript lag bereits beim Verlag, als die Bundesanwaltschaft Anklage gegen acht Neonazis der Gruppe »Revolution Chemnitz« erhob, die, laut den Ermittlungen, mittels False-Flag-Anschlägen einen Umsturz herbeiführen wollten. Ebenso wurde ein Netzwerk namens »Nordkreuz« bekannt, das Attentate plante, Todeslisten aufstellte und in Chatgruppen über den Tag X fantasierte. Und ein Neonazi aus der Stadt, in der einst ein NSU-Mord geschah, während der Verfassungsschützer Andreas Temme am Tatort weilte, tötete den Kommunalpolitiker Walter Lübcke – und wieder hatte der Verfassungsschutz den Mörder offiziell vom Schirm gelöscht. Die Frage, was der Inlandsgeheimdienst wirklich schützt, ist berechtigt. Die Verfassung scheint es nicht zu sein.